MAI 69

DU MÊME AUTEUR :

Pourquoi les Blancs courent moins vite, Grasset, 2012.
Le Heysel, une tragédie européenne, Calmann-Lévy, 2005.
Mort pour la Françafrique, co-écrit avec Robert Dulas et Marina Ladous, Stock, 2014.
Platini, le roman d'un joueur, Flammarion, 1998.
Platoche, Gloire et déboires d'un héros français, Flammarion, 2016.

Jean-Philippe Leclaire

Mai 69

Édité par Gérard Davet et Fabrice Lhomme

Fayard Noir

Ce roman est une uchronie dont le principe repose sur le récit d'une version imaginaire et alternative de l'Histoire, prenant comme point de départ la modification d'un évènement du passé.

Si plusieurs protagonistes sont basés sur des personnages historiques ayant existé, et dont certains éléments biographiques ont été repris, la plupart de leurs descriptions, des propos et des actes qui leur sont prêtés ainsi que des évènements auxquels ils sont mêlés ont été créés de toutes pièces pour répondre aux exigences propres au genre de ce récit.

Couverture :
Conception graphique : Adrien Toledano
Motif : © Charlet, Laborie, Pansu/Fonds France Soir/
BHVP/Roger Viollet
Page 9 : La citation d'Henry de Montherlant est tirée
de *Les Jeunes Filles*, Gallimard ; Folio édition, 1972

ISBN : 978-2-213-72189-7

Dépôt légal : mai 2022

À Henri Turrini (1939-2018)

« C'est le jour des révolutions que les choses
rentrent dans l'ordre. »
Henry de Montherlant, *Les Jeunes Filles* (1936)

« Looky, looky, looky, ain't she pretty, pretty,
pretty, she's my brand new girl. »
Giorgio Moroder (1969)

PREMIÈRE PARTIE

Chapitre 1

Paris, dimanche 25 mai 1969

Malgré ses 2,6 tonnes de tôle et d'acier, sa taille démesurée (6,53 m de long, 2,13 m de large) et son châssis de char d'assaut, la DS présidentielle glisse comme une ballerine sur les pavés mouillés du boulevard Saint-Germain. Seule une paire de motards ouvre la route. Ils scindent en deux les flaques d'eau, mais marquent chaque feu rouge en trépignant de la pointe de leurs bottes à bout coqué. Aux gendarmes motorisés, entraînés aux poursuites infernales et aux défilés pétaradants, ordre formel a été donné de ne pas faire hurler leur sirène. « Les Parisiens ont le droit de se reposer le dimanche matin sans qu'on leur casse les oreilles ! » avait bougonné Pierre Isaac Isidore Mendès France, deuxième président de la Ve République française, alors que son chef de la sécurité aurait voulu doubler et même tripler l'escorte.

D'habitude si calme, si posé, traitant avec la même amabilité son plus puissant ministre comme le plus obscur des huissiers de l'Élysée, Mendès semble ce matin sur les nerfs. Déjà, il déteste cette voiture qui l'a arraché au gravier du palais présidentiel avec treize minutes de retard sur l'horaire prévu (10 h 18 au lieu de 10 h 05). À l'intérieur de la DS 21, l'ancien président du Conseil s'est toujours senti comme prisonnier. Une vitre de séparation l'isole du chauffeur, avec lequel il ne peut communiquer qu'à l'aide d'un interphone. Même les astronautes américains de la mission Apollo 11 se sentiront moins enfermés dans leur capsule lorsqu'ils décolleront pour la Lune, à la fin du mois de juillet ! De la couleur des sièges en cuir jusqu'au spot de lumière dissimulé dans l'aile droite pour mieux éclairer le fanion tricolore, tout lui rappelle la folie des grandeurs de son prédécesseur. La DS 21 (immatriculée 1-PR 75) a été conçue spécialement pour le général de Gaulle. L'homme qui a dit « non » à l'OTAN voulait un véhicule encore plus imposant et plus luxueux que la Lincoln Continental des présidents américains. D'où cette profusion de boutons et de commandes reliés à des gadgets inutiles que Pierre Mendès France a toujours peur d'actionner par mégarde : bar, réfrigérateur, bureau pliant, strapontin pour l'interprète, vitres électriques, air conditionné, allume-cigare, fauteuils en cuir dont la teinte fauve a personnellement été choisie par Yvonne de Gaulle… Voilà posée sur quatre roues toute la mégalomanie d'un couple enivré par sa propre gloire ! Heureusement, l'Histoire ne se laisse pas séduire comme une vulgaire parvenue. Ce carrosse républicain aurait dû être livré au Général et à son épouse en novembre dernier, mais les événements de Mai sont passés par là, et c'est donc Pierre Mendès France qui en a hérité sans plaisir, et même un peu honteux d'être ainsi transporté comme un roi alors qu'il doit son pouvoir au peuple descendu à pied dans la rue.

À l'arrière de cette berline trop grande pour lui, le président lit et relit le discours qu'il doit prononcer dans moins d'une heure au stade Charléty : « *Non, nous ne sommes pas résignés. Nous devons continuer à bâtir un socialisme moderne. Notre but est de refaire de la France une nation forte et prospère dont le progrès soit une promesse de justice et de bonheur à sa jeunesse impatiente. Car c'est cette jeunesse qui a vaincu de Gaulle ! L'oublier, ce serait prendre le risque d'un retour à la réaction et à l'obscurantisme. Les problèmes que ces jeunes ont soulevés sont nos problèmes, leur angoisse est notre angoisse, leur espoir doit être aussi le nôtre.* »

Pas mal, pense PMF. Même si Mitterrand trouvera encore qu'il parle trop de la jeunesse, que les communistes vont se vexer, que Marchais sera furieux, que la majorité s'en trouvera encore plus fragilisée, etc. Alors, après « cette jeunesse », le président ajoute « et les ouvriers ». Il lit la nouvelle phrase : « *Car c'est cette jeunesse et les ouvriers qui ont vaincu de Gaulle !* »

Sa main reste en suspension au-dessus du papier. Ses fameux sourcils, épais comme des pinceaux, se mettent au garde-à-vous pour respecter le fruit intense de la réflexion. Puis Mendès barre d'un trait sec les trois mots dont l'encre avait à peine commencé à sécher. Retour à la première version. Sans les ouvriers.

À peu près satisfait de son texte, fier de n'avoir pas cédé à la démagogie, le président rebouche son stylo à plume et voudrait le glisser dans la poche intérieure de sa veste, mais son geste trop ample lui fait heurter la commande des vitres électriques arrière, qui s'abaissent aussitôt. Zzzziiiiiiiii ! En voulant les remonter, il déclenche l'ouverture du minibar, la lumière de l'interphone s'allume, et la voix du chauffeur grésille dans l'habitacle :

« Vous avez trop chaud, monsieur le président ? »

« Non, non », répond PMF d'un air agacé. « Je me suis trompé de bouton, voilà tout. Continuez à rouler. »

« Très bien, monsieur le président, nous avons rattrapé notre retard. Nous arriverons à l'heure prévue. »

Loin de calmer Mendès, l'information augmente au contraire son niveau de stress. Cette idée de célébrer le premier anniversaire de la fuite de De Gaulle, la prise (pacifique) de l'Élysée par les manifestants, et sa victoire écrasante, quelques semaines plus tard, dès le premier tour de l'élection présidentielle (57,21 % des suffrages exprimés contre 42,79 % à Georges Pompidou) n'a jamais emballé l'ancien député de l'Isère. Non pas que son bilan soit déshonorant, loin de là. Renforcement de l'autonomie des universités, abrogation des lois antigrève, cinquième semaine de congés payés, dissolution des compagnies républicaines de sécurité (CRS), remplacées par les brigades populaires d'intervention (BPI), et surtout abolition de la peine de mort. Qui aurait fait mieux en seulement quelques mois ? Et pourtant, ce qu'il reste de la droite conservatrice crie à l'anarchie et envoie, par pleines mallettes, ses capitaux en Suisse, tandis que le bon peuple de gauche s'estime trahi et réclame encore plus de réformes et de justice. Alors, qu'y a-t-il vraiment à fêter si ce n'est des lendemains qui déchantent, un printemps rattrapé par l'hiver et une révolution d'étudiants turbulents devenus en seulement quelques mois des anciens combattants aigris et donneurs de leçons ?

Par la vitre (remontée) de la DS 21, Pierre Mendès France aperçoit sur les murs du Quartier latin les derniers slogans du joli mois de mai encore épargnés par le zèle nettoyeur des cantonniers parisiens : « À bas l'État policier », « Formons des comités de rêves », « L'économie est blessée, qu'elle crève », et puis celui-là, d'une peinture beaucoup plus fraîche : « Mendès traître : rends-nous la révolution. » Sur son siège de cuir fauve, le président se fige. Il appuie sans hésiter sur le bouton de l'interphone et ordonne au chauffeur de s'arrêter. « Mais nous venons à peine de rattraper notre retard… »

« Arrêtez immédiatement, vous dis-je ! »

La DS 21 pile net. À l'avant, les deux motards sont tellement surpris par cet arrêt intempestif qu'ils manquent de basculer cul par-dessus tête. Reprenant le contrôle de leur monture, ils effectuent un demi-tour nerveux et sautent de leur selle. L'adjudant Godard est le premier à dégainer son pistolet. Le maréchal des logis-chef Berthinier n'a même pas le temps d'en faire de même que le président Mendès France sort du véhicule et les rassure d'un simple geste de la main.

« Du calme, messieurs… Du calme… »

PMF s'avance vers le mur où s'étale le cri de rage qui lui est personnellement adressé. Le contraste entre la violence de l'apostrophe et la rondeur appliquée des lettres qui la composent est saisissant. D'habitude, ces graffitis sont à peine lisibles. On y devine l'empressement et même parfois la panique de ceux qui les ont tracés. On imagine bien les auteurs attendre la nuit noire pour imbiber les rues de leur colère. On les entend presque murmurer : « Attention, v'là les flics ! » avant de s'enfuir en abandonnant sur le trottoir l'arme du crime encore dégoulinante de peinture. Mais le président se trouve trop près de « son » mur, à peine à quelques centimètres, pour ne pas réaliser que ce « Mendès traître : rends-nous la révolution » a au contraire été écrit avec soin, sans aucune précipitation, peut-être même en plein jour, sous l'œil complice des passants. Ce qui le rend encore plus menaçant. Mendès traître… Mendès traître… Mendès traître…

Le président prend du recul pour mieux apprécier l'ensemble. Il est en apparence aussi calme qu'un égyptologue étudiant un nouveau hiéroglyphe. Seul un observateur attentif pourrait remarquer la main droite qu'il serre et desserre. Pierre Mendès France est si concentré qu'il ne remarque pas l'adjudant Godard en train de surgir dans son dos. C'est pourtant un grand type athlétique d'au moins 1,90 m, un sous-officier bien noté mais un peu pataud qui tente encore de comprendre la raison de cet arrêt impromptu :

« Monsieur le président, je vais donner des instructions pour que cette saleté soit effacée dans l'heure ! »

« Non, surtout pas. Ne touchez à rien... », réplique Mendès.

Puis le président remonte sans se presser dans la DS 21. Le chauffeur claque la portière arrière, bondit derrière son volant et démarre en trombe, suivi des deux motards. Le convoi compte à nouveau sept minutes de retard sur l'horaire prévu.

Après l'avenue René-Coty, engloutie sans un feu rouge, les projecteurs du stade Charléty se dressent au-dessus des arbres en fleurs du parc Montsouris. PMF en ressent un nouveau pincement au cœur. Pourquoi a-t-il à nouveau cédé à son ministre des Affaires étrangères ? C'est lui, le « président bis », comme l'a titré *L'Express*, qui a eu l'idée de cet « Anniversaire républicain ».

« Que faudrait-il faire ? Se terrer dans nos ministères ? Avoir honte de ce que nous sommes et de ce que nous avons fait ? » avait tonné Mitterrand en plein Conseil des ministres. « Il faut au contraire célébrer l'an 1 de notre révolution pacifique, descendre à nouveau dans la rue, crier notre fierté, défendre nos réformes ! »

Le leader de la FGDS[1] avait aussitôt reçu le soutien goguenard du ministre de l'Intérieur, Gaston Defferre :

« Mitterrand a raison, il faut, de temps en temps, savoir distraire le bon peuple... »

Autour de la table du Conseil, nombre de ministres et sous-ministres s'étaient mis à pouffer, trop heureux de manifester leur allégeance ricanante aux deux poids lourds du gouvernement. Le président Mendès France n'avait, lui, pas bronché. Loin d'être enthousiasmé par cette idée de célébrer le premier anniversaire de la « deuxième libération de Paris » (*L'Humanité*), le président avait cherché

1. La Fédération de la gauche démocrate et socialiste.

du soutien dans les yeux de son jeune Premier ministre. Mais Michel Rocard, même pas 39 ans, avait, une fois de plus, baissé le regard. C'était décidément une erreur d'avoir nommé à Matignon un garçon certes brillant, mais au cuir si tendre. En voulant éviter la cohabitation frontale avec Mitterrand, PMF n'avait fait que déchaîner la haine de son rival. Entre les deux hommes, qui ne se respectaient plus que devant les caméras de l'ORTF, Rocard constituait un barrage aussi solide que la cabane de paille du plus idiot des trois petits cochons.

Une fois adopté le principe de « l'Anniversaire républicain », la date du dimanche 25 mai s'était vite imposée. On serait un an presque jour pour jour après la fuite de De Gaulle à Baden-Baden. Le lieu, lui, avait été plus compliqué à choisir.

« On pourrait défiler sur les Champs-Élysées… », avait tenté Guy Mollet du bout des lèvres.

« Et pourquoi pas à Colombey-les-Deux-Églises ! » avait répliqué Mitterrand, sans desserrer les dents.

« Ce sera au stade Charléty », avait fini par trancher Mendès France, qui entendait au moins choisir le lieu de son martyre.

Dans l'enceinte située au sud-est de Paris s'était déroulé le meeting le plus joyeux du printemps 68. S'il y avait eu vraiment un jour, un endroit, où les étudiants, les employés, les ouvriers, les fils à papa, les prolos, les gauchos, et même quelques maos et stals égarés, s'étaient retrouvés, mélangés et aimés, c'était bien à Charléty, le 27 mai 1968. Après les nuits de feu et de rage sur les barricades, Charléty fut une utopie : celle d'une révolution pacifique, la fleur au bout du fusil.

Un an plus tard, le président Mendès France ne s'attend pas à recevoir l'accueil d'une foule aussi bienveillante. Par orgueil, il a refusé que sa sécurité soit renforcée, mais il sait que le pays vit sous très haute tension, que les déçus du mendésisme se comptent par dizaines (centaines ?) de milliers.

Mendès traître... Mendès traître... Mendès traître... Le convoi présidentiel débouche à l'angle de la rue Nansoury et du boulevard Jourdan. Le stade Charléty se trouve en contrebas. Il est 10 h 35, la foule est déjà compacte. Les motards Godard et Berthinier comprennent vite que la partie la plus délicate de leur mission commence très exactement maintenant. Ce ne sont plus des flaques d'eau, mais une marée humaine qu'ils vont devoir fendre en deux, sur plusieurs centaines de mètres, avant d'atteindre la carcasse de fer et de béton qui luit sous la pluie de plus en plus épaisse.

À l'arrière de la DS, Pierre Mendès France tente de se donner une contenance. Il baisse la tête, relit son discours. Les mots qu'il avait écrits avec tant de soin ne semblent plus vouloir rien dire : un socialisme moderne... une promesse de justice... une jeunesse impatiente... Alors, le président regarde désormais droit devant lui. Devinant seulement des deux côtés du véhicule les silhouettes furtives des premiers piétons qui se laissent dépasser sans broncher. Mais un tel attelage ne passe pas longtemps inaperçu.

« C'est le président !!! » hurle un grand type avec des rouflaquettes et une casquette de paysan chinois ou de marin breton.

La foule s'ouvre, puis se referme, Godard et Berthier sont obligés de mettre pied à terre et luttent pour ne pas tomber de leurs motos. La DS doit à son tour s'arrêter. Le chauffeur perd ses nerfs et gueule dans l'interphone de bord :

« On fait quoi maintenant, monsieur le président ? On fait quoi maintenant ! »

Des visages se collent aux vitres, à droite, à gauche et même sur le pare-brise avant malgré les essuie-glaces qui s'agitent frénétiquement, comme s'ils étaient eux aussi pris de panique. Pierre Mendès France s'enfonce dans le cuir fauve de son fauteuil. Il attend désormais avec dignité les insultes et les crachats qui vont s'abattre sur son pathétique carrosse. Mendès traître… Mendès traître… Mendès traître…. Sauf que le type à rouflaquettes et casquette de paysan chinois ou de marin breton écarte ses compagnons et se fend d'un large sourire :

« On est avec vous, tenez bon ! »

Certes, des poings fermés s'abattent sur le capot et le toit de la DS, mais c'est pour rythmer un chant qui n'avait plus résonné depuis des mois : « Ce n'est qu'un début, continuons le combat ! »

Pierre Mendès France s'en veut d'avoir douté de son peuple. Comment a-t-il pu se laisser intoxiquer par des conseillers de mauvais augure ou, pire, par un pauvre slogan peint sur un mur ? Il n'a trahi et ne trahira jamais personne. Ému aux larmes, le président voudrait abaisser la vitre électrique et serrer toutes ces mains qui se tendent, mais, lorsqu'il appuie sur le bouton à l'avant de l'accoudoir, c'est la porte du minibar qui s'ouvre avec fracas.

Chapitre 2

À peine la rédaction en chef avait-elle demandé un volontaire pour couvrir « l'Anniversaire républicain » du stade Charléty, qu'elle s'était aussitôt portée candidate. Ou, pour être plus précis, l'appel n'avait même pas encore été lancé que Louise Ben Kader s'était déjà précipitée dans le bureau des chefs pour les sommer de l'envoyer porte de Gentilly. Non que la concurrence fût particulièrement féroce. Aucun ténor du journal n'était prêt à sacrifier son week-end de Pentecôte pour assister à une nouvelle séance de repentir public par un Pierre Mendès France qui n'avait jamais semblé aussi isolé. « *Porté au pouvoir par l'élection présidentielle, mais aussi, et surtout, par la révolution de Mai 68, le premier président de gauche de la V*[e] *République souffre encore du complexe de l'usurpateur*, écrivait André Fontaine dans son éditorial du 24 mai. *Dans les habits trop grands d'une constitution qu'il a toujours combattue, mais n'a pas encore eu le temps de réformer, voire d'abroger, Pierre Mendès France voudrait rester lui-même. Sa morale et son humanisme sont hélas ! souvent considérés comme des faiblesses par ses adversaires, au premier rang desquels François Mitterrand, son propre ministre des Affaires étrangères. Contesté en interne, le président Mendès peine également à imposer sa "troisième voie" sur la scène internationale. Ses prises de position très fermes contre la guerre du Vietnam lui valent la haine des Américains, tandis que les Soviétiques ne lui pardonneront jamais d'avoir réussi une révolution sans eux, et même malgré eux. L'état de grâce du mendésisme triomphant n'aura donc pas passé l'hiver.* »

Louise avait trouvé l'édito sévère, mais il était bien sûr hors de question qu'elle fasse part de ses états d'âme à qui que ce soit. Une jeune journaliste n'avait pas à critiquer les saintes écritures publiées à la une du plus grand quotidien français. Être embauchée au *Monde* à seulement 25 ans devait suffire à son bonheur et à sa fierté. À vrai dire, depuis son arrivée en France métropolitaine, et même depuis sa naissance, Louise Ben Kader n'avait jamais cessé de remercier et de s'excuser, les deux allant souvent de pair. Elle avait tant de choses à se faire pardonner, à commencer par sa beauté.

Qui était-elle pour mériter des jambes aussi longues, un cou si gracile, et des yeux aussi verts ? Au collège pour jeunes filles de Philippeville (aujourd'hui appelée Skikda), les Européennes l'avaient surnommée l'« Indienne ». Et c'est vrai que Louise ressemblait beaucoup à Natalie Wood dans *La Prisonnière du désert*, sans les couches de fond de teint tartinées par les maquilleurs de la Warner.

Dans l'Algérie encore française où Louise avait grandi, une telle beauté était un fardeau, presque une malédiction. Sur la plage Jeanne-d'Arc, malgré ses 16 ans, les sous-offs en goguette de l'armée de Bigeard ne semblaient mater qu'elle, dévisageant l'adolescente des pieds à la tête, en s'attardant notamment sur la courbe de ses seins, qu'elle tentait pourtant de planquer sous un maillot de bain informe emprunté à la mère de sa seule amie européenne.

En traversant la Méditerranée, Louise avait perfectionné ses techniques de camouflage. Alors que les Parisiennes de son âge libéraient leurs jambes sous des minijupes importées d'Angleterre, Louise continuait de se cacher sous des fringues jamais trop amples, achetées dans les plus obscures friperies de Saint-Étienne, voire parfois dans les marchés aux vêtements des villages environnants.

« Vous voulez travailler pour *Paris-Turf* ? » lui avait demandé Françoise Giroud, d'un ton narquois, lors d'un entretien d'embauche pour *L'Express*.

« Non, madame… », avait balbutié Louise, plus surprise qu'intimidée.

« Alors pourquoi ce déguisement de garçon d'écurie ! » s'était exclamée la patronne de l'hebdomadaire, qui rêvait de transformer l'« Indienne » de Philippeville en une amazone prête à recueillir les confidences des hommes politiques de tous âges et de tous bords.

Louise avait détesté cette conversation. Moins prude que fière, elle aurait préféré se faire culbuter par un sous-off de Bigeard derrière une cabine de bain de la plage Jeanne-d'Arc, plutôt que de succomber à un ministre, même d'État, dans un hôtel particulier de l'avenue Foch.

Au *Monde*, au moins, personne n'avait tenté de la déguiser en James Bond girl de la Vᵉ République. Rue des Italiens, dans le saint des saints de la culture, de l'analyse et de l'intelligence, la séduction était considérée comme un manque d'éducation, et la beauté assimilée à une distraction contre-productive. Le souffle libérateur de Mai 68 peinait à s'infiltrer dans les couloirs de la rédaction. André Fontaine, 48 ans, en était le nouveau patron. Il ne fallait pas se fier à son air un peu raide de bibliothécaire endimanché. De ses lèvres pincées sortaient la fumée acide de cigarillos bon marché, mais aussi des paroles qui auguraient, peut-être, de lendemains un peu moins ternes :

« Ce que nous devons faire, ce n'est pas un manuel quotidien de Sciences Po, mais un journal ! Un journal où, soit dit en passant, il serait bien nécessaire que l'on sente passer un peu plus d'émotion, où l'on aimerait pouvoir lire des histoires, racontées avec talent et, pourquoi pas, de l'humour ! Le ton de nos journalistes est beaucoup trop compassé. Il faut écrire de manière plus vivante, plus juteuse, plus pulpeuse ! Voilà pourquoi nous vous avons engagée », s'enflammait le rédacteur en chef en fixant de ses yeux bleu acier la benjamine du service politique.

Louise Ben Kader fut chargée de suivre l'actualité de « l'extrême gauche non communiste », à savoir tous les partis et groupuscules gauchistes, trotskistes, anarchistes, autonomes, mais aussi les syndicats étudiants, lycéens, sans oublier les coopératives ouvrières et paysannes, qui avaient jailli d'entre les pavés. Pour les responsables du *Monde*, désigner un gaulliste encarté pour couvrir les meetings de l'UDR[1] aurait représenté un grave manquement à la déontologie la plus élémentaire. Même chose pour un journaliste ouvertement mendésiste : personne n'aurait songé à le nommer correspondant à l'Élysée. Les lecteurs auraient crié à l'hérésie, au sacrifice de la sacro-sainte objectivité, et ils auraient eu mille fois raison. En revanche, qu'une ex-émeutière à peine rangée des pavés interviewe et retranscrive les propos de ses anciens camarades de barricades semblait aller de soi. Comme si les règles de base du journalisme étaient réservées au traitement des partis traditionnels, et que seule la jeunesse pouvait rendre compte des problèmes de la jeunesse. En vérité, les vieilles plumes du *Monde* étaient décontenancées par cette soudaine poussée de sève. Elles ne l'avaient ni prévue, ni comprise. Elles avaient même encore du mal à en admettre la réalité. Il flottait sur la rédaction comme un parfum de nostalgie éventé, celui du bon vieux temps, quand la jeunesse s'ennuyait.

Pour Louise, le plus compliqué fut d'annoncer à ses parents qu'elle ne descendrait pas, comme prévu, à

1. Union pour la défense de la République.

Saint-Étienne, pour le long week-end de la Pentecôte. Elle se garda évidemment de préciser qu'elle s'était portée volontaire pour couvrir l'Anniversaire républicain, organisé le dimanche matin.

« Mais on ne t'a pas revue depuis Noël ! » se lamentait sa mère, à l'autre bout du fil.

« J'en suis la première désolée, maman. Tu te doutes bien que je ne peux pas refuser un reportage aussi important… »

« Je sais, je sais, mais ton père va être tellement déçu. D'autant plus que le colonel et sa femme devaient venir déjeuner à la maison pour te voir… »

S'il avait fallu à Louise un argument supplémentaire pour rester à Paris, sa mère venait de le lui donner. Louise savait tout ce que sa famille devait au colonel Georges Plisson, comment le grand officier blond du 4e RIMA les avait arrachés de Philippeville, quelques jours avant que le FLN ne débarque du bateau une quarantaine de harkis pour les massacrer place Marqué. C'est aussi le colonel Plisson qui avait installé les Ben Kader dans sa ville natale de Saint-Étienne, trouvant au père de Louise un emploi à la manufacture d'armes. Par une curieuse ironie, l'ancien supplétif de la harka numéro 4 assemblait à la chaîne des fusils semi-automatiques MAS 49/56, soit le modèle qui lui avait permis, pendant cinq ans, de tirer sur ses frères algériens, pour la plus grande gloire de l'armée française.

Le colonel Plisson était devenu le sauveur, le protecteur et le bienfaiteur des Ben Kader, poussant la générosité jusqu'à financer en partie les études supérieures de Louise, à Lyon puis Paris. À la demande de son neveu, une vieille tante Plisson avait gracieusement hébergé la jeune fille dans une chambre de bonne à peine salubre du VIe arrondissement.

N'empêche, Louise ne pouvait plus supporter la présence du colonel. Elle ne lui en avait jamais vraiment voulu pour ses tentatives maladroites de séduction, pour cette main ridiculement poilue qui avait effleuré ses épaules puis sa nuque avant qu'elle ne plante ses yeux noirs dans le regard soudain désemparé de l'officier. Elle était même fière d'être désirée à en crever par celui que le reste de sa famille vénérait comme un dieu.

Ce que Louise ne pouvait, en revanche, pardonner, c'était la façon dont le colonel transformait son père, Abdelkrim Ben Kader, autrefois indomptable et majestueux, en un vieillard prématurément rabougri et geignard. En présence de celui qui avait été son officier supérieur dans les djebels, l'autoritaire chef de famille retrouvait ses réflexes de colonisé docile et soumis. Sa voix, d'habitude si grave, se fendillait. Ses épaules, toujours bien droites, s'affaissaient. On aurait dit un toutou soucieux de ne pas contrarier son maître. À l'inverse, plus le colonel prétendait traiter en égal son ancien frère d'armes, plus il le rabaissait aux yeux de sa fille aînée. Chacun de ses gestes, même les plus généreux, rappelait à Louise que, sans la haute protection de Georges Edgar Plisson, elle et sa famille seraient déjà mortes et enterrées à la va-vite dans la fosse commune du cimetière de Philippeville. C'était trop d'orgueil à ravaler pour une jeune femme française, née en Algérie, qui considérait que sa nouvelle terre lui devait une deuxième vie, beaucoup moins soumise que la première.

Louise reprochait aussi au colonel Plisson sa tendance marquée à s'approprier ses succès. Dès son arrivée en France, elle s'était montrée une élève extrêmement brillante, décrochant son baccalauréat avec mention très bien, avant d'intégrer l'Institut d'études politiques de Lyon, puis le Centre de formation des journalistes, à Paris.

« Ce n'est pas en restant en Algérie que tu aurais pu réussir d'aussi bonnes études ! » s'auto-congratulait l'officier, qui demandait régulièrement à rencontrer les professeurs de Louise, lesquels finissaient par croire qu'il était le père adoptif de leur élève surdouée.

Pendant ce temps-là, les vrais parents de Louise préféraient se tenir le plus possible à l'écart de la réussite de leur fille, comme s'ils avaient peur que leur propre manque d'éducation et de diplômes ne soit une maladie héréditaire qui puisse la contaminer.

Louise vécut comme une bénédiction les événements de mai 1968 : les pavés que l'étudiante en journalisme balança dans les rues du Quartier latin ne blessèrent aucun CRS, ils ne brisèrent même aucune vitrine, mais lui permirent, en revanche, de fracasser en mille morceaux ce beau miroir que lui tendaient les bien-pensants : l'image d'un « parfait modèle d'intégration républicaine » ou de « preuve vivante que les fils et filles de harkis pouvaient trouver leur place dans la société française ». Ce qui était évidemment faux. Elle était l'exception, pas la règle.

Au Centre de formation des journalistes, Louise tomba amoureuse pour la première fois de sa vie. Si elle avait déjà couché avec des garçons, seule sa curiosité en avait été satisfaite. Avec Pierre Lefèvre, tout était différent. Elle l'avait remarqué dès le jour de la rentrée. Certainement pas pour sa beauté. Lefèvre possédait un grand nez recourbé comme un bec, qui aurait pu lui donner un fier profil d'oiseau de proie. Hélas ! des paupières tombantes et des oreilles décollées le ramenaient à l'autre bout du spectre animalier, quelque part entre la tortue et le cocker. Heureusement pour lui et pour Louise, Pierre Lefèvre et sa triste face pouvaient s'illuminer à tout instant. Il lui suffisait de répondre très sérieusement à un professeur ou de plaisanter avec un camarade, de citer Dostoïevski, Jean-Paul Sartre ou Pierre Dac, de fredonner « *Girl, you really got me noooowww !!* », bref d'ouvrir simplement la bouche, pour que tous les êtres vivants situés dans un rayon d'un kilomètre soient irrémédiablement irradiés par son humour et son intelligence. Louise résista d'autant moins que, ce même jour de rentrée au CFJ de Paris, Pierre Lefèvre semblait bien être le seul à ne pas l'avoir remarquée. Alors que tous les autres mâles de la promotion l'avaient dévorée des yeux, que les femelles préparaient déjà leurs arguments pour rabaisser sa beauté et mettre en doute son intelligence, Lefèvre ne lui accorda aucun regard, même pas un début de curiosité. Bien plus tard, ils en plaisanteraient tous les deux.

« C'était une indifférence calculée ? » demanderait Louise.

« Non, de la goujaterie habilement distillée », répondrait Pierre.

Ils formaient un couple parfait. Elle, enthousiaste, idéaliste, prête à défendre toutes les causes (Vietnam, Bangladesh, droits civiques, paix dans le monde...). Lui, détaché, second degré, toujours ironique, parfois cynique. Attribuant son manque de foi en l'humanité au traumatisme subi par son père, un ancien résistant communiste viré du PC pour n'avoir pas totalement approuvé l'écrasement sanglant de l'insurrection hongroise de 1956.

« À ce compte-là, en tant que fille de harki, je devrais me jeter dans la Seine ! » remarquait Louise en lui pinçant la joue, ce qu'il détestait par-dessus tout.

En seulement quelques semaines, ils étaient devenus les Bonnie and Clyde de la rue du Louvre.

« Ou plutôt les Stone et Charden de la rive droite ! » ricanait Pierre.

À peine débarquée chez la vieille tante du colonel Plisson, Louise s'en était enfuie pour rejoindre Pierre dans sa garçonnière. Elle s'attendait à un taudis. Elle dut au contraire trouver sa place, sans trop déranger le parfait ordonnancement des costumes (lin, tweed, velours), des cravates (noires), des chemises (blanches) et des disques 33-tours (Beatles, Who, Kinks, Small Faces). Quand ils n'étaient pas en cours, Pierre et Louise y passaient leur temps à lire, écouter de la musique et faire l'amour. Seule une révolution pouvait les séparer.

Chapitre 3

Devant l'entrée principale du stade Sébastien-Charléty, à peine descendu de son encombrante DS présidentielle, Pierre Mendès France se trouve happé par la cour dégoulinante de ses ministres euphoriques. François Mitterrand se détache du groupe. Son sourire découvre largement ses deux incisives :

« Monsieur le président, ce n'est plus un anniversaire républicain, mais un plébiscite ! »

« Auriez-vous jamais douté de ma popularité, monsieur le ministre d'État ? » lui répond PMF.

D'abord relégué à l'arrière du groupe, le Premier ministre, Michel Rocard, entend faire respecter son rang. Cheveux noirs plaqués au gel et cigarette coincée au coin des lèvres, le « yé-yé de Matignon » (*Le Figaro*) prend le président par le coude et l'entraîne dans les entrailles du stade :

« Par ici, monsieur le président, votre discours est prévu dans quarante minutes. À moins que vous ne souhaitiez, évidemment, disposer d'un peu plus de temps pour vous préparer… »

Quatre gardes du corps leur emboîtent le pas, personnellement recrutés par le ministre de l'Intérieur, d'où leur surnom : « La garde Defferre ».

Edmond Maso, 38 ans, a été catcheur professionnel. Connu comme le « Fossoyeur de Fos-sur-Mer », ce colosse de plus de deux mètres se targue d'avoir lutté, au Cirque d'Hiver, contre Lino Ventura. Depuis sa retraite des rings, Maso a pris du gras, mais, d'après la légende, il est toujours capable de tuer un homme, par étranglement, en moins de dix secondes chrono.

Michel Leroy, 42 ans, est un ancien chef de maquis FTP. À la fin de la guerre, il s'est engagé dans l'armée par goût de l'aventure et parce qu'il cherchait une nouvelle cause à défendre. En Indochine, il a vite déchanté. Révolté par les exactions des militaires français, le sergent parachutiste est passé côté vietminh, où il est devenu un « soldat blanc d'Hô Chi Minh ». Condamné à mort par contumace « pour désertion à l'ennemi », ce *vo su*, maître en kung-fu vietnamien, n'a été amnistié qu'en 1967.

À 26 ans, Claude Tisserand est le benjamin du quatuor. Lors des évènements de Mai, à force de casser du flic, il a fini par se faire remarquer par les CRS-SS, qui l'ont convaincu de changer de camp. Peu politisé malgré trois ans passés au service d'ordre de la Ligue communiste, le roi du combat urbain n'a émis qu'une condition pour rejoindre la cellule de protection présidentielle : ne pas couper ses cheveux démesurément longs (et sales).

Maso le « Catcheur », Leroy le « Viet' » et Tisserand le « Beatnik » sont placés sous les ordres du quatrième mousquetaire de l'Élysée : le commissaire José Carvalho, 50 ans, un fidèle parmi les fidèles de Gaston Defferre. Les deux se sont connus dans la Résistance. Le futur maire de Marseille dirigeait le réseau Brutus, tandis que Carvalho était le chef d'une bande de jeunes truands ambitieux qui s'achetaient un peu de respectabilité en luttant contre les Allemands. Juste avant la Libération, Defferre s'était servi de Carvalho et de son gang de Corso-Portugais pour prendre le contrôle du journal collaborationniste *Le Petit Provençal*. Une fois purgée de ses éléments les plus nauséabonds, la feuille de chou pétainiste était devenue le beaucoup plus respectable *Le Provençal*, journal des patriotes et des résistants. Sur le coup, Carvalho avait eu du mal à comprendre pourquoi monsieur Gaston n'utilisait pas plutôt ses services musclés pour braquer une banque ou réquisitionner un grand hôtel.

« En politique et dans les affaires, c'est l'influence qui coûte le plus cher ! » lui avait répondu Defferre.

Pour services rendus en temps de guerre, Carvalho se retrouva bombardé rubricard en chef du *Provençal*. Mais l'ancien patron de gang devait vite comprendre que les faits divers étaient moins excitants à raconter qu'à vivre. Il faillit rebasculer dans l'illégalité. Defferre le persuada de rester, peut-être pas dans le droit chemin, mais sur un sentier quand même moins escarpé. Alors, Carvalho était devenu flic. Inspecteur puis commissaire à la brigade des stupéfiants du SRPJ de Marseille, en première ligne dans la lutte héroïque contre la *French connection*. Carvalho s'était quand même gardé quelques *Portuguese connections* bien à lui, détournant une partie des saisies pour les refourguer à des clients fidèles, du temps d'avant. Il améliorait ainsi son ordinaire de fonctionnaire en apparence exemplaire. C'était toujours ça de moins à payer pour le contribuable. À part les trafiquants qui ne jouaient pas le jeu, et les camés qui crevaient la seringue dans le bras, tout le monde était gagnant.

En quelques années, le petit voyou opportuniste devint plus qu'un super-poulet : un mythe vivant. Le seul commissaire du SRPJ de Marseille (et donc de France) à rouler en MG décapotable. S'ils n'avaient pas été si courts, ses cheveux poivre et sel auraient flotté au vent. À la moindre arrestation, la belle gueule de Carvalho s'affichait dans *Le Provençal*, où il avait gardé de bons copains journaleux qu'il tuyautait au gré de ses intérêts et qui, en retour, savaient le faire briller. Jusqu'en première page, on le voyait poser devant des briques d'héroïne impeccablement empilées avec des gros titres à sa gloire, du genre : « Encore une prise record pour le commissaire Carvalho ! » ou « Carvalho inflige un nouveau coup fatal à la *French* ». L'article qui accompagnait la photo décrivait complaisamment la provenance et même parfois la qualité de la came, si bien que les clients de Carvalho, parfaitement informés, n'avaient plus qu'à passer commande. C'était plus flatteur et moins cher qu'une vraie publicité en pages intérieures.

Est-ce que Gaston Defferre était au courant des trafics de son petit protégé ? Évidemment que non ! Officiellement, il en aurait même été extrêmement contrarié. En réalité, penser une seconde que le nouveau maître de la ville ait pu ignorer le moindre méfait commis sur son territoire relevait de la pure diffamation. Mais Defferre aimait bien Carvalho, il le protégeait, le choyait. En échange, le commissaire-trafiquant remontait à son mentor toutes les infos à savoir. Du scoop de premier choix, trop « calor » pour *Le Provençal*, du député d'opposition trompé par sa maîtresse à l'ascension fulgurante (suivie d'une chute encore plus brutale) d'un nouveau caïd dans le quartier du Panier, en passant par le cours journalier du gramme d'héroïne. Carvalho pouvait aussi rendre des services durant son temps libre : menaces, chantage, voire tabassage en règle. Mais jamais d'exécution sommaire. Du moins pas à visage découvert.

La réputation du « renard argenté de l'Évêché » (l'un de ses nombreux surnoms, son préféré, trouvé par un copain du *Provençal*) finit par traverser la mer et même l'océan. Dans le cadre de la lutte contre la *French*, le Bureau of Narcotics and Dangerous Drugs le choisit pour suivre une formation de six mois, tous frais payés, aux États-Unis. Il se perfectionna au tir, se liant d'amitié avec un Smith&Wesson bodyguard modèle 38, numéro de série 512237. Ses initiales « JC » gravées sur la crosse. Les Américains lui enseignèrent aussi toutes les nouvelles techniques d'espionnage, notamment les mouchards placés à l'intérieur des combinés téléphoniques, ou les micros plantés dans les plafonniers. Soit un stage particulièrement instructif et convivial avant qu'il ne soit intercepté par les cow-boys de la maison d'en face.

Un soir, alors que Carvalho sortait du stand de tir, trois types encore plus armés que lui l'avaient poussé à l'arrière d'une Cadillac noire aux vitres teintées, avant de le menotter dans le dos et de lui enfoncer une cagoule sur la tête. Quand Carvalho avait revu la lumière, elle était particulièrement violente puisque envoyée par un néon blafard, dans une pièce sans fenêtres, aux murs pourris par l'humidité. Les trois types l'avaient frappé à tour de rôle, avec un très grand professionnalisme : Carvalho faillit mourir sous des coups qui ne lui laissèrent aucune trace apparente. S'il n'avait pas été aussi sonné, il aurait pris des notes et demandé un autographe.

Le plus petit, et accessoirement le moins méchant, des trois cow-boys lui avait expliqué que la *French connection* et le FBI, c'était bien gentil, mais que le vrai danger pour la démocratie ne venait pas de l'héro mais des cocos. Or, la France était un vrai nid à cocos. Defferre, Mendès et Mitterrand étaient des cocos. De Gaulle aussi, mais mieux déguisé. Alors, les derniers gardiens de la démocratie, les preux chevaliers de Richard Helms, le patron de la CIA, avaient besoin d'un gars comme Carvalho pour tout leur raconter sur les faits et gestes des *French* cocos qu'il fréquenterait, d'abord à Marseille, puis, plus tard, à Paris, car c'est certain, le petit Portugais était trop malin et ambitieux pour ne pas grimper un jour à la capitale. L'Agence l'avait choisi pour ça. Carvalho demanda combien il serait payé. Une nouvelle volée de coups de bottin téléphonique de l'État de Virginie, année 1967, lui fit comprendre que ce n'était pas la question que ses nouveaux amis attendaient. Puis le plus petit lui raconta, avec une incroyable minutie, des pans entiers de sa vie. À l'évocation des braquages, trafics, extorsions et même exécutions, commis ou pas dans le cadre de ses fonctions, José avait à peine cillé, mais il suffit qu'un seul prénom – LORENZO – soit prononcé pour le réduire à l'état de charpie.

Pendant longtemps, Carvalho était parvenu à maintenir une cloison totalement étanche entre son métier et sa vie privée, alpaguant de préférence des fils de grands bourgeois ou des artistes plus ou moins dégénérés, mais toujours extrêmement bien montés, qui n'allaient pas hurler sur tous les toits qu'ils baisaient avec un flic, si célèbre soit-il. Mais lorsqu'il avait couché avec Lorenzo, seulement trois heures après l'avoir interpellé, Carvalho avait su que, cette fois-ci, il franchissait un point de non-retour. Pour sa propre défense, il faut admettre que le jeune dealer était particulièrement beau. Spontanément, on lui aurait donné le bon Dieu sans confession plutôt que cinquante francs pour s'acheter un sachet d'héro.

En termes d'accoutumance, Carvalho fut d'entrée harponné : toxico du Lorenzo, de sa peau, de son odeur, de sa sueur, de son cul. Évidemment, ce n'était pas le genre d'info à refiler aux scribouillards du *Provençal* et encore moins à monsieur Gaston. Être tour à tour, ou en même temps, homo, flic et truand ne possédait cependant pas que des inconvénients. Dès qu'il s'était rendu compte que les filles en bikini vichy de la plage des Catalans l'excitaient moins que les maîtres-nageurs en slip moulant, Carvalho avait développé ce qui, encore plus que le tir sur cible mouvante, était devenu sa grande spécialité : l'art de tout bien compartimenter. Dommage que Lorenzo ait menacé de faire exploser les cloisons étanches et autres murs capitonnés qu'il s'était donné tant de mal à ériger. Le jeune dealer commit le péché de gourmandise. Il trouvait que Carvalho ne lui donnait jamais assez d'héroïne, qu'elle n'était jamais assez pure. Un jour, il voulait reprendre son business, devenir le plus gros trafiquant de Marseille. Le lendemain, il clamait qu'il allait écrire une lettre de dénonciation au *Provençal* et taper un scandale dans une ville qui en raffole tant.

Carvalho devait agir. Vite.

Après une dernière nuit dans les bras de Lorenzo, Carvalho saisit l'un des deux oreillers pour étouffer son amant. Ses larmes de rage et de culpabilité inondèrent les draps blancs. Mais Carvalho ne pouvait se permettre le luxe d'un deuil exagérément prolongé. Pour faire croire à un règlement de comptes entre trafiquants, il transporta le cadavre de son ex-fiancé dans le coffre d'une voiture volée, puis l'incendia, au pied d'une colline de Septèmes-les-Vallons.

À peine rentré chez lui, Carvalho était déjà (r)appelé sur les lieux du crime. C'était la première fois qu'il devait faire semblant de découvrir le corps d'une victime qu'il avait lui-même trucidée. Contre toute attente, les pompiers étaient arrivés assez vite, si bien que la carcasse de Lorenzo n'était qu'à moitié carbonisée. Un inspecteur du SRPJ, sympathique mais idiot, s'était approché de Carvalho. Il avait ouvert la paume de sa main.

« On a trouvé ça au bout d'un reste de doigt… » C'était une chevalière pour homme, avec deux initiales gravées : JC. « Peut-être qu'il se faisait tringler par Jésus-Christ ! » rigola grassement l'inspecteur.

« Ou par José Carvalho… », répliqua le commissaire en fixant le plaisantin, droit dans les yeux.

C'est avec cette chevalière que le plus vicelard des trois cow-boys de la CIA était en train de jouer, la faisant tourner comme une toupie sur une table vissée au sol, tout en postillonnant dans l'oreille de Carvalho :

« *To fuck in the business is to fuck the business*... »

Les Américains le tenaient par les couilles et ils n'avaient aucune raison de relâcher la pression.

Dès son retour à Marseille, le super-flic s'était rendu à l'hôtel de ville pour expliquer à Gaston Defferre comment il était devenu un honorable correspondant du Bureau des narcotiques et une balance de luxe pour la CIA, n'omettant aucun détail, à l'exception, évidemment, de ceux qui concernaient ses amours contrariées avec Lorenzo. Defferre l'avait écouté en hochant la tête. Il ne semblait pas alarmé. Le patron laissa s'installer un long silence avant de bougonner une seule phrase :

« Aux Américains, nous donnerons seulement les informations que nous voudrons bien leur donner... »

Carvalho comprit qu'il pouvait disposer.

Saisies, arrestations, extorsions, menaces, chantage, unes du *Provençal*, commandes et livraisons des clients : le « renard argenté de l'Évêché » retrouva son train-train quotidien. Même les évènements de mai 1968 le laissèrent longtemps indifférent. Il faut dire que, en comparaison des émeutes parisiennes, les manifs marseillaises étaient plutôt bon enfant. Dans les premiers rangs, Carvalho reconnut quelques-uns de ses anciens amants, notamment un étudiant de la fac des sciences de Saint-Charles, un tailleur de pipes de classe mondiale qui jouait maintenant les Che Guevara. Lorsque leurs regards s'étaient croisés, le suceur Maximo avait bien pris soin de détourner la tête, ce qui lui avait évité de terminer la révolution dans le coffre d'une voiture incendiée à Septèmes-les-Vallons.

Non, Carvalho n'avait pas anticipé le Grand Soir. Les vacances prolongées de la famille de Gaulle à Baden-Baden lui avaient scié les pattes. Comment une bande de fils à papa manipulés par des politicards crypto-communistes avait-elle pu renverser le sauveur multirécidiviste de la France en danger ? Ce n'est pas au Portugal que le bon vieux général Salazar se serait ainsi fait enfumer. Heureusement, la nomination de Gaston Defferre au ministère de l'Intérieur rassura Carvalho. Defferre, c'était la gauche telle qu'il l'aimait : sans pathos ni chichi, qui donne juste ce qu'il faut aux pauvres sans inutilement contrarier les riches. Carvalho n'avait rien contre la révolution, à condition qu'elle ne remette rien en cause et qu'elle se déroule dans la plus parfaite discipline.

En juin 1968, pour la première fois depuis le début de leur fructueuse collaboration entamée vingt-quatre ans plus tôt, ce n'est plus à l'hôtel de ville de Marseille, mais au ministère de l'Intérieur, place Beauvau, à Paris, que monsieur Gaston convoqua son flic préféré. Les deux hommes n'allaient pas subitement verser dans le sentimentalisme, n'empêche, le moment et le décor étaient quand même solennels. Trois ans après avoir déclaré forfait dès les primaires pour l'élection présidentielle, Defferre se retrouvait dans le fauteuil autrefois occupé par Georges Clemenceau. Le maire de Marseille avait décroché le gros lot : premier flic de France et deuxième ministre le plus puissant du gouvernement Rocard (qu'il méprisait), juste un cran en dessous de son principal allié et grand rival, François Mitterrand. Monsieur Gaston n'avait cependant pas renoncé à l'Élysée. Il avait même mis au point un plan de conquête très précis dans lequel Carvalho occupait une place centrale.

« Vous allez devenir le chef de la sécurité rapprochée du président de la République. Vous le protégerez vingt-quatre heures sur vingt-quatre, sept jours sur sept. Et vous me transmettrez un compte rendu journalier de ses activités. Je veux tout savoir sur Mendès : qui il voit, quand, et combien de temps. Ce qu'il lit, mange, boit. Ses amis, ses ennemis, et ses maîtresses, s'il en a. »

Pour accomplir une telle mission, Carvalho pensait pouvoir choisir des hommes à lui, des vieux de la vieille du SRPJ de Marseille, voire des anciens membres (officiellement repentis) du gang des Corso-Portugais. Au lieu de ça, Defferre lui avait imposé un casting hallucinant : un clone ventripotent de Lino Ventura, un traître à la patrie qui se croyait pétri de sagesse orientale, et pire que tout, un émeutier rouge du Quartier latin, dont l'odeur pestilentielle constituait la meilleure arme de dissuasion… Ah, la belle équipe pour protéger le président le plus haï de toute l'histoire de France ! Barbouzes gaullistes du Service d'action civique, derniers survivants des commandos delta de l'OAS, cellules anarchistes et autonomistes d'extrême gauche, émules français de Lee Harvey Oswald, antisémites nostalgiques de Vichy, ou simples échappés de l'asile psychiatrique : tout ce que le pays comptait de psychopathes patentés semblait ne plus posséder qu'une seule cible, PMF. « Pierre (bientôt) Mort pour la France », comme le surnommait *Rivarol*. Chaque matin, au moins un plein sac postal d'insultes et de menaces diverses parvenait à l'Élysée. Carvalho et ses hommes les épluchaient consciencieusement afin d'en évaluer le réel danger. C'était un boulot de chien, mais ils savaient que, statistiquement, les candidats au présidenticide étaient trop nombreux pour que les plus déterminés ne tentent pas réellement leur chance.

À l'occasion du voyage historique de Fidel Castro, à Paris, les 23 et 24 novembre 1968, un illuminé avait fendu la foule massée le long des Champs-Élysées en brandissant un sabre de cavalerie. Dans la DS présidentielle, Mendès et son hôte barbu ne s'étaient rendu compte de rien. Trottinant le long du véhicule, du côté droit de la chaussée, Leroy le Viet' avait été le premier à repérer le dingo. Il l'avait neutralisé d'une manchette dans le plexus, puis Maso le Catcheur l'avait traîné jusqu'à un car des brigades populaires d'intervention, où Carvalho et Tisserand le Beatnik s'étaient joints à la fête. Dès le lendemain, le colonel des BPI adressait un rapport officiel de protestation au ministère de l'Intérieur : il avait retrouvé l'intérieur de son car maculé de sang. Cinq dents et une oreille tranchée (qui règne par le sabre…) avaient même roulé sous le siège conducteur. Defferre s'était évidemment empressé de classer l'affaire. L'apprenti Ravaillac oublia, lui, de porter plainte. Même avec une seule oreille, il entendait encore très bien.

Quelques mois plus tard, le 3 février 1969, à 8 h 30 du matin, Carvalho et ses hommes durent faire face à une tentative d'enlèvement autrement plus élaborée. Les quatre étaient allés chercher le président à son domicile personnel, 23 rue du Conseiller-Collignon, dans le XVIe arrondissement, afin de l'escorter jusqu'au palais de l'Élysée. Le protocole de sécurité était bien rodé : Carvalho attend devant la porte cochère que le président sorte de son immeuble. Il l'accompagne jusqu'à la DS présidentielle, où le Beatnik ouvre la portière arrière droite, tandis que le Catcheur et le Viet' sont prêts à faire démarrer les voitures de protection 1 et 2. Le temps de faire un petit coucou aux deux plantons en uniforme qui ont veillé toute la nuit sur le trottoir et affichent des mines de jambon périmé, et la journée peut commencer.

Sauf que le président avait à peine posé un pied dehors que deux Renault 16 pilaient au milieu de la chaussée. En avaient surgi cinq types en manteaux de cuir noir, grosses rouflaquettes et têtes d'abrutis : inutile de leur demander leur fausse carte tricolore pour deviner qu'ils appartenaient au SAC, l'organisation paramilitaire des gaullistes revanchards. Lourdement armés (P38, pistolets-mitrailleurs MAT 49 et même des fusils d'assaut Uzi israéliens), les barbouzes du Général avaient sûrement tout bien prévu, tout bien calculé. À un détail près : juste derrière le président Mendès France sortaient de l'immeuble une vieille voisine et son caniche. Leur seule présence suffit à perturber les cinq gorilles. À croire qu'ils manquaient de moelle ou de professionnalisme, les deux sûrement. Quand on a la prétention de vouloir kidnapper le président de la République française, en plein Paris, malgré quatre gardes du corps et deux policiers en uniforme, descendre une grand-mère et son chien-chien ne devrait pourtant poser aucun problème d'intendance ou de conscience.

Ce léger moment de flottement permit à Carvalho de s'interposer devant le président. Le bouclier humain reçut une balle dans la main gauche, celle qui ne sert à rien. De la droite, il dégaina son Smith&Wesson et tira deux balles qui firent mouche. Quelques pas plus loin, protégé par la masse imposante de la DS, le Beatnik, armé d'un .357 Magnum, parvint lui aussi à neutraliser (sans le tuer) un assaillant, en lui arrachant un bout de cuisse. Le type s'effondra en hurlant. À ce stade de l'embuscade, les deux derniers membres encore entiers du commando estimèrent plus important de sauver leur peau que de poursuivre le plan initial. Ils sautèrent dans les R16 et redémarrèrent sans demander leur reste, laissant derrière eux deux morts et un blessé qu'il aurait été plus charitable d'achever vu la vigueur des interrogatoires qui l'attendait.

Une fois décroché de Carvalho, le président Mendès France rassurait sa compagne descendue dans la rue. Marie-Claire Servan-Schreiber avait suivi, glacée d'effroi, toute la fusillade, de derrière ses fenêtres.

« Ne t'inquiète pas, tu vois, je suis bien protégé... », répéta plusieurs fois PMF.

Carvalho l'avait pris comme un compliment. Le premier qu'il ait reçu depuis sa nomination, huit mois plus tôt. Quant au caniche, il renifla l'un des deux cadavres, le plus corpulent, lapa le sang frais qui s'écoulait de la tempe. Puis l'animal trottina jusqu'à un platane où il put enfin soulager sa vessie. Le Beatnik s'en trouva inspiré. Il dégrafa sa braguette et pissa en visant la bouche de l'autre macchabée. Monsieur et madame Mendès France le regardaient fixement, horrifiés.

Dans les jours qui suivirent la tentative d'enlèvement ratée, la sécurité présidentielle fut encore renforcée. Gaston Defferre – soutenu fermement par François Mitterrand – exigea du président qu'il emménage enfin à l'Élysée, où il serait plus facile de le protéger. PMF s'était jusque-là refusé à habiter le palais, préférant rentrer chaque soir dans son appartement privé.

« Je donne mes journées à la République, les nuits, je les garde pour moi ! » avait-il prévenu, dès le début de son mandat. Mais l'attaque du 3 février avait démontré par le sang que ces allers-retours quotidiens entre le XVIe et le VIIIe arrondissement représentaient un point par trop vulnérable du dispositif. PMF avait cédé. Côtoyer la mort de si près l'avait rendu plus arrangeant.

Carvalho lui-même n'occupait pratiquement plus son logement de fonction de la rue de Surène. À l'Élysée, il réquisitionna la pièce la plus proche du bureau présidentiel, en chassant sans ménagement une paire de secrétaires courroucées. L'ex-commissaire transforma l'antichambre en une sorte de poste de sécurité avancé. Dès que le chef de l'État recevait un visiteur jugé suspect, Carvalho entrebâillait la porte, écoutait la conversation et, à la moindre menace, se tenait prêt à bondir, la main sur son revolver. Le problème, c'est que Carvalho trouvait TOUS les visiteurs suspects. Il était persuadé que le gang du SAC avait bénéficié de complicités à l'intérieur même du « château ». Il voulait débusquer les traîtres, nettoyer l'Élysée des lustres au parquet. Le manque de sommeil et la consommation exponentielle d'amphétamines (benzédrine, dexédrine, méthamphétamine) lui aiguisaient encore un peu plus les nerfs. Il savait que la pressante envie de pisser d'un caniche ne les sauverait pas toujours de la catastrophe.

C'est dans cette ambiance empoisonnée par les menaces et baignée de paranoïa que devait se tenir l'Anniversaire républicain du 25 mai. Carvalho n'en comprenait pas l'utilité et en redoutait les conséquences. Que l'on expose ainsi le président dans un lieu public, moins de quatre mois après une tentative d'assassinat en pleine rue, lui semblait totalement déraisonnable. D'autant que Mendès France fit un nouveau caprice. Il ne voulait pas d'escorte motorisée pour l'accompagner au stade et refusait la présence de policiers en uniforme à l'intérieur de l'enceinte !

« L'an dernier, à Charléty, il n'y avait pas de forces de l'ordre, et tout s'est très bien passé. Ce n'est pas en matraquant les jeunes que nous résoudrons nos problèmes ! » s'était emporté le président auprès de Defferre et Mitterrand, qui étaient à nouveau montés au créneau, mais cette fois-ci sans résultat.

Les deux ministres d'État eurent beau rappeler quelques fâcheux précédents (dans l'ordre : Henri IV, Sadi Carnot, l'archiduc François-Ferdinand, Paul Doumer, John puis

Robert Kennedy), PMF préférait rester à l'Élysée plutôt que de se rendre à Charléty entouré d'une « garde prétorienne armée jusqu'aux dents ».

Même si Carvalho considérait cet entêtement comme totalement stupide, il ne pouvait s'empêcher d'admirer l'obstination et le courage de celui qu'il devait protéger malgré lui. L'ancien truand-résistant devenu flic ripoux puis chef de la sécurité et agent double n'avait jusque-là jamais côtoyé un homme, et a fortiori un politicien, aussi intègre que Pierre Mendès France. Il s'en trouvait déstabilisé. Certes, Gaston Defferre restait son seul maître, mais, pour Carvalho, trahir le président devenait de plus en plus compliqué. Depuis l'attentat déjoué, il sentait que le vieux aussi lui accordait plus d'attention et de respect. Un soir, il l'invita même à franchir la porte qui séparait le bureau présidentiel de l'antichambre transformée en PC sécurité.

« Entrez, José, entrez... » C'était la première fois que le président l'avait appelé par son prénom. Mendès lui avait demandé de s'asseoir :

« J'aurais dû le faire plus tôt, mais vous savez ce que c'est, on n'a du temps pour rien ici, même pas pour la plus élémentaire des politesses... Je tenais à vous remercier pour ce que vous avez fait pour moi, en particulier le 3 février. Je sais ce que vous allez m'objecter : c'est votre mission, votre métier, n'empêche, vous l'avez accompli avec beaucoup de courage et de loyauté... »

« Je vous remercie, monsieur le président », avait répondu José avec fierté.

« La loyauté est une valeur à laquelle j'accorde beaucoup d'importance », reprenait Mendès. « Et je sais maintenant que vous êtes quelqu'un de loyal, sur lequel je peux compter. »

« Évidemment, monsieur le président », avait balbutié le chef de la sécurité, qui commençait à se demander si son interlocuteur était réellement naïf, ou s'il n'avait pas deviné tout ou partie de son double jeu. Carvalho avait opté plutôt pour l'option deux et tenté d'oublier que leur conversation sur les vertus de la loyauté était enregistrée par un micro qu'il avait lui-même posé derrière le cadre d'une photo de famille où PMF souriait aux côtés de ses fils Bernard et Michel.

Afin de dissimuler son trouble grandissant, le chef de la sécurité avait recentré la conversation sur des questions plus techniques. Il avait plaidé personnellement auprès du président pour qu'une escorte d'au moins six motards l'accompagne jusqu'à la porte de Gentilly. Carvalho et ses hommes assureraient ensuite le relais. Mendès s'était levé, avait lentement fait le tour de son bureau, avant de se planter face à la fenêtre donnant sur le jardin. Il était d'accord pour deux motards, pas un de plus.

Au stade Charléty, Carvalho et ses hommes étaient arrivés très tôt, dès 8 h 30, pour l'ouverture des portes. Ils avaient scruté chaque visage, guetté le moindre comportement suspect. Ils ordonnèrent même l'ouverture de plusieurs sacs.

« Vous êtes flics ? » demandèrent avec plus ou moins de défiance les personnes inspectées.

« Non, on est pires que ça... », se contenta de répondre Carvalho avec suffisamment de dureté dans le regard pour stopper net toute amorce de conversation.

Mis à part des couteaux suisses affûtés pour le pique-nique, ou des hampes de drapeaux du PSU au bout un peu trop pointu, Carvalho et ses hommes ne trouvèrent rien de dangereux. Les flics en civil disséminés partout dans le stade renvoyaient eux aussi le même message : RAS. Loin des débordements violents qui avaient marqué le dernier défilé du 1er Mai (45 blessés dont trois graves,

250 arrestations), l'Anniversaire républicain s'annonçait paisible et champêtre. Les banderoles étaient rares, les slogans peu repris (à l'exception de l'inusable « Ce n'est qu'un début... »), comme si la foule voulait avant tout afficher sa fierté de se compter si nombreuse et si calme. Décidément, les enfants turbulents de Mai 68 étaient devenus bien sages.

Carvalho hésitait quand même à se détendre. La nuit précédente, il s'était bourré de somnifères pour contrecarrer les effets prolongés des amphétamines qu'il ingurgitait par poignées.

« Carvalho, vous avez vraiment une très sale gueule ! » lui fit remarquer, à raison, Gaston Defferre, lequel en revanche semblait resplendissant, dans son costume trois-pièces, coupé sur mesure par Lanvin.

Le ministre de l'Intérieur portait aussi l'un de ses fameux feutres noirs de la maison Gélot, qu'il retira seulement au passage du président de la République. Le premier flic de France ne s'était pas précipité sur Mendès. Il l'avait attendu, un pas en arrière, comme pour signifier, que, au contraire de Rocard ou Mitterrand, lui n'était pas un courtisan.

« Bon dimanche et bon anniversaire, monsieur le président ! » s'inclina tout de même le fier lion marseillais au passage du cortège présidentiel désormais encadré par Carvalho et ses hommes.

Le chef de la sécurité ouvrait la marche. Le Viet' et le Beatnik avançaient à droite et à gauche du président, tandis que le Catcheur jouait les serre-files. La principale mission des quatre gorilles élyséens consistait, pour l'instant, à repousser le moins brutalement possible les assauts enamourés des fidèles militants comme des groupies d'un jour.

Mendès n'était pas de Gaulle. Le premier président de gauche de la Ve République détestait la familiarité poisseuse des bains de foule, mais il était trop courtois pour refuser la moindre main qui se tendait.

« Allez Mendès ! », « Vive le président ! », « De Gaulle en prison ! Pompidou à l'égout ! » gueulaient les plus excités, en s'accrochant à la manche présidentielle, avant d'être écartés, tout en douceur, par le Viet' ou le Beatnik. Encore un long couloir, puis une volée de marches, et la scène apparut. Jean Ferrat y jouait les vedettes américaines, en entonnant sa nouvelle chanson, qui passait en boucle à la radio :

« Qu'elle monte des mines, descende des collines.
Celle qui chante en moi la belle, la rebelle.
Elle tient l'avenir, serré dans ses mains fines.
Celle de 36 à 68 chandelles :
Ma France. »

Lorsque Louise Ben Kader franchit à son tour les grilles du stade Charléty, la pluie a cessé de tomber, et un timide soleil tente de sécher les banderoles et drapeaux gorgés d'eau. L'envoyée spéciale du *Monde* se dirige vers la partie haute de la tribune ouest, réservée aux journalistes. Mais la vision de ses confrères en costumes noirs ou gris, le dos voûté et les doigts crispés sur leurs combinés téléphoniques, lui ferait presque regretter son week-end à Saint-Étienne.

« Louise ! » l'interpelle Jean-Louis Galet de *France-Soir* en enlevant prestement son vieux cartable d'un siège qu'il lui a réservé.

« Merci, Jean-Louis, mais je pense que je vais plutôt descendre sur la pelouse pour écouter le discours », répond la jeune femme, au plus grand désespoir du reporter, qui repose sa serviette sur le siège inoccupé. Louise dévale quatre à quatre l'escalier de la tribune. Malgré la foule de plus en plus dense, elle continue à courir sur la pelouse, afin de se donner l'illusion que seul l'effort physique fait battre son cœur. En jouant des coudes, la journaliste parvient jusqu'au premier rang. Collé à la barrière, un grand type avec une casquette de paysan chinois ou de marin breton s'époumone :

« Mendès avec nous ! Mendès avec nous ! »

À côté de lui, trois jeunes filles pouffent de rire. Serrées sous leur banderole du Syndicat démocratique Crédit lyonnais, on dirait des triplées. Même frange droite, même minijupe coupée une main au-dessus du genou, mêmes chaussures à boucle et talon carré, comme si, après Charléty, les trois copines comptaient se rendre au Golf Drouot. Légèrement en retrait de la scène, il y a aussi cette famille. Le père, âgé d'une trentaine d'années, mais à la calvitie déjà sans pitié. Il porte un polo rouge, les trois boutons fermés jusqu'en haut. Sur ses épaules, son fils lui serre le cou encore plus fort que les trois boutons. À leurs côtés, la mère tient par la main une fillette qui réclame à son tour le droit de grimper sur les épaules paternelles.

« Les enfants sont fatigués ! On devrait aller s'asseoir en tribune », suggère la mère.

Même étranglé par son rejeton et supplicié par un mal de dos à faire s'évanouir un mulet, le père fait comme s'il n'avait rien entendu et prie pour que Mendès ne tarde plus trop à monter sur scène.

Avant de partir au stade, Louise a fourré dans son sac un carnet à spirale et un stylo Bic. Au milieu de la foule si compacte, atteindre ses outils de travail lui est désormais impossible. Alors, elle commence à rédiger son article mentalement. Les mots lui viennent sans trop de problèmes : *« Contrairement à ce que certains ministres redoutaient (ou espéraient ?), l'Anniversaire républicain, qui marque l'an 1 de l'arrivée de la gauche au pouvoir, n'a pas tourné au fiasco. Malgré le boycott de la CGT, et le soutien pour le moins tiède du Parti communiste, 22 000 personnes se sont, hier, massées à l'intérieur et à l'extérieur du stade Charléty. L'ambiance était plus familiale que militante. En douze mois, les supporters de Pierre Mendès France ont perdu quelques illusions, mais, en se rendant aussi nombreux porte de Gentilly, ils ont voulu montrer, sans débordement, et avec une grande gravité, que ni l'extrême gauche, ni la droite, ne pourraient leur confisquer "leur" révolution.* » Un deuxième paragraphe est sur le point de traverser son cortex cérébral, quand une main se pose sur son épaule :

« Alors, comme ça, la représentante de la presse bourgeoise se mêle aux gueux du premier rang ! Tu dois avoir un bon déodorant ! »

Louise est surprise, puis ravie de revoir Rémy Abeillé, son camarade de promotion au Centre de formation des journalistes. Mais à peine sont-ils tombés dans les bras l'un de l'autre qu'une gêne s'installe entre eux. Leurs gestes sont gauches, empruntés. Le boîtier Nikon F qui pend autour du cou du photographe tape maladroitement dans la poitrine de son amie reporter.

« Désolé, je ne t'ai pas fait mal ? »

« Non, non, ne t'inquiète pas. »

Surtout, il y a tous ces non-dits qui remontent à la surface, ce malaise qui les escorte depuis le CFJ. Au 33 rue du Louvre, quarante-neuf des cinquante étudiants de la promotion 1968 avaient su, peut-être pas dès le premier jour, mais disons dès la fin de la première semaine, que Rémy Abeillé, le beau blond aux yeux bleu délavé et au cou de taureau toujours entouré d'un appareil photo, était amoureux de Louise Ben Kader. Seule la brune aux longues jambes semblait ignorer le coup de foudre qu'elle avait déclenché.

Objectivement, Louise aurait eu toutes les raisons de tomber amoureuse de Rémy. Il était séduisant, prévenant, intelligent et sensible. Peut-être était-ce trop de qualités pour la jeune fille. Elle préférait le cynisme dandy et la gueule biscornue de Pierre Lefèvre. À Rémy, Louise s'était donc contentée de donner son amitié. L'apprenti photographe n'avait pas su quoi en faire. À quoi bon s'arracher à la tyrannie d'une famille tenue d'une main de fer par un père militaire de carrière, pour terminer sous le joug d'une reine de beauté qui le menait par le bout du nez ? Rémy Abeillé avait compté les jours avant de pouvoir quitter le CFJ et mettre de la distance entre Louise et lui. Il l'avait fait à sa façon. Radicale. Il était devenu photographe de guerre, une expression qu'il détestait, lui préférant celle de « photographe d'actualité ». Reste que son actualité le menait presque exclusivement au Biafra, au Laos et au Vietnam. Louise découvrait ses reportages dans *Paris Match, Newsweek, Life*, avec un mélange d'admiration et d'angoisse. Elle savait qu'au Vietnam Rémy faisait partie d'un gang de jeunes photographes français et américains qui se déplaçaient sur d'antiques motos Honda pour être au plus près de l'action. Les plus anciens reporters-photographes, ceux qui avaient fait « l'Indo », les surnommaient les *Baby riders*, et trouvaient qu'ils prenaient des risques « inconsidérés ». Dans le dernier *Match*, Louise était tombée sur une photographie de Rémy qui l'avait particulièrement troublée : on y voyait un soldat américain aux yeux bleus fatigués et au casque de travers sur lequel était écrit : *I love war*. Comme un autoportrait. Sous la photo, la légende précisait : « Mike J. Winslow de Saginaw (Michigan) faisait partie d'une unité de reconnaissance des marines, dans la région de Khê Sanh. Il fut tué au combat douze jours après. »

« Qu'est-ce que tu fais à Paris ? Je ne pensais pas te trouver ici », lui demande Louise.

« Je ne repars que vendredi à Saïgon. D'ici là, je m'occupe, je fais quelques images pour l'agence. Et puis Charléty, ça me rappelle toujours de bons souvenirs... », répond Rémy dans un sourire, avec une pointe de reproche dans la voix.

Un an plus tôt, Louise et Rémy s'étaient rendus ensemble au meeting de Charléty. La jeune femme n'avait eu aucun mal à convaincre son camarade de promotion de l'accompagner. Pendant les évènements de Mai, ils avaient été inséparables, des barricades du Quartier latin à la prise pacifique de l'Élysée, elle prenant des notes, lui des photos. Même si l'objectivité journalistique, qu'ils apprenaient alors à l'école, leur interdisait de le proclamer sur tous les toits, Louise et Rémy admiraient Pierre Mendès France. Ils étaient vraiment persuadés qu'il allait changer le monde. Pierre Lefèvre était évidemment beaucoup plus circonspect.

« Et Pierre, où travaille-t-il ? »

« À Monte Carlo. Il présente les journaux du soir pour RMC. »

« La plage, plutôt que les pavés... »

« Oui, c'est un peu ça... Tu le connais... »

Rémy n'ose pas demander s'ils sont toujours ensemble. Tant mieux, Louise n'aurait pas su quoi répondre. Elle et Pierre n'ont pas officiellement rompu. Ils se voient juste de moins en moins. Leurs coups de fil sont restés réguliers (chaque jeudi matin et chaque dimanche soir), mais toujours plus courts, pour ne pas dire expéditifs. En cette période d'intense révolution des mœurs, Louise et Pierre ont inventé un nouveau modèle : le vieux couple à distance.

« Et toi, tu revois des anciens de la promo ? » demande Louise pour changer définitivement de sujet.

« Non, personne », répond Rémy sans oser dire qu'il préférerait prendre une balle perdue à Khê San plutôt que de revoir un seul de ses camarades du CFJ, Louise comprise. Ces retrouvailles ne sont qu'un terrible malentendu qu'il entend abréger au plus tôt.

« Avant que tu ne repartes au Vietnam, on essaie de déjeuner ensemble ? » demande Louise. Mercredi par exemple ?

« Je ne sais pas très bien encore. Mais je t'appelle au journal, promis. »

Sur scène, Jean Ferrat vient de terminer son récital. Des gros bras de la CFDT démontent la batterie et la rapportent en coulisses avec les autres instruments. Face à la foule, les costauds ne laissent qu'un pupitre surmonté d'un micro. Le discours du président Pierre Mendès France est prévu à 11 h 45, dans six minutes exactement.

La partie de tribune réservée aux officiels se trouve à gauche de la scène, en léger surplomb. Quelques fanions tricolores donnent aux gradins de béton parsemés de sièges en plastique bleu un air protocolaire qui ne suffit cependant pas à dissimuler leur total inconfort.

« Est-ce que quelqu'un pourrait, je vous prie, nettoyer ce siège, il est absolument dégoûtant ! » réclame Gaston Defferre.

Le chef de cabinet du ministère de l'Intérieur accourt et utilise son propre mouchoir en coton afin que monsieur Gaston puisse s'asseoir sur la place numérotée B24 sans redouter de salir son costume trois-pièces. Provisoirement apaisé, le monarque marseillais retire son feutre noir et le pose délicatement sur ses genoux. À son côté, sur le siège B23, François Mitterrand fait beaucoup moins de chichis. Il a depuis longtemps fait le deuil de son pantalon de mauvaise coupe, à peine porté, déjà froissé, et de sa veste aux revers trop larges dont les pointes dressées semblent indiquer la direction des deux sorties de secours. Le ministre des Affaires étrangères est entièrement absorbé par son inspection minutieuse du public, rang par rang, à l'aide d'une paire de jumelles qu'il emmène d'habitude au théâtre :

« Dans la tribune en face, juste au-dessus du panneau publicitaire Esso, à droite de l'entrée principale, une très jolie blonde en chemisier bleu pétrole. On dirait Delphine Seyrig, en un peu plus délurée... », sourit Mitterrand avant de prêter ses jumelles à Defferre qui préfère les braquer sur la tribune de presse.

« Je n'arrive pas à la repérer, mais... Il paraît qu'au service politique du *Monde* il y a une très jolie nouvelle... »

« Oui, Louise Ben quelque chose... Jolis yeux, très longues jambes. Une fille de harki. »

« Un fruit défendu de notre empire disloqué... »

« Défendu ? Il ne faut jamais partir battu ! »

« Ah, ça y est, je crois que je l'ai repérée... Oui, oui, c'est elle, aucun doute, très jolie... mais très mal habillée. Qu'est-ce qu'elle fait dans le public, au pied de la scène ? » s'étonne Defferre tandis que Mitterrand reprend d'autorité ses jumelles.

« Si Beuve-Méry voyait son envoyée spéciale s'encanailler au milieu de la plèbe, il en ferait une jaunisse ! Ha, ha, ha ! »

Sacré Mitterrand ! Chaleureux comme un serpent et aussi franc qu'une hyène avant son déjeuner. La veille encore, dans son bureau de la place Beauvau, Gaston Defferre a réécouté l'enregistrement d'une conversation « informelle » que son collègue du gouvernement a eue avec le président de la République, avant le Conseil des ministres du 23 avril. Les deux hommes parlaient un peu loin du microphone américain planqué par José Carvalho dans une lampe Louis XV du Salon d'argent, mais le son était suffisamment net pour percevoir comment la colère froide de PMF se brisait contre la rouerie granitique de Mitterrand. Le chef de l'État était révulsé par la répression qui avait suivi sa tentative d'enlèvement du 3 février :

« Il était certes nécessaire de faire le ménage dans la police et les services de renseignement, mais certains débordements ne sont pas dignes de nos valeurs ! On m'a rapporté des cas de torture à l'électricité sur au moins trois policiers suspectés de "gaullisme", dont un commissaire ! »

Mitterrand lui avait répondu, de sa voix suave, aimable, gourmande, qui annonçait les pires trahisons :

« Le ministre de l'Intérieur a effectué un travail remarquable et nécessaire, mais je comprends et partage vos réserves. Si vous l'estimez usé, il ne tient qu'à vous de le remplacer. Charles Hernu possède, par exemple, l'étoffe d'un excellent ministre… »

Même après la vingt-cinquième écoute, Gaston Defferre a toujours du mal à en croire ses oreilles. Il y a une différence entre suspecter de double jeu un prétendu fidèle allié, et l'entendre déjà suggérer le nom de votre remplaçant sur une bande magnétique même imparfaitement enregistrée.

Grâce à son loyal Carvalho, le premier flic de France dispose d'une déjà riche collection de conversations piratées. Le chef de la sécurité présidentielle a sonorisé tout l'Élysée. L'antenne parisienne de la CIA lui a fourni un vaste arsenal de micros dernier cri qu'il a cachés dans les lampes, meubles, lustres, cendriers, stylos des bureaux, salons et même appartements privés du président. La nuit, quand Mendès s'endort enfin du sommeil du juste, Carvalho fait sa tournée. Tel un apiculteur prélevant son miel de ruche en ruche, il parcourt l'immense palais désert afin de récupérer les enregistrements captés par ses mouchards. Puis, dans son antichambre seulement meublée d'un bureau Louis XV et d'une méridienne de style Empire, il retranscrit les conversations de la journée, n'omettant aucun mot, aucune injonction. Il sait que son patron déteste les imprécisions. Car, avant de livrer son miel aux Américains, Carvalho en garde les meilleurs pots pour monsieur Gaston. Le ministre de l'Intérieur se jette avec une particulière gourmandise sur les retranscriptions des conversations entre le président Mendès France et ses collègues du gouvernement. Mitterrand donc, mais aussi le premier d'entre eux, Michel Rocard, surpris en plein bavardage, le 25 février, de 17 h 32 à 18 h 15, dans le bureau présidentiel (le micro était planqué dans le socle d'un chandelier, sur la cheminée).

Rocard : « Pourquoi ne pas remanier pour nous débarrasser de Defferre et Mitterrand qui ne cessent de nous planter des couteaux dans le dos ? »

Mendès France : « Déjà que les communistes menacent chaque jour de démissionner, si, en plus, nous renvoyons Defferre et Mitterrand, ce n'est plus le gouvernement de la France que vous dirigerez, mais le bureau politique du PSU ! »

Rocard : « J'aurais plaisir à diriger un gouvernement resserré et solidaire, plutôt que de perdre mon temps à gérer les ego surdimensionnés et les ambitions à la petite semaine ! »

Mendès France : « Et moi, j'aurais plaisir à disposer d'un Premier ministre qui possède suffisamment d'autorité pour régler tout seul ce genre de problèmes ! »

Rocard, justement, vient d'entrer dans la tribune officielle, où une très mauvaise surprise l'attend : une main mal intentionnée a posé l'étiquette portant son nom sur un vulgaire strapontin du deuxième rang, à côté des sièges rustiques, mais tout de même plus confortables, réservés à Defferre et Mitterrand.

« C'est une très mauvaise plaisanterie, monsieur le Premier ministre ! Il est hors de question que vous soyez aussi mal assis ! » s'exclame Mitterrand sans parvenir complètement à masquer son amusement.

« Nous sommes évidemment prêts à vous céder notre place », renchérit Defferre qui commence déjà à se lever.

« Non, non, c'est inutile, messieurs », tranche Rocard en tirant nerveusement sur sa cigarette. « Vous êtes beaucoup trop bien installés pour que je vous demande de vous en aller. Ne vous inquiétez pas, je saurai trouver ma vraie place ! »

Le Premier ministre n'est évidemment pas dupe : ce sont ces deux vieux grigous qui lui ont joué ce mauvais coup. À cause de la passivité de Mendès, Mitterrand et Defferre se croient tout permis, même les plus lamentables plaisanteries. Rocard rêve de les écraser comme le mégot de sa Gitane sans filtre sur le béton froid des gradins de Charléty. Au début, sa haine était volatile. Elle allait et venait selon les coups bas délivrés par l'infernal duo (propos insolents en Conseil des ministres, indiscrétions peu flatteuses sur sa personne rapportées aux journalistes...). La grandeur de sa tâche et les responsabilités inhérentes à ses fonctions de Premier ministre finissaient toujours par reprendre le dessus. Mais, à force de mesquineries et d'humiliations, cette haine a fini par sédimenter, jusqu'à devenir une compagne familière avec laquelle l'hôte de Matignon s'endort le soir et se réveille le matin, quand elle ne perturbe pas aussi ses nuits.

En attendant, un jour, de les renvoyer dans leurs baronnies miteuses de la troisième circonscription de Marseille et de Château-Chinon d'où ils n'auraient jamais dû s'extirper, Michel Rocard doit trouver son vrai siège. Il est volontairement arrivé au dernier moment, rêvant d'une entrée, peut-être pas triomphale, mais au moins remarquée, les têtes de ses ministres et des autres invités (dignitaires étrangers, personnalités du monde du spectacle et du sport...) se tournant sur son passage avant qu'il n'adresse un salut respectueux de la main et ne s'asseye dans le fauteuil au centre de la première rangée. Sauf que toutes les places sont désormais occupées. Il ne peut tout de même pas retourner s'asseoir sur le strapontin à côté de Mitterrand et Defferre ou, encore pire, rester debout ! Il lui faut donc demander le plus diplomatiquement possible à l'un des occupants du premier rang de lui céder la place. Mais à qui s'adresser ? Pas aux trois ministres communistes (Marchais, Leroy, Juquin), qui ont menacé jusqu'au bout de ne pas venir et font déjà une gueule de six pieds de long. À Guy Mollet ? C'est un ministre des Postes et Télécommunications déjà périmé, mais il a 62 ans et a été président du Conseil. L'expulser de son siège serait inconvenant. Robert Badinter ? Impossible. Depuis qu'il a aboli la peine de mort, le détenteur du portefeuille de la Justice est devenu un saint laïc, un intouchable, le plus populaire des membres du gouvernement. Rocard le craint et le jalouse, il préférerait descendre nu sur la pelouse plutôt que de réquisitionner sa place. Pas question non plus, évidemment, de demander à Anne Zelensky, sa secrétaire d'État à la Condition féminine, d'aller se poser ailleurs. Ce manque de galanterie lui vaudrait d'être cloué au pilori. Reste bien une solution : Sauvageot. À 29 ans, le ministre de l'Éducation nationale est le benjamin du gouvernement.

En nommant à un poste aussi symbolique l'un des leaders estudiantins de Mai 68 (le seul qui ait accepté leur proposition d'entrer au gouvernement), Rocard et Mendès pensaient s'acheter à moindre prix la paix des amphis. Ils se sont lourdement trompés. Lorsque, après plusieurs mois de concertation, le ministre Sauvageot a voulu symboliquement présenter sa réforme des universités aux étudiants de la Sorbonne, l'ex-vice-président de l'UNEF fut accueilli aux cris moqueurs de « Libérez notre camarade ! ». « Ses engagements forts pour garantir l'autonomie des universités et briser le pouvoir ancestral des mandarins » furent noyés sous les sifflets, et des bagarres éclatèrent aux quatre coins de l'amphithéâtre entre pro et anti-Sauvageot. Les molosses casqués des brigades populaires d'intervention durent évacuer le jeune ministre. « BPI SS ! BPI SS ! » se déchaînèrent maos, stals et trotskistes, à nouveau unis contre « Jacquot-le-traître ».

En plus du mépris de ses anciens frères d'armes, le « malgré-lui de Rocard et Mendès » (*La Cause du peuple*, numéro du 18 octobre 1968) suscite en d'égales proportions la méfiance de ses collègues du gouvernement.

« Un lanceur de pavés dans le fauteuil de Jules Ferry ! » s'est exclamé Guy Mollet quand il a appris sa nomination, au 110 rue de Grenelle.

D'un pas décidé, Michel Rocard se dirige vers le premier rang de la tribune. Il oblige à se lever Marchais, « Pardon Georges », Juquin, « Pardon Pierre », Leroy, « Pardon Roland », Mollet, « Pardon Guy », Badinter, « Pardon monsieur le ministre », et Zelensky, « Pardon Anne », avant de se planter devant Sauvageot :

« Désolé, Jacques, mais je pense qu'il y a eu une grosse erreur dans le protocole. Tu occupes mon siège, alors que tu devais t'asseoir derrière, à côté de François et Gaston… »

Le jeune ministre se lève sans un mot, passe devant le strapontin et se dirige droit vers la sortie. En s'asseyant enfin à la place qu'il estime être la sienne, Michel Rocard perçoit un malaise qui se dissipe plus difficilement que la fumée de sa nouvelle cigarette allumée dans la précipitation, afin de se donner un peu de contenance.

« Jacques va revenir. Son directeur de cabinet le demande… », explique à haute voix le jeune Premier ministre, sans qu'aucun de ses voisins réagisse. Dans son dos, Michel Rocard sent seulement le métal froid d'une lame particulièrement bien aiguisée. Il n'a pas besoin de se retourner pour savoir que le double regard de Defferre et Mitterrand le transperce de mépris.

Arrivé depuis déjà presque une heure, Pierre Mendès France est maintenant impatient de monter sur scène. PMF sait qu'il n'est pas un très grand orateur, mais toutes les mains qu'il a serrées, les encouragements qu'il a reçus lui ont redonné confiance. Il n'éprouve même plus le besoin de relire ses notes, il les connaît par cœur. Seul le passage rajouté puis raturé sur « la jeunesse qui a vaincu de Gaulle » – avec ou sans les ouvriers ? – le tracasse encore un peu. Avant que la DS présidentielle ne tente de se frayer un passage dans l'immense foule de la porte de Gentilly, PMF s'était préparé à prononcer un discours de combat. Quitte à faire exploser sa majorité, il était prêt à jouer son va-tout, à dénoncer l'hypocrisie de ses ministres communistes et de la CGT. Mais l'atmosphère bienveillante, bon enfant, qui l'entoure (à sa plus grande surprise) depuis son arrivée au stade Charléty l'inciterait plutôt à l'apaisement et à la paix des braves. Alors, avec ou sans les ouvriers ? Inutile de trancher maintenant, il décidera au dernier moment, derrière le micro.

En attendant, caché par un pilier qui soutient le toit provisoire de la scène, le président de la République observe, amusé, la tribune officielle. Comme ses ministres ont changé ! En à peine quelques mois, les fiers camarades communistes et socialistes, sevrés par des décennies d'opposition, se sont transformés en parfaits notables, jaloux de leurs privilèges et ivres de leur pouvoir. Mitterrand se prend pour Talleyrand, Defferre pour Poincaré, et ce pauvre Rocard pour Johnny Hallyday ! Lui-même se revoit un an plus tôt, au même endroit ou presque, invité à prononcer un autre discours sur la scène de Charléty, ou plutôt l'estrade, car l'époque était encore à la modestie des moyens et des hommes.

C'était le 27 mai 1968. De Gaulle ne s'était pas encore envolé pour Baden-Baden. La Ve République vacillait sous les coups de boutoir de sa jeunesse impatiente et rebelle, mais les CRS rendaient encore coup pour coup. Dans son appartement de la rue du Conseiller-Collignon, au cœur du Paris bourgeois, le député Mendès France observait la situation sans trop savoir quoi faire, ni même quoi penser. Il s'était longtemps méfié de ce mouvement estudiantin, certes sympathique, mais débraillé. L'ancien président du Conseil de la IVe République peinait à en comprendre toutes les revendications et n'accordait qu'une confiance modérée à ses leaders, plus jeunes que ses deux fils, Bernard et Michel. Des proches comme l'avocat Georges Kiejman et le premier secrétaire du PSU, Michel Rocard, avaient fini par convaincre Mendès de se rendre au meeting de Charléty, organisé par les responsables du syndicat étudiant, l'UNEF.

« Au moins, maintenant, on saura de quel côté de la barricade, je me situe », avait-il confié à Rocard, place d'Italie, tandis que le cortège de plusieurs dizaines de milliers d'étudiants et de sympathisants s'ébrouait vers la porte de Gentilly. Mais, une fois sur place, PMF avait refusé de prendre le micro que lui tendait Jacques Sauvageot, alors vice-président de l'UNEF. « Je ne suis pas habilité à prendre la parole dans une réunion syndicale », s'était bizarrement excusé PMF. Les 30 000 spectateurs ne lui en avaient pas tenu rigueur. Comme si sa présence avait suffi. Il était le seul homme politique des trois dernières républiques à être ainsi toléré, et même respecté, par les enfants de Mai.

Deux jours plus tard, de Gaulle décollait pour Baden-Baden et décidait d'y rester pour un bail à durée indéterminée. Le pouvoir était vacant, le vide abyssal. Au palais de l'Élysée, vite déserté par les CRS, une bande d'ex-émeutiers du Quartier latin dégueulassaient les tapisseries des Gobelins, forniquaient dans les draps brodés d'Yvonne de Gaulle et fumaient des joints, allongés sur la pelouse, à l'ombre des platanes bicentenaires. Pierre Mendès France était devenu l'ultime recours, l'homme providentiel. Même les élus de droite se rendaient en procession rue du Conseiller-Collignon pour l'implorer de sauver la République. C'était PMF ou l'anarchie, le Juif bradeur d'empire ou les tanks chinois place de la Concorde. Évidemment, le député de Grenoble avait à nouveau tergiversé. Moins longtemps que d'habitude cependant. La tentative de François Mitterrand pour le doubler sur sa droite avait achevé de le convaincre. Cette fois-ci, il devait y aller.

De Charléty 1968 où il n'avait pas parlé à Charléty 1969 où il s'apprête à monter sur scène, un an s'est écoulé, et chaque jour, chaque minute, chaque seconde a un peu plus creusé ses rides sans affaisser ses épaules. Face aux coups du sort, aux trahisons, Pierre Mendès France a le sentiment d'être toujours resté droit, et le ronronnement familier de la foule qui parvient jusqu'aux coulisses le conforte dans l'idée que la partie peut être gagnée, que même la gauche socialiste, humaniste, est capable de gouverner sans se renier.

« Alors, José, vous commencez quand même un peu à vous détendre ? » plaisante PMF, au bord de l'euphorie, tandis que son chef de la sécurité esquisse un début de sourire.

« Être “détendu” ne fait pas partie de mes attributions, monsieur le président… »

Ce garde du corps, le président a fini par l'apprécier. C'est une expérience singulière que d'avoir la vie sauvée par un homme avec lequel vous ne possédez aucune autre relation que hiérarchique ou salariée. Pendant la guerre, Mendès a été navigateur dans un bombardier Boston de l'escadrille Lorraine. Il a connu la mort d'en haut, mais s'est toujours demandé comment il aurait réagi en bas s'il avait dû se battre au corps-à-corps avec un Allemand ou un Français de Vichy. Est-ce si facile de sentir le souffle, l'haleine d'un homme, avant de transpercer son uniforme et sa peau d'un coup de couteau ? Est-ce qu'il aurait eu ce courage-là ? Est-ce qu'il aurait pu, comme Carvalho, offrir son corps en bouclier, accepter de prendre une balle à la place d'un autre ? Depuis le 3 février, même s'il a du mal à le formuler ou à l'admettre, Mendès se sent en dette vis-à-vis de Carvalho. Il ne sait pas trop comment le rembourser, si ce n'est en se montrant plus avenant, moins froid qu'auparavant.

À peine descendu de cette maudite DS, Mendès a été sincèrement heureux, presque soulagé de retrouver son chef de la sécurité. Il l'a salué d'un sobre « Bonjour, José », avant de le suivre à la distance réglementaire de 1,5 mètre dans les entrailles de Charléty. Le président a en revanche tout fait pour ignorer la présence des trois autres gardes du corps. Ils lui font horreur, surtout le plus jeune, qui a osé uriner dans la bouche d'un mort, après l'attentat du 3 février. Sa chère Marie-Claire continue d'en faire des cauchemars. PMF a exigé le renvoi du psychopathe aux cheveux longs que les autres gorilles surnomment « le Beatnik ». Defferre a promis qu'il serait « redéployé », mais n'a rien fait. Le Beatnik est toujours là, avec son regard de fou aux pupilles dilatées, ses joues duvetées, et son pistolet semi-automatique Beretta 951 qui dépasse d'un jean à pattes d'éléphant si sale qu'un pachyderme de plusieurs tonnes semble l'avoir piétiné. PMF a tout de même obtenu que le Beatnik, mais aussi le Viet' et le Catcheur (dont il se méfie à peine moins) ne l'accompagnent pas jusqu'à la scène. L'étrange trio devra rester en retrait tandis que seul Carvalho aura le privilège de veiller jusqu'au bout sur le président.

Au moment de grimper la dernière volée de marches qui débouche sur l'estrade, c'est donc vers son chef de la sécurité que PMF se tourne, guettant son approbation et son encouragement. Carvalho lui sourit. Tout va bien. Aucun souci.

Le président est désormais seul sur scène. Plus il se rapproche du microphone, plus il se sent comme aspiré par la foule. L'homme qui a sauvé la Ve République a l'impression que, s'il ne s'accroche pas des deux mains au pupitre, les « Mendès ! Mendès ! Mendès ! Mendès ! » vont le soulever pour l'emporter à l'autre bout du stade. Jamais Pierre Isaac Isidore Mendès France n'a ressenti une telle émotion et (il ose à peine se l'avouer) un tel sentiment de puissance. Il se promet de ne pas y prendre goût et culpabilise déjà d'autant en profiter. D'un geste de la main, avec le moins d'emphase possible, comme à des enfants turbulents lors d'un goûter d'anniversaire, PMF demande aux dizaines de milliers de spectateurs de cesser de l'acclamer. Ils n'obéissent qu'à regret, et quelques derniers « Mendès ! Mendès ! » lâchés sporadiquement retardent le silence qui finit quand même par s'installer. Le président de la République déplie sur le pupitre la feuille de papier blanc sur laquelle est écrit son discours raturé.

« Français, Françaises, mes chers compatriotes... Nous voici réunis aujourd'hui si nombreux (nouveaux applaudissements du public) non point pour ressasser le passé, mais bien pour célébrer le futur. Un avenir de paix ne se construit pas à partir des rancunes, même les plus justifiées. La réconciliation nationale est une condition au développement économique et social. Une compréhension réelle, durable, entre tous les Français permettra aux hommes de progrès de bâtir une démocratie qui ne sera pas seulement une démocratie politique, mais aussi économique… »

Au cours de tant de meetings, réunions, allocutions, conférences de presse, combien de fois, Pierre Mendès France n'a-t-il pas affronté l'ennui de son auditoire dès ses premières phrases prononcées. Répugnant aux effets de manche, terrorisé par l'idée même d'improviser, habituellement tenaillé par un stress qui l'incite sans cesse à enlever et remettre ses lunettes comme si la qualité de sa vue faiblissait ou au contraire s'améliorait spectaculairement d'un paragraphe à l'autre, l'ancien président du Conseil a toujours préféré la causerie radiophonique, plus intime, à l'édification des foules. Mais, aujourd'hui, c'est comme s'il adressait personnellement à chacun des spectateurs de Charléty. À cet homme en polo rouge qui voudrait applaudir, mais doit tenir les jambes de la fillette posée sur ses épaules, à ces trois jeunes femmes serrées sous une banderole du Crédit lyonnais qui le dévorent des yeux comme s'il était un chanteur à la mode, à cette autre demoiselle encore plus jolie, l'exact sosie d'une journaliste du *Monde*, mais aussi à son Premier ministre, Michel Rocard, lequel est si concentré qu'il oublie d'épousseter les cendres de sa cigarette en train de tomber sur le revers de son veston. Même Gaston Defferre et François Mitterrand dévisagent Pierre Mendès France avec ce qu'un observateur impartial pourrait identifier comme une marque de respect teintée d'une lueur d'admiration.

« Tous les facteurs de production, tous les éléments qui contribuent à l'enrichissement de la communauté nationale sauront pourquoi leur effort est fourni et ils sauront aussi qu'ils recevront une juste et correcte rétribution de leur participation à l'effort de tous…, poursuit Mendès qui aborde désormais sans crainte la partie la plus délicate de son discours. Non, nous ne sommes pas résignés ! souligne-t-il pour une fois d'un geste vigoureux de la main droite. Nous devons continuer à bâtir un socialisme moderne. Notre but est de refaire de la France une nation forte et prospère dont le progrès soit une promesse de justice et de bonheur à sa jeunesse impatiente. Car c'est cette jeu… »

CHAPITRE 4

Baden-Baden (République fédérale allemande), dimanche 25 mai

C'est son moment préféré de la journée, le seul bon en vérité. Celui qu'il attend avec impatience toute la matinée avant d'y songer avec nostalgie le reste de l'après-midi et pendant une grande partie de la soirée. Chaque jour, à 13 h 35 précises, le général Jacques Massu, Compagnon de la Libération, vainqueur de la bataille d'Alger et commandant en chef des forces françaises en Allemagne, s'allonge à poil sur son lit de camp pour une sieste n'excédant jamais la demi-heure réglementaire. Il pourrait dormir plus longtemps. Qui oserait le déranger et surtout qui a besoin de lui ? Depuis un an, le général Massu, Compagnon de la Libération, vainqueur de la bataille d'Alger et commandant des forces françaises en Allemagne, se sent aussi utile qu'un fleuriste au milieu d'un champ de manœuvres. Le héros de tant de combats glorieux (Hanoï, Suez, Alger…), en première ligne pendant trois conflits (une victoire, deux défaites), est devenu le général d'opérette d'une armée qui ne se bat jamais, si ce n'est contre l'ennui. À Baden-Baden, les journées, interminables, sont rythmées par les parades, les réceptions et les monologues assommants du « Grand ».

Massu peut retirer, dans l'ordre, ses chaussures, son pantalon de velours noir, son pull col roulé rouge « du dimanche », son maillot de corps, son slip et ses chaussettes, avant d'éprouver avec volupté le confort pourtant rudimentaire de son fidèle paddock pliant qui l'accompagne depuis le Tonkin. Il sait que rien ni personne ne viendra perturber ses rêveries, à moins que le repas trop fortement copieux et arrosé ne le fasse très vite sombrer dans un plus lourd sommeil dont il craint déjà de se réveiller. La veille, le maréchal Piotr Kirillovitch Kochevoï, défenseur de Stalingrad, détenteur de l'Ordre de Lénine et commandant en chef des troupes soviétiques en Allemagne de l'Est, s'est déplacé jusqu'à Baden-Baden pour un dîner officiel qui a tourné, comme trop souvent, à la beuverie. Les femmes et filles des officiers français ont fini par redouter les visites de moins en moins espacées du maréchal Kochevoï et de son état-major, composé en grande partie de généraux soudards et d'aides de camp aussi débraillés qu'insolents. Le protocole n'a une nouvelle fois pas survécu à l'apéritif donné dans le pavillon de chasse de la résidence. L'amitié franco-soviétique a servi de prétexte à une salve de toasts qui aurait décimé un régiment de cosaques du Don. Le repas, concocté avec le plus grand soin par le caporal-chef cuisinier Gérard Degrève, fut le prétexte à d'autres libations. Dix-huit bouteilles de champagne Mumm extra-brut et six grands flacons de cognac Martell ont été descendus pour mieux absorber la terrine de foie gras d'Alsace suivie d'une perdrix aux cèpes qui baignait dans une épaisse sauce au muscat. Le général de Gaulle, son épouse et leur fils Philippe se sont éclipsés juste avant que la soirée ne prenne un tour encore plus embarrassant. Car, pour parachever cette magnifique réception, les hôtes russes ont exigé « un bal à la française », provoquant un vent de panique dans les rangs des potentielles cavalières.

Une crise diplomatique majeure a été évitée quand, à l'issue d'une valse moins dansée que titubée, un officier russe enhardi par le cognac Martell Extra Old tenta d'entraîner vers le canapé du jardin d'hiver la malheureuse épouse du capitaine Grégoire. Le maréchal Kochevoï dut lui-même s'interposer. Il gifla son indélicat subordonné avant de présenter ses excuses au général Massu, lequel les accepta d'autant plus facilement qu'il ne pouvait décemment rien refuser à son homologue soviétique. Quel poids pèsent les deux divisions des forces françaises en Allemagne, quand Kochevoï dispose de cinq armées entières, soit 386 000 soldats et 7 500 chars de combat ?

« Un tel rapport de force oblige à la prudence et au bon voisinage, ce qui n'implique ni la lâcheté, ni la veulerie », avait rétorqué Massu à sa femme, Suzanne, qui lui reprochait de ne pas avoir défendu avec plus d'ardeur l'honneur bafoué de la femme du capitaine Grégoire.

Une semaine plus tôt, c'est Véronique Massu, l'une des filles du général, qui a hurlé de terreur lorsqu'un aide de camp russe au visage poupon mais à la musculature d'ours l'a poursuivie jusque devant la porte de sa chambre.

« Faudra-t-il que l'une d'entre nous se fasse trousser comme une vulgaire bonniche pour que vous vous décidiez enfin à stopper ces beuveries avec vos infâmes amis cosaques ! Jacques, mon ami, je ne vous reconnais plus ! » s'était emportée Suzanne Massu.

Allongé à poil sur son lit de camp, le commandant des forces françaises en Allemagne repense à la froide colère de son épouse. En presque vingt ans de mariage, sa chère Suzanne ne lui a jamais manifesté un tel mépris. Et si elle avait raison ? Jamais à Alger, il n'aurait toléré que quiconque manque de respect à l'épouse de l'un de ses officiers, et encore moins à sa fille adorée. Il aurait éventré d'un coup de sabre le malotru plutôt que de subir une telle offense. Est-ce l'âge, l'embourgeoisement ou la realpolitik qui l'ont rendu si lâche ?

Physiquement pourtant, alors qu'il vient tout juste de fêter ses 61 ans, Massu reste en pleine forme. Pas plus tard que la semaine dernière, lors d'une marche de nuit en Forêt-Noire, il a humilié des petits merdeux trois fois plus jeunes que lui. Chaque matin, même les lendemains de cuite, il enchaîne encore deux séries de cinquante pompes avant d'aller prendre son petit-déjeuner au mess des officiers. Non, Massu doit bien se l'avouer, si malgré la soixantaine, il a conservé un corps de guerrier, c'est, entre le béret et son grand nez, qu'il a perdu le feu sacré. Trop de compromis, de renoncements et même de trahisons. Baden-Baden et ses cures thermales pour vieux Boches perclus de rhumatismes s'est révélé un bien pire traquenard que la casbah d'Alger infestée de *fellaghas* poseurs de bombes.

Heureusement, la gueule de bois héritée de la veille anesthésie peu à peu ses états d'âme. Ses yeux se ferment, ses épaules s'enfoncent dans la toile distendue, ses doigts de pied se frottent aux froides armatures métalliques du lit pliant. Massu émet ses premiers ronflements quand des coups violents frappés à la porte le font sursauter.

« Mon général ! Mon général ! Il y a eu un attentat contre Mendès ! Ouvrez ! Ouvrez ! »

Massu se lève d'un bond et ouvre la porte. Son aide de camp, le capitaine Jacques Grégoire recule, pour le moins surpris par la vision de son chef entièrement nu. Massu ignore son embarras et le presse de questions :

« Qu'est-ce que vous racontez ? Qui a fait le coup ? Mendès est mort ? »

« D'après Europe 1 et les informations que j'ai pu recueillir auprès de nos contacts à Paris, Mendès a reçu plusieurs balles pendant qu'il prononçait un discours à Charléty. Il serait entre la vie et la mort. On ne sait pas qui a fait le coup, mon général. »

En plus du mépris qu'il a toujours éprouvé pour Mendès, ce bradeur d'empire, geignard et défaitiste, Massu ressent une violente décharge d'excitation. Et si cet attentat représentait son billet de retour pour la France ? Lui qui s'était presque résigné à crever d'ennui à Baden-Baden, sans jamais revoir la mère patrie, s'imagine désormais descendre les Champs-Élysées en libérateur de Paris débarrassé des cocos, des gauchos et des socialos. Le voici qui salue la foule, un pas derrière de Gaulle. Une marée de drapeaux bleu, blanc, rouge les escorte jusqu'à l'obélisque de la Concorde. De Gaulle le nomme ministre de la Défense. Suzanne est à nouveau fière de lui.

Reste juste à convaincre le Grand de sortir de son sarcophage pour redevenir le sauveur de la France.

« De Gaulle doit parler aux Français. Qu'il leur refasse le coup du 18-Juin. Je vous ai compris et Vive le Québec libre ! s'enthousiasme Massu. Grégoire, trouvez un journaliste ami à l'ORTF pour organiser la retransmission. Il doit quand même bien en rester un, non ? Moi, je vais parler au Grand. »

Plus question de dormir en plein après-midi, le général Jacques Massu, Compagnon de la Libération, vainqueur de la bataille d'Alger et commandant des forces françaises en Allemagne, se rhabille à la hâte. Il manque même de se casser la gueule en enfilant trop vite la jambe droite de son pantalon.

À nouveau présentable, le guerrier revigoré se précipite vers la chambre du général de Gaulle, ou plutôt vers SA chambre, celle qu'il dut céder au grand homme, il y a un an. La suite dite du Cardinal se trouve au premier étage de la résidence. Surnommée ainsi, car une éminence pourprée y a, dit-on, séjourné, elle possède une salle de bains avec baignoire et un petit salon attenant. Au centre de la chambre trône un lit monstrueux de 2,50 m de longueur et 2 m de largeur, dont les draps sont changés chaque jour (même le dimanche) par Rita, la femme de chambre allemande. C'est de très loin la pièce la plus agréable de la résidence du chef des forces françaises en Allemagne. L'ancien pavillon de chasse du XVIIIe siècle est, certes, merveilleusement bien situé sur le versant nord du Fremesberg, avec vue sur la plaine d'Alsace et la vallée du Rhin, mais ses pièces sont exiguës, froides et peu confortables.

Suzanne Massu a, elle, dû céder à Yvonne de Gaulle la chambre dite de Stéphanie de Beauharnais, qui dispose également d'une salle de bains, mais sans petit salon. Les époux Massu se sont rabattus de bonne grâce dans un bâtiment plus rustique (en fait une ancienne auberge) situé à l'autre bout du jardin, juste à côté de la piste d'atterrissage pour hélicoptères.

Si la cohabitation entre les deux familles a d'abord été placée sous le signe de la bonne entente et du respect mutuel, elle s'est envenimée quand Philippe de Gaulle, sa femme et leurs quatre garçons ont à leur tour emménagé. Ils avaient d'abord trouvé refuge dans une jolie villa de la Vogesenstrasse, à l'ouest de Baden-Baden. Mais, pour des raisons de sécurité, ils ont été rapatriés à la résidence, avec comme victimes collatérales les filles Massu, qui durent à leur tour abandonner leurs chambres. Véronique en particulier s'est montrée beaucoup moins philosophe que ses parents.

« De quel droit ? Pourquoi ? C'est inadmissible ! » s'était exclamée la cadette, dont les vêtements avaient été vidés des penderies sans ménagement par Henriette de Gaulle, la femme de Philippe.

Depuis, la promiscuité et l'ennui ont transformé le lieu en un cauchemar à huis clos. Les repas en particulier sont devenus des zones de conflit de haute intensité.

« Vous aurez des comptes à rendre devant l'Histoire pour n'avoir pas su entendre le ras-le-bol de la jeunesse ! » s'est encore exclamé au déjeuner Charles de Gaulle junior, du haut de ses 21 ans. Moins par conviction que par provocation, l'aîné des petits-fils du Général ne manque jamais une occasion de défendre la cause des émeutiers parisiens, à la plus grande fureur d'Yves, de deux ans son cadet.

« Tu n'es pas digne de porter notre nom ! Retourne à la Sorbonne avec tes camarades gauchistes ! »

Massu lui-même a dû séparer les deux frères sur le point d'en venir aux mains.

Dans la famille de Gaulle, c'est cependant Yvonne, la grand-mère, qui affiche les signes de stress et de dépression les plus inquiétants. Dans les mois qui ont suivi son arrivée à Baden-Baden, la femme du Général a répété en boucle la mésaventure dont elle fut victime, la veille du décollage en hélicoptère pour l'Allemagne, comment, en faisant ses emplettes dans le quartier parisien de la Madeleine, elle avait été reconnue puis insultée par des vendeuses d'une épicerie fine pourtant fréquentée par la meilleure société.

« L'une de ces petites pestes m'a hurlé dessus : "Ça suffit, partez ! On vous a assez vus !" En repartant vers l'Élysée, c'est le conducteur d'une DS, oui, d'une DS, qui a profité d'un arrêt au feu rouge pour nous agonir de grossièretés ! » racontait plusieurs fois par jour Yvonne de Gaulle, qui semblait plus marquée par ces deux incidents rapprochés que par l'attentat du Petit-Clamart dont elle et le Général avaient miraculeusement réchappé, six ans plus tôt. Après cette première phase d'intense agitation, l'ex-première dame avait sombré dans une profonde apathie.

Elle limite désormais ses conversations à des banalités et passe ses journées à tricoter des pulls que tous les occupants de la résidence (sauf son mari) sont obligés de porter, même pendant les plus chauds mois de l'été, sous peine d'aggraver encore son état. En voyant débarquer Massu, revêtu du col roulé rouge aux mensurations approximatives qu'elle lui a offert pour son anniversaire, tante Yvonne rayonne d'une joie qu'on ne lui avait plus connue depuis plusieurs semaines :

« Je suis tellement soulagée qu'il vous aille aussi bien ! Dès que j'ai terminé l'écharpe pour Philippe, je vous tricote le même modèle, mais en bleu nuit ! »

La laine employée par Yvonne de Gaulle, de très mauvaise qualité, gratte Massu jusqu'au sang, mais la situation est trop grave pour qu'il émette le début d'une protestation.

« Je dois absolument parler au Général. Il y a un putsch à Paris ! »

« Le Général n'est pas dans sa chambre. Il est parti se promener juste après le déjeuner », lui répond la tricoteuse avant de replonger le nez dans son ouvrage, comme si la perspective d'une nouvelle révolution française, la deuxième en un an, l'intéressait moins que sa prochaine maille.

« J'avais pourtant exigé d'être prévenu lorsque le Général quittait la résidence ! s'échauffe Massu. Il y a des mesures de sécurité à respecter. Je vous signale que nous ne sommes pas exactement en villégiature ! »

Le commandant des forces françaises en Allemagne est lui-même surpris par la vigueur de ses reproches. Jamais il n'avait élevé la voix en présence de la générale ! Laquelle consent enfin à délaisser son tricot pour le foudroyer du regard

« Exiger ! Exiger ! Qui êtes-vous pour exiger quoi que ce soit, mon petit Jacques ! Le Général n'a d'ordre à recevoir de personne. Sans lui, vous ne seriez encore qu'un sous-officier de garnison encerclé par les nègres du Tibesti ! »

« Madame la générale, je ne vous permets pas ! »

Massu, cramoisi, tourne les talons. La honte d'avoir ainsi perdu ses nerfs n'a d'égale que sa fureur d'être ainsi rabaissé.

« Ah ! La vieille bique ! » persifle-t-il en s'éloignant tandis que son aide de camp se précipite à sa rencontre.

« J'ai eu Michel Droit au téléphone. Organiser une retransmission radiophonique de Paris lui semble impossible. Il suggère de se rendre au studio de l'ORTF à Strasbourg… », explique le capitaine Grégoire.

« Et on fait comment pour franchir la frontière ? On envoie les chars et on fonce dans le tas ! ? » s'exclame Massu de plus en plus ulcéré.

Depuis qu'un an plus tôt, le 29 mai 1968, à 15 h 15, le général de Gaulle et son épouse sont descendus de l'hélicoptère présidentiel pour ne plus jamais y remonter, Baden-Baden est coupé du monde, cerné par les troupes françaises restées loyales à Paris. Même les garnisons voisines de Trèves, Coblence et Sarrebruck ont été purgées de leurs officiers suspectés de sympathie gaulliste. À peine le Général avait-il investi la suite du Cardinal, que le fidèle capitaine Grégoire, aide de camp de Massu, s'était rendu clandestinement à l'Élysée pour y négocier l'accord qui prévalait encore aujourd'hui. Tant que de Gaulle se tenait tranquille à Baden-Baden, qu'il renonçait à influer de quelque manière que ce soit sur la vie politique française, ce qui signifiait ni discours, ni interview, ni visite de personnalités, Paris n'enverrait pas ses troupes écraser le réduit allemand. De Gaulle s'était plié au diktat au-delà même des espérances du pouvoir socialo-communiste. À la niche, le Grand Homme ! Couché, plus bougé ! Docile comme un vieil épagneul après une trop longue journée de chasse.

Évidemment, les Américains jubilaient de voir ainsi humilié l'arrogant *Frenchie* qui avait osé défier l'OTAN. Il n'aurait pas fallu beaucoup les pousser pour qu'ils balancent un missile Pershing sur Baden-Baden afin de régler le problème définitivement. Mais les Soviétiques veillaient – protecteurs et solidaires de celui qu'ils continuaient d'appeler le « Grand Président Charles de Gaulle », l'ami de l'URSS et des peuples opprimés par les impérialistes américains.

« Touchez un seul cheveu du Grand Président de Gaulle, et vous déclencherez la Troisième Guerre mondiale ! » avait prévenu Nikita Khrouchtchev lors d'une conversation privée, par le canal du téléphone rouge, avec Lyndon Johnson. D'où les saouleries à répétition avec le maréchal Kochevoï et ses sbires. Pour de Gaulle, Massu et les 2 000 Français de Baden-Baden qui étaient restés fidèles aux deux généraux, les toasts de cognac Martell Extra Old portés à l'amitié franco-soviétique étaient devenus une forme ultime de résistance. Quelques mains russes baladeuses sous les jupons français n'étaient-elles pas tolérables au nom de leur survie ?

Mais, avec l'attentat contre Mendès, les cartes se trouvent rebattues, jubile intérieurement Massu. S'il se met en route avant la nuit, à la tête de ses deux divisions encore stationnées à Baden-Baden, Paris pourrait être rallié le lendemain dans la soirée. Les Soviétiques empêcheront les Américains de bouger. La guerre froide a parfois du bon. Encore faut-il retrouver le Grand et le coller derrière un micro pour qu'il rallie l'armée et réveille le peuple de France. S'il n'est pas dans sa chambre, où a-t-il pu bien passer ? Il y a encore quelques jours, Massu a surpris de Gaulle en train de s'adresser au monument aux morts de la Grande Guerre, perdu au fond du parc de la résidence. Un spectacle qui lui a brisé le cœur. « L'insuccès provient toujours soit de négligence dans la préparation d'une action de l'artillerie, soit du défaut de caractère d'un chef. Les grosses pertes d'infanterie sont la condamnation du commandement et jamais sa justification ! » pérorait de Gaulle comme si les malheureux Fritz tombés au champ d'honneur, un demi-siècle plus tôt, allaient lui répondre, l'applaudir ou capituler une deuxième fois. Jamais le vieux grognard du gaullisme n'aurait osé imaginer que son héros, le chef, le Général, le président, qu'il accompagnait, vénérait depuis leur première rencontre au poste de Zouar, en plein désert tchadien, le 1er mai 1941, oui, jamais Massu n'aurait imaginé que ce grand parmi les grands deviendrait un vieillard sénile qui parlait aux morts et s'éloignait des vivants.

Peut-être que de Gaulle organise une nouvelle cérémonie devant la croix de pierre impériale gravée d'une quarantaine de noms, de Franz Albrecht (1894-1917) à Klaus Ziegler (1899-1918) ? Massu prend donc la direction du parc. Même à cadence forcée, la marche le calme. À trois semaines du début de l'été, les sapins et les hêtres sont encore recouverts d'un brouillard épais comme en novembre. Ce n'est pas très gai, mais tout de même moins déprimant que les rares jours de beau temps, quand la vue dégagée permet d'apercevoir le clocher de la cathédrale de Strasbourg, à la fois si proche et pourtant inatteignable. Dieu que Massu déteste cet endroit ! Il hait chaque aiguille de chaque sapin et rêve de les raser jusqu'au dernier. Dieu soit loué, le retour en France redevient possible. Il n'est peut-être plus qu'une question de jours, voire d'heures. Même gâteux et diminué, de Gaulle reste de Gaulle. Le simple son de sa voix saura ramener les Français à la raison. Massu accélère encore le pas, il retrouve le goût de l'action et du combat. Son maudit pull rouge tricoté par tante Yvonne ne le gratte presque plus. Arrivé au pied du monument aux morts, le commandant des forces françaises en Allemagne doit cependant constater que son général favori ne s'y trouve pas plus que dans sa chambre. Reste une troisième possibilité. Pourquoi n'y a-t-il pas pensé plus tôt ? Le Grand doit s'adonner à la dernière activité qui le raccroche encore à sa gloire fanée : le bain de foule.

Le premier dimanche après son arrivée à Baden-Baden, de Gaulle, accompagné de sa femme, avait poussé trop loin sa promenade dans le parc, puis dans la forêt. Après s'être perdus dans le dédale des sentiers étroits, les de Gaulle étaient tombés par chance sur la Schwarzwaldhochstrasse, une route bitumée qui les avait ramenés à l'entrée de Baden-Baden. Pour rejoindre la résidence, les égarés avaient dû encore traverser la partie de la ville occupée par les deux mille militaires français et leurs familles. L'apparition des De Gaulle au pied des immeubles de trois étages du quartier Normandie avait déclenché un début d'émeute urbaine. Hommes, femmes, enfants étaient sortis sur le pas de leur porte pour acclamer l'ex-couple présidentiel.

« De Gaulle ! De Gaulle ! De Gaulle ! » piaillaient des petites filles à couettes et rubans tricolores tandis que leurs pères, vétérans des trois guerres, pleuraient d'émotion en découvrant pour la première fois, pour de vrai, leur grand homme. De Gaulle en était rentré revigoré. Le dimanche suivant, le Général (sans tante Yvonne) s'était à nouveau perdu dans la forêt pour mieux rentrer par le quartier Normandie, où un accueil à peine moins chaleureux lui avait été réservé. L'euphorie de ces deux premiers dimanches céda à l'étonnement, au malaise puis à la pitié. Le héros vaincu par la vieillesse se perdait désormais volontairement dimanche après dimanche pour mieux recevoir l'hommage de ses derniers fidèles. Seul l'homme du 18-Juin semblait ne pas comprendre que les habitants du quartier Normandie se forçaient désormais à descendre au pied de leurs immeubles pour lui épargner l'embarras d'une traversée anonyme.

Massu s'apprête à sauter dans une jeep pour foncer vers le quartier Normandie quand son aide de camp surgit à la porte du garage.

« Mon général, venez ! Vite ! Defferre va prononcer un discours. »

Massu suit le capitaine Grégoire jusqu'à son bureau, où, près du lit de camp toujours déplié, le poste de radio vibre déjà de la colère froide du ministre de l'Intérieur :

« Français, Françaises, mes chers compatriotes, je me trouve au stade Charléty où l'une des pages les plus noires de l'histoire de notre pays vient d'être tournée. Ce matin, à 11 h 45, un forcené a tiré sur le président de la République, Pierre Mendès France. À l'heure où je vous parle, le président Mendès France lutte courageusement contre la mort. À cause de mouvements de foule incontrôlés, certains de nos compatriotes ont aussi été gravement touchés. Nous redoutons un bilan très lourd. » Massu et Grégoire écoutent bouche bée, tandis que Defferre reprend sa respiration et adopte un ton encore plus martial : « Même s'il est encore trop tôt pour établir toutes les responsabilités, il ne fait aucun doute que cette tentative de meurtre immonde a été commanditée de l'étranger. Honte aux ennemis de la démocratie qui tentent par les moyens les plus abjects de reprendre le pouvoir qu'ils ont perdu dans la rue et dans les urnes ! Honte aux traîtres et aux barbouzes téléguidés de Baden-Baden ou de Sigmaringen ! Qu'ils tremblent au fond de leurs trous, car nous viendrons les débusquer et les anéantir ! Nous serons sauvages ! »

Le général Massu et le capitaine Grégoire sont comme foudroyés par ces menaces qui font trembler le transistor.

« Ah, les cons ! Ils sont persuadés qu'on a fait le coup ! » s'exclame le commandant des forces françaises en Allemagne tandis que son aide de camp se laisse lourdement tomber sur le lit et lance d'une voix blanche :

« Ce n'est pas de Gaulle qu'il faut trouver, mais Kochevoï. Lui seul peut nous sauver ! »

Chapitre 5

PARIS, DIMANCHE 25 MAI

José Carvalho a tenu assez de blessés et de morts dans ses bras pour comprendre que son patron est sur le point de basculer du mauvais côté. Pierre Mendès France respire par saccades. La peau de son visage est aussi blanche que les bouts de papier déchirés, sûrement des morceaux de son discours, qu'il tient toujours serrés entre ses doigts raidis par la douleur. La partie droite de son front a été emportée par une ou plusieurs balles. Son cerveau est apparent. Plutôt qu'à une blessure de guerre, Carvalho repense à ce dimanche d'octobre où il avait accompagné Gaston Defferre en forêt de Marly pour les chasses présidentielles. Le ministre de l'Intérieur avait abattu un cerf d'une balle entre les deux bois. Quand Defferre et Carvalho s'étaient penchés au-dessus de l'animal, il était encore vivant. Son regard plein de terreur et d'incompréhension avait refroidi l'enthousiasme du ministre chasseur. Defferre s'était contenté de recharger son fusil Purdey avant de le tendre à Carvalho.

« C'est plutôt un boulot pour vous », avait-il maugréé avant de retourner au château.

Dans les yeux de Pierre Mendès France, le garde du corps lit le même mélange de terreur, de surprise, auquel s'ajoute une lueur, peut-être pas de reproche, mais de déception : pourquoi ne lui a-t-il pas de nouveau sauvé la vie ? José Carvalho voudrait allonger le président à l'arrière de la DS 21, mais le minibar obstrue une bonne partie de la banquette.

« Vous pourriez rentrer ce bordel ! » hurle le flic au chauffeur de la DS.

« Où est ce foutu bouton ! Où est ce foutu bouton ! » répète l'employé à casquette, secoué par les sanglots et agité de tremblements.

Carvalho doit violemment le gifler pour qu'il reprenne ses esprits et identifie la bonne commande. Désormais étendu, Pierre Mendès France perd toujours beaucoup de sang. Les sièges couleur fauve en sont maculés. Ce qu'il reste de sa tête est posé sur les genoux d'un médecin que Carvalho et ses hommes ont vu débarquer immédiatement après l'attentat. Avec sa frange bien dégagée, ses grosses lunettes carrées, ses joues rebondies et son polo noir serré jusqu'en haut du cou, celui qui s'est présenté comme « le docteur Luis Manuel Lopez Carril » ressemble moins à un praticien qu'à un prêtre. Il a déboulé sur scène alors que Carvalho était encore penché sur le corps inerte du président.

Après un attentat, les témoins racontent souvent qu'ils ont « entendu un bruit de pétards », ou qu'ils se sont « crus dans un film, comme au cinéma ». Carvalho a, lui, tout de suite compris que les quatre, peut-être cinq « Tac ! Tac ! Tac ! Tac ! Tac ! » qui avaient transpercé l'air de Charléty étaient des balles réelles, sûrement des 6.5 mm tirées d'un fusil de guerre, et qu'aucun générique de fin ne viendrait le sortir de son cauchemar.

« Allez chercher une civière, je vais m'occuper de lui », avait ordonné le docteur Luis Manuel Lopez Carril. Sauf que ni Carvalho ni aucun des autres membres de la garde Defferre enfin surgis de coulisses n'avaient été foutus de trouver une civière. Il avait fallu allonger le blessé sur une barrière métallique avant de l'extirper du chaos. À eux quatre, les membres de la garde Defferre avaient assisté à un large éventail de scènes d'horreur, des charniers de résistants provençaux fusillés par les Allemands, aux alignements de cadavres laissés sur l'asphalte après un règlement de comptes entre gangs de caïds marseillais, mais rien ne les avait préparés à ce qu'ils avaient découvert, horrifiés, sur le parvis de Charléty. La panique avait provoqué des bousculades. Les rescapés se traînaient, titubaient, rampaient sur le bitume malgré des jambes cassées. Des parents hurlaient en cherchant leurs enfants. Les rares médecins et infirmiers ne semblaient pas les moins paniqués. Surtout, au pied de la porte F, il y avait cet alignement de corps aux visages bleuis recouverts de bave et de sang.

Par les rares grilles dont les cadenas étaient restés ouverts commençaient à s'engouffrer des nervis à bérets noirs et brassards rouges. En plus de leur traditionnel armement des jours de manifs ou de piquets de grève (barres de fer, matraques, gourdins, chaînes à vélo...), certains brandissaient des armes de poing. Un grand type au visage osseux et à la barbichette drue comme celle d'une chèvre portait même une kalachnikov en bandoulière. Carvalho n'eut aucun mal à les reconnaître : c'étaient des miliciens des « Jeunesses révolutionnaires », l'émanation paramilitaire du service d'ordre de la CGT, une avant-garde prolétarienne basse du front, mais remarquablement disciplinée, créée juste après les évènements de mai. Dans leur sillon débarquaient les beaucoup plus débraillés et folkloriques petits soldats de la vingt-cinquième heure, guévaristes mal rasés, anarchistes tout habillés de noir, « Katangais » avec leurs casques et leurs grosses lunettes de moto. Toute une piétaille qui avait décidé de boycotter l'anniversaire républicain, mais venait défendre la révolution contre ce qui était forcément un coup d'État des forces réactionnaires.

Dans cette atmosphère de fin du monde, la sombre masse de la DS 21 présidentielle avait quelque chose de rassurant. La République s'effondrait, mais le symbole du génie mécanique français et de la grandeur élyséenne reposait toujours fièrement sur ses quatre roues aux enjoliveurs chromés. Sa cocarde tricolore brillait à la proue de la carrosserie gris alizé. Depuis son arrivée une heure et demie plus tôt, devant l'entrée principale du stade, la DS 21 n'avait pas bougé d'un centimètre. Aucun émeutier n'avait encore songé à l'incendier. Les motos de l'adjudant Godard et du maréchal des logis-chef Berthinier avaient, elles, été emportées, renversées par le vent de panique qui soufflait sur la porte de Gentilly. Les deux engins gisaient sur le flanc comme des chevaux endormis ou morts, abandonnés par leurs cavaliers. Godard et Berthinier avaient sûrement foncé à l'intérieur de l'enceinte, dès qu'ils avaient entendu les premiers coups de feu.

« Sans escorte, comment va-t-on sortir de ce merdier ? » bougonne Carvalho en s'installant à l'avant de la DS présidentielle, côté passager. Derrière son volant, le chauffeur semble remarquablement calme. Comme si la gifle lui avait fait le plus grand bien.

« D'où nous sommes, l'hôpital le plus proche, c'est le Val-de-Grâce, explique le chauffeur. On peut y être en moins d'un quart d'heure. Je vais les prévenir de notre arrivée avec le téléphone de bord. »

« On va réquisitionner une voiture et vous ouvrir la voie », propose le Catcheur.

« Non », lui répond Carvalho. « Vous serez plus utiles ici pour renforcer la protection du ministre. Je vais me débrouiller tout seul. »

Dès l'entrée de la rue de l'Amiral-Mouchez, une demi-douzaine de miliciens à bérets noirs et brassards rouges ont improvisé un barrage avec des poubelles trouvées au pied des immeubles. Celui qui semble être leur chef fait signe à la DS 21 de s'arrêter.

« Fonce ! » ordonne Carvalho.

Le chauffeur accélère, tandis que le flic ouvre la vitre avant, zzzziiiiiiii, sort son flingue et tire trois fois en l'air, Pwa ! Pwa ! Pwa !, ce qui suffit à disperser l'avant-garde révolutionnaire. Propulsée à 130 km/heure, la DS 21 défonce le barrage. Les poubelles valsent sur plusieurs dizaines de mètres. Au croisement suivant, un lancer de pavés hostile laisse sur la carrosserie blindée autant d'impact qu'une pluie de grêlons fondus.

« J'adore cette voiture ! » s'enflamme le chauffeur, désormais euphorique.

« Ferme ta gueule et regarde devant toi ! » lui répond Carvalho.

La vitre de séparation empêche toute communication avec l'arrière du véhicule. En regardant dans le rétroviseur, Carvalho aperçoit juste le docteur Lopez Carril toujours penché sur le président. Pas besoin d'avoir fait médecine pour deviner que Pierre Mendès France ne s'en sortira pas. Leur chevauchée fantastique dans les rues du XIIIe arrondissement ne sert qu'à retarder l'échéance et à les persuader qu'ils auront vraiment tout fait, jusqu'au bout, pour tenter d'arracher à son tragique destin kennédyen le deuxième et peut-être dernier président de la Ve République française.

On imagine à tort que les plus grandes catastrophes se produisent forcément dans un décor qui arbore déjà les couleurs de la désolation et du deuil. Pierre Mendès France agonise sous un beau soleil de printemps. Les nuages noirs de pluie du matin sont désormais loin de la capitale. Aux terrasses des cafés, chaises et tables sont de sortie. Manquent juste les clients. Même les serveurs évitent de trop s'éloigner du comptoir et des transistors qui égrènent un premier bilan : « On parle de treize morts, cent cinquante blessés… Le président de la République est très sérieusement touché. D'après nos informations, il serait transporté, en ce moment même, vers l'hôpital militaire du Val-de-Grâce… »

Dans la DS 21, le flash info crucifie Carvalho. Le garde du corps se sent honteux, impuissant, minable. Coupable aussi. Ce chef d'État, il avait certes pour mission de l'espionner, mais il était quand même également censé le protéger. Le sifflement sinistre des balles de 6.5 mm, la vision de Pierre Mendès France se touchant des deux mains le haut du crâne, son regard stupéfait, d'incompréhension et de terreur, avant de s'effondrer au pied du micro, ces quelques secondes d'horreur que le chef de la garde élyséenne n'a pas su empêcher, vont le hanter jour et nuit, pour le reste de sa vie. Aucune amphé, aucun alcool ne pourra les effacer.

Au moins faut-il terminer le boulot, conduire ce qui n'est plus une voiture officielle, mais un corbillard présidentiel, jusqu'à sa destination finale. Passé la place Denfert-Rochereau, la DS 21 et ses passagers ne remontent plus que des rues désertes. Par la vitre avant, Carvalho voit défiler les immeubles aux fenêtres presque toutes fermées. Les Parisiens qui ne sont pas partis en week-end prolongé se terrent chez eux en attendant de savoir de quel côté l'Histoire va à nouveau basculer. Paris a peur. Paris pue la mort.

Devant l'hôpital du Val-de-Grâce, des soldats armés comme pour la guerre ne laissent passer que les véhicules autorisés. Bientôt des dizaines d'ambulances vont affluer, les journalistes et les curieux aussi. Il faudra faire le tri. Les hommes sont nerveux, doigt sur la détente, mais ils s'écartent presque cérémonieusement lorsque la DS 21 présidentielle passe la grille et pénètre à l'intérieur de l'enceinte. À peine la voiture est-elle immobilisée, que deux brancardiers ouvrent les portes arrière, se saisissent avec précaution du président de la République et le posent enfin sur une vraie civière, avant de s'engouffrer dans l'hôpital. Carvalho tente de les suivre, mais deux infirmiers bâtis comme des videurs de boîte de nuit l'empêchent d'avancer plus loin.

« Je suis le chef de la sécurité présidentielle ! Si vous m'empêchez d'entrer… » Le flic est sur le point de dégainer son arme, quand une main se pose doucement sur son avant-bras : « Ils l'emmènent directement au bloc opératoire. Même moi, là-bas, je ne servirais à rien. Vous avez fait le maximum, il faut les laisser travailler maintenant… », lui sourit tristement le docteur Lopez Carril.

Un médecin jeune, aux cheveux très courts, vient trouver Carvalho et le doc :

« Connaissez-vous le groupe sanguin du président ? »

« AB+, comme moi », répond Carvalho.

« Nous en avons assez en stock, mais restez quand même dans le coin, on ne sait jamais. Si vous voulez vous laver et vous reposer, il y a des toilettes et une salle d'attente, tout droit, au fond du couloir. »

Dans le miroir, Carvalho a plus qu'une « sale gueule », il a l'air d'un rescapé de Pompéi. Une croûte de sang, de sueur, de crasse semble l'enserrer de la tête aux pieds. Se laver le visage, les mains, voir disparaître par le siphon du lavabo un peu de cette matière collante et puante mélangée à l'eau froide du robinet lui apporte un premier réconfort. Quelques cachetons de Dexedrine avalés à sec, et le voici de nouveau en état de marche, ou presque. En sortant des toilettes, Carvalho constate que le docteur Luis Manuel

Lopez Carril a disparu. Il est parti aussi brusquement qu'il était arrivé. Peut-être qu'une urgence l'a appelé ailleurs dans l'hôpital.

À l'autre bout du couloir, Carvalho reconnaît une voix familière.

« Laissez-nous passer, ou vous n'aurez pas assez de chambres pour accueillir tous ceux que je vais exploser ! » hurle le Catcheur.

Le rempart d'infirmiers s'écarte prudemment pour lui laisser place ainsi qu'au Beatnik et au Viet', lesquels encadrent le ministre de l'Intérieur. Gaston Deferre porte toujours avec superbe son feutre noir de la maison Gélot, comme si les évènements de la matinée l'avaient à peine perturbé. Il s'adresse à Carvalho sans daigner le regarder :

« Est-ce qu'il a une chance de s'en sortir ? »

« Non, monsieur le ministre… Je suis désolé… »

« Ce n'est pas le moment de pleurnicher. Vous et vos hommes allez sécuriser l'accès à la salle d'opération. Je ne veux voir personne approcher. »

« Même pas le Premier ministre ? l'interrompt le Catcheur. Il est à l'entrée et insiste pour qu'on le laisse passer. »

« Ce n'est pas un spectacle pour les enfants ! J'ai dit personne, même pas la veuve, enfin Marie-Claire… », se reprend Defferre.

Même si c'est impossible à entendre, Carvalho voudrait expliquer qu'il n'est pas le seul responsable. Qu'à force de ne jamais vouloir être protégé et d'exiger des escortes toujours plus réduites, comme si la mort n'oserait jamais s'attaquer à lui, Mendès aussi a provoqué sa perte. Mais Carvalho connaît trop bien Defferre et sait qu'à ce moment précis sa seule option consiste à la fermer.

Le ministre de l'Intérieur s'éloigne de quelques pas. Puis il fait brusquement demi-tour et se plante devant

Carvalho, qu'il regarde cette fois-ci droit dans les yeux. La volte-face a été si soudaine que l'ancien flic a failli dégainer son flingue. Mais un Smith&Wesson Bodyguard modèle 38 ne pourrait préserver Carvalho de la mitraille débitée sur un ton monocorde qui s'abat sur lui :

« En vérité, c'est à cause de nous que tout cela est arrivé. Après l'attentat de février, nous avons été trop gentils. De Gaulle et ses barbouzes en ont profité. Si nous n'agissons pas très vite et très fort, le Grand sera de retour à l'Élysée avant la fin de la semaine. Vous et vos hommes allez devoir nettoyer toute cette merde. La merde, ça vous connaît, Carvalho, c'est votre oxygène, votre milieu naturel, dès que vous en sortez, vous êtes perdu, mon vieux... J'ai eu tort de vous confier cette mission de protection du président de la République, c'était beaucoup trop sophistiqué pour vous. Vous vous donnez des airs de grand flic, mais vous n'êtes qu'un petit voyou aux trafics minables. Vous puez la médiocrité. Allez au moins vous doucher. Et après, vous ramènerez la DS à l'Élysée. Si ce n'est pas une mission trop compliquée pour vous. »

Chapitre 6

Elle le sait, ce n'est plus une heure à fréquenter la plage. À la maison, sa mère doit déjà s'inquiéter. Louise entre dans les vagues sans avoir froid. Pourtant, il fait nuit, et elle s'est débarrassée de tous ses vêtements. Louise nage le crawl en sortant bien la tête de l'eau tous les trois mouvements. Personne ne lui a jamais appris à nager comme ça. De la rive, elle s'est contentée d'observer les « Européennes » qui emprisonnent leurs beaux et longs cheveux blonds, châtains, roux, bruns, mais jamais noirs comme les siens, dans un bonnet de bain qu'elles retirent négligemment à la fin de la baignade, avant de s'allonger dans des transats loués cinq francs l'heure, pendant la basse saison, dix pendant la haute.

Louise habite le quartier d'El Koubia. La misère s'y étage à flanc de colline avec vue sur mer. Mais ce n'est pas parce qu'elle s'étend là, si proche, sous ses fenêtres et à ses pieds, que cette masse tantôt calme, tantôt déchaînée lui est pour autant destinée. Bien au contraire. La mer, c'est pour les fils, pas pour les filles. Afin de s'en approcher, à défaut d'encore s'y baigner, Louise a d'abord pris prétexte d'aller admirer les garçons qui sautent du haut des rochers surplombant la plage du Château-Vert (du nom d'un hôtel prétentieux couleur algue entre Philippeville et le village de Stora). En réalité, Louise n'éprouve aucune forme d'admiration pour ces risque-pas-grand-chose qui s'élancent en slip de bain acrylique avant de s'enfoncer dans l'eau, les pieds en premier, avec l'élégance d'une ancre marine larguée trop rapidement d'un bateau. Seuls quelques rares vrais téméraires possèdent une forme de grâce les détachant, pendant quelques instants, de leur condition lourdement terrestre. Ils fendent l'air la tête en avant et le buste claquant comme un fouet, puis laissent derrière eux un rond d'écume comme s'ils voulaient le moins possible déranger la surface de l'eau qui vient de les engloutir avant de les déposer doucement quelques brassées plus loin. Hélas, à cette élégance entre terre, air et mer succèdent rapidement des poses de coquelets huilés et de fanfarons à Ray-Ban de contrebande qui les renvoient à la même médiocrité que les ancres humaines à moule-bites acryliques.

À force de disséquer chacun de leurs gestes, les réussis et les ratés, les ploufs, les plats, les splashs, les sauts de l'ange, de la mort, périlleux, arrière, avant, vrillés, Louise éprouva à son tour l'envie de coller ses pieds comme des ventouses de bernique sur les rochers mouillés, de se hisser à la force des bras jusqu'en haut de la pierre un peu plus lisse qui surplombe la crique. Tout là-haut, malgré le vent dans ses longs cheveux agités et cette étendue d'eau, douze mètres plus bas, qui paraissait aussi dure que de la tôle ondulée, la jeune fille n'eut pas le temps d'avoir peur. Le regard stupéfait des garçons la souleva du plongeoir improvisé. Quoi ! Une fille, une Arabe en plus, osait sauter du rocher de la mort ! Oui, elle osait. Tous ses gestes mémorisés, exécutés pour la première fois s'enchaînèrent parfaitement. La poussée des deux pieds joints, la poitrine offerte au ciel, les bras écartés en forme de V, avant qu'ils ne se rejoignent et se tendent comme un bec pour pénétrer l'eau et guider Louise vers le fond. L'« Indienne » savait qu'elle avait réussi son plongeon. La mécanique du geste lui avait semblé si compliquée, de la plus extrême précision, que l'intrépide avait en revanche considéré comme acquis, ça ne devait pas être si sorcier, les quelques mouvements de nage qui devaient la ramener vers le bord. À peine remontée à la surface, elle réalisa très vite combien elle avait eu tort. Ses mains, ses bras, ses jambes qui venaient de la propulser avec tant d'efficacité et de grâce du haut du rocher vers le fond de la mer refusaient désormais de lui obéir. Louise savait plonger, mais pas encore nager. Humiliation ultime, elle fut sauvée de la noyade par l'un des playboys aux cheveux gominés qu'elle détestait le plus, un certain Benito, fils du blanchisseur de la rue Vallée. Il tracta Louise hors de l'eau, sans qu'elle sache si la pression virile de son avant-bras à la naissance de sa poitrine répondait aux préceptes élémentaires du sauvetage en mer ou constituait moins glorieusement une opportunité inespérée de la peloter sans crainte d'être giflé. Sûrement un peu des deux.

Voilà pourquoi Louise avait abandonné sans regret les zazous cascadeurs des rochers du Château-Vert pour les élégantes « Européennes » de la plage Jeanne-d'Arc qui, sans le savoir, à force d'être elles aussi imitées, lui avaient appris à nager. Trois mouvements de bras, une respiration, trois mouvements de bras, une respiration… Louise s'éloigne du bord et doit désormais choisir entre deux obscurités, celle de la nuit devant elle, ou celle de la mer tout aussi noire sous son corps. Elle résiste à la tentation de s'enfoncer au plus profond de l'eau et préfère encore avancer. Louise crawle sans effort, laisse dans son sillage l'éclat du phare de Stora, quand elle aperçoit au lointain des guirlandes de points lumineux, celles d'un paquebot qui doit être le *Ville de Bordeaux*. Malgré la distance, au moins un mille nautique, Louise distingue parfaitement des silhouettes sur le pont. Elle entend leurs voix comme si elle se trouvait à bord. Un homme en costume de lin et chapeau panama tient entre ses mains un hibiscus empoté. À tous ceux qu'il croise, il explique, doctement, que sa mère, déjà partie en France, a exigé que sa plante favorite lui soit apportée au plus vite. Une femme drapée dans un élégant manteau noir jette un trousseau de clés à la mer. Même les passagers plus riches ont l'air de naufragés. À la proue du navire, seul un couple d'amoureux semble étrangement heureux. Louise reconnaît Benito, son sauveur du Château-Vert, en train d'enlacer une fille sans visage. Il lui dit en désignant le large : « Maintenant, c'est par là-bas que tu dois regarder. »

Louise aussi pourrait suivre ce conseil, mais elle préfère laisser filer le *Ville de Bordeaux* vers Port-Vendres, Toulon ou Marseille. La nageuse de nuit remplit ses poumons d'air et plonge enfin sous l'eau. C'est une sensation unique, un apaisement. Le fond l'attire comme un aimant. Jamais elle ne panique et se laisse au contraire aspirer jusqu'à un puits de lumière. Louise ne sait plus si elle continue de descendre ou si un courant encore plus fort n'est pas en train de la remonter vers la surface. Lorsqu'elle surgit à nouveau à l'air libre, ce n'est plus l'obscurité qui l'accueille, mais un soleil violent et une voix, celle de Rémy Abeillé.

« Ne t'inquiète pas… Tu as juste beaucoup, beaucoup dormi, mais tout va bien aller… »

Louise a du mal à parler. Comme si elle était encore sous l'eau et que chaque mot devait lutter contre les flots avant de se former.

« Qu'est-ce que je fais là ? » parvient-elle quand même à articuler.

« Tu es dans une chambre d'hôpital au Val-de-Grâce. Je vais prévenir les médecins que tu viens de te réveiller… »

« Non, non, explique-moi… »

Alors, Rémy explique : Pierre Mendès France, le stade Charléty, les coups de feu, le nuage rosâtre qui s'échappe de la tête du président, la foule des premiers rangs saisie de panique, l'atmosphère d'apocalypse, les corps allongés sans vie comme à Khe Sanh. Rémy qui cherche Louise, ne la trouve pas. Fonce vers le Val-de-Grâce, se fait refouler à l'entrée malgré sa carte de presse, escalade un mur de la rue Berthollet, tombe sur Defferre et ses gardes du corps, se fait tout petit derrière leurs épaules de gorilles pour entrer avec eux dans l'hôpital, grimpe les étages, ouvre toutes les portes des chambres et finit par retrouver Louise, allongée, endormie, entubée. Une infirmière lui demande :

« Vous êtes de la famille ? »

« Oui, son frère. »

Louise trouve la force de sourire. Rémy sort d'une poche intérieure de son blouson en cuir une photographie en noir et blanc. Après avoir retrouvé sa « sœur » au Val-de-Grâce, il a foncé à l'agence développer ses premiers clichés. Ceux où l'on voit Pierre Mendès France face contre terre. Un type aux courts cheveux gris est penché sur lui. Mais il y a aussi les instantanés des mouvements de foule, des premiers secours qui s'organisent. En retirant du révélateur l'un des tirages, le photographe a eu la surprise de découvrir à l'arrière-plan d'une image le visage plus flou que net d'une jeune femme inanimée portée par un homme de grande taille, un colosse. C'était Louise, sauvée de l'enfer par ce géant inconnu qui l'a sûrement emmenée vers une tente de la Croix-Rouge.

« Tu sais qui c'est ? » demande Louise.

« Non, mais en agrandissant l'image à la loupe j'ai vu qu'il portait un survêtement marqué PUC. »

« C'est quoi ? »

« Le Paris Université Club, l'équipe de rugby qui joue d'habitude à Charléty. »

« Alors, il faut que je le retrouve… », explique Louise avant de se redresser dans son lit, malgré l'éclair de douleur qui lui transperce le bas du dos.

Chapitre 7

Pierre Isaac Isidore Mendès France est déclaré mort le 25 mai 1969 à 23 h 37. Deux infirmiers placent son corps dans un cercueil provisoire avant de le transporter à l'église du Val-de-Grâce, au centre de la nef où figurent les portraits des six vertus réalisées, de 1665 à 1667, par le sculpteur Michel Anguier. On y voit notamment l'Humilité, repoussant un ange qui lui présente une couronne. Souvent traité de « Juif Mendès » par l'extrême droite, le fils de Cerf-David et Sarah Mendès France n'a jamais cru en aucun dieu. Si la dépouille de l'ancien président de la République est désormais installée au cœur de l'église du Val-de-Grâce, c'est uniquement parce qu'il fallait trouver un lieu calme, où les très proches pourraient se recueillir, à l'écart de l'agitation, et parfois même de la furie, qui semble avoir gagné le reste de l'établissement.

Marie-Claire Servan-Schreiber avait préféré ne pas accompagner son compagnon à Charléty. La peur de s'ennuyer, de n'être pas à sa place. Il l'avait parfaitement compris. C'est donc dans son appartement de l'avenue Montaigne qui lui sert de bureau personnel, en écoutant la radio, qu'elle a appris les évènements dramatiques de la matinée. C'est aussi par Europe 1 qu'elle a su que son cher Pierre, son grand amour et son meilleur ami, avait été transporté d'urgence à l'hôpital du Val-de-Grâce. Elle s'y est rendue par ses propres moyens, et il a fallu qu'un des gardes du corps de l'Élysée (le plus grand et le plus costaud) la reconnaisse pour qu'elle puisse franchir les grilles de l'établissement militaire ultra-sécurisé. Marie-Claire

Servan-Schreiber n'a pu en revanche accéder au bloc opératoire. Après une heure d'attente dans une petite salle à feuilleter sans le lire un *Paris Match* (« Le nouveau début de la Callas », affichait la une), un jeune médecin, qui aurait pu être son fils, lui a annoncé le décès de l'homme qu'elle aimait depuis vingt-sept ans. La douleur l'a pétrifiée. Elle s'est étonnée de ne pas pleurer. Bien sûr que Marie-Claire Servan-Schreiber avait imaginé la mort de son compagnon. Elle connaissait et redoutait les dangers, surtout depuis l'attentat de février. Mais pas comme ça, pas ce dimanche-là, alors que le soleil avait chassé la pluie et que celui qui partageait sa vie sans être son mari avait promis d'être rentré pour le déjeuner.

Sous la voûte de l'église du Val-de-Grâce, Marie-Claire Servan Schreiber se tient bien droite, sa main posée sur le cercueil. Elle est entourée par le Premier ministre Michel Rocard et ses collègues du gouvernement Gaston Defferre, Robert Badinter et François Mitterrand. Le ministre des Affaires étrangères est le premier à briser le silence :

« Il faut prévoir des obsèques nationales, le Panthéon ! … Aux grands hommes la patrie reconnaissante ! »

« Ce n'est pas du tout ce que Pierre aurait souhaité », le coupe Marie-Claire Servan-Schreiber. « Il voulait être incinéré, que ses cendres soient dispersées à Louviers… »

« Nous aurons le temps d'en reparler », élude Mitterrand.

Agacée par ce début de conversation qu'elle n'a pas souhaitée, la veuve du président demande à être laissée seule. Alors Mitterrand, Rocard, Defferre et Badinter se rapprochent de l'autel, à l'autre bout de la nef, et entament une conversation qu'ils voudraient à voix basse, mais son écho, amplifié par la voûte de l'église, trouble vite le recueillement de Marie-Claire Servan-Schreiber :

Defferre : « Donc, en tant que président du Sénat, Poher devient président de la République par intérim… »

Mitterrand : « Moins ça durera, mieux ce sera… »

Rocard : « La Constitution dit qu'il devra organiser une élection présidentielle dans les trente-cinq jours… »

Defferre : « Si on ne réagit pas très vite, il n'y aura pas d'élection présidentielle. De Gaulle sera à l'Élysée avec toute sa clique de putschistes revanchards… »

Mitterrand : « Qu'est-ce qui te fait penser que de Gaulle est derrière tout ça ? »

Defferre : « Un indice déterminant qui s'appelle le bon sens. Le SAC a raté son coup en février, mais il fallait être idiot pour penser qu'ils n'allaient pas recommencer. Les services sont formels : de Gaulle et Massu préparaient quelque chose à Baden-Baden. Il faut décréter l'état d'urgence, instaurer un couvre-feu, dresser des listes. Plus un seul gaulliste ne doit pouvoir respirer sans que nous en soyons informés. On assigne à résidence, et pour les cas les plus “sensibles”, on neutralise… »

« Qu'est-ce que tu entends par là ? » l'interrompt Robert Badinter, qui ne s'était jusqu'ici pas mêlé à la conversation.

« J'entends par là que notre sensiblerie nous a déjà coûté très cher. Que l'assassinat de Mendès est une déclaration de guerre, et que nous devons y répondre avec le maximum de force. C'est eux ou nous ! »

« Mais qui sont “eux” ? » ironise Badinter. « Que tes services fassent d'abord leur travail, qu'ils enquêtent, trouvent des indices, puis des preuves, qu'ils arrêtent un suspect qui sera entendu par un juge, puis traduit devant un tribunal, et justice sera faite. C'est ainsi que Pierre l'aurait voulu. Il ne s'est pas sacrifié pour que, son corps à peine refroidi, nous transformions la République en État policier ! »

« Tes scrupules t'honorent, mais ta lâcheté nous perdra… »

« Je ne te permets pas ! » s'emporte Badinter, tandis que Mitterrand s'interpose entre ses deux collègues et que Rocard recule d'un pas.

De l'autre bout de la nef parvient une voix, celle de Marie-Claire Servan-Schreiber. Elle se retient pour que sa fermeté reste digne et ne se transforme pas en colère désordonnée :

« Je sais que chacun, à votre façon, vous avez aimé Pierre. Mais le spectacle que vous offrez est tout à fait lamentable. À défaut d'honorer sa mémoire, si vous aviez au moins la décence de respecter ma peine… »

Chapitre 8

Baden-Baden (République fédérale allemande), mardi 27 mai

« Présentez aaaaaaarmes ! »

Jules César et Napoléon Bonaparte ont-ils ressenti le même mélange de trac et d'excitation, de bide tordu et de frissons dans la couenne, avant de franchir respectivement le Rubicon et le pont d'Arcole ? En cette matinée forcément historique du 27 mai 1969, dans la cour d'honneur de la résidence du chef des forces françaises en Allemagne, les généraux Charles de Gaulle et Jacques Massu passent la garde en revue. Au fil des mois, l'exercice était devenu une corvée à laquelle s'astreignaient des soldats démoralisés, neurasthéniques, vétérans de l'Indo et de la bataille d'Alger, dont la plus grande prise de risque consistait désormais à se présenter en uniforme mal repassé, ou avec des godillots tout juste cirés, devant Suzanne Massu, femme du général, elle-même Compagnon de la Libération, qui avait exigé et obtenu de pouvoir mener sa propre inspection quotidienne, une demi-heure après celle de son mari. Mais, en cette matinée forcément historique du 27 mai 1969, Suzanne Massu se contente d'observer de loin la tenue des soldats au garde-à-vous. S'approcherait-elle de plus près qu'elle ne verrait de toute façon que des boutons de guêtres et des canons de fusils étincelants comme pour une parade du 14-Juillet sur les Champs-Élysées. De Gaulle lui-même a revêtu son uniforme complet de général de brigade. Son revers de veste est sobrement planté d'un insigne en émail de la croix de Lorraine. À son passage, les mentons se dressent à s'en péter la jugulaire, et les poitrines semblent gonfler à l'hélium. Évidemment, tous ces soldats savent qu'à Paris Mendès-le-traître a été assassiné, que le pouvoir est à prendre, et qu'eux, les exilés d'outre-Rhin, les oubliés de Baden-Baden, incarnent à nouveau la dernière chance de sauver la France.

Un pas derrière de Gaulle, Massu lutte contre l'émotion qui menace de le submerger. Le dur à cuire le sait : si, par malheur, il croise le regard de son fidèle aide de camp, le capitaine Jacques Grégoire, complice et témoin de tant de désillusions, de batailles perdues et d'humiliations encaissées, son système de défense émotionnel va s'effondrer comme une fortification française en Indochine. Alors, Massu fixe toute son attention sur le drapeau tricolore qui grimpe au mât. Avec ses hommes impeccablement alignés, il beugle *La Marseillaise* comme il ne l'a jamais beuglée. « Qu'un sang impuur, abreeeuuvvve nos sillooons ! »

La veille au soir, après un dîner vite expédié (terrine de cerf, pintade aux choux, plateau de fromages, soufflé aux noix caramélisées), Massu et de Gaulle se sont enfermés dans le bureau du commandant des forces françaises en Allemagne. Philippe de Gaulle aurait bien aimé se joindre à la conversation, mais son père l'avait congédié d'un sec :

« Massu et moi devons nous entretenir de questions de la plus haute importance. Vous recevrez vos ordres de mission en temps et en heure. Bonne nuit, mon fils ! »

Enfin seuls, Massu et de Gaulle ont devisé pendant plus de deux heures. Ou, pour être tout à fait honnête, Massu a beaucoup parlé, et de Gaulle beaucoup écouté.

« Peu importe qui a tué Mendès. Nous ne pouvons pas laisser passer cette chance historique. Mai 68 n'aura été qu'une parenthèse anarchique de notre histoire. Il faut la refermer, rétablir l'ordre et la République. Pompidou est en Suisse, Debré est fou, Chaban préfère jouer au tennis. Vous seul pouvez à nouveau rassembler le pays ! » a tonné Massu.

De Gaulle s'était contenté d'interrompre le monologue en posant quelques questions auxquelles Massu avait répondu point par point. Sur l'attitude de Defferre et Mitterrand ?

« Un an au pouvoir a suffi pour les discréditer à jamais. »

Les réactions des étudiants si lui, le général de Gaulle honni par Nanterre et la Sorbonne, revenait s'installer à l'Élysée ?

« Ils sont comme des élèves turbulents qui ont chassé le maître d'école. Maintenant qu'ils sont montés sur les tables et les chaises, ils ne savent plus quoi faire de leur liberté. »

Et quid des Américains ? Et des Soviétiques ?

« J'ai eu Kochevoï longuement au téléphone, et il m'a assuré qu'à Moscou notre "initiative" serait accueillie avec beaucoup de bienveillance... Quant aux Américains, ils sont plus forts pour organiser les coups d'État que pour les déjouer... »

Massu et de Gaulle ne s'étaient plus entretenus avec une telle franchise depuis un an et la désastreuse dérobade du Grand. Depuis, pas un jour, pas même une heure ne se sont écoulés sans que Massu ressasse les vaines paroles qu'il avait prononcées afin de convaincre le général-président de la République de remonter dans son hélicoptère et de rentrer à Paris. À toutes ses supplications :

« Pour vous et le pays, vous ne pouvez renoncer de la sorte ! Vous allez vous déconsidérer par ce départ et ternir votre image. Tout ce qui a été fait en dix ans ne peut disparaître en dix jours ! »

De Gaulle avait répondu par une phrase, toujours la même, prononcée d'une voix geignarde :

« Tout est foutu, Massu, je vous l'assure, mon vieux, on ne veut plus de moi, là-bas… »

Mais « là-bas », en France, à Paris, et dans tout le reste du pays, jusqu'aux terres lointaines d'Amérique, d'Afrique et d'Océanie qui constituent les derniers restes du jadis vaste empire, des millions de compatriotes veulent à nouveau du général de Gaulle, Massu en est certain. Son héros n'est plus le vieillard sénile qui s'entretient avec les fantômes en casques à pointe du monument aux morts. Les circonstances historiques lui ont redonné l'énergie, peut-être pas de ses 20 ans, ni même de ses 40 ou 60, mais au moins de ses 70 ans, et c'est déjà pas mal. Ne reste plus qu'à enregistrer le message radiophonique qui soulèvera les cœurs et ralliera les braves. Du fond de sa cantinière, le commandant des forces françaises en Allemagne a exhumé un magnétophone à bande Philips qu'il se souvient d'avoir acheté, juste avant son départ pour l'Algérie. La caisse de bois gainé a à peine souffert des multiples déménagements. Massu a même eu la surprise de constater qu'une des bobines était partiellement enregistrée. Il y a entendu des râles, des plaintes, des cris… Sûrement un *fellag* vigoureusement interrogé… Massu a effacé la bande, redevenue vierge pour recueillir la parole du patron.

Une fois le discours enregistré, deux hommes de confiance auront pour mission de l'exfiltrer discrètement. Ils traverseront la forêt à pied, avant de rejoindre, à un point de rendez-vous déterminé, deux journalistes « amis » qui prendront en charge la bobine et repartiront en voiture vers la France. Sous prétexte de réaliser un reportage sur la toujours très attendue « fête du Printemps » à Baden-Baden, les deux journalistes n'auront aucun problème pour passer l'un des check-points renforcés qui hérissent la frontière depuis dimanche. Ils ne chercheront même pas à cacher la bande magnétique imprégnée de la voix gaullienne. Ils la caleront dans leur propre magnétophone comme si elle contenait des interviews des concertistes de l'orchestre régional du Bade-Wurtemberg. À Strasbourg, la station locale de l'ORTF (très largement acquise aux gaullistes malgré plusieurs purges) diffusera l'enregistrement dans son journal de 19 heures. Il devrait être relayé au niveau national dans la soirée. Les Français se souviendront de l'appel du 27 mai 1969 à Baden-Baden, comme ils n'ont jamais oublié celui du 18 juin 1940 à Londres.

Conscient de la solennité de l'instant, Massu se tient au garde-à-vous dans son propre bureau. Il n'a ôté ni le képi de parade ni les gants blanc immaculé qu'il portait déjà pour la revue des troupes. Le général de Gaulle est, lui, assis face au magnétophone. Il ne s'exprimera pas dans un magnifique microphone en métal noir haut posé sur un socle massif, comme dans les bureaux londoniens de la BBC, il y a vingt-neuf ans. Non, sa voix, celle de la France, résonnera dans un beaucoup plus rudimentaire micro filaire Shure avec une grille en forme de balle de golf que Massu est péniblement parvenu à fixer sur son trépied grâce à un gros bout de bande adhésive, une fois que l'officier eut constaté l'inanité du mode d'emploi pourtant relu dix fois.

« Ça marche comment, votre truc ? » interroge de Gaulle.

« L'enregistrement est déjà lancé, vous n'avez plus qu'à parler, mon général… »

« Eh bien, parlons, alors ! »

Le bureau de Massu se trouve au rez-de-chaussée de la résidence, juste à droite de l'entrée principale. Un pan entier est recouvert par une carte d'état-major des régions du Bade-Wurtemberg et d'Alsace. Au milieu des verts plus ou moins profonds selon les dénivelés et l'épaisseur des forêts, la ligne bleue du Rhin serpente et marque la frontière. Sur le mur opposé, Massu a accroché quelques photos, que l'on pourrait qualifier de « personnelles » si elles ne représentaient pas uniquement des hommes en uniforme. Il y a le maréchal Leclerc, et son air grave, inquiet, devisant avec ses hommes, au matin de la libération de Paris. Puis, juste au-dessus, le colonel Jeanpierre qui fixe beaucoup plus hardiment l'objectif en souriant, le béret à la main et le poignard à la ceinture, quelques jours avant que son hélicoptère ne soit abattu par une katiba de l'ALN, pendant les évènements d'Algérie. Et enfin, à la place d'honneur, surplombant toutes les autres, trône une photographie, prise à Trèves en 1927. Celle d'un chef de bataillon dépassant d'une tête les autres officiers. Sa moustache est si fine qu'elle pourrait n'être qu'une ombre. Son regard trahit une impatience, voire un agacement, comme si Charles de Gaulle, alors âgé de 37 ans, était tellement pressé de mener à la manœuvre ses hommes du 19e bataillon de chasseurs à pied que même ces quelques secondes arrachées par le photographe représentaient une intolérable perte de temps. De toutes les photographies du général de Gaulle que Massu a vues, celle-ci a toujours été sa préférée. Elle représente le grand homme avant la gloire et les livres d'histoire, lorsqu'il n'était encore qu'un officier, certes déjà respecté, mais aux théories militaires d'avant-garde, seulement partagées par un petit cercle d'initiés. Tout de Gaulle est pourtant déjà là : la hardiesse calculée, la séduction qui n'a pas besoin de s'afficher.

En entrant des centaines de fois dans le bureau de Massu, le patron a forcément aperçu ce portrait de lui, quarante-deux ans plus tôt, si fièrement accroché au sommet du mausolée, et pourtant, les deux hommes n'en ont jamais parlé, comme si une pudeur, aussi épaisse qu'un blindage d'AMX30, les empêchait à jamais de se témoigner la moindre marque d'affection qui ne relève pas du respect viril ou du compagnonnage sans effusion.

Depuis un an, de rage ou par déception, les jours de grand découragement et de sombre colère, Massu a été maintes fois tenté de décrocher la sainte image de De Gaulle. Pourquoi continuer d'admirer sur son mur d'honneur un héros naufragé par le poids des années, qu'il ne pouvait plus même voir en peinture ? Le commandant des forces françaises en Allemagne se félicite aujourd'hui de ne jamais avoir cédé à cette manifestation de dépit presque amoureux. C'est donc en regardant alternativement le général en chair et en os, et celui en noir et blanc de l'indécrochable photographie, que Massu écoute ce discours qui va à nouveau bouleverser sa vie :

« Français, Françaises, mes chers compatriotes, attaque de Gaulle de sa voix reconnaissable entre toutes, qui aurait fait pleurer Jeanne d'Arc et intimidé Napoléon. Les évènements de Paris et l'assassinat du président Pierre Mendès France font de nouveau planer sur la patrie et sur la République une menace que nous avons, hélas, plusieurs fois affrontée ensemble par le passé. Il y a un an, au pouvoir insurrectionnel de la rue, a succédé un régime légitimement élu, dans le respect d'une constitution que j'avais moi-même contribué à élaborer. De l'Allemagne où je me suis exilé, mais jamais loin de la France qui demeurera jusqu'à mon dernier souffle ma seule, unique et bien-aimée patrie, j'ai remis sans aucune réserve, sans aucune condition, les pouvoirs dont je portais la charge. Aujourd'hui, certains à Paris me traitent de général factieux. Même parmi mes plus chers amis et mes plus vieux compagnons, d'aucuns me poussent à commencer une carrière de dictateur. Ce que j'ai refusé à 67 ans, je le refuse à nouveau à 78 ans ! Non, je ne rajouterai pas du désordre au désordre, de la violence à la violence. Au nom de la France, j'ordonne que tous les moyens soient employés pour barrer la route à tous ceux qui veulent la détruire. J'interdis à tout Français et d'abord à tout soldat de se détourner du chemin de l'honneur et de la légalité. L'armée est l'instrument de l'État et doit le demeurer. Les seuls chefs, civils et militaires, qui aient le droit d'assumer des responsabilités sont ceux qui ont été régulièrement nommés pour cela. Par là même, je m'affirme pour aujourd'hui et pour demain, en la légitimité française républicaine que l'Histoire m'a conférée, et que je maintiens quoi qu'il arrive, jusqu'à ce que me manquent soit les forces, soit la vie. J'ai dit ce que j'avais à dire. Vive la France, vive la République ! »

Ces derniers mots résonnent encore dans le micro rafistolé que le général de Gaulle s'est déjà levé. Il s'approche de Massu et lui tapote affectueusement l'épaule droite, sans remarquer combien le commandant des forces françaises en Allemagne peine à rester debout, le visage décomposé, la moustache effondrée, et les jambes sciées par ce qu'il vient d'entendre.

« Mon vieux Massu, une nouvelle fois, en ces circonstances graves, dans l'histoire de la France et dans ma carrière d'homme d'État, la Providence vous a placé sur mon chemin. Vous m'avez témoigné votre indéfectible fidélité et distillé vos précieux conseils. Je vous en remercie ! »

« Merci à vous, mon général », balbutie Massu.

« Je vais passer des vêtements plus adaptés à la marche. Me dégourdir les pattes me fera le plus grand bien ! J'espère être de retour avant le déjeuner », annonce un de Gaulle que son discours aux Français semble avoir particulièrement revigoré.

« Mais, mon général », objecte Massu, « la résidence est cernée par des soldats restés loyaux à Paris. Vous ne pourrez pas faire un kilomètre sans être arrêté. »

« Ce ne sont pas quelques soldaillons d'opérette qui me feront renoncer à ma promenade dominicale ! » s'exclame de Gaulle avant de refermer bruyamment la porte derrière lui.

Massu est à nouveau seul dans son bureau. Il appuie sur la touche « Stop » du magnétophone, en sort la bande enregistrée et la fait fondre grâce à la flamme d'un briquet Zippo qu'il conserve toujours dans le premier tiroir de son secrétaire. Une affreuse odeur de plastique brûlé envahit la pièce. Massu ne prend même pas la peine d'en ramasser les restes. Il se dirige vers le mur d'honneur de son bureau, décroche la photo en noir et blanc qui se trouve au-dessus des autres et la lance de toutes ses forces contre la carte d'état-major des régions du Bade-Wurtemberg et d'Alsace. Le cadre explose, le verre qui protégeait l'image se brise en mille morceaux. Désormais à terre, le chef de bataillon Charles de Gaulle, en 1937 à Trèves, semble surpris par la violence de l'impact. Massu déplie ensuite son lit de camp. Sans prendre la peine de retirer son uniforme de général deux étoiles, le commandant des forces françaises en Allemagne, son képi sur la tête et ses souliers impeccablement cirés aux pieds, le général Jacques Massu, Compagnon de la Libération, vainqueur de la bataille d'Alger, se recroqueville et se met à pleurer comme un bébé.

CHAPITRE 9

Paris, mardi 27 mai

José Carvalho dort depuis au moins dix heures, abruti par les somnifères et défoncé à sa propre culpabilité, quand une sonnerie le sort de ses ténèbres. Il n'a pas souvenir que le téléphone ait jamais sonné dans son appartement trois-pièces de la rue de Surène qu'il a peu habité du temps pas si lointain (deux jours) où l'Élysée était encore son lieu de travail et presque sa maison.

« Le ministre vous demande d'être dans une heure au Val-de-Grâce pour l'autopsie du président », ordonne à l'autre bout du fil la voix du directeur de cabinet de Gaston Defferre.

« OK », répond laconiquement Carvalho avant de raccrocher. En tentant de se lever de son lit sans y retomber lourdement, le désormais ex-chef de la sécurité présidentielle se demande si cette mission témoigne d'un retour de confiance bizarrement prématuré ou de la volonté du patron de le confronter toujours plus à son échec, de lui mettre le nez dans sa merde. Même l'esprit aussi embrumé qu'une lande écossaise, Carvalho conclut rapidement à la deuxième option.

Dans un élan de révolte infantile, il a refusé d'obtempérer à l'ordre précédent de Gaston Defferre et s'est effondré, la veille, dans sa crasse et ses vêtements de croque-mort. Le jet chaud de la douche le convainc que la propreté ne possède pas que des inconvénients, et un costume Lanvin en lin ressurgi de sa splendeur marseillaise lui permet de retrouver un peu de sa superbe. Privé de voiture de fonction, préférant remettre à plus tard sa découverte des transports en commun parisiens, Carvalho décide de marcher jusqu'à l'hôpital du Val-de-Grâce. Dès l'entrée de la place de la Concorde par la rue Boissy-d'Anglas, l'ancien résistant peut constater qu'au moins une partie de l'armée est restée fidèle à la République en danger. Un char de combat AMX30B du 501e régiment, normalement basé à Rambouillet, pointe sa gueule menaçante sur l'hôtel de Crillon. Dire que les grands bourgeois des beaux quartiers redoutent depuis un an que les chars russes ou chinois défilent place de la Concorde ! Ce sont de magnifiques tanks bien de chez nous, certains même frappés sur leur flanc de la croix de Lorraine, qui patrouillent au pied de l'obélisque, prêts à défendre la chienlit socialo-communiste contre la menace d'un putsch gaulliste !

S'ils sont les rois de la rive droite, les blindés évitent de se risquer de l'autre côté de la Seine. Leurs chenilles pourraient se coincer dans les vestiges encore fumants des barricades érigées pendant la nuit. Comme si les douze mois écoulés n'avaient pas existé, comme si la fuite de De Gaulle et la mort de Mendès n'avaient servi à rien, les anciens combattants du Quartier latin, les grognards de Gay-Lussac, les nostalgiques d'un bon vieux temps qui remonte à seulement un an, ont rallumé la flamme. Manquent seulement les pavés, que la mairie de Paris a prudemment recouverts d'un épais goudron pendant l'hiver. C'est donc sur un bitume parfait, sans aspérités, que José Carvalho slalome entre les branches d'arbres arrachées et les épaves de voitures encore fumantes. Le fils de pêcheur n'a rien compris à Mai 68, et il se rend compte qu'il comprend encore moins mai 69. Pourquoi ces gauchistes, fils à papa, révolutionnaires en tweed, qui n'avaient pas de mots assez durs pour dénoncer Mendès le social-traître, le bradeur de révolution, le plus mou que Mollet, le pire que Pompidou, se mettent-ils désormais à le pleurer et à casser en son nom ? Sur leurs drapeaux rouges vont-ils remplacer l'effigie du Che portant le béret par celle de PMF en costume-cravate et chemise blanche bien repassée ? Carvalho en veut à la terre entière, notamment aux mendésistes post-mortem, mais il en revient toujours à la même conclusion : tout est de sa faute. S'il avait mieux fait son boulot, Mendès serait toujours vivant, les émeutiers se seraient couchés tôt, et les chars du 501e régiment paraderaient dans les rues de Rambouillet. Alors, l'ancien patron de la « garde Defferre » (quel surnom à la con !) se refait à nouveau le film des évènements de la veille. Il repense à chaque geste, chaque mouvement esquissé avant que Mendès ne monte sur scène. À chaque visage découvert dans les premiers rangs du public. À chaque bruit qui aurait pu l'alerter. Et il ne trouve rien, pas un indice, pas une piste, pas même un soupçon. Juste trois, quatre, cinq coups de feu qui semblaient tombés du ciel, et ce président attrapé par la mort, dont le dernier regard s'est posé sur lui. Carvalho a envie de vomir. Comme il n'a plus rien avalé depuis le petit-déjeuner de la veille, c'est seulement une volée de glaires polluées par des relents d'amphétamines et de somnifères qu'il parvient à expulser dans le caniveau de la place Ernest-Denis. Le ventre à l'envers, le souffle court et le costume en lin trempé par une mauvaise sueur, il aperçoit avec soulagement le dôme bleu de l'église Notre-Dame du Val-de-Grâce.

L'hôpital militaire se trouve toujours cerné de check-points, et les soldats de garde, le doigt sur la détente, sont à peine moins nerveux que la veille. Avec sa gueule de zombie fraîchement déterré, Carvalho ressemble plus à un malade en quête de soins urgents qu'à un flic ou ex-flic (lui-même ne sait plus trop) en mission. Il lui faut donc montrer et remontrer sa carte tricolore de chef de la sécurité élyséenne pour vaincre l'extrême méfiance des sentinelles et pénétrer à nouveau dans la grande cour centrale. Carvalho se dirige à pas lents vers l'institut médico-légal, dans l'aile ouest de l'hôpital. L'envoyé spécial du ministre entre dans le royaume des morts. En apercevant le 1,90 m et les plus de 120 kilos du commissaire Roger Martinot, de la brigade criminelle, en train d'éprouver dangereusement la résistance de l'une des deux petites chaises en plastique de la salle d'attente, Carvalho comprend enfin le but de sa mission. Defferre déteste Martinot. Le géant de la Crim' possède une réputation de bon flic, as de la procédure, prince de l'interrogatoire musclé, mais il est aussi considéré comme une tête brûlée, un emmerdeur sur qui les ordres de la hiérarchie glissent comme la pluie sur son éternel imperméable mastic noir. Bref, tout le contraire de José Carvalho, l'ex-renard argenté de l'Évêché devenu (il en a honte, mais ne sait pas comment s'en dépêtrer) un bon chienchien policier qui obéit au doigt et à l'œil à son maître de la place Beauvau.

« Salut, Martinot, c'est toi qui as récupéré l'enquête ? Félicitations… », lance Carvalho d'un ton neutre, juste pour tâter le terrain.

« Oui, et je n'ai pas envie qu'elle soit polluée par un barbouze déguisé en danseur de twist dépressif », répond Martinot du tac au tac, après avoir inspecté son interlocuteur des pieds à la tête.

« Détends-toi, je n'ai pas demandé à être là, c'est le ministre qui m'envoie. »

« Pour le service après-vente ? Pas sûr que tu puisses faire jouer la garantie sur ce coup-là. La prochaine fois qu'on te confie un président de la République, essaie d'être un peu plus soigneux. Ça n'a pas l'air comme ça, mais c'est fragile, les grands hommes… »

« Au moins avec toi, Martinot, on est certain que le coupable sera vite attrapé. Tu as eu le temps de vérifier l'alibi de Lee Harvey Oswald ? »

« Ferme ta sale gueule et rends-nous service, Carvalho. Retourne à Beauvau faire de la lèche au ministre et laisse les vrais flics travailler… »

L'échange d'amabilités est interrompu par l'entrée dans la pièce d'un petit homme voûté, presque bossu.

« Messieurs, vos cris m'empêchent de travailler, ce n'est pas acceptable ! » lâche de sa voix fluette le médecin-chef Amédée Guimard, 64 ans, qui règne en despote éclairé au néon sur les rangées de macchabées de l'Institut médico-légal. Alors que ses confrères affectent souvent l'air blasé de ceux qui découpent les cadavres comme d'autres les côtes de bœuf pour un barbecue, le médecin-chef Amédée Guimard, malgré ses décennies de pratique, continue de montrer, entre deux examens post-mortem, tous les signes d'un stress intense. Difficile de croire que cette poignée de main si moite puisse se transformer en un instrument de dissection incroyablement précis dès qu'il se penche au-dessus de l'un de ses pensionnaires, fût-il un ancien président de la République française.

« Comme vous pouvez le constater, l'impact d'une balle que nous nommerons "balle numéro 1" (si tant est qu'il y ait une balle numéro 2) a fait exploser la partie supérieure gauche de la boîte crânienne. C'est une plaie béante, d'environ 5 à 7 centimètres, avec des avulsions de tissu du calvarium et du cuir chevelu. Et voici une autre blessure d'à peu près le même diamètre, à l'arrière du crâne, au niveau de la zone occipito-pariétale, avec des tissus cérébraux et cérébelleux déchiquetés dans les blessures et sur les fragments du crâne attaché au cuir chevelu », détaille le médecin-chef, après avoir reposé avec beaucoup de délicatesse la tête du mort.

D'un trait de lame, le virtuose du scalpel ouvre le crâne d'une oreille à l'autre. Sur le visage du président, le cuir chevelu est rabattu comme la visière d'une casquette trop grande. Amédée Guimard fait vrombir sa scie, elle l'aide à détacher la calotte crânienne.

« Regardez, messieurs, il reste encore quelques fragments métalliques laissés par le projectile. Toute la partie supérieure de l'hémisphère gauche a été emportée. Un cerveau pèse normalement 1500 grammes. Celui-là doit à peine atteindre les 1200... Quand on observe, de l'intérieur, la blessure à l'arrière du crâne, il n'y a aucun cratère, mais un biseau des bords de l'os, ce qui indique plutôt un orifice de sortie. »

« Qu'est-ce qu'on peut en déduire sur l'angle de tir ? » interroge Martinot comme pour mieux rappeler qu'il est le seul responsable de l'enquête officielle.

« Pour moi, la balle est arrivée de la gauche du président, selon une trajectoire de haut en bas, je dirais même de TRÈS haut jusqu'en bas », répond le médecin-chef. « Entre les orifices d'entrée et de sortie, l'angle est de pratiquement quarante-cinq degrés. »

« On a pourtant cherché les douilles jusque dans les travées les plus perchées des tribunes et on n'a rien trouvé... », objecte Martinot.

« Et les toits, vous avez fouillé les toits ? » le coupe Carvalho.

« Non... », balbutie Martinot, conscient que l'enquête officielle vient de concéder un point à l'enquête parallèle.

« Le tireur devait être embusqué là-haut, juste au-dessus de la tribune officielle. À l'abri des regards et avec une vue totalement dégagée », conclut Carvalho.

« Voilà qui colle parfaitement avec mes observations ! » se réjouit Amédée Guimard avant d'envelopper le cerveau présidentiel dans du papier cellulose et de le replacer avec la plus extrême délicatesse dans la boîte crânienne.

Un quart d'heure plus tard, Martinot et Carvalho s'essoufflent à grimper les marches de la tribune officielle du stade Sébastien-Charléty. Entre le Val-de-Grâce et la porte de Gentilly, Martinot a pourtant usé de tous les arguments pour se débarrasser de Carvalho (secret de l'enquête, manque de place dans la voiture, maladie contagieuse...). Mais il a suffi que l'ex-chef de la garde présidentielle menace d'appeler sur sa ligne directe le ministre de l'Intérieur, et le commissaire chargé de l'enquête officielle est revenu à de meilleurs sentiments. Pour monter sur le toit de la tribune, Martinot et Carvalho ont réquisitionné le gardien du stade, un ancien rugbyman dont les genoux craquent dans l'ascension des gradins. La démarche du maître des lieux se trouve aussi alourdie par un imposant trousseau de clés dont il n'a pas à se servir, puisque la serrure de la porte qui mène au toit a été fracturée.

« Vous aviez déjà remarqué que cette porte avait été forcée ? » demande Martinot au gardien.

« Non, j'ai joué vingt ans dans ce stade, et ça fait trois ans que j'y travaille. Je pense connaître le moindre brin d'herbe de la pelouse. Je nettoie les vestiaires, les chiottes, le club-house, mais personne ne m'a encore demandé d'astiquer le toit au chiffon à poussière ! »

Après avoir pris congé du gardien, qui ne leur sert plus à rien, Martinot et Carvalho doivent encore emprunter un escalier métallique en colimaçon si étroit qu'ils manquent d'y rester coincés. Un dernier coup d'épaule dans une porte au cadenas lui aussi fracturé, et les voici sur le toit de Charléty, accueillis par une bourrasque qui les renverse presque. Secoué par le vent et terrassé par le vertige, Martinot plie instantanément son 1,90 m et ses 120 kilos pour se retrouver à quatre pattes.

« Vas-y, Carvalho, avance sans moi. J'ai l'impression que le stade va se retourner sur lui-même ! » implore l'enquêteur en chef, dont la dignité se trouve considérablement affectée.

Carvalho parvient à rester debout, mais constate que son costume Lanvin en lin et ses mocassins Nebuloni ne constituent pas la tenue idéale pour jouer les funambules. Lui qui crevait de chaud est désormais transi de froid. Le revêtement métallique du toit est particulièrement glissant. Chaque pas ressemble à un exploit.

Dès qu'il tourne un peu la tête, c'est-à-dire le moins possible, Carvalho aperçoit tous les monuments de Paris alignés sur l'horizon, en cinémascope. Mais l'apprenti équilibriste préfère regarder droit devant lui. Parvenu presque au bout du toit, il découvre en contrebas non plus un, mais deux cimetières. Celui de Gentilly, avec ses tombes de notables de la banlieue rouge dont le repos éternel est perturbé par le vacarme du nouveau boulevard périphérique. Et celui, sans sépulture, du stade Charléty. Sa pelouse ceinte d'une piste en cendrée porte toujours le deuil de la catastrophe. Des piles de chaussures dépareillées et de vêtements abandonnés s'entassent au pied des gradins. À plus de quarante mètres de hauteur, Carvalho découvre aussi, sous un angle inédit, le devant de l'estrade où il s'est rué, quarante-huit heures plus tôt, pour tenter de sauver le président. La scène est si minuscule vue d'ici. Le pied du microphone est encore là, debout, abandonné et dérisoire, au milieu du champ de bataille qu'est devenu le stade Sébastien-Charléty. Carvalho évite de trop se pencher, de peur d'être attiré par le vide. Est-ce le vent ou les fantômes des treize morts qui lui sifflent aux oreilles une sinistre mélodie, celle de sa culpabilité, dont il pourrait si facilement se débarrasser en se précipitant dans le néant ?

Heureusement, en mobilisant tout son courage, Martinot est parvenu à se redresser et à rejoindre Carvalho.

« Tu veux que je t'apprenne à voler ? » trouve même la force de plaisanter le commissaire.

« OK, mais tu sautes en premier », répond son partenaire de funambulisme.

« Déjà qu'à la Crim' mon bureau est au cinquième étage et que j'évite de trop regarder par la fenêtre… »

« Donc, on peut définitivement te rayer de la liste des suspects… »

« Je peux te dire que si j'avais dû flinguer Mendès, je serais resté tranquillement en bas. Au-dessus du niveau de la mer, je perds tous mes moyens. »

« Premiers indices : contrairement à toi, notre assassin n'a pas le vertige et passe à travers les portes fermées. »

« Tu penses à quelqu'un en particulier ? Arsène Lupin ? Mary Poppins ? »

« Mary Poppins, pourquoi pas ? À condition qu'elle sache aussi tirer au fusil de précision en position allongée. Regarde là-bas… »

En s'approchant de l'angle droit formé par le coin sud de la tribune, Carvalho et Martinot découvrent, encore posée sur son bipied, la dernière merveille de l'industrie létale autrichienne : une carabine Steyr Mannlicher SSG 69.

« Merde, Mary Poppins était autrement mieux équipée qu'Oswald à Dallas ! » s'exclame Martinot en référence au vieux clou italien (un Carcano 1938) acheté 21,95 dollars par l'assassin de John Fitzgerald Kennedy.

En comparaison, la Steyr Mannlicher SSG 69 du tueur de Pierre Mendès France a l'air flambant neuve, à peine sortie de son étui. Même sous le plafond de nuages bas qui surplombe le stade, l'arme du crime étincelle comme si elle était consciente et fière d'être à son tour entrée dans l'Histoire.

« Et il est évidemment plus simple de tirer sur un Mendès figé derrière son micro que sur un Kennedy saluant la foule en tournant sans cesse la tête, à 18 km/h, dans une limousine décapotable... » ; ajoute Martinot avant de ramasser trois douilles. « Comme on n'a retrouvé qu'une balle dans la tête de Mendès, ça veut dire que notre client a tiré deux fois à côté... »

« Il avait plu, il faisait froid. Il faut savoir être indulgent, même avec les snipers... », répond Carvalho en tordant la bouche.

À côté du fusil de précision, les deux hommes trouvent un grand sac de sport violet. Martinot l'ouvre, en sort un tournevis, une pince-monseigneur, un thermos de café (vide) et un sac de couchage.

« Notre client a dû passer la nuit sur le toit... »

« En arrivant la veille au soir, il a évité les fouilles par le service de sécurité, qui ne s'était pas encore déployé », raisonne Carvalho à haute voix. « Son sac lui a aussi servi à transporter la carabine et le bipied. Il n'a eu qu'à forcer les deux portes et à attendre le lendemain matin que Mendès s'installe derrière le micro, une quarantaine de mètres en contrebas. Repartir avec l'arme du crime sous le bras était trop risqué. Il a donc préféré laisser la Mannlicher sur place et s'en aller les mains dans les poches, en profitant du chaos... »

« On va tout passer au peigne fin, mais nos chances d'identifier des empreintes sont quasi nulles », prévient Martinot. « Vu le niveau de préparation, Mary Poppins a dû emporter ses plus jolis gants et repartir avec pour ne pas laisser de traces... »

Le commissaire de la brigade criminelle s'apprête à refermer le sac de sport quand son attention est attirée par le blason qui orne la poche avant. Il montre à Carvalho les trois lettres violettes brodées sur un fond blanc :

« P-U-C : PUC. C'est quoi encore, ce truc ? »

CHAPITRE 10

PARIS, MARDI 27 MAI

Accoudée à la main courante du stade de la Cité universitaire, Louise Ben Kader a tout de suite reconnu son « sauveur ». Il est encore plus grand que sur la photo de Rémy, au moins 1,85 m, sans compter sa brosse de cheveux gominés qui doit bien lui ajouter deux ou trois centimètres. À le voir tenir le ballon ovale d'une seule main comme si c'était une balle de tennis, à découvrir ses biceps presque aussi épais que ses cuisses, Louise comprend comment il a pu la soulever aussi facilement, la prendre dans ses bras et la sortir de l'enfer de Charléty. Louise ne connaît pas encore son nom, mais déjà son prénom, que ses partenaires prononcent dès qu'il touche le ballon : « Henri, derrière toi ! », « Tape ! Henri ! Tape ! », « Bien joué, Henri ! ». Louise remarque que les autres joueurs s'interpellent à grand renfort de surnoms plus ou moins farfelus : « Cheval », « Gamin », la « Blache », « Tcheou », « Morfalou », mais que personne n'ose appeler Henri autrement qu'Henri, et surtout pas « Riri » ou « Riton ». Au-dessus de son torse de minotaure, ses mâchoires carrées et serrées, même dans l'effort, n'incitent effectivement pas à la familiarité.

Louise a mis du temps pour trouver le terrain d'entraînement de la section rugby du Paris Université Club. Depuis que leur stade de Charléty a été placé sous scellés pour les besoins de l'enquête sur l'assassinat du président Mendès France, les pucistes ont trouvé refuge de l'autre côté de l'avenue Pierre-de-Coubertin, au cœur de la Cité universitaire internationale. Engoncée dans un corset et appuyée sur ses béquilles (deux concessions au médecin pour qu'il accepte de la laisser sortir de l'hôpital et qu'elle se repose « tranquillement » chez elle...), Louise a claudiqué au milieu des pavillons exotiques et rococo. Construite entre les deux guerres pour accueillir des étudiants du monde entier, la Cité U se présente comme un campus à l'anglo-saxonne, avec ses larges pelouses et ses terrains de sport. Au lieu d'imposer un style architectural unique, ses fondateurs ont laissé carte blanche aux pays contributeurs pour construire au cœur du XIVe arrondissement de Paris un bâtiment qui leur ressemble. En passant devant la maison du Japon en forme de pagode, ou en contournant le collège franco-britannique aux briques rouges et bow-windows comme à Oxford, Louise Ben Kader s'est crue égarée dans des décors de cinéma. À l'angle de la fondation hellénique (un hommage architectural à la Grèce antique) et de la Maison de la Tunisie (une horreur en forme d'équerre typique de la folie bétonnière des années 50), elle a balancé de rage ses béquilles dans un fourré. Elle perdrait son chemin, mais pas sa dignité.

Louise était sur le point de renoncer quand, du stade de rugby, elle a d'abord aperçu les projecteurs allumés dans la nuit tout juste tombée. À leur pied s'ébattaient les joueurs, comme des insectes attirés par la lumière, mais qui n'auraient pas su voler.

À Philippeville, Louise a joué au basket (elle préférait l'entraînement au match), et son père l'a aussi emmenée voir quelques matches de football (elle a détesté). Le rugby en revanche lui est aussi inconnu que le cricket ou le base-ball. Accoudée à la main courante, il lui faut un peu de temps avant de repérer un début de logique et même de grâce dans la succession de collisions et de chevauchées, ballon sous le bras, qui semble constituer la base même de ce sport à la fois de contact et d'évitement. Une phase de jeu l'intrigue, puis la fascine. Deux lignes parallèles de joueurs se disputent un ballon lancé de la touche. Henri s'y montre particulièrement brillant. Grâce à une détente impressionnante, digne d'un basketteur de l'Étoile Jeunesse philippevilloise, le sauveur de Charléty se saisit presque à chaque fois du ballon, puis retombe en le plaquant contre son torse, comme si c'était un enfant à protéger de la horde adverse. Un seul autre joueur ose disputer à Henri la maîtrise des airs. Il est aussi grand que lui, quasi son jumeau, en juste un peu moins bondissant. Ses coéquipiers l'appellent « Tcheou », et Louise tente encore de deviner le pourquoi de ce surnom, quand un dernier coup de sifflet perce la nuit et ses tympans pour signifier la fin de l'entraînement et le retour aux vestiaires. Louise fond sur Henri comme s'il avait encore le ballon :

« Bonjour, je m'appelle Louise Ben Kader, et je suis venue vous remercier… »

« De quoi ? » lui demande le rugbyman, plus qu'étonné d'être ainsi interpellé par une inconnue.

« De m'avoir sauvé la vie à Charléty… », répond Louise dans un grand sourire.

« De rien. Et bonne soirée, mademoiselle… », lâche le rugbyman en poursuivant son chemin, comme si Louise venait seulement de lui demander l'heure.

La jeune femme passe de l'émotion à la surprise, puis à un début de colère :

« Je viens vous remercier de m'avoir sauvé la vie, et c'est tout ce que vous trouvez à me dire ? »

Henri pivote sur lui-même, comme au prix d'un effort considérable, et regarde fixement celle qui ose retarder le moment où il va laisser le jet d'eau chaude ramollir ses muscles à vif.

« OK, désolé, j'ai manqué de délicatesse. Comme je vous ai soi-disant "sauvé la vie", à moi de vous demander une immense faveur. »

« Laquelle ? » demande Louise, interloquée.

« Celle de me laisser prendre ma douche tandis que vous allez rentrer tranquillement chez vous. Bonne soirée, mademoiselle… », conclut sèchement le sauveur qui ne voulait pas être remercié.

Louise n'exauce le vœu qu'à moitié. Elle laisse Henri prendre sa douche, mais l'attend à la sortie du vestiaire, planquée derrière un chêne potentiellement centenaire. Le rugbyman finit par sortir, habillé du même survêtement « PUC » que sur la photo de Rémy Abeillé. Henri est entouré de ses coéquipiers. Ils n'ont pas dû prendre le temps de bien se sécher, car une auréole de vapeur les enveloppe dans les allées mal éclairées de la Cité U. Louise leur laisse volontairement un peu d'avance, mais, sans ses béquilles, elle a du mal à suivre le rythme. La distance se creuse, jusqu'à les perdre de vue. Heureusement, malgré l'heure tardive, le pack de rugbymen se montre aussi discret qu'un troupeau d'éléphants en goguette. Les joueurs rient, s'invectivent, parlent fort et reprennent en chœur une chanson où il est question de masturbation et de nécrophilie. « Un jour que j'étais à la morgue… » Louise retrouve les gais lurons en tendant l'oreille. Les voilà qui sortent de la Cité universitaire et entrent, en se bousculant, dans un café de la porte de Gentilly. La jeune femme attend que son pouls batte moins fort avant d'y pénétrer à son tour. Elle manque d'être assommée par une bouffée d'odeur rance à base de sueur et de tabac froid. Au comptoir, il n'y a plus qu'un client qui fixe son verre vide avec l'espoir de le remplir à nouveau. Le barman écrit sur l'ardoise le menu du lendemain : « Terrine de campagne, foie de veau haricots verts, œufs à la neige ».

Les rugbymen sont affalés sur les banquettes du fond de la salle. Ils attaquent leurs pintes de bière blonde avec toujours aussi peu de discrétion quand l'apparition de la jeune femme boitant légèrement suspend les conversations et interrompt les libations. Louise s'installe à une table proche, sans être voisine. Elle sent bien que tous la regardent. Notamment Henri, le seul visiblement à être beaucoup plus agacé qu'amusé par son entrée fracassante.

Au bout d'un quart d'heure, encouragé par ses coéquipiers et désinhibé par un premier demi-litre de Stella Artois, ce n'est pas Henri qui finit par se lever, mais un garçon beaucoup moins costaud, ni laid, ni beau, qui doit avoir l'habitude de séduire en misant sur sa bonne bouille et son culot.

« Je peux vous offrir un verre ? » demande l'importun.

« Oui, très volontiers. À condition de le boire avec Henri ! » répond Louise dans un grand sourire.

À ces mots, toute la tablée des rugbymen part dans un gigantesque éclat de rire et se tourne vers Henri. Le sauveur de Louise a d'abord le regard noir, avant que l'hilarité générale et l'audace de la jeune femme ne finissent par le radoucir. Il déplie sa carcasse de la banquette en skaï rouge et se pose en face de la jeune femme :

« Bon, qu'est-ce que vous voulez savoir ? »

« Tout. Qui êtes-vous et comment m'avez-vous sauvée ? »

« Je m'appelle Henri Turrini. J'habite dans un immeuble du boulevard Kellerman, à deux pas d'ici. Dimanche matin, j'étais chez moi, sur le point de sortir. Toute l'équipe avait rendez-vous à 11 heures devant l'entrée de la Cité universitaire pour partir en déplacement à Nevers. J'ai entendu les coups de feu et vu les premiers spectateurs sortir en courant de Charléty. Alors je suis entré dans le stade et j'ai découvert le pire du pire. J'ai sorti tous les corps que je pouvais, des morts et des vivants. Je me souviens bien de vous. Je me suis demandé ce que faisait une aussi jolie fille au milieu d'une telle horreur. Je vous ai transportée et allongée au pied de la tribune ouest, où un médecin a dû vous prendre en charge. Quand je vous ai reconnue tout à l'heure à l'entraînement, ça m'a d'abord fait bizarre, puis plaisir. C'était la preuve que vous vous en étiez tirée. Mais le côté "La rescapée de l'enfer qui retrouve son sauveur" avec larmes d'émotion et article dans *Paris Match*, c'est vraiment pas mon truc. Cela dit, merci pour la bière. »

Alors que les autres rugbymen quittent le bar par petits groupes, Henri Turrini reste et se laisse aller, happé par le charme et les talents d'intervieweuse de Louise Ben Kader. Sa vigilance endormie par le houblon. Lui qui avait décidé d'en dire le moins possible se surprend à raconter sa vie.

« J'étais CRS, compagnie numéro 19, matricule 3529. Rue Gay-Lussac, j'ai tapé un peu fort sur le fils d'un député socialiste. Enquête interne, sanction exemplaire, renvoi discret. Je suis devenu détective privé, mais avec la révolution sexuelle, l'amour libre, il est interdit d'interdire, il faut jouir sans entraves, le marché de l'adultère s'est considérablement rétréci. Même les bourgeois ont peur de passer pour des ringards s'ils font surveiller leur épouse infidèle ! Heureusement, il reste quelques adolescents fugueurs à retrouver, de la recherche de paternité, du contrôle d'arrêt maladie, un peu de protection rapprochée aussi… »

Louise l'interrompt : « Si vous manquez de missions, j'en ai une à vous proposer, et une belle, bien plus passionnante que de pister l'amant de la femme du notaire : vous allez m'aider à retrouver l'assassin de Pierre Mendès France ! »

Pour dessaouler de manière accélérée, Henri Turrini avait essayé un certain nombre de recettes de grand-mère, comme le jus de citron chaud, l'oignon cru ou le Coca mélangé au café, mais aucune ne possède l'efficacité des phrases prononcées par Louise Ben Kader. L'ex-CRS se lève en titubant, ramasse son sac de sport et lâche sans se retourner :

« Vous êtes complètement folle ! La prochaine fois que vous serez en danger, trouvez-vous un autre crétin pour vous sauver la vie. »

Le Monde du jeudi 29 mai 1969

La date de l'élection présidentielle fixée aux 22 juin et 6 juillet

La prochaine élection présidentielle se déroulera sur fond de rivalité exacerbée entre les ténors de la majorité. Par Louise Ben Kader

À l'issue du Conseil des ministres de mercredi, les dates de la prochaine élection présidentielle ont été fixées au 22 juin prochain pour le premier tour, et deux semaines plus tard, le 6 juillet, pour un éventuel second tour. Réuni pour la première fois autour du président de la République par intérim, Alain Poher, le gouvernement a affiché une unité de façade qui ne trompe aucun observateur. Interrogés à la sortie du Conseil sur leur volonté de se présenter ou pas au scrutin présidentiel, le Premier ministre, Michel, Rocard, celui de l'Intérieur, Gaston Defferre, et celui des Affaires étrangères, François Mitterrand, ont affirmé de concert qu'ils annonceraient leur décision respective après les obsèques nationales en l'honneur de Pierre Mendès France, vendredi prochain, aux Invalides et au Panthéon. En réalité, le futur affrontement entre les trois hommes ne fait aucun doute. Il a même déjà commencé.

Michel Rocard réunit autour de lui le pôle progressiste et mendésiste des ex-proches du président assassiné, comme le ministre de la Justice, Robert Badinter, ou la secrétaire d'État à la Condition féminine, Anne Zelinsky. Michel Rocard ne pourra en revanche

plus compter sur le désormais ex-ministre de l'Éducation nationale, Jacques Sauvageot. Le seul leader de la révolution estudiantine de Mai 68 qui ait accepté de participer au gouvernement Rocard a en effet décidé de démissionner « pour convenances personnelles ». Il est remplacé par Alain Savary, 51 ans, un autre proche du Premier ministre. Soutenu à bout de bras, jusqu'à son dernier souffle, par Pierre Mendès France, Michel Rocard, 38 ans, n'apparaît cependant pas favori à la succession de son mentor. Son incapacité à rassembler « la majorité de la majorité » lui était reprochée, y compris de son vivant par PMF.

L'issue du combat présidentiel se jouera plus certainement entre Gaston Defferre et François Mitterrand. Longtemps alliés objectifs contre Rocard et Mendès, le ministre de l'Intérieur et son collègue des Affaires étrangères sont désormais à couteaux tirés. Possédant, pour l'instant, un léger retard, Gaston Defferre mise sur une identification, puis une arrestation rapide, par ses services, de l'assassin de Pierre Mendès France, pour prendre l'avantage d'ici au 22 juin. Ses détracteurs soupçonnent le maire de Marseille de vouloir instaurer un État autoritaire, « un fascisme pagnolesque », raille même Daniel Cohn-Bendit, que l'on dit tenté de rallier les « colombes » rocardiennes contre les « faucons » defferristes.

Entre les deux camps antagonistes, François Mitterrand se tient à égale distance et cherche d'abord à dissuader le communiste Jacques Duclos de se présenter. « Seule l'union de toutes les gauches nous permettra de l'emporter », a prévenu celui qui fut le candidat unique de la gauche à l'élection présidentielle de 1965.

Le silence de De Gaulle

À droite, la situation est à peine moins confuse, et les regards d'abord tournés vers Baden-Baden. Le silence du général de Gaulle depuis l'assassinat du président Pierre Mendès France interpelle. Cette absence de réaction renforce même les soupçons d'une partie de la gauche qui accuse ouvertement l'ancien chef de l'État de complicité.

« Honte aux traîtres et aux barbouzes téléguidés de Baden-Baden ou de Sigmaringen ! Qu'ils tremblent au fond de leurs trous, car nous viendrons les débusquer et les anéantir ! » avait tonné le ministre de l'Intérieur, Gaston Defferre, dès dimanche matin. Si les chances que le Général sorte de son exil allemand pour à nouveau se présenter devant les Français sont proches du néant, son soutien officiel à tel ou tel candidat de la droite pèserait d'un poids certain. De Genève, l'ancien Premier ministre, Georges Pompidou, a déjà fait savoir qu'il se retirait définitivement de la vie politique. Ce qui semble laisser la voie libre au président par intérim, Alain Poher.

Le président du Sénat se tient sur une corde raide. Il bénéficie des pouvoirs et du prestige que lui confère provisoirement la Constitution, mais, à trop en abuser, il pourrait passer pour un opportuniste et un « président-candidat » indigne de la fonction suprême.

Un an après la révolution « gauchiste » de Mai 68, qui avait fini par accoucher d'un gouvernement beaucoup plus socialo que communiste, l'assassinat de Pierre Mendès France ouvre donc une nouvelle plaie béante au cœur de la société française. Oui, la foudre peut frapper deux fois au même endroit, et le spectre d'une guerre civile resurgit, toujours plus menaçant. Le prochain hôte de l'Élysée aura d'abord pour mission de réconcilier la France avec son pire ennemi, non pas l'Allemagne, l'Union soviétique ou la Chine, mais bien elle-même.

CHAPITRE 11

Paris, vendredi 30 mai

Depuis vingt-cinq ans que José Carvalho protège, respecte, déteste, abomine, hait, vénère Gaston Defferre, jamais il n'a vu le patron aussi heureux, enthousiaste, extatique, presque jovial. Dans son bureau de la place Beauvau, le lion marseillais jappe comme un jeune fauve devant une gazelle éventrée. Oublié, « La merde, ça vous connaît, Carvalho, c'est votre oxygène, votre milieu naturel »... Revoilà le précieux, l'indispensable José. Comme si la mort de Mendès n'était pas si grave, comme si l'ex-chef de la sécurité élyséenne n'avait absolument rien à se reprocher. Un président d'assassiné, dix de retrouvés.

José voudrait s'en moquer, jouer les indifférents. Se montrer même un peu distant et rancunier. Quand il y a retour de flamme, le délaissé est supposé se laisser désirer avant de céder à nouveau aux avances, non ? José en est incapable. Il a besoin de l'attention de monsieur Gaston, de son estime, de sa confiance. En plus des amphétamines, c'est son autre drogue, son héroïne, son addiction. Chez Mendès, José aimait le refus de la compromission, la rectitude morale. Cela a mené PMF sous le scalpel expert du médecin-chef Amédée Guimard, la peau du crâne retournée en visière de casquette. Chez Defferre, José apprécie tout le contraire. Non pas le vice, mais l'arrangement avec l'Histoire et avec soi-même. La fin justifie les moyens, un tiens vaut mieux que deux tu ne l'auras jamais. Pour faire le deuil de Mendès, José doit obéir encore plus aveuglément à Defferre, le servir avec zèle, jusqu'au sacrifice.

Alors, en tremblant le moins possible, il dépose sur le bureau du ministre de l'Intérieur un magnétophone miniature : 17 cm de longueur, 10 de largeur, 4 d'épaisseur, un poids d'à peine 800 g, un Protona Minifon Special généreusement fourni par le bureau parisien de la CIA. José appuie sur la touche « Lecture », et soudain les voix des plus grands chefs d'État du monde libre et de l'empire communiste envahissent la pièce ! Les chuintements anesthésiés de Nixon qui semble parler avec du coton ou des marshmallows dans les joues, les borborygmes de Brejnev, l'accent plaintif du Premier ministre britannique Harold Wilson, les fins de phrases mangées par Mitterrand, les hésitations de Poher, et même les silences souvent embarrassants du chancelier allemand Kurt Georg Kiesinger, tout a été capté par le mini-magnéto planqué dans l'horloge « L'Épée 1839, Paris » posée au centre de la grande table du Salon vert de l'Élysée.

Le matin même, José a prétexté un besoin urgent de récupérer ses effets personnels afin de retourner au palais, pour la première fois depuis l'assassinat de Mendès. Dans les couloirs quasi déserts, personne n'a prêté attention à l'ex-chef de la sécurité présidentielle. Même les gardes républicains qui n'étaient pas place des Invalides pour les obsèques nationales de Pierre Mendès France regardaient la cérémonie à la télévision. Certains en larmes, d'autres encore frappés de stupéfaction. José l'invisible a grimpé l'escalier Murat et foncé vers le Salon vert.

Dès que monsieur Gaston l'avait informé que les principaux chefs d'État et de gouvernements présents aux funérailles se retrouveraient pour une réunion informelle, « hors agenda », José s'était demandé quelle pièce de l'Élysée pourrait bien accueillir ce sommet impromptu.

Il avait longuement hésité entre le salon Pompadour et le Salon vert. Le Pompadour, où la favorite de Louis XV avait l'habitude de recevoir ses amies et mignons, était plus grand et plus prestigieux. Mais le Vert, moins formel, semblait plus approprié pour une rencontre discrète entre maîtres du monde. Attenant au bureau du président de la République, le Salon vert est, comme son nom l'indique, décoré de boiseries plutôt pistache qu'herbe fraîche, tandis que de fins rideaux de la même couleur filtrent bizarrement la lumière venue du parc. Même par grand beau temps, les occupants du Salon vert ont tendance à prendre la coloration de la pièce, et leur épiderme rendu verdâtre peut donner l'impression qu'ils sont en mauvaise santé.

Au centre de la grande table qui occupe pratiquement tout le salon, José fut soulagé de retrouver sa mini-horloge « L'Épée 1839, Paris », équipée d'un mouchard. Il put constater que le socle s'ouvrait toujours aussi facilement. Il enclencha l'enregistrement du micro. Son autonomie de cinq heures laisserait largement le temps aux grands de ce monde de revenir des Invalides jusqu'à l'Élysée avant de papoter à bâtons rompus. Le moindre de leurs mots finirait sur une bande magnétique. Celle-là même qui tourne dans le magnétophone posé sur le bureau de Gaston Defferre.

Après les « scrouitch scrouitch… » signalant le début de l'enregistrement, la voix d'Alain Poher est la première à sortir de l'appareil :

« Au nom de la France, en ces circonstances particulièrement tragiques, je tiens à vous remercier pour votre présence à Paris. C'est un magnifique message de paix et d'unité que nous envoyons au monde entier… », se félicite le président de la République française par intérim.

Ses propos sont aussitôt restitués en russe et en anglais par Constantin Andronikof, le traducteur de l'Élysée. Fils d'un officier tsariste fusillé par les bolcheviques, en 1920, le prince Andronikof est né à Saint-Pétersbourg. Il a fui l'ex-capitale impériale, à l'âge de 4 ans, dans les jupes de sa mère, avant d'étudier au Seaford College, dans le sud de l'Angleterre, puis à l'université de la Sorbonne. Interprète officiel du président de la République sous de Gaulle, Mendès et désormais Poher, il met un point d'honneur à ce que son anglais soit encore meilleur que son russe, même quand il est parlé par un Yankee sans grande éducation comme Richard Nixon :

« Merci Alan, nous espérons juste que ce drame sera l'occasion pour la France de retrouver le chemin de la raison, et d'en finir avec les provocations de ces derniers mois… », persifle le président américain.

Gaston Defferre appuie sur la touche « Stop » du magnéto et assène à José son premier commentaire :

« Nixon n'a pas tout à fait tort. Inviter Fidel Castro à Paris était une vraie connerie. Ce n'était même pas une idée de Mendès, mais de Mitterrand, qui voulait faire plaisir à ses copains communistes… »

C'est justement le ministre des Affaires étrangères qui se charge de répondre à Nixon sur l'enregistrement que Gaston Defferre vient à nouveau d'enclencher : « Monsieur le président des États-Unis, vous parlez de "provocations", mais comment caractériser autrement votre politique au Vietnam ? Il ne pourra y avoir de solution pacifique tant que vous vous obstinerez à soutenir le gouvernement fantoche de Nguyen Van Thieu ! »

Nixon : « Vous, Français, êtes particulièrement mal placés pour nous donner des leçons au Vietnam. Personne n'a oublié avec quelle maestria vous avez affronté les communistes en Indochine ! C'est déjà votre ami Mendès qui avait honteusement capitulé ! »

Mitterrand : « Monsieur le président des États-Unis, votre mauvaise foi ne m'étonne pas, mais je ne vous croyais pas capable de pouvoir tomber aussi bas, jusqu'à insulter la mémoire d'un grand homme d'État, que nous venons à peine d'enterrer ! »

Nixon : « Nous n'avons pas sauvé la France en 1918 et en 1944 pour qu'elle devienne un repaire de communistes et nous plante régulièrement des couteaux dans le dos. Mais ne vous inquiétez pas, cher François, nous gagnerons sans vous la guerre au Vietnam, et ce, avant la fin de l'année ! »

Une prophétie qui tire de sa torpeur Leonid Brejnev.

« Nous ne tolérerons pas plus longtemps les crimes de guerre commis par les impérialistes américains et leurs sbires du Sud-Vietnam ! » tonne le secrétaire général du comité central du Parti communiste de l'Union soviétique. C'est du moins ce que traduit Constantin Andronikof. La longueur de la phrase en version originale russe, et les éructations qui la ponctuent, laissent penser que le toujours très diplomate interprète a su faire la part entre récriminations exprimées dans un langage direct et insultes à faire rougir un batelier de la Volga.

Alarmé par cette escalade verbale, le Premier ministre britannique, Harold Wilson, sort de sa réserve et tente une diversion :

« *Gentlemen ! Gentlemen !* Un peu de calme ! Je vous rappelle que nous sommes venus ici pour rendre hommage à la mémoire de notre ami tragiquement décédé, Pierre Mendès France. Ce qui nous oblige à un minimum de retenue. Alain et François, pouvez-vous nous dire, je vous prie, où en est l'enquête ? »

Sans cette fois arrêter la lecture de l'enregistrement, Gaston Defferre adresse à José un clin d'œil complice (leur premier en vingt-cinq ans) :

« Ah, là, ça va devenir intéressant ! » savoure le ministre de l'Intérieur, comme si la tentative de règlement du conflit vietnamien ne constituait qu'un aimable hors-d'œuvre avant le plat de résistance.

Mitterrand : « Grâce au travail remarquable de la police, sous l'autorité du ministre de l'Intérieur (sourire de Defferre), l'arrestation du ou des assassins de Pierre Mendès France n'est plus qu'une question de jours, voire d'heures. Nous soupçonnons très fortement un attentat directement téléguidé de Baden-Baden. La tentative d'enlèvement du président, en février dernier, portait déjà la marque des gaullistes. À Charléty, ils ont malheureusement réussi leur coup… »

Nixon : « Le problème Baden-Baden aurait dû être réglé depuis longtemps. Si les Français vont chercher de Gaulle en Allemagne, nous serons derrière eux à 100 %. Nous sommes même prêts à les aider militairement. »

Brejnev l'interrompt :

« Nous considérons qu'à Baden-Baden le Général est placé sous notre protection, qu'il est notre invité. L'attaquer, ce serait comme NOUS attaquer ! »

Alors qu'il n'a jusque-là pas dit un mot, le chancelier allemand, Kurt Georg Kiesinger, se permet de prendre la parole. Les autres chefs d'État sont surpris par la fermeté de sa voix :

« Je n'ai pas à vous rappeler que, depuis l'exil forcé du général de Gaulle, Baden-Baden possède un statut provisoire d'extraterritorialité. Nos voisins et amis français sont donc tout à fait libres d'y exercer leur autorité, à condition qu'elle s'exprime dans le cadre du droit. Nous considérerons cependant toute tentative de coup de force comme une grave ingérence. Il est hors de question que des troupes venues de France traversent le territoire allemand sans notre accord ! »

Poher : « Soyez tout à fait rassuré, monsieur le chancelier, nous ne l'avons jamais envisagé. Je vous donne ma parole de président de la République que la France agira comme elle l'a toujours fait, en pensant d'abord à la paix… »

Defferre appuie sur la touche « Stop » de l'enregistrement. Sa bonne humeur s'est envolée, son débit s'accélère. Dans ces cas-là, il a tendance à hacher ses mots. Tous ceux qui ont le malheur de posséder plus de deux syllabes passent à la moulinette et en sortent démantibulés, avec certaines lettres aspirées dans un grand trou béant :

« Le gros Poher s'est enfin ré-eillé pour mieux hisser le drapeau blanc ! Quelle poule mouillée ! À part les Am-ricains, on ne pourra compter sur personne pour aller dé-oger de Gaulle de Baden-Baden, é-iter la guerre civile et venger la mort de Mendès. Mon petit José, il va falloir faire preuve d'imagi-tion, trouver des méthodes alter-tives ! »

Puis, d'un revers de main, le ministre de l'Intérieur écarte brusquement le magnétophone du centre de son bureau. Il ne prend même pas la peine d'écouter la fin de l'enregistrement, consacré à la limitation du déploiement des armes stratégiques, nucléaires notamment.

CHAPITRE 12

Marrakech (Maroc), samedi 31 mai

À 55 ans, Marcel Boucheseiche peut estimer qu'il a parfaitement réussi sa vie. Après avoir servi la France, celle de Pétain, comme celle de De Gaulle, avec la même loyauté, celui qui se revendique avant tout Français et patriote profite de sa retraite active pour diriger le Cleopatra, un palais des mille et une nuits où tous les fantasmes sont permis, une académie de l'amour tarifé où se retrouve discrètement la meilleure société des Français expatriés et des indigènes évolués, bref, le plus beau lieu de plaisir de tout Marrakech, et même de l'empire chérifien. Tandis que sa femme, Marie-Andrée, s'occupe des filles (que des splendeurs élevées des deux côtés de la Méditerranée), Marcel Boucheseiche trône derrière le bar et saoule les clients, avant ou après l'amour, de ses alcools forts et de ses histoires encore plus corsées. Il en a tellement à raconter ! Marie-Andrée le supplie d'être plus discret, lui rappelle que les secrets d'État doivent justement le rester, secrets, mais Marcel ne peut pas s'empêcher de parler. Il a même fini par se persuader que certains beaux messieurs fréquentaient autant son établissement pour l'entendre débiter ses souvenirs de braquages, d'enlèvements et de guerre, que pour s'envoyer en l'air avec une jeune beauté berbère ou une plantureuse ex-pensionnaire du célébrissime One-Two-Two parisien. Si vous lui êtes sympathique, il vous racontera par exemple comment, auxiliaires de la

Gestapo française, lui et ses copains Pierrot, Riton et Jo menaient déjà la grande vie à Pigalle, confisquant l'or des riches youpins parisiens avant de les accompagner pour un aller sans retour vers le camp d'internement de Drancy.

Il admettra aussi que, au moment où il avait senti le vent tourner, Marcel s'était refait quelques mois de virginité dans la Résistance (une soudaine prise de conscience) avant de basculer dans le grand banditisme. Le gang des Tractions avant, forcément, vous en avez déjà entendu parler, eh bien, Marcel en faisait aussi partie, et pas sur la banquette arrière ! Il était le bras droit du chef du gang, Pierre Loutrel, alias Pierrot le Fou. En février ou mars 1946, à moins que ce ne soit en avril (faut excuser Marcel, il n'a jamais trop eu la mémoire des dates), l'ex-gestapiste et ses nouveaux copains s'étaient fait la main sur un fourgon du Crédit lyonnais, avenue Parmentier, dans le centre de Paris. Un travail propre : trois millions de francs et pas une goutte de sang versée. Trois jours plus tard, c'est une camionnette des PTT, braquée gare de Lyon, qui leur permettait de rafler huit millions de plus.

Entre l'or des youpins et le butin des braquages motorisés, Marcel aurait pu prendre sa retraite dès la quarantaine. Bien sûr qu'il avait déjà des envies de soleil toute l'année, surtout pour un Lorrain comme lui, né dans un trou (Pont-à-Mousson) gelé huit mois sur douze, mais l'appel du drapeau avait été le plus fort. Car, sachez-le, monsieur, Marcel a toujours servi la France, et si la France, c'était Pétain à un moment, et de Gaulle à un autre, ce n'était pas de sa faute. Il n'avait pas à entrer dans ce genre de subtilités. Alors, quand il avait fallu rendre service au SAC, en offrant l'hospitalité de sa villa de Fontenay-sous-Bois à une équipe qui venait d'enlever un opposant marocain, le loyal, le dévoué, le cocardier Marcel Boucheseiche n'avait pas hésité.

Première surprise : ça n'était pas un bougnoule comme les autres, mais bien un moricaud VIP qui débarqua à la villa Bagatelle. La preuve, il n'avait pas voyagé dans le coffre, mais à l'arrière de la voiture. Marcel n'a jamais trop compris ce que les Français déguisés en policiers lui avaient raconté, mais le type avait l'air très calme, à peine inquiet. En hôte attentif, Marcel l'avait logé dans une grande chambre d'amis, celle en haut de l'escalier à droite, avec vue sur l'orangerie. C'était comme avoir un *guest* un peu particulier qui passerait le week-end avant de s'en aller.

Sauf que, le lendemain, deux autres Marocains s'étaient invités. Le plus petit appelait le plus grand « mon général ». Quand le moricaud VIP les avait vus, il avait soudainement perdu son flegme. Il était devenu tout remuant, et évidemment Marcel avait dû le calmer. Il lui avait glissé du Phenergan dans son thé. Du haut de son 1,90 mètre, et malgré ses 90 kilos, Marcel avait beau lui balancer des droites dans le plexus et les côtes, le type encaissait comme Marcel Cerdan contre Tony Zale !

« Mais il ne va donc jamais se calmer, celui-là ! » gueulait un des faux policiers français, qui proposa de ligoter et bâillonner l'agité.

C'est alors que le général marocain avait sorti un magnifique poignard koumia à lame argentée d'au moins quarante centimètres. Une vraie pièce de musée. Le haut gradé en avait baladé la pointe sur la poitrine et la gorge du prisonnier, le tailladant de-ci, de-là. Même rue Lauriston, au siège de la Gestapo parisienne, Marcel avait rarement vu un tel plaisir à torturer.

Les Marocains étaient supposés repartir le soir même, sauf que le moricaud VIP (Marcel avait fini par savoir qu'il se prénommait Mehdi) n'avait pas attendu l'heure du grand voyage retour à la casbah pour clamser comme un con ligoté sur sa chaise. Marcel Boucheseiche avait rapidement compris que cette entorse au programme initial aurait d'importantes répercussions sur sa vie personnelle. Il avait laissé les faux policiers français se débarrasser du cadavre, cadenassé lui-même la villa Bagatelle de Fontenay-sous-Bois, avant d'embarquer sur le premier vol Air Atlas entre Paris et Rabat.

Une fois débarqué au Maroc, recherché par Interpol, mais placé sous la haute protection de la Sûreté locale et du général Oufkir, il n'était évidemment plus question que Marcel vive de braquages et d'eau fraîche. Il lui avait fallu trouver un vrai métier. D'où l'idée d'ouvrir, à Marrakech, un établissement de plaisir (il a toujours détesté le mot « bordel », inutilement vulgaire). C'était un secteur d'activité qu'il avait déjà étudié de près. Pendant la guerre, avec ses copains à la vie à la mort de la Gestapo française, Marcel avait beaucoup traîné ses bottes au One-Two-Two, au Chabanais, à l'Étoile de Kléber ou à la Fleur blanche. Dans ce dernier cabaret, autrefois fréquenté et peint par Toulouse-Lautrec, il avait rencontré Marie-Andrée. Elle possédait des hanches larges, des seins lourds et une peau crémeuse comme les aimait le peintre gnome. Mais attention, dans sa jeunesse, Marcel n'était pas mal non plus ! Il y avait évidemment le prestige de l'uniforme allemand qu'il portait à la moindre occasion, son physique de maître-nageur (il crawlait au moins trois fois par semaine à la piscine Deligny), et son éternelle bonne humeur qui ne le trahira jamais, même le soir du 6 juin 1944, quand, malgré le débarquement des Alliés en Normandie, il décida d'organiser une orgie romaine au One-Two-Two. Avec Marie-Andrée (Lorette pour les clients), l'amour fut d'abord tarifé. Chacun son métier. Sans avoir à trop menacer le taulier de la Fleur blanche, le soupirant obtint cependant rapidement l'exclusivité commerciale de sa bien-aimée.

Avec la fermeture des maisons closes en 1946, Lorette retrouva sa liberté et devint madame Marie-Andrée Boucheseiche, membre de la Société des amis des arts du Val-de-Marne et dame patronnesse de la paroisse de Notre-Dame du Sacré-Cœur, à Champigny. En parfaite bourgeoise, elle sut aménager avec beaucoup de goût (meubles Second Empire, lustres rococo, miroirs vénitiens) la villa Bagatelle de Fontenay-sous-Bois achetée grâce à la part de butin (vingt millions de francs) du gang des Tractions avant touchée par son mari. Devoir abandonner, du jour au lendemain, cette maison de dix pièces (presque un château) et son parc arboré qu'elle avait tant aimés, tout ça pour une bête histoire d'Arabe mal torturé, fut à la fois un crève-cœur et un motif de fâcherie durable entre les époux Boucheseiche.

Mais Marie-Andrée avait de la ressource et finit par faire son deuil de la villa Bagatelle en se lançant corps et âme dans la rénovation d'une encore plus luxueuse demeure, au cœur de la palmeraie de Marrakech. Il n'était pas question d'ouvrir un lupanar de plus où des sous-fonctionnaires viendraient dépenser leur paie minable en risquant un large éventail de maladies vénériennes. Non, Marcel et Marie-Andrée voyaient beaucoup plus grand : un établissement de plaisir au raffinement « à la française » et à l'exotisme oriental « de bon goût », dont la réputation traverserait les océans et attirerait des célébrités du monde entier.

Après seulement quatre ans d'ouverture, l'objectif est largement atteint. Marcel Cerdan, Édith Piaf, Jacques Brel, Michel Simon, Cary Grant, Humphrey Bogart, Maria Callas, Simone de Beauvoir et combien de ministres, de princes et de maharajahs ont flâné au milieu des palmiers du Cleopatra, humant le parfum délicat des roses damascena, avant de profiter de la piscine, du fumoir, du bar-club à l'anglaise où règne Marcel, tandis que Marie-Andrée bichonne les filles à l'étage. Elles sont vingt et une pensionnaires, que des Blanches catholiques, à une exception près (on en reparlera). Carnet de santé à jour. Hygiène irréprochable. Douze blondes, six brunes et deux rousses. À chacune son prénom (inventé) et sa spécialité. Il y a Lennie la dominatrice, Blanche l'écolière, Françoise la fermière, Betty la pin-up, Luce la bergère, Natacha la Russe, Yvette la policière... Comme dans une maison de poupées, toutes possèdent leur chambre attitrée : le donjon, la salle de classe, l'étable (avec de la vraie paille), le saloon, l'isba, le commissariat... Les habitués qui pourraient se lasser tentent des combinaisons parfois osées : un riche commerçant en luminaires a loué les services de Lennie la dominatrice dans la salle de classe, un professeur d'université aime monter avec Françoise la fermière et Natacha la Russe dans le commissariat. Un grand maître de loge maçonnique et son épouse poussent l'audace jusqu'à se faire fouetter dans l'étable par Blanche l'écolière. Car rien ne doit entraver l'imagination du client. Autant dire qu'entre son bar capitonné, où personne d'autre que lui n'a le droit de manier le shaker à cocktails, ses plantations de bougainvilliers qu'il arrose les soirs de temps trop sec, et ses princesses du premier étage, monsieur Marcel (tout le monde l'appelle comme ça, ici) mène une vie rêvée d'ex-barbouze rangé des Tractions avant. Est-ce que l'action ne lui manque quand même pas un petit peu de temps en temps ? Ben si, évidemment. Laisser monter l'adrénaline au moment où le fourgon blindé se présente au coin de la rue, sentir la crosse du flingue remplir sa main, respirer l'odeur de poudre à plein nez et se laisser saturer les oreilles de la détonation des pains de dynamite... Et surtout, oui, surtout, être le dieu qui a le droit de vie ou de mort... Un simple coup de revolver ou de couteau, et le grand chef de la Résistance, l'arrogant banquier youpin, la prétendue conscience du monde arabe, se transforment en de misérables descentes de lit, après un ultime hoquet d'existence. Rien que d'y penser, il en a le sexe dur comme le canon d'un Luger.

Mourir, c'est facile : même le dernier des imbéciles finira par y arriver. Tuer en revanche, c'est une autre paire de manches, le privilège d'une élite, d'une caste de prédateurs. Pendant les deux guerres mondiales, le club s'est agrandi, ouvert au tout-venant. N'empêche, un tueur reste un tueur, et seul un autre tueur peut, à coup sûr, le reconnaître.

Prenez, par exemple, l'homme qui vient, à l'instant, de pénétrer dans le bar-club du Cleopatra. Marcel Boucheseiche a tout de suite reconnu en lui un frère de sang versé. Il ne sait pas qui, ni comment l'inconnu a tué, mais c'est certain, il a tué. Il a comme une dague dans le regard, la façon dont son cou pivote légèrement, toujours en alerte, comme celui d'un oiseau de proie, révèle son ou ses crimes encore plus sûrement qu'un casier judiciaire.

L'homme commande un vermouth sans glace. Il a des cheveux mi-longs et une moustache blonde. Il porte des lunettes noires d'aviateur. Marcel Boucheseiche est certain de l'avoir déjà vu quelque part, mais où ? Sûrement pas à Pont-à-Mousson, peut-être à Pigalle, mais, même accoudés de part et d'autre d'un comptoir de maison close, une étrange pudeur empêchera toujours deux inconnus de se confier spontanément des vieilles histoires de tapin. Comme son nouveau client ne semble pas très bavard, Marcel-la-tchatche occupe le terrain. Il attaque mollo avec d'innocentes anecdotes sur son impétueuse jeunesse quand il braquait des stations-service le long de la D910, entre Pont-à-Mousson et Metz, puis il embraye sur l'Occupation et son empathie pour les vainqueurs. L'inconnu sourit et livre à son tour quelques pans de sa vie. Il est Portugais, pilote d'avion privé, transporte des riches clients entre l'Europe et l'Afrique. À Marrakech, il a déposé un ponte américain de la United Fruit Company. Il doit l'attendre deux jours, tous frais payés (même le Cleopatra ?), avant de le ramener à Paris. Surtout, celui qui demande à être appelé Leo confie que, avant de jouer les taxis de luxe en Cessna 320, il a volé sur du beaucoup plus lourd : des bombardiers Heinkel et Junkers de la guerre d'Espagne. Dès 1937, Leo s'est engagé dans l'escadrille des Viriatos do ar, ces aviateurs portugais qui ont combattu aux côtés de leurs frères franquistes et de leurs camarades allemands de la légion Condor. Leo n'a pas eu le bonheur de bombarder Guernica, mais il s'est largement rattrapé en pilonnant les positions républicaines pendant la grande bataille de l'Èbre.

De s'être retrouvé, pendant la guerre, dans le même camp qu'un tel héros émoustille et donne confiance à Marcel. Du coup, le patron du Cleopatra en oublie les autres clients et se lance dans le récit minutieux de l'affaire Ben Barka (il avait fini par apprendre le nom du moricaud VIP). Leo n'en perd pas une miette, commande un autre vermouth et semble à son tour impressionné. Marcel est fier comme un paon.

Emporté par sa verve, enivré par le sentiment de sa propre gloire, le patron du Cleopatra ne se contrôle plus et finit par raconter ce qu'il ne devrait surtout pas raconter. Sa dernière mission ultra, top-secrète. Marie-Andrée est partie pour sa visite quotidienne chez le coiffeur, mais Marcel sent quand même, à distance, la violence de sa réprobation. Comme si elle était posée en bigoudis sur son épaule et l'engueulait : « Tu es totalement inconscient de parler de ça à un inconnu ! »

Le problème avec les bonnes femmes, c'est qu'elles sont toujours en train de vanter leur soi-disant instinct féminin sans admettre que les hommes aussi possèdent un sixième sens. Dès le premier regard, après une seule poignée de main, ils savent s'ils peuvent, ou pas, accorder leur confiance. Or, Marcel a tout de suite su qu'il pouvait avoir confiance en Leo. Ça ne l'aide pas à se souvenir où il l'a déjà vu (à Pont-à-Mousson peut-être, finalement), mais le convainc au moins de décacheter de sa mémoire le scellé du confidentiel défense. Alors, Marcel détaille ce qui aurait pu être le sommet de sa carrière, si un ou deux impondérables ne s'en étaient pas mêlés.

Refaire le coup de l'affaire Ben Barka, en enlevant cette fois-ci le président de la République française, devant son domicile, en plein Paris, relevait moins du service prêté-rendu que de la mission suicide. À Paris, Marcel aurait aimé retrouver ses complices du gang des Tractions avant. Mais la vie s'était montrée cruelle pour Pierrot (mort de ses blessures après un braquage), Jo (cancer du larynx) et Riton (tuberculose). L'ancien braqueur fut cependant vite rassuré par le pedigree de ses nouveaux comparses. L'opération Musaraigne était placée sous la responsabilité de Robert Kermadec, un commissaire de police du XXe arrondissement passé dans la clandestinité dès qu'il avait compris que son héros, Charles de Gaulle, ne rentrerait pas de Baden-Baden. Kermadec avait recruté Edmond Ladurie, un ancien chef de réseau FFI devenu officier de renseignement pendant les évènements d'Algérie. Même s'il était hors de question que le moindre service officiel apparaisse, la mouvance gaulliste (et donc clandestine) du Sdece[1] avait accepté de prêter deux de ses meilleurs agents, les frères Jean-Paul et Mathias Loiseau, alias JP la Pie et Mat le Piaf. La veille de la date prévue pour l'opération,

1. Le Service de documentation extérieure et de contre-espionnage est le service de renseignement extérieur français créé le 28 décembre 1945, ancêtre de la DGSE, fondée en 1982.

le 2 février 1969, Marcel et les quatre autres membres du commando furent réunis dans la cave d'un bar de Pigalle, les Trois Canards. Un certain capitaine Cherchell (sûrement une grosse pointure du SAC) les accueillit pour leur exposer le plan et les objectifs.

Musaraigne devait être ramené vivant et de préférence en bonne santé. Marcel Boucheseiche avait compris entre les lignes que le SAC allait exiger le retour de De Gaulle à Paris contre la libération de l'otage. N'allez en revanche pas demander au patron du Cleopatra si le grand Charles était ou pas impliqué dans l'affaire. Capitaine Cherchell avait vaguement murmuré que, s'il n'était peut-être pas le donneur d'ordre direct, le Général ne saurait désapprouver une telle opération. Après une bonne nuit de sommeil dans un hôtel particulier de l'avenue Foch, Marcel Boucheseiche s'était donc calé confortablement dans le siège avant de la première Renault 16, conduite par l'ex-commissaire Kermadec. Les frères Loiseau et Ladurie suivaient, direction le 23 rue du Conseiller-Collignon. L'adrénaline était remontée droit au cerveau de Marcel. Comment expliquer alors que la seule apparition d'une grand-mère et de son caniche juste derrière Mendès France ait suffi à faire capoter l'opération Musaraigne si méticuleusement planifiée ?

Au moment d'arroser les gardes du corps présidentiels, Kermadec, Ladurie et les frères Loiseau avaient connu une seconde d'hésitation. Évaporé, l'effet de surprise ! La fureur de Dieu s'était déclenchée, mais pas dans la direction espérée. Les frères Loiseau étaient tombés les premiers. Une balle pour l'aîné, deux pour le cadet. Ladurie semblait, lui, n'être touché qu'à la cuisse. Pour Leo, Marcel arrange un peu la vérité. Il explique que Kermadec et lui ont traîné leur camarade blessé jusqu'aux R16 en faisant obstacle de leurs corps. En réalité, ils l'ont abandonné, hurlant sur le pavé, déjà bien contents de sauver leur peau.

Le soir même, Marcel était de retour au Cleopatra. Marie-Andrée et les filles lui avaient fait la fête. Il s'était senti un peu gêné d'être ainsi traité en héros, alors que l'opération Musaraigne avait viré au fiasco. Mais bon, après tout, lui au moins avait fait sa part du boulot. Depuis, Marcel suivait de loin en loin les soubresauts de la tentative d'enlèvement ratée. Il avait su que Ladurie avait parlé, qu'il avait balancé les noms de ses deux complices encore vivants. Sans conséquence pour Marcel, qui bénéficiait plus que jamais de la haute protection des autorités marocaines. Avec plus de dégâts pour Kermadec. Marcel était parvenu à convaincre l'ex-commissaire de le rejoindre au Maroc, lui faisant miroiter un poste de chef de la sécurité au Cleopatra. C'est bien simple, son arrivée était programmée pour le début de la semaine précédente ! Le responsable de l'opération Musaraigne fut hélas ! arrêté à Sète, juste avant d'embarquer sur un paquebot en partance pour Tanger. Son corps fut retrouvé nu et ligoté à un casier à huîtres de l'étang de Thau.

D'où l'inquiétude, pour ne pas dire la terreur, de Marie-Andrée à l'idée que Marcel se fasse trop remarquer et réapparaisse dans les radars des barbouzes socialo-communistes. Même au-dessus du paradis d'insouciance et de plaisir qu'avait toujours été le Cleopatra, un nuage noir, lourd de menaces, s'était invité. Il disparut (on le crut définitivement) le dimanche 25 mai, vers midi dix, lorsque l'annonce de l'assassinat de Pierre Mendès France parvint jusqu'à Marrakech. Quelle fête ce fut, mes amis ! Monsieur Marcel paya trois tournées générales et ne manque depuis jamais l'occasion de faire péter les bouchons de champagne en l'honneur du tireur qui a réussi là où lui avait échoué. D'ailleurs, assez parlé ! Marcel propose à Leo de trinquer à la mort de Mendès, lequel Leo accepte bien volontiers.

Surtout, l'ex-première gâchette des Tractions avant finit par se souvenir qu'il est aussi le patron d'un établissement de plaisir. À client exceptionnel, traitement exceptionnel. Leo n'aura pas le droit au traditionnel défilé des vingt pensionnaires du Cleopatra qui se trémoussent pour attirer l'attention du client. Non, Leo mérite beaucoup mieux que ça : la dernière petite merveille de la maison, une beauté encore préservée de la convoitise des hommes. Son grand frère l'a vendue 500 dinars, il y a tout juste une semaine. Elle vient d'Amizmiz, un gros bourg du Moyen Atlas, à trois heures de route, au sud de Marrakech. Elle s'appelle Tinhinan. Comme Marcel et Marie-Andrée trouvaient ça imprononçable (Trini quoi ?), ils l'ont aussitôt rebaptisée Lilla. D'habitude, le couple Boucheseiche ne donne pas trop dans la beauté locale, mais la civilisation doit parfois savoir s'incliner devant la nature. Ah ça, Lilla ne possède pas la peau laiteuse et les longs cheveux lisses des autres pensionnaires du Cleopatra ! Sous sa crasse de petite paysanne se cachait pourtant un joyau comme n'en avaient jamais vu Marcel et Marie-Andrée en presque trente ans de métier ! Des seins lourds et fermes que Marcel ne parvient pas à tenir dans ses grosses mains. Un cul si ferme qu'une cuillère en bois tient à la verticale entre ses fesses même pas serrées. Des lèvres charnues comme deux dattes fraîches, et des yeux d'un vert aussi clair que les ruisseaux des montagnes du Haut Atlas ! Marie-Andrée l'a récurée, savonnée, parfumée, épilée, coiffée, pomponnée… Au One-Two-Two, toute moricaude qu'elle soit, la gamine aurait fait se mutiner des compagnies de Waffen-SS !

Son âge ? Pourquoi poser une question d'une telle vulgarité ? Disons qu'elle possède encore toute l'innocence de l'enfance. Même Marcel n'a pas eu le droit d'y toucher.

L'idée était de la réserver à un fidèle et riche client qui serait prêt à payer quatre, voire cinq fois plus que le tarif normal pour ce genre de première exclusivité. Il était aussi envisagé de l'offrir à une star hollywoodienne ou à une gloire du music-hall qui, en échange, vanterait les attraits du Cleopatra dans le monde entier. Mais la visite de Leo a tout bouleversé. Que valent l'argent ou la publicité, même internationale, à côté de la fraternité de ceux qui ont perdu des guerres qu'ils auraient pourtant mérité de gagner ? Si un vétéran de la bataille de l'Èbre, croix de fer de première classe, as de l'aviation franquiste, fidèle jusqu'à la mort aux valeurs de l'Occident, ne mérite pas le privilège de déflorer la plus époustouflante beauté berbère jamais exhibée dans un bordel marocain, alors, dans quel monde vivons-nous, et mérite-t-il vraiment d'être sauvé ?

Marcel est lui-même monté au premier étage chercher Lilla, et il redescend l'escalier en lui tenant la main comme s'il était le père de la mariée. Évidemment, hors de question de travestir une telle splendeur sous un déguisement d'infirmière ou de baronne dévoyée. Lilla est vêtue d'une simple djellaba en soie blanche dont la profonde échancrure jusqu'en haut de la hanche droite laisse deviner qu'elle ne porte rien d'autre. Ses longs cheveux noirs sont enserrés dans un foulard tout aussi blanc. Marcel s'attendait à ce que Leo en ait le souffle coupé, or son nouveau meilleur ami semble rester de marbre. Voilà un pilote portugais qui possède le flegme d'un lord anglais ! Marcel ne s'en formalise point et suggère que Leo emmène Lilla dans l'une des plus belles chambres du Cleopatra, les « Jardins suspendus de Babylone », avec ses tapis épais encore plus confortables que le grand lit à baldaquin de style oriental. À la plus grande surprise de Marcel, le décidément déroutant Leo opte plutôt pour le donjon et sa large gamme d'instruments de torture ou de plaisir, selon les goûts. N'est-il pas dommage d'entamer avec violence une chair si fraîche, se demande intérieurement le patron du Cleopatra sans oser poser la question à haute voix, car, s'il a appris un principe, un seul, du commerce, c'est que le client est toujours roi.

Leo emmène donc Lilla vers la chambre du donjon. La gamine ne semble ni effrayée, ni rassurée, juste docile. Marcel voit s'éloigner le couple avec la satisfaction du devoir accompli. Telle est sa vocation profonde, son don de Dieu : toujours trouver la bonne fille pour le bon gentleman. Il nettoie et range ses flûtes à champagne, rebouche aussi la bouteille de vermouth largement entamée, quand la lumière rouge de la chambre du donjon se met à clignoter furieusement sur le tableau de bord. Afin que les filles n'aient pas à subir l'enthousiasme trop débridé, voire inutilement violent, des michetons (on ne parle évidemment pas des pratiques sadomasochistes exercées dans les règles de l'art), Marcel a en effet eu l'ingéniosité d'installer à côté de chaque lit un interrupteur sur lequel les pensionnaires peuvent facilement appuyer afin de réclamer du renfort.

Marcel n'est qu'à moitié surpris. Lilla a dû paniquer. Ce n'est pas la première fois qu'une pouliche refuse ainsi l'obstacle. Reste que, par rapport à Leo, tout cela est tout de même fort embarrassant. Marcel se précipite vers la chambre du donjon en préparant déjà ses plates excuses. Il saura se faire pardonner en proposant deux filles plus expérimentées pour le prix d'une. Marcel maudit aussi Marie-Andrée de ne pas avoir mieux préparé, pour ne pas dire « dressé », Lilla. C'était quand même son job, de faire comprendre à la merdeuse qu'elle n'était pas nourrie, logée, blanchie au Cleopatra pour le simple plaisir de papoter avec le client !

Sa colère à peine rentrée, Marcel ouvre la porte de la chambre du donjon, mais la scène qu'il découvre n'est pas exactement celle qu'il attendait. Lilla est nue, menottée à la table des tortures, bâillonnée avec sa djellaba, ses yeux verts lancent des éclairs de terreur. Leo se tient à son côté. Il n'est plus ni moustachu, ni blond, mais doté d'une brosse de cheveux poivre et sel. Désormais inutiles, sa perruque et sa fausse moustache traînent par terre comme des petits animaux morts. Marcel se souvient enfin où et quand il a déjà vu ce bon vieux Leo : le 3 février à 8 h 30, devant le 23 de la rue du Conseiller-Collignon ! Quel con ! Le vétéran de la bataille de l'Èbre, croix de fer première classe, as de l'aviation franquiste, était en fait le chef des pieds nickelés chargés de la protection de Pierre Mendès France. Au moins, Marcel ne s'est pas trompé sur un point : l'homme qui le vise avec un Smith&Wesson équipé d'un silencieux est un tueur, un vrai. Il a déjà descendu les deux frères Loiseau, et sûrement s'est-il aussi occupé de nourrir les huîtres de l'étang de Thau avec le cadavre du pauvre Kermadec. Persuadé de n'avoir qu'à gérer les minauderies d'une petite garce berbère, Marcel n'a même pas pris avec lui la batte de base-ball qu'il garde pourtant précieusement sous son comptoir. Quant à son Luger porte-bonheur, il va rouiller, inutile, dans le tiroir de la table de nuit. Aucun doute n'est permis : Marcel Boucheseiche s'apprête à son tour rejoindre ses complices au paradis ou en enfer, ce sera à Dieu d'en décider. Entre le moment où la balle est éjectée du canon du Smith&Wesson et celui où elle pénètre au milieu de son front, Marcel ne revoit pas défiler toute sa vie en quelques flashes, non. Il repense seulement à cette phrase que sa chère Marie-Andrée, son seul amour, lui a tant répétée : « Trop bon, trop con. » Oui, Marcel tire sa révérence, après une existence certes pas toujours exemplaire, mais placée au service unique de la France, victime une dernière fois de sa bonté et d'une confiance qu'il aurait eu intérêt à moins facilement accorder. Pour ne pas partir sur une mauvaise impression, le taulier du Cleopatra jette un ultime coup d'œil sur Lilla, qui continue à se débattre, nue et terrifiée, sur la table des tortures. Jamais vu des seins pareils ! Putain, mais quel dommage de s'en aller comme ça, sans avoir pu au moins une fois la baiser !

CHAPITRE 13

PARIS, DIMANCHE 1ER JUIN

« Qu'est-ce que tu comptes faire ce week-end ? » demande Pierre à Louise juste avant de clore l'une de leurs communications téléphoniques hebdomadaires.

« Je vais aller voir un match de rugby », répond la fiancée longue distance, avant qu'un silence assourdissant ne sature la ligne entre Monaco et Paris.

« Toi, à un match de rugby !? » s'exclame Pierre avant de se lancer dans un grand rire nerveux.

« Oui, moi, dans les tribunes du stade Jean-Bouin, un dimanche à 15 heures, pour le match de deuxième division PUC-Bergerac, et si ça te dérange, tant pis pour toi », aurait eu envie de lui répondre Louise, au lieu d'attendre que l'écho du hennissement s'éteigne dans le combiné.

La nouvelle supportrice du PUC a tout de suite regretté d'avoir parlé du match à Pierre. Elle savait qu'il ne comprendrait pas. Après la catastrophe de Charléty, Pierre a semblé sincèrement préoccupé par l'état de Louise. Il l'a appelée plusieurs fois, a même proposé d'abandonner la principauté et la matinale de RMC pour monter la voir à Paris et s'occuper d'elle. Mais quand Louise lui a répondu que tout allait bien, qu'il n'avait pas à s'inquiéter, la rapidité avec laquelle Pierre a renoncé à son aller-retour Monaco-Paris a blessé la jeune femme. Depuis, leurs appels téléphoniques sont redevenus aussi routiniers qu'avant, et c'est peut-être surtout pour qu'il se passe enfin quelque chose que pour une fois Pierre ne se contente pas d'aligner des banalités, mais réagisse vraiment au bout du fil, que Louise a lâché, comme une grenade dégoupillée, cette histoire de match de rugby. Maintenant, Pierre veut en savoir plus. Elle perçoit dans le son de sa voix les premiers déraillements du soupçon et de sa compagne, la jalousie :

« Je suppose que tu ne t'es pas soudainement prise de passion pour les drops et les rucks ! Tu as dû rencontrer quelqu'un ? »

Oui, quelqu'un ou plutôt quelques-uns, sourit intérieurement Louise. Depuis l'entraînement à la Cité universitaire et sa rencontre avec Henri Turrini et ses joyeux compères, la fille de Philippeville a enfin l'impression de faire partie d'une vraie bande. Contrairement aux copains du CFJ, pas antipathiques, mais toujours en train de la juger, ou aux collègues du *Monde*, qui, après l'avoir longtemps ignorée, la traitent désormais avec dévotion, comme une sainte miraculée, parce qu'elle a failli mourir à Charléty, les gars du PUC, et les rares filles qui les accompagnent, l'ont tout de suite considérée en égale.

« Si t'étais un mec, avec ton caractère et ta force, tu serais déjà titulaire en équipe de France ! » l'a complimentée Roger Blachon, alias la Blache, un troisième ligne aux bras tentaculaires et à la tête de premier communiant comprimée par un serre-tête. Même Henri Turrini a fini par s'adoucir. Quand le deuxième ligne a vu revenir Louise pour un deuxième entraînement, il n'a même pas fait semblant d'être mécontent. Il a juste eu l'air encore plus surpris que la première fois. Après la douche, Henri a invité Louise au Gentilly, où, entre deux chants et deux bières, presque chaque joueur lui a été présenté. La Blache donc, mais aussi le talonneur et avocat Paul, « Paulo », Mauriac, spécialiste des causes perdues et cornac des lignes avant, ou le trois-quarts aile Jean-Jacques Chevalier, alias

Cheval, dont la pointe de vitesse lui sert autant le long des lignes de touche du championnat de France de rugby que pour établir une distance de sécurité raisonnable avec les CRS-BRI en train de charger dans les rues dépavées du Quartier latin. Louise a même fini par comprendre pourquoi le jumeau de touche d'Henri Turrini était surnommé Tcheou. Ion Raducanu, 23 ans, étudie la littérature et les cultures médiévales à la Sorbonne. Il est aussi international roumain de rugby (quatre sélections), le seul joueur étranger du PUC. Ses coéquipiers l'ont vite rebaptisé Ceaucescu, ce qui était un peu trop long à prononcer sur un terrain. D'où ce diminutif de Tcheou auquel il répond avec un sourire timide, voilé d'inquiétude, comme si la Securitate roumaine pouvait surgir et l'arrêter jusque sur le pré.

Au milieu de cette bande d'intellos tous brillants et plus ou moins gauchisants, la présence d'Henri Turrini interpelle. Il est le seul dont les études se sont arrêtées avant même d'avoir commencé. Le seul aussi à avoir vécu les journées et les nuits enfiévrées de Mai 68 de l'autre côté de la barricade et à l'autre bout de la matraque. C'est d'ailleurs en tentant de fracasser le crâne de Jean-Jacques Chevalier que l'ex-CRS entra pour la première fois en contact avec un membre du PUC. Gêné par son harnachement digne d'un croisé sur la route de Jérusalem, Turrini dut laisser échapper Cheval et sa légendaire pointe de vitesse (11' au 100 m). Le représentant des forces de l'ordre parvint tout de même à orienter le fuyard vers une souricière où il fut cueilli comme une violette par d'autres collègues. Turrini retrouva Cheval devant le panier à salade qui allait conduire une nouvelle fournée d'enragés vers le centre d'identification de Beaujon. Le CRS remarqua sous l'œil droit de l'interpellé un bleuissement de la paupière qui lui était familier :

« Tu joues au rugby ? » demanda le réprimeur au réprimé.

« Oui. »

« Où ça ? »

« Au PUC. »

Alors que les attrapés de la nuit montaient dans le fourgon cellulaire, tout en gardant les mains sur la tête, Turrini exfiltra discrètement Chevalier, en lui proposant d'emprunter un autre moyen de transport pour rentrer chez lui. Il allait sans dire que cette mesure de clémence n'était motivée que par la solidarité supérieure des gens de rugby, dont le code d'honneur prévaut sur n'importe quelle loi ou n'importe quel règlement. Aussi, quand quelques mois plus tard Turrini fut renvoyé des CRS et du XV de la police parisienne, il trouva refuge au PUC, non sans être préalablement passé devant le conseil des joueurs, seul habilité à entériner ou non l'adhésion d'un nouveau membre. La Blache avait froncé le nez à l'idée de recruter un facho à peine repenti. En bon avocat, Paulo Mauriac plaida l'indulgence et la main tendue au nom de la seconde chance. Mais c'est Cheval lui-même qui trouva l'argument ultime, celui qui avait fait mouche, plus efficacement que n'importe quel principe moral :

« Franchement, vu notre niveau en touche, est-ce qu'on peut espérer une seconde remonter en première division ? Encore la semaine dernière, on s'est laissé manger la laine sur le dos par les Roannais. Si le ministre Marcellin lui-même mesurait 1,85 m et sautait aussi haut que Turrini, il faudrait le prendre sans hésiter ! Et puis, n'oubliez pas qu'Henri m'a sauvé d'un tabassage en règle à Beaujon. Pour un ex-CRS-SS, il peut quand même montrer, par moments, un peu d'humanité… »

L'ancien CRS fut donc admis à une quasi-unanimité (seule la Blache continuait à faire la gueule), et ses statistiques lors du premier match, contre Le Creusot (dix ballons pris en touche dont deux sur lancer adverse) confirmèrent ses qualités de *jumper*, sans peur, sans reproche, et peu importe qu'il fût également sans diplôme. En seulement quelques mois, Henri Turrini devint un vrai puciste au sang violet. Alors que l'ex-matraqueur reconverti détective privé dispensait ses souvenirs personnels avec une rare parcimonie, l'entendre raconter les déplacements de sa nouvelle équipe dans le Sud-Ouest profond était un vrai régal. Louise adorait ces récits homériques de trains arrêtés en pleine campagne tarnaise ou gersoise parce que les incontrôlables, de retour d'un match à Auch, Mirande, Albi, Mazamet…, avaient séquestré un contrôleur dans les toilettes des femmes ou lâché un fumigène dans le wagon-restaurant des première classe.

En attendant de les accompagner, un jour, à l'autre bout de la France, Louise doit se contenter d'applaudir ses nouveaux copains, pour un match à domicile, dans leur antre provisoire du stade Jean-Bouin. Affublée d'un béret violet à pompon blanc, elle ne s'est jamais sentie aussi délicieusement ridicule. La journaliste du *Monde* imagine la tête de ses confrères, de ses parents et de Pierre, son fiancé dandy et distant, s'ils la voyaient et l'entendaient chanter à tue-tête « Morpionibus » ou « Le grenadier qui revenait des Flandres », au milieu de trois mille spectateurs pareillement déchaînés. L'euphorie de la jeune femme est cependant de courte durée. Le premier plaquage lui fait rentrer la tête dans les épaules comme si elle venait d'en encaisser la charge. Chacune de ses vertèbres grince de douleur pour Jean-Claude « Gamin » Guillot, le numéro 10, qui peine à se relever. Louise en a presque la nausée. Depuis Charléty, elle ne supporte plus la violence, même réglementée. Si la rescapée n'avait pas eu tant de mal à se hisser, à l'aide de ses béquilles, jusqu'à sa place assise, tout en haut de la tribune, elle serait déjà repartie.

Heureusement, le PUC ouvre le score sur un essai de Cheval, après une nouvelle cavalcade, le ballon coincé sous le bras. Alors, Louise se détend un peu, accepte que ses copains du Gentilly se fassent rentrer dedans, sans forcément crier au scandale, ni en appeler à l'arbitre ou à l'ONU. Surtout, son attention est attirée par la brosse de cheveux poivre et sel d'un spectateur assis une dizaine de rangs devant elle. La journaliste croit à une hallucination, son cerveau aussi a dû être touché ! Qu'est-ce que le chef de la sécurité de l'Élysée ferait à un match de rugby une semaine seulement après l'attentat qui a coûté la vie au président de la République dont il était censé assurer la protection ? Louise doit se décaler légèrement sur la droite pour identifier formellement le profil du barbouze latino qui ne sourit jamais. Elle reconnaît son nez pointu, aux ailes dessinées comme l'avant d'une voiture de course, ses lèvres figées en une moue dédaigneuse, et surtout son menton creusé d'une fossette où une balle de P38 pourrait se loger sans retomber : c'est bien l'homme que Rémy Abeillé a photographié, penché sur le corps de Pierre Mendès France quelques secondes après la fusillade de Charléty.

Louise est tentée d'aller lui demander la raison de sa présence. Mais pourquoi se presser et ne pas d'abord l'observer ? Le garde du corps élyséen (elle ne se souvient pas de son nom) ne prête que peu d'attention au jeu. Il adresse des signes de la main qu'il voudrait discrets à un grand type posté en contrebas, juste à l'entrée du tunnel des vestiaires. Son acolyte est habillé comme un flic en civil qui ne voudrait pas passer pour un flic en civil : casquette à carreaux et veste rembourrée de chasseur faussement décontractée et peu adaptée à la température ambiante (26°). Louise ne s'intéresse plus du tout au match. Toute son attention est captée par le ballet entre les deux hommes. Celui du bas entre et ressort plusieurs fois du tunnel des vestiaires. Celui du haut s'impatiente, regarde sa montre, se lève et se rassoit plusieurs fois, ce qui commence à agacer ses voisins. Louise est sur le point de s'approcher encore un peu plus quand une main posée sur son épaule la fait bondir de frayeur. Jean-Louis Galet de *France-Soir* s'excuse platement de l'avoir ainsi effrayée.

« Toi aussi, tu es dans la confidence ? Je pensais être le seul, mais pas de souci. Du moment que *Le Figaro* n'est pas là… », chuchote l'envoyé spécial avant de regarder, inquiet, autour de lui, à la recherche d'un concurrent.

Louise remarque aussi une équipe de télévision déployée sur le bord de la touche. Elle n'imaginait pas que le PUC, en deuxième division, pouvait attirer autant de confrères. Il doit y avoir un intérêt morbide à voir rejouer, pour la première fois, l'équipe dont le stade est devenu un cimetière.

Sur le terrain, Henri Turrini et ses coéquipiers continuent de dominer. L'ex-CRS bondit en touche, s'empare du ballon et l'offre à Tcheou quand un coup de sifflet strident retentit dans tout le stade. Pucistes en violet et Bergeracois en noir s'arrêtent de jouer et se tournent vers l'arbitre, mais l'officiel semble le plus surpris de tous. Ce n'est pas lui qui a sifflé, mais le grand type déguisé en chasseur du dimanche, sur le bord de la touche. « Tuiiii ! Tuiiii ! Tuiiii ! Tuiiii ! » s'époumone-t-il alors qu'une escouade de BPI lourdement équipés pénètre sur le terrain au pas de course. Un groupe de cinq scarabées fond sur Henri Turrini, l'encercle et l'immobilise. Passé un premier moment de stupéfaction, les autres joueurs du PUC, et même quelques Bergeracois, se précipitent pour tenter de délivrer leur coéquipier ou adversaire. Ils sont accueillis par une pluie de coups de matraques. Enragé, la Blache parvient tout de même à arracher la jugulaire d'un casque avant de balancer un coup de poing qui brise le nez d'un BPI.

Des renforts d'uniformes bleus déboulent encore du tunnel des vestiaires. Ils tirent des grenades lacrymogènes, dont la fumée âcre et poivrée enveloppe bientôt tout le terrain avant de monter à l'assaut des gradins. Profitant du chaos, une poignée de flics en civil, dont le grand siffleur déguisé en chasseur, extirpe Turrini de la mêlée et l'emmène vers le bord de la touche. Ils sont protégés par deux rangs de BPI disposés en arc de cercle.

Dans la tribune, Jean-Louis Galet de *France-Soir* a la gorge qui pique et les yeux rougis par le gaz, mais un large sourire lui barre aussi le visage.

« Quelle arrestation ! Quel scoop ! Il faut que je rentre dare-dare au journal. On publie une édition spéciale à deux millions d'exemplaires ! »

L'envoyé spécial disparaît bientôt dans la masse des spectateurs, qui se dirigent heureusement avec calme vers la sortie.

Seul l'homme à la brosse poivre et sel reste assis au troisième rang. Il contemple le terrain désormais déserté par les joueurs, mais toujours saturé de lacrymos. On dirait un général napoléonien au soir d'une longue bataille remportée dans les brumes de la campagne prussienne. Louise Ben Kader vient mettre fin à son court moment de tranquillité :

« Vous pourriez m'expliquer pourquoi des flics débarquent en plein milieu d'un match de rugby pour arrêter un joueur ? »

« D'abord, on ne dit pas "flics" mais policiers. L'arbitre avait l'air un peu débordé. Il a dû appeler du renfort… », sourit l'ex-chef de la sécurité élyséenne.

« Ne me prenez pas pour une idiote, je suis Louise Ben Kader, journaliste au *Monde*. Je sais que vous étiez à Charléty, dimanche dernier, quand le président a été tué. »

Le drame est encore trop frais pour que l'ancien garde du corps ne tressaille pas à son évocation. Mais Carvalho se reprend vite et continue d'adopter le même ton goguenard pour répondre à la journaliste :

« Vous évoquez une vie antérieure. Je ne travaille plus pour l'Élysée. Poher m'a viré. Je suis à la retraite et j'aime beaucoup le rugby. Dommage que le match ait été interrompu, car le PUC avait vraiment pris l'ascendant, notamment en touche. Je ne vois vraiment pas comment Bergerac aurait pu revenir… »

« Vous n'avez pratiquement pas regardé le match. Je vous ai vu communiquer par signes avec le grand type en bas qui semble diriger les opérations… »

« Ah, Roger ! C'est un ancien collègue. On s'est connus au quai des Orfèvres. Une affaire de meurtre, d'assassin passé par les toits… Roger est un type très sympa. Un grand amateur de rugby lui aussi. Je ne savais pas qu'il avait passé son diplôme d'arbitre. »

« Qu'est-ce que vous reprochez à Henri Turrini ? »

« D'ici, je n'ai pas très bien vu. Mais peut-être qu'il a plaqué un peu haut, non ? Est-ce que ça méritait pour autant un carton rouge ? C'est une autre question… Et vous, vous êtes la fiancée d'un joueur ? Lequel ? Pas celui qui vient de se faire expulser, j'espère ! »

Lassée d'être prise pour une imbécile, Louise a déjà tourné les talons. Malgré ses béquilles, elle redescend l'escalier en béton beaucoup plus rapidement qu'elle ne l'avait grimpé. Devant la tribune principale, la journaliste découvre un fourgon cellulaire, les portes arrière grandes ouvertes. Son gyrophare bleu est déjà allumé. Le panier à salade est encadré par une escouade de six motards, eux-mêmes protégés par deux rangées de BPI qui maintiennent la foule à distance. La Blache, Cheval, Paulo, Gamin et Tcheou sont également là, encore en tenue de match. Ils dégoulinent de sueur. L'heure n'est plus à la révolte, mais à l'accablement. Certains joueurs pleurent, et pas seulement à cause des gaz lacrymogènes. Tcheou a l'air particulièrement affecté. Deux de ses coéquipiers doivent le soutenir pour éviter qu'il ne s'effondre. Le Roumain doit s'en vouloir de ne pas avoir protégé son frère de touche, son presque jumeau. Trois photographes de presse et deux équipes de télévision ont obtenu le droit de franchir le barrage policier. Guidés par le commissaire Martinot en personne, ils sont prêts à bondir sur leur proie. Henri Turrini porte toujours son maillot violet cerclé de blanc, sali par les traces de terre et d'herbe fraîche. Ses mains encore rougies d'avoir saisi les ballons sont menottées dans son dos. Perché sur ses chaussures à longs crampons qui n'accrochent plus la pelouse, mais glissent sur le ciment, il est péniblement soulevé et jeté dans le fourgon cellulaire par deux flics en civil. Juste avant que les portes ne se referment, Turrini a le temps d'accrocher le regard de Louise Ben Kader. Il lui adresse un grand sourire.

De retour au journal pour écrire son papier, la jeune femme se demande comment elle doit l'interpréter, comme un aveu ou une déclaration ? Déjà, dans le bus du retour, Louise trouvait que les autres passagers la regardaient bizarrement. Maintenant, c'est un collègue du service international qui la toise des pieds à la tête. Surtout la tête :

« Excuse-moi, mais c'est quoi, ce bonnet violet à pompon blanc sur tes cheveux ? Une nouvelle tendance yé-yé ou la preuve supplémentaire que tu devrais vraiment, mais alors vraiment, te reposer ? »

Chapitre 14

PARIS, LUNDI 2 JUIN

Sur son bureau d'acajou, qui appartint autrefois au Deuxième consul Jean-Jacques-Régis de Cambacérès, Gaston Defferre a étalé tous les journaux du matin. Leur encre fraîche célèbre son triomphe. Chaque titre est une trompette qui fait résonner sa gloire sur tout le territoire. « Enfin arrêté ! Récit exclusif ! » se félicite la première édition de *France-Soir* au-dessus d'une photo d'Henri Turrini menotté et entouré de policiers sur la pelouse du stade Jean-Bouin. « Justice pour Mendès ! » réclame *Le Parisien libéré* en utilisant le même cliché, tandis qu'un communiqué du Parti communiste français barre la une de *L'Humanité* : « *L'arrestation d'Henri Turrini, 31 ans, un ex-CRS, sympathisant du SAC, confirme que l'odieux attentat qui a coûté la vie au président Mendès France a été ourdi et exécuté par des éléments bellicistes hostiles à la détente internationale. En même temps qu'il soulève l'indignation générale, cet attentat met en évidence la nécessité pour les peuples de veiller à la sauvegarde de la paix* », prévient l'organe du PCF. Mais c'est l'éditorial de Marcel Gabilly dans *Le Figaro* qui ravit particulièrement Gaston Defferre. Il le lit et le relit à haute voix, en savoure chaque mot : « *Une semaine à peine après l'assassinat de Pierre Mendès France au stade Charléty, l'arrestation spectaculaire du tueur présumé, Henri Turrini, 31 ans, en plein match de rugby, devrait mettre fin au chaos qui menaçait une nouvelle fois d'emporter notre pays. Avec le ministre de l'Intérieur, Gaston Defferre, la France a peut-être trouvé cette figure, ni homme providentiel, ni monsieur X, qui lui manque si cruellement depuis un an : un chef tout simplement, avec ce que cela suppose d'autorité et de vision. Certes, les accusations du maire de Marseille contre le Général de Gaulle sont indignes et mériteraient des excuses publiques, mais force est de constater que seul M. Defferre semble aujourd'hui capable de réaliser un vaste rassemblement national. Alors que la droite est en exil et le centre toujours introuvable (malgré les efforts de M. Poher), le ministre de l'Intérieur est le seul à incarner, à gauche, le refus de l'impuissance politique totale. Ses ouvertures vers le centre et la droite doivent être entendues. Le dernier sondage de la Sofres le donne largement en tête devant son "meilleur ennemi", le ministre des Affaires étrangères, François Mitterrand (42 contre 31 %), tandis que le président de la République par intérim, Alain Poher (11 %), peine à constituer la "troisième force" qu'il appelle de ses vœux. Quant au Premier ministre, Michel Rocard (10 %), il a beau se présenter comme "l'héritier de Mendès", les Français lui accordent plus de compassion qu'ils ne lui reconnaissent de compétence. Un boulevard semble donc s'ouvrir sous les pieds de Gaston Defferre.* » Le ministre de l'Intérieur ne peut s'empêcher de relire la dernière phrase : « *Un boulevard semble donc s'ouvrir sous les pieds de Gaston Defferre* »...

Mais des notes encore plus douces ont flatté l'oreille droite du lion marseillais. Celles produites par ses « amis » et/ou rivaux pour la présidentielle, qui l'ont appelé pour le féliciter. Comme ce coup de fil matinal a dû coûter cher à François Mitterrand ! Comme ses compliments semblaient aussi sincères et purs que le bourgeon turgescent d'une plante carnivore ! Même Michel Rocard a proposé d'accueillir la conférence de presse, SA conférence de presse, à Matignon !

« Quel petit con ! N'est-ce pas, Martinot ? » demande le ministre au nouveau héros de la police française, Roger Martinot, le commissaire qui a bouclé l'enquête sur l'assassinat de Mendès encore plus rapidement que ne l'avait fait la police de Dallas pour celui de Kennedy.

« Martinot, le plus grand flic de France ! Au moins 1,90 m sous la toise ! » l'a accueilli Defferre à son arrivée place Beauvau. Le commissaire de la brigade criminelle a esquissé un sourire hiérarchique et réglementaire (en fait, il déteste les allusions à sa taille, et encore pire à son poids), et peine à comprendre les raisons de sa convocation. Il ignore que l'idée de le faire participer à la conférence de presse du ministre-candidat vient d'Edmonde Charles-Roux, la maîtresse de moins en moins discrète de Gaston Defferre. Les deux amants se sont rencontrés trois ans plus tôt, alors que l'écrivaine marseillaise savourait le triomphe de son prix Goncourt obtenu pour *Oublier Palerme*. Il a suffi d'un dîner pour que monsieur Gaston tombe une nouvelle fois amoureux. La fine et élégante intellectuelle, de dix ans sa cadette, a mis plus de temps à céder au grand jeu de la séduction. La présence d'une épouse légitime (Marie-Antoinette Swaters de Barbarin, dite Paly) continue de contrarier la romancière. Pour éviter le scandale, Edmonde Charles-Roux ne met plus les pieds à Marseille et gère la carrière de son amant depuis son appartement de la rue des Saints-Pères, à Paris.

« Ne donnez pas trop l'impression de tirer la couverture à vous. Il faut inviter à la conférence de presse ce grand commissaire qui a bouclé l'arrestation. Les journalistes vont l'adorer et vous vous mettrez dans la poche tous les flics de France », a-t-elle conseillé.

Le ministre de l'Intérieur sourit en pensant à la tête que ferait sa maîtresse, ex-rédactrice en chef de *Vogue*, symbole de la sophistication à la française, si elle découvrait l'accoutrement du brave Martinot. Malgré l'heure matinale (9 heures) et la température clémente (17°), deux larges auréoles se sont déjà formées sous ses aisselles, et son col de veste à moitié soulevé laisse découvrir, sur le liseré de la doublure, une matière indéterminée, comme des graines de semoule qui seraient parvenues à s'évader d'une assiette de couscous.

« Martinot, rabaissez votre col de veste et arrêtez de transpirer, c'est un ordre ! La France entière, et même le monde, vont vous regarder ! »

« Oui, monsieur le ministre », répond le commissaire en s'épongeant le front avec un mouchoir de coton brodé à ses initiales.

Dans le bureau de Gaston Defferre, l'autre responsable de l'arrestation d'Henri Turrini occupe beaucoup moins de place. Il n'a évidemment jamais été question que José Carvalho participe à la conférence de presse qui va célébrer le triomphe de la police nationale et la mise sur orbite vers l'Élysée du premier flic de France. Carvalho sent encore trop le soufre et la mort. Le ministre l'a quand même voulu à ses côtés, en coulisses, pas trop loin, au cas où, comme si l'ex-chef de la garde Defferre avait retrouvé sa fonction de talisman et de paratonnerre.

Carvalho a cependant du mal à partager l'euphorie de son patron. Avant de le rejoindre dans son bureau, il s'est glissé derrière le rideau rouge de la salle des fêtes de l'hôtel Beauvau, où va se dérouler la conférence de presse. Carvalho a entrouvert la tenture pour mieux observer les journalistes en train de s'installer. Évidemment, il l'a tout de suite vue, elle, l'emmerdeuse du *Monde* qui a causé un début de scandale au stade Jean-Bouin. Elle est déjà assise au troisième rang, ni trop loin, ni trop près, sa paire de béquilles posée à côté d'elle. Quel mauvais coup est-elle en train de préparer ?

Carvalho tente de prévenir Defferre :

« Dans la salle, en bas, il y a cette journaliste du *Monde* qui était au stade Jean-Bouin et semble connaître Turrini... »

Mais le ministre plane trop haut pour se laisser gâcher son plaisir par qui que ce soit, et surtout pas par une plumitive rabat-joie.

« Il est coupable ou pas coupable, notre Turrini ? » demande Defferre sur le ton bonhomme d'un père qui chercherait à rassurer ses enfants avant une interrogation écrite.

« Tous les éléments indiquent que... », n'a pas le temps de répondre Carvalho, cueilli à froid par une grande claque ministérielle dans le dos.

« Alors, arrêtez de vous inquiéter pour tout, Carvalho ! La presse nous adore, Mitterrand boit de la ciguë en tentant de faire croire que c'est du pineau des Charentes, et vous, le dur à cuire, l'immortel, l'ex-renard argenté de l'Évêché, vous êtes terrorisé par une donzelle certes très jolie, mais mal fagotée et inoffensive, tandis que lui, là (Defferre désigne Martinot du doigt), a déjà perdu trois litres de sueur ! Messieurs, n'oubliez jamais que vous êtes payés pour rassurer et pas pour faire peur. Allons affronter la presse, et voyons si elle est aussi redoutable qu'elle le prétend ! »

La salle des fêtes du ministère est pleine à craquer. Les opérateurs des caméras de télévision engueulent les journalistes de presse écrite qui n'ont pas trouvé de siège et obstruent la vue en restant debout. Les envoyés spéciaux ou correspondants des grands quotidiens américains (*New York Herald Tribune, LA Times, Washington Post, Dallas Morning News*...) sont assis au premier rang et s'interpellent à haute voix. Les vedettes de la presse française semblent à la fois flattées et contrariées par cette invasion étrangère. Michèle Cotta et Jean-Jacques Servan-Schreiber échangent des plaisanteries qui n'ont rien de drôle, mais leur permettent d'afficher une fausse décontraction. Elles prouvent qu'ils sont ici chez eux. Seule l'entrée du ministre parvient à tous les faire taire. Sur les conseils d'Edmonde Charles-Roux, Gaston Defferre a opté pour un cérémonial modeste. Il sait que sa maîtresse le regarde en direct à la télévision et s'applique à respecter leur plan commun à la lettre : ne pas déjà se comporter comme le locataire exalté de l'Élysée, mais se présenter au contraire comme un candidat responsable, la tête froide et le bras séculier.

« Une conférence de presse, ce n'est pas le "Sacha Show" chez Maritie et Gilbert Carpentier ! » a prévenu l'éminente conseillère.

Monsieur Gaston ne s'imaginait de toute façon pas en train de jouer de la guitare ou de pousser la chansonnette. Son ton monocorde, sa tendance à avaler les mots avant de les recracher tout cabossés en font un des orateurs les moins doués de sa génération, à mille lieues de l'aisance virtuose d'un Mitterrand.

« Il faut transformer vos défauts en qualités. Incarnez la rigueur, l'autorité, la sagesse, la sobriété, mais souriez, mon ami, souriez ! » a imploré Edmonde lors de leur dernier briefing, la veille au soir, rue des Saints-Pères. Alors l'austère Defferre sourit à s'en décrocher la mâchoire. Pour détendre l'atmosphère, il se permet même de répéter la plaisanterie déjà testée, quelques minutes plus tôt, dans son bureau.

« Mesdames et messieurs, je vous présente le commissaire Roger Martinot, le plus grand flic de France, et pas seulement parce qu'il mesure 1,90 m ! »

La vague de « Ha, ha, ha ! » qui parcourt les premiers rangs rassure le ministre. Avec l'arrestation de Turrini, les chiens de la presse ont eu à manger et apparaissent provisoirement repus. Ils sont prêts à lécher la main de leur nouveau maître, celui qui les nourrit si bien, avec des morceaux de premier choix. Certains japperont, voire aboieront, pour entretenir leur réputation d'« éditorialistes sans concession », mais aucun ne semble décider à mordre. Certes, l'arrestation du coupable, pardon, du suspect, arrive peut-être un peu tôt dans la séquence post-attentat. Quelques jours de suspense supplémentaires n'auraient pas fait de mal aux ventes. Mais tous ces reporters, éditorialistes, correspondants, pigistes free-lance, rédacteurs en chef, de droite, de gauche, du centre et d'ailleurs, entretiennent une famille, possèdent une bonne situation, la plupart sont propriétaires de leur appartement, et cette ambiance quasi insurrectionnelle à Paris (encore trente arrestations la nuit précédente, uniquement dans le Quartier latin), ces menaces de coup d'État arrivées de Baden-Baden, ce couvre-feu de 23 heures qui empêche toute vie culturelle et mondaine, commencent à sérieusement inquiéter les pourtant fort courageux représentants du quatrième pouvoir. On peut porter la plume dans la plaie, sans pour autant souhaiter l'amputation, non ?

Et puis, de ce que l'on en sait, c'est-à-dire encore peu de choses (la conférence de presse est aussi faite pour ça), ce Turrini, quel coupable, pardon, quel suspect idéal ! Un ex-CRS responsable de bavures sur les barricades de Mai 68 devenu un détective privé minable, sûrement un facho proche (membre ?) du SAC, mais quand même beau garçon ! Un Clint Eastwood au charme latin et vénéneux. On dit que cette oie blanche de Ben Kader du *Monde* aurait déjà succombé ! C'est sûrement pour cela que, au milieu de cette honorable assemblée de journalistes concernés et bienveillants, elle est la seule à franchement faire la gueule.

Même le ministre la remarque au premier coup d'œil.

« Tiens, voilà l'emmerdeuse de Carvalho », songe Gaston Defferre, heureusement soulagé que la première question soit posée par un journaliste « ami » :

« Jean-Louis Galet de *France-Soir*. Monsieur le ministre, pourriez-vous nous donner, je vous prie, plus de détails sur les éléments qui ont conduit à l'arrestation d'Henri Turrini ? »

« Bien sûr, Jean-Louis », sourit Defferre, « mais je pense que c'est plutôt au commissaire Martinot de vous faire partager quelques secrets de son enquête, pas tous, évidemment ! » (Nouvelle vague de « Ha, ha, ha ! » dans les premiers rangs.)

Martinot ne s'attendait pas à devoir intervenir aussi tôt. La simple mention de son nom le fait sursauter, comme s'il s'était préparé à jouer les plantes vertes plutôt qu'à partager la vedette avec le futur président de la République. Le grand flic s'ébroue et se penche vers les micros posés un peu trop bas devant lui. Mentalement, il s'efforce de penser qu'il parle non pas à des journalistes, mais à d'autres policiers. Son assurance revient peu à peu. Même les fuites sous ses aisselles semblent provisoirement colmatées :

« Au lendemain de l'assassinat du président de la République, Pierre Mendès France, la fouille complète du stade Charléty a permis de découvrir sur le toit de la tribune officielle ce qui constitue sûrement l'arme du crime. Il s'agit d'une carabine de marque Steyr Mannlicher, modèle SSG 69, explique Martinot. Elle était disposée sur un bipied. Dans son périmètre immédiat, nous avons trouvé trois douilles ainsi qu'un sac de sport de couleur violette frappée du blason d'un club de rugby, le Paris Université Club. De nombreux témoignages nous ont signalé la présence, au stade Charléty, juste après l'assassinat, d'un homme au comportement suspect, décrit comme grand, athlétique, aux cheveux bruns, portant un survêtement aux couleurs violet et blanc du Paris Université Club. Un renseignement anonyme nous a mis sur la piste d'Henri Turrini, 31 ans, radié des compagnies républicaines de sécurité (CRS) le 26 juin 1968 pour "comportement violent non approprié". Après son interpellation dimanche, le suspect n'a pas été en mesure de nous fournir un alibi cohérent. »

« A-t-il passé des aveux complets ? » relance Jean-Louis Galet.

« Non... », répond à regret le commissaire Martinot.

« Pensez-vous que le suspect ait pu bénéficier de complicités extérieures, voire d'un réseau à l'étranger ? » interroge Pierre Décroix du *Parisien libéré*, qui n'entend pas laisser son concurrent de *France-Soir* mener cette conférence de presse internationale comme une interview exclusive.

Martinot commence à balbutier un début d'explication, mais Gaston Defferre estime la question trop politique pour ne pas y répondre lui-même :

« Je ne suis pas très intelligent, mais je sais reconnaître une hyène au milieu d'un troupeau d'agneaux. À ce stade de l'enquête, la thèse du tireur solitaire semble peu probable. L'attentat a été parfaitement planifié et exécuté. Nous ne nous trouvons pas en présence d'un tueur exalté, voire d'un déséquilibré, mais d'un homme déterminé qui a minutieusement préparé son coup. »

Peter Donaghue du *LA Times* lève la main. Il appartient au club très privé des quelques journalistes américains présents à Dallas, le 22 novembre 1963, pour l'assassinat de John Kennedy, puis le 5 juin 1968, à l'hôtel Ambassador de Los Angeles, pour celui de son frère Robert. Peter Donaghue aime raconter, en souriant, que le troisième frère Kennedy, Ted, évite de se trouver dans la même pièce que lui. Cet humour pince-sans-rire, et ses célèbres nœuds papillon à carreaux noirs et blancs portés en toutes circonstances (reportages aux quatre coins du monde, interviews de célébrités, assassinats de Kennedy, etc.), en font une star des conférences de presse. Ses questions sont souvent jugées plus intéressantes que les réponses qu'elles suscitent :

« Monsieur le ministre, écartez-vous totalement l'hypothèse d'un deuxième, voire d'un troisième tireur ? » interroge Donaghue.

D'un simple haussement des sourcils, Defferre invite Martinot à répondre :

« Comme je vous l'ai déjà expliqué, nous avons trouvé trois douilles autour de la carabine, mais l'autopsie laisse penser qu'une seule balle a mortellement touché à la tête le président Mendès France. Ce qui semble donc écarter, à ce stade, l'hypothèse d'un autre tireur… Ou alors, cet autre tireur n'a pas tiré… » (Légers sourires dans les rangs pour récompenser Martinot, bien plus détendu qu'au début.)

Donaghue esquisse une légère moue. Elle signifie qu'il n'est pas tout à fait satisfait de la réponse et s'estime donc en droit de poser une nouvelle question :

« Monsieur le ministre, quelques heures seulement après l'attentat, vous avez publiquement pointé du doigt les généraux de Gaulle et Massu, en les accusant d'être responsables de la mort de Pierre Mendès France. Avez-vous eu la confirmation que monsieur Turrini a pris ses ordres directement de Baden-Baden ? »

Defferre se tortille sur son siège. Il se penche sur le micro et se recule aussitôt, comme s'il craignait de trop approcher ses lèvres d'un champignon vénéneux :

« C'est fort possible, mais, secret de l'enquête oblige, je ne peux pas vous en dire plus pour le moment… »

Donaghue n'est évidemment pas rassasié, alors il enchaîne :

« Deux hommes fortement suspectés d'avoir participé à la tentative d'enlèvement de Pierre Mendès France, en février dernier, ont été récemment tués de manière violente, l'un près de Sète, l'autre à Marrakech. Devons-nous en déduire qu'il existe un escadron de la mort chargé de liquider le plus discrètement possible les ennemis de la France. Et si oui, en êtes-vous le responsable et le donneur d'ordres ? »

Gaston Defferre a du mal à encaisser l'audace de la question. Il lui faut repenser à Edmonde Charles-Roux et à Sacha Distel pour retrouver son sourire engageant :

« Ah ! Ah ! Cher monsieur, vous lisez trop de romans policiers ou vous regardez trop de westerns ! Nous ne sommes pas au Far West, mais en France, une démocratie qui a l'habitude de juger ses criminels, pas de les exécuter au coin d'un bois. Les deux morts violentes que vous évoquez font chacune l'objet d'une enquête, et, pour l'instant, rien ne permet de relier ces deux affaires. Les victimes n'étaient pas exactement des enfants de chœur. Un ancien commissaire passé dans la clandestinité et un ex-gangster devenu patron d'établissement de plaisir peuvent susciter des jalousies, des rancœurs… Nos policiers n'ont rien à voir avec ces barbouzeries… »

Derrière le rideau d'où il suit la conférence de presse, José Carvalho commence à suer d'aussi grosses gouttes que Martinot. Pour l'ex-chef de la garde Defferre, cette tenture rouge marque l'exacte frontière entre l'ombre et la lumière, le monde des morts (qu'il a souvent exécutés lui-même) et celui des vivants. Que le rideau se soulève comme au théâtre, et il apparaîtra exposé, nu : « Mesdames et messieurs, *ladies and gentlemen*, voici José Mario dos Santos Félix Carvalho, l'exécuteur des basses œuvres de la République, celui qui a laissé assassiner Pierre Mendès France, mais aussi froidement abattu l'ex-commissaire Kermadec et le patron de bordel Marcel Boucheseiche. Mesdames et messieurs, *ladies and gentlemen*, merci pour vos applaudissements ! » Carvalho ne déteste pas la gloire. Il l'a connue à Marseille comme commissaire des Stups, pourfendeur de la *French connection*. Il a aimé sa photo dans les journaux, les patrons de bar qui le reconnaissaient et lui offraient un verre. Mais depuis la catastrophe de Charléty, dont il est en partie responsable, seules les ténèbres sont en mesure de l'accueillir. Tout ce qui brille le fait fuir. Les journalistes sont devenus ses pires ennemis.

Heureusement pour Carvalho, Defferre et Martinot, alors que la conférence de presse menace de devenir intéressante, que des révélations inédites, voire des *scoops*, pourraient y être faits, un représentant de la crème de la crème de la presse française se dévoue pour la rendre à nouveau obséquieuse et sans autre intérêt que de mettre en scène la connivence entre intervieweurs et interviewés.

« Monsieur le ministre, grâce à l'arrestation d'Henri Turrini, vous considérez-vous désormais comme le favori de l'élection présidentielle ? » demande Jacques Haget de *Paris Match*.

Si la bienséance ne l'interdisait pas, Gaston Defferre quitterait l'estrade et s'en irait embrasser le pourtant fort vieux chroniqueur politique (certains de ses confrères le soupçonnent d'avoir couvert les cinq Républiques). Au lieu de cela, monsieur Gaston se contente de répondre à la question avec le plus de miel possible dans la voix :

« Chaque chose en son temps, nous ne sommes pas ici pour parler de l'élection présidentielle ! (Sourires dans la salle.) J'accepte ce dialogue avec vous, messieurs les journalistes, en tant que ministre de l'Intérieur, pour évoquer une arrestation et une enquête qui intéressent le monde entier. Nous aurons bien le temps de reparler de mon projet pour la France et les Français. »

Jusqu'ici, Louise Ben Kader est restée impassible. Presque indifférente. Sur son carnet de notes, elle n'a griffonné que quelques mots, plutôt des termes techniques qu'elle ne voudrait pas retranscrire de travers comme « Steyr Mannlicher, modèle SSG 69 ». Elle a aussi écrit « Trois douilles », « Pas de deuxième tireur », et surtout souligné l'expression employée par son confrère Peter Donaghue : « Escadron de la mort ». Elle s'en veut de ne pas avoir fait elle-même le rapprochement entre les morts violentes de Robert Kermadec et Marcel Boucheseiche. Certes, les lieux (Sète et Marrakech) et les modes opératoires (noyade dans un étang et exécution par balles dans la chambre d'un bordel) ne traçaient aucun lien évident. Mais le fait que deux barbouzes gaullistes suspectés d'avoir participé à la tentative avortée d'enlèvement de Pierre Mendès France aient été liquidés juste après l'assassinat réussi du même PMF aurait dû faire clignoter toutes ses alertes.

Animée de ce début de colère contre elle-même, l'envoyée spéciale du *Monde* décide qu'il est plus que temps de dynamiter cette conférence de presse. Louise déteste le rituel infantile qui consiste à lever la main pour gentiment poser sa question, avant de décliner ses prénom, nom et organe de presse. L'« emmerdeuse » se contente de se lever. Le fait qu'elle s'appuie avec difficulté sur ses béquilles fige encore davantage l'assemblée. Louise croit remarquer un mouvement derrière le rideau rouge, sur sa droite, puis fixe, droit dans les yeux, le ministre de l'Intérieur, Gaston Defferre :

« Monsieur le ministre, le commissaire Martinot nous a tout à l'heure décrit le tueur présumé, Henri Turrini, comme un homme au comportement jugé “suspect” par de “nombreux témoins”. Pourriez-vous, s’il vous plaît, nous dire ce que vous entendez par “comportement suspect” ? »

Gaston Defferre a retrouvé la mine sombre, les paupières lourdes, le menton affaissé, qu’Edmonde Charles-Roux voudrait chasser à tout jamais. Le maire de Marseille éprouve même à nouveau l’envie irrépressible de mâchouiller ses mots :

« Mademoiselle, vous avez justement rappelé qu’à ce stade M. Henri Turrini est présumé innocent. Reste que des témoins l’ont effectivement décrit comme agité et pressé de quitter les lieux. Une mère de famille affirme même qu’il l’a bouss-ulée. »

« Les empreintes d’Henri Turrini ont-elles été retrouvées sur la carabine Steyr Mannlicher ? »

« Non, aucune empreinte n’a été retrouvée sur la car-bine. »

« Le commissaire Martinot a évoqué un “renseignement anonyme”. Je ne vous demanderai bien sûr pas qui a fourni ce renseignement… »

« … Vous êtes bien aimable », l’interrompt le ministre de l’Intérieur.

« Pourriez-vous cependant nous préciser quel type d’informations données par ce mystérieux correspondant vous ont mis sur la piste d’Henri Turrini ? »

« Des informations que ni le commissaire Martinot, ni moi-même, ne sommes hélas ! habilités à vous com-niquer. »

« Quand vous parlez de “comportement suspect”, est-ce que, selon vous, secourir des personnes blessées, les porter hors du stade, les mettre en sécurité, relève d’un “comportement suspect” ? »

« Mademoiselle, je ne comprends pas votre question. Pourriez-vous la répéter ou la reform-ler ? »

Louise Ben Kader pose une béquille, cherche son équilibre, le trouve, avant de se saisir d'une pochette cartonnée pour en sortir plusieurs photographies. Elle les distribue à ses voisins, les invite à les faire passer dans les rangs plus reculés. Puis la journaliste reprend sa deuxième béquille et avance comme elle peut vers l'estrade. Un silence de plomb l'accompagne. Elle aligne deux clichés sous le nez de Gaston Defferre et du commissaire Martinot. Le ministre de l'Intérieur est au bord de l'explosion. Dommage que les téléviseurs couleur ne soient pas plus répandus dans les foyers français, car le noir et blanc ne permet hélas pas d'apprécier l'extrême profondeur du vermillon qui colore son visage :

« Mademoiselle, à quoi rime toute cette comédie ? Nous ne sommes pas dans une cour d'école. Si vous disposez d'éléments pouvant contribuer à faire avancer l'enquête, je vous demande de les remettre à la police. »

« Mais c'est exactement ce que je viens de faire, monsieur le ministre de l'Intérieur ! » rétorque la journaliste du *Monde*, sous les rires d'une moitié de la salle, tandis que l'autre moitié hésite entre la consternation et la colère.

Certains journalistes étudient les clichés distribués avec beaucoup d'attention. On dirait des experts en train de vérifier la véracité d'un tableau de Picasso ou de Chagall. D'autres confrères semblent au contraire redouter ne serait-ce que d'effleurer les photographies, comme si elles étaient porteuses d'un terrible virus. Quant à Gaston Defferre, il ne veut pas donner l'impression de participer au petit manège élaboré par l'« emmerdeuse » du *Monde*. D'un revers de la main, il a écarté les deux photos posées devant lui. Il ne peut cependant s'empêcher d'y jeter un regard furtif, car il redoute que le sort de cette conférence de presse, et peut-être même de l'élection présidentielle, ne soit en train de se jouer. Du coin de l'œil, il croit reconnaître la silhouette de Turrini, mais à distance, et sans ses lunettes, il a du mal à discerner autre chose que des formes floues, indéterminées.

À la droite du ministre de l'Intérieur, le commissaire Roger Martinot a adopté une attitude diamétralement opposée. Il regarde droit devant lui. L'environnement extérieur ne semble plus l'atteindre. Martinot est entièrement concentré sur sa fureur, contre le ministre et contre lui-même : pourquoi a-t-il accepté de participer à cette mascarade ? Quel est l'intérêt de venir se compromettre pour faire briller Defferre qu'il n'a jamais aimé et qui le lui rend si bien ? Surtout, depuis quand une enquête aussi sensible doit-elle se dérouler sous l'œil des caméras de télévision et les injonctions des vautours de la presse écrite ? « Martinot, le plus grand flic de la police française, et pas seulement parce qu'il mesure 1,90 m ! » Mais quelle blague lamentable ! Le commissaire de la brigade criminelle aurait envie de saisir l'un des micros posés devant lui et d'y hurler, à pleins poumons : « Votez Poher ! »

Et Defferre qui lui a imposé comme chaperon ou mère maquerelle cette sangsue, ce parasite, ce croque-mort, ce barbouze dégénéré de Carvalho ! Le type laisse flinguer le président de la République, mais il est quand même censé lui apprendre son métier ? À cause de Carvalho, l'enquête a été, peut-être pas bâclée, mais pour le moins hâtée. Attention, il n'est pas en train de dire que Turrini est innocent. Il a même une parfaite tête de coupable. Sa dégaine correspond point par point à la description donnée par de nombreux témoins qui pensent avoir vu l'assassin s'enfuir : cheveux noirs en brosse, yeux marron, au moins 1,80 m, visage anguleux, sans parler du survêtement violet. Parmi les rugbymen du Paris Université Club, il est le seul à posséder un profil « intéressant ». Le reste de l'équipe n'est qu'un ramassis de sportifs de plus ou moins haut niveau, d'étudiants attardés, de gauchistes pochetrons. Des grandes gueules, des fouteurs de merde, des bagarreurs, oui, mais, a priori, pas des tueurs capables de tirer froidement sur une cible après avoir passé la nuit sur le toit d'un stade. Un coup de fil anonyme à la brigade a renforcé ses convictions. La voix, masculine, conseillait de s'intéresser au dossier d'Henri Adelino Turrini, né le 3 décembre 1939 à Ballancourt, dans l'Essonne. Engagé chez les CRS à l'âge de 24 ans, a reçu une formation en tir longue distance. Son dossier mentionne des notes excellentes, parmi les meilleures de son unité. Son usage de la matraque a plus prêté à la controverse. Il y a un an, pendant la Nuit des barricades, il a laissé entre la vie et la mort un gamin de 18 ans, lanceur de pavés occasionnel. Le rapport dénonce « un usage disproportionné de la force ayant entraîné des lésions auditives et cognitives irréversibles ». Le cas serait resté tout à fait « étouffable », si le môme n'avait pas été le fils du député SFIO Claude Langlade. De là à penser que Turrini a voulu se venger des socialos en descendant leur grand chef adoré… Évidemment, la cerise sur le gâteau aurait consisté à trouver un lien direct (correspondance postale, coup de téléphone, voire séjour sur place…) entre Turrini et les curistes de Baden-Baden. Mais même leur taupe infiltrée à la résidence des FFA n'a jamais entendu parler de lui. Les copains de la DST ont juste évoqué une vague « sympathie » du suspect pour le SAC. Mais bon, dans la police et à la BRI, qui ne trouve pas le SAC et les gaullistes éminemment « sympathiques » ? En garde à vue, Turrini n'a rien voulu lâcher. Même pas son nom et son prénom. Alors, oui, les éléments à charge sont encore faibles. Et s'il n'avait pas eu Carvalho-la-sangsue sur le dos, Martinot aurait pris le temps de rassembler plus d'éléments, d'explorer d'autres pistes. Mais l'enquête devait rapidement « produire des résultats ». La République était en danger, le ministre sur les nerfs, l'honneur de la police en jeu. Du coup, Turrini tombait à pic. Un peu trop même ? C'est vrai que tout s'est merveilleusement enchaîné : entre le sac violet laissé sur le toit de Charléty, un suspect assez con pour se promener dans un survêtement de même couleur au milieu de la foule, et le gentil correspondant anonyme qui leur livre un rugbyman ultra-violent et pas franchement de gauche. Mais, bon, la chance existe aussi, et si, chaque fois qu'un meurtrier commettait une grossière erreur, il fallait écarter la pièce du dossier et repartir de zéro au nom du fameux « Trop beau pour être vrai », le taux de résolution des crimes chuterait à l'allure d'un suspect encombrant dans l'escalier du Quai des Orfèvres.

Alors, que peut-on vraiment lui reprocher à lui, Roger Martinot, commissaire de la brigade criminelle, flic à la carrière exemplaire (des dizaines d'enquêtes élucidées et deux mariages sacrifiés), à part de s'être laissé embarquer dans cette histoire ridicule d'arrestation en plein match de rugby pour les photographes et les caméras de télévision, avant d'être convoqué à cette pitoyable conférence de presse où une boiteuse hystérique distribue des photos que Defferre refuse de regarder, comme si elles étaient pornographiques ? Lui veut bien les voir, ces photos. Alors, sous le regard hautement désapprobateur du ministre, Martinot les saisit et les inspecte. Heureusement qu'il est bien assis, sinon, il en tomberait de sa chaise. Sur la première image, on aperçoit distinctement Turrini, « leur » Turrini, en train de pratiquer un massage cardiaque sur un homme inanimé d'une cinquantaine d'années, au pied de l'estrade du stade Charléty. La deuxième image, un peu plus floue, est encore plus sidérante : le même Turrini transporte dans ses bras une jeune femme. Elle ressemble furieusement à la journaliste du *Monde*, celle-là même qui les incendie du regard et de la parole :

« Les deux images que vous êtes en train de regarder ont été prises par un photographe professionnel, Rémy Abeillé, quelques minutes après l'assassinat de Pierre Mendès France, explique Louise Ben Kader. On y voit distinctement Henri Turrini en train de prêter secours à deux victimes des bousculades mortelles : un homme dont l'identité n'a pas été encore déterminée, et une jeune femme : moi-même. Henri Turrini m'a sauvé la vie ! »

À ces mots, la salle est traversée par une onde de stupéfaction, les journalistes semblent sur le point de se pincer les uns les autres. Mais Louise Ben Kader leur laisse à peine le temps de respirer :

« Monsieur le ministre, vous semble-t-il possible, plausible, crédible, qu'Henri Turrini ait pu tirer sur Pierre Mendès France du toit de la tribune officielle, comme vous nous l'avez expliqué, avant, quelques minutes plus tard, d'assister les victimes d'une bousculade qu'il aurait lui-même provoquée par ses tirs ? Est-ce que cela ressemble, selon vous, à un "comportement suspect" ? En aurait-il même eu le temps ? »

Gaston Defferre montre un certain panache à ne pas s'enfuir en courant. Jamais le grand favori de l'élection présidentielle n'aurait pu imaginer que cette conférence de presse « triomphale » puisse tourner à la catastrophe télévisuelle, devant des millions de Français. Mais il ne sera pas dit que le ministre de l'Intérieur, héritier de Georges Clemenceau et de Jules Moch, se sera laissé détruire par une gamine effrontée :

« Mademoiselle, les éléments que vous apportez doivent être étudiés de très près. Et votre témoignage mérite d'être entendu ailleurs que dans cette pièce, par les services de police compétents (coup d'œil à Martinot, qui reste de marbre). Je le dis et je le répète, monsieur Henri Turrini est présumé innocent. Et cette conférence de presse n'avait pour seul but que de vous informer sur les avancées d'une enquête qui est loin d'être bouclée (nouveau coup d'œil à Martinot, qui semble s'être statufié). Je suis prêt à répondre à une dernière question… »

Gaston Defferre voit se lever avec soulagement le doigt jamais inquisiteur de Jean-Louis Galet de *France-Soir*.

« Oui, Jean-Louis ? » invite le maire de Marseille.

« Je suis vraiment désolé de vous poser cette question, monsieur le ministre, mais s'il s'avérait que l'enquête de la police a été bâclée, songeriez-vous à retirer votre candidature à l'élection présidentielle et à démissionner de vos fonctions ? »

Le Monde du vendredi 6 juin 1969

La candidature de Gaston Defferre plombée par les défaillances de l'enquête sur l'assassinat de Pierre Mendès France. Par Louise Ben Kader

Alors que le ministre de l'Intérieur, Gaston Defferre, se trouvait largement en tête des intentions de vote pour l'élection présidentielle, la mise hors de cause du principal suspect dans l'enquête sur l'assassinat de Pierre Mendès France rebat toutes les cartes.

Coup de théâtre dans l'affaire de l'assassinat du président de la République, Pierre Mendès France, le 25 mai dernier. Alors qu'il avait été arrêté dimanche, le principal suspect, M. Henri Turrini, 31 ans, a été libéré hier matin sur ordre du juge d'instruction Clément Pasquier. Aucune charge n'a été retenue contre l'ancien CRS. Remises aux enquêteurs, au moins deux photographies attestent que M. Turrini a prêté secours à des victimes des bousculades provoquées par la panique, après les tirs contre le président Mendès France. Le juge Pasquier a estimé hautement improbable que le tireur ait pu se transformer en sauveur, plutôt que de fuir le plus rapidement possible les lieux de son crime présumé. Comme aucun autre élément (ni empreintes ni aveux) n'a pu être retenu contre M. Turrini, le juge Pasquier n'a pas eu d'autre choix que de le libérer.

L'arrestation de celui que l'on présentait déjà comme le « Lee Harvey Oswald français » avait été particulièrement spectaculaire, en plein match de rugby, devant des caméras de télévision et des photographes de presse opportunément « invités ». Sa remise en liberté, hier, n'a pas non plus été de tout repos. Bien que les autorités pénitentiaires n'aient pas communiqué l'heure à laquelle M. Turrini serait libéré, un large attroupement s'était formé devant la prison de la Santé, dès les premières heures de la matinée. À la foule des nombreux journalistes de télévision et de presse écrite à nouveau présents, s'étaient mêlés des proches de M. Turrini, notamment ses coéquipiers rugbymen du Paris Université Club (PUC), mais aussi des activistes d'extrême gauche qui réclamaient « Justice pour Mendès ! » et scandaient d'autres slogans comme « Turrini assassin, retourne en prison ! », « Defferre démission ! » ou « Socialos, gaullos, fachos, même salauds ! ». Les forces de l'ordre ont dû violemment intervenir pour séparer les manifestants gauchistes des amis rugbymen de M. Turrini. Dix blessés légers ont été hospitalisés et vingt-cinq personnes ont été arrêtées avant d'être rapidement relâchées.

Mitterrand : « Rien ne sert de faire trop vite. »

Présent sur place, le leader estudiantin Daniel Cohn-Bendit a dénoncé « une police spectacle qui met en scène l'arrestation d'un suspect déjà déclaré coupable avant de subitement reconnaître qu'il n'existe aucune preuve contre lui. Jouer ainsi avec les peurs des Français est irresponsable, et s'il lui restait un peu de dignité, Gaston Defferre devrait retourner à Marseille faire de la voile plutôt que de vouloir diriger un pays qu'il ne comprend pas ».

Si le ministre de l'Intérieur a réaffirmé, hier après-midi, qu'il ne comptait pas démissionner de ses fonctions et entendait bien maintenir sa candidature à l'élection présidentielle des 22 juin et 6 juillet prochains, le fiasco de l'arrestation à grand spectacle suivie d'une libération tumultueuse de M. Henri Turrini marque assurément un tournant dans la campagne. Jusque-là largement favori, Gaston Defferre voit les autres candidats fondre sur lui, s'ils ne l'ont pas déjà dépassé. Parce qu'ils appartiennent encore au même gouvernement,

M. le Premier ministre, Michel Rocard, et le ministre des Affaires étrangères, François Mitterrand, se sont montrés plus malicieux que véhéments envers leur collègue de l'Intérieur. « Rien ne sert de faire trop vite, il faut faire à point », a ainsi plaisanté M. Mitterrand, tandis que M. Rocard rappelait qu'il avait « vainement mis en garde » Gaston Defferre contre « les dangers d'une enquête menée à la hussarde ».

Quant au président de la République par intérim, Alain Poher, également candidat à l'élection présidentielle, il a déploré « que la rude concurrence à gauche ne provoque une surenchère et des dysfonctionnements entre la police et la justice ». M. Poher a appelé « tous les candidats à plus de responsabilité, alors que la France traverse à nouveau une période de très fortes turbulences ».

Hier soir, des manifestants d'extrême droite et d'extrême gauche ont à nouveau bravé le couvre-feu. Un officier des BRI a été grièvement blessé au thorax. Vingt-cinq véhicules ont été incendiés, notamment dans le secteur des Champs-Élysées. Trente-deux personnes ont été arrêtées.

Chapitre 15

MARSEILLE, LUNDI 9 JUIN

Le train en provenance de Paris arrive à la gare de Marseille-Saint-Charles avec, pour une fois, quelques minutes d'avance. Trois exactement. C'est peu par rapport à tout ce temps qu'ils n'ont pas passé ensemble. Louise et Pierre ne se sont pas vus depuis deux mois. Louise appréhende leurs retrouvailles. Peut-être que Pierre aussi, mais elle aura du mal à en juger, car il dissimulera son éventuel trouble sous plusieurs couches d'ironie. Elle voudrait tellement qu'il soit sincère, qu'il lui dise juste qu'il l'aime, qu'elle lui a manqué, qu'il a eu peur, très peur, quand il l'a crue entre la vie et la mort. Au lieu de cela, il l'accueille, sur le quai E, d'un retentissant : « La grande presse parisienne débarque en province ! » qui lui glace le sang.

À ce moment précis, elle a déjà décidé que leur histoire était terminée. Ils s'embrassent sur le quai de la gare, mais leur baiser est le moins romantique de l'histoire des amours ferroviaires. Là, seulement, il condescend à lui dire :

« Tu es très jolie. »

Et c'est vrai qu'elle a fait un réel effort sur l'habillement. Elle porte une robe mini avec des collants qui rappellent l'existence de ses longues et belles jambes, d'habitude cachées sous des pantalons informes à pattes d'éléphant. Surtout, seule dans son studio, elle s'est exercée à marcher à nouveau sans béquilles et sans boiter. Elle ne voulait pas que Pierre la voie comme ça, c'est-à-dire claudicante et diminuée.

Ils marchent sans se hâter vers l'hôtel Bristol, sur la Canebière. Pierre a loué une chambre, au troisième étage. Les volets sont déjà fermés. Ils font l'amour, car ne pas le faire les aurait plongés dans un encore plus grand embarras. Louise sent que Pierre est gêné, il en fait trop ou pas assez. Ses empressements respirent la mise en scène. Ses retenues le trahissent. Il a sûrement connu d'autres femmes. Louise ne lui en veut même pas. Elle, en revanche, est restée fidèle, plus par conformisme que par conviction. Ces étreintes ne sont qu'un mauvais moment à passer. Ils se rhabillent et descendent déjeuner au café de l'Univers. L'orchestre tzigane qui joue tous les soirs a laissé ses guitares, violon, cymbalum, abandonnés sur la scène. Pierre et Louise trouvent un box à l'écart, où ils pourront être tranquilles. Ils savent que débattre des malheurs de Gaston Defferre leur évitera d'évoquer leurs propres problèmes.

Le soir même, le ministre de l'Intérieur donne à Marseille son dernier meeting de campagne avant le premier tour de la présidentielle. Pierre couvre l'évènement pour RMC, Louise pour *Le Monde*. Pierre montre à Louise la une du *Provençal* qu'il a acheté au kiosque de la gare.

« Tu as vu le titre ? "Le baroud d'honneur" ! Même eux n'y croient plus ! Et pourtant, *Le Provençal* à Marseille, c'est le journal officiel. Ici, aucun chien n'a le droit de se faire écraser sans la permission de Gaston ! »

« Ça vaut aussi pour les gangsters ? Ils n'ont pas le droit de se faire descendre sans autorisation de la mairie ? » s'amuse Louise.

« Dieu garde ! Des gangsters à Marseille ? Ça, ce sont vos préjugés de petite Parisienne ! » répond Louis en imitant très mal l'accent local.

C'est la première fois qu'ils rient ensemble depuis leurs retrouvailles. Louise aimerait prolonger le moment. Mais, comme un trop long silence s'installe, elle reprend plus sérieusement :

« Tu connais un certain José Carvalho ? »

« Oui, bien sûr, c'est une légende ici. Il a connu Defferre pendant la guerre, au sein des milices socialistes et du réseau Brutus. La Résistance, c'est la marmite dans laquelle a cuit et recuit la tambouille politique marseillaise. Tu ne peux rien comprendre à la ville si tu ne maîtrises pas la carte des alliances et des réseaux d'amitiés qui s'y sont forgés, plutôt en mai-juin 1944 que juste après l'appel de De Gaulle, d'ailleurs… »

« Tu veux dire que Carvalho a été un résistant de la dernière heure ? »

« Disons de l'avant-dernière, pour ne pas trop manquer de respect à un détenteur de la croix de guerre. Comme beaucoup de voyous locaux, il a mis du temps avant de refuser le joug allemand. Depuis le début des années 30, le milieu marseillais se trouvait sous la coupe d'un duo terrifiant, le Corse Paul Carbone et l'Italien François Spirito. Déjà spécialisés dans la contrebande de cigarettes et la prostitution, les deux se sont fort bien accommodés de l'"ordre nouveau" vichyste, qu'ils ont vite transformé en "désordre nouveau" à la marseillaise. Carbone et Spirito organisaient le marché noir, balançaient à la police de Pétain des listes de résistants auxquels ils mêlaient opportunément les noms de concurrents embarrassants. Le grand bonheur, jusqu'à l'invasion de la zone libre par les Allemands en novembre 1942. Les Boches occupent alors Marseille et décident que le côté nord de la vieille ville, juste au-dessus du Vieux-Port, là où se trouvent la plupart des bars et des bordels tenus par le milieu, est le "furoncle" de l'Europe aryenne et doit disparaître. En seulement quelques jours, 27 000 personnes sont déplacées et 1500 immeubles, bâtiments, maisons closes, établissements divers, dynamités ! Les bandits marseillais ont perdu leur habitat naturel. Carbone et Spirito restent malgré tout fidèles à l'occupant, mais une nouvelle génération est en train d'émerger. L'instauration du Service du travail obligatoire la fait définitivement basculer du côté du bien contre le mal. Des minots d'origine corse, italienne, arménienne, portugaise comme Carvalho, refusaient de travailler pour les Français de Vichy, alors pour les Allemands... Ils montent au maquis, où ils sont recrutés par les milices socialistes dirigées par un jeune avocat cévenol, aussi courageux qu'ambitieux, Gaston Defferre. Ensemble, les têtes brûlées du milieu, les rares flics réfractaires à Vichy et les fils de notables épris de justice et d'aventure, attaquent à la grenade l'hôtel de Californie, l'un des QG des Allemands à Marseille, ou prennent d'assaut, armes à la main, *Le Petit Provençal*, un journal collabo qui va devenir *Le Provençal*. Forcément, descendre des nazis, libérer des journaux, ça crée des liens. Aujourd'hui, tout le premier cercle de Defferre est composé d'anciens résistants. Et Gaston a toujours un peu de mal à distinguer les notables des voyous, le poisson noble des gros requins et du menu fretin. Ton Carvalho en est une parfaite illustration, la caricature du mélange des genres local : voyou puis résistant, fait-diversier au *Provençal*, flic ripou, et enfin barbouze présidentiel... »

« J'ai l'impression de le voir partout ! » s'exclame Louise. « C'est lui qui s'est penché sur le corps de Mendès alors qu'il venait de se faire tirer dessus à Charléty. Encore lui qui a dirigé l'arrestation de Turrini en plein match de rugby. Il m'obsède tellement que j'ai même cru l'apercevoir derrière le rideau rouge de la salle des fêtes, place Beauvau, quand Defferre a donné sa conférence de presse ! »

« Il y a de fortes chances pour que tu le voies aussi ce soir au meeting. Carvalho est l'ami et le protégé de Dominique ("Nick") Venturi, l'un des boss de la *French* selon les Américains, et le chef de la garde prétorienne defferriste, selon à peu près tout le monde. Venturi a prêté Carvalho à Defferre. L'assassinat de Mendès a plombé l'ascension de Carvalho, mais il semble revenu en grâce depuis l'arrestation de ton copain Turrini. »

Louise a perçu la pointe d'ironie quand Pierre a évoqué son « copain Turrini ». Elle ne relève pas. Mais bon, s'il veut la défier sur ce terrain-là :

« Moi qui te pensais devenu un spécialiste des coucheries et de la généalogie de la famille Grimaldi, j'étais loin de me douter que tu avais aussi réussi à infiltrer le milieu marseillais… »

« Disons que je ne suis pas totalement devenu une speakerine. Entre deux flashs d'info, il m'arrive encore de faire du terrain. Quand la soupe de l'actu est trop fade, nos chefs parisiens nous demandent de "mettre de l'ail" ! Le même fait divers qui n'intéresse personne à Bordeaux ou à Lille émoustille la France entière s'il se déroule à Marseille. Alors je "mets de l'ail", j'assaisonne mes reportages de surnoms, Zé le Frisé, Gros Roger, Petit Pape, Pompe, Loucheur, Tronche Plate, Jo le Dingue, j'interviewe en priorité des témoins qui ont l'"assent", et Paris adore ça.

« Tu penses qu'avant le meeting je pourrais aller faire un tour au *Provençal* et regarder dans leurs archives s'ils ont des choses sur Carvalho ? Je me trompe peut-être, mais je pense qu'en remontant sa piste je vais me rapprocher des assassins de Mendès. »

« Quel est le rapport ? Jusqu'à preuve du contraire, Carvalho a échoué à protéger Mendès, il ne l'a pas flingué lui-même ! »

« Je sais, je sais, mais ce type est vraiment bizarre. J'ai l'impression qu'il est manipulé, qu'il sert de leurre… »

« Pour, moi, ce serait plutôt l'heure d'aller faire la sieste ! » s'exclame Pierre, grand spécialiste des conversations sérieuses sabordées par un mauvais jeu de mots. « Si tu veux perdre ton temps au *Provençal*, libre à toi. Le dernier journaliste parisien qui a voulu explorer les recoins les plus secrets de ses archives n'a toujours pas été retrouvé. Des spéléologues le cherchent encore. »

Amarré à la panne du Nautic Club, sur le Vieux-Port, le *Palynodie* n'est pas un vulgaire yacht pour parvenus, mais un vrai voilier de course conçu par le célèbre architecte naval new-yorkais Olin Stephens. Ce sloop Marconi de classe 2 mesure quarante pieds de long (soit un peu plus de 12 m) et peut déployer jusqu'à 64 m^2 de voiles blanches. Aussi à l'aise par temps frais au près contre le vent que par brise médium, il possède un inconvénient majeur pour ses équipiers : ils sont rapidement trempés. Car on ne peut pas dire que le *Palynodie* glisse sur l'eau ou qu'il se contente d'en effleurer l'écume. Il a au contraire tendance à enfourner dans les vagues pour mieux s'imprégner de leur force.

Pour avoir le privilège de fouler le pont en teck de ce *racer* d'avant-garde, qu'importe la fortune ou la célébrité, il faut retirer ses chaussures et les laisser dans une caisse en bois, juste au pied de la passerelle d'accès. Ordre formel du propriétaire. Les deux hommes qui s'apprêtent à monter à bord connaissent parfaitement cette règle. Celui qui ôte une paire de richelieus Berluti faite sur mesure à Paris s'appelle Charles-Émile Loo. Il a 47 ans. À Marseille, seuls ses proches, c'est-à-dire la moitié de la ville, osent l'appeler Milou. Mâchoire carrée, cou épais, borgne de l'œil gauche, il est le « maître du port », le patron de la Socoma, une coopérative ouvrière créée de toutes pièces, en 1951, pour contrecarrer la mainmise de la CGT sur les docks marseillais. Fils d'un ouvrier nickeleur-polisseur et d'une femme de ménage, Milou vient de fêter son premier million, une tradition parmi les nouveaux riches phocéens. Au grand hôtel Méditerranée, celui qui est également adjoint au maire de Marseille a organisé une petite fête toute simple avec deux cents convives, dont l'homme qui l'accompagne aujourd'hui sur le *Palynodie*.

Dominique («Nick») Venturi, 46 ans, a, lui, retiré à l'entrée de la passerelle une paire de mocassins Alden à pampilles ramenée de son dernier séjour à New York. Il les porte, le plus souvent, sans chaussettes. De Nick Venturi, on dit qu'il est le seul Marseillais à pouvoir entrer à l'hôtel de ville en demandant simplement : « Il est là, Gaston ? » avant de pousser la porte qui mène au bureau du maire, sans même attendre une réponse à sa question. Quand le nom de Venturi apparaît (un peu trop souvent en ce moment) dans les pages « faits divers » du *Provençal*, il se transforme magiquement en « Ventura ». Ce n'est pas de la désinformation, encore moins de la censure, juste une forme de délicatesse pour ne pas inutilement embarrasser le maire et son ami. Une façon aussi de se montrer reconnaissant, car Nick Venturi faisait partie du commando qui a libéré le journal des collabos, le 22 août 1944. Évidemment, la manœuvre consistant à remplacer le « i » par un « a » se révèle beaucoup plus compliquée à effectuer lorsque le nom de Venturi s'étale en toutes lettres dans le rapport d'un agent du Bureau des narcotiques américain datant du 6 février 1962. Pour les narcos US, Dominique Venturi serait l'un des principaux chefs de la *French connection*. Mais où sont les preuves ?

Nick et Milou ont rendez-vous avec le patron. Gaston Defferre les reçoit en slip. À quelques heures du meeting et de l'opération spéciale qui vont décider de la suite de sa carrière, le ministre de l'Intérieur et maire de Marseille rentre d'une sortie en mer. Avec une serviette en éponge, il se frotte énergiquement la panse, puis enfile une chemise Lacoste blanche et un pantalon de toile bleu. Le *Palynodie* est l'endroit au monde que monsieur Gaston préfère pour se détendre avant une nouvelle tempête. Et peu importe si l'élégante mais étroite cabine aux couleurs acajou et blanc peine à contenir le propriétaire des lieux et ses deux invités. Les trois se serrent autour de la table sur laquelle sont d'habitude déployées les cartes marines.

« Alors, ce sera plein, ce soir ? » interroge Defferre.

« Évidemment, tout Marseille est derrière toi, Gaston ! » tente de rassurer le fidèle Milou.

« Ce n'est pas seulement de Marseille, mais de la France, dont j'ai besoin. »

« La France, elle reviendra. C'est une marie-couche-toi-là qui s'offre au plus puissant. Dans quelques heures, elle te suppliera, à genoux, de la reprendre. Tu auras dans la bouche un goût fort agréable, celui d'une belle victoire ! »

« Et pour la sécurité ? Il y a souvent des problèmes salle Vallier… »

Là, c'est Nick qui répond à Gaston :

« On aura deux compagnies de BPI plus nos "équipes". Tu n'as pas à t'inquiéter… »

« Pourquoi ? J'ai l'air inquiet ? »

« Non, mais comme tu me demandes pour la sécurité, je te réponds… »

« Et tu me réponds mal ! »

« OK, désolé, je me suis mal exprimé. »

« C'est ton problème, Nick : tu t'exprimes mal, tu te comportes mal, et tu nous fous tous dans la merde. »

« Écoute, Gaston. C'est toi qui nous as invités, alors, forcément, tu as dû le remarquer : on est tous les trois sur le même bateau. N'oublie pas la solidarité des gens de mer, ne cherche pas à la jouer trop solo. »

« Tu me menaces ? »

« Non, non, monsieur le président de la République, je vous rafraîchis juste la mémoire. Je combats l'amnésie. »

« Alors, je vais te rappeler une vérité essentielle : c'est moi qui décide. Toi, tu exécutes. Il faut connaître sa place dans la vie. C'est tout. »

« Je sais que tu n'es jamais inquiet, Gaston, mais ne t'inquiète pas quand même : si le bateau coule, ce ne sera pas de ma faute. Mes petites affaires, ce n'est rien par rapport à ce que tu nous prépares pour ce soir. »

« Comment oses-tu comparer tes trafics de contrebandier avec une opération menée par de vrais patriotes pour sauver la France ! »

La conversation est interrompue par l'arrivée d'un quatrième homme. Ni grand, ni petit, ni maigre, ni gros, ni jeune, ni vieux, vêtu d'un costume gris, d'une cravate noire, d'une chemise blanche. Tout dans son allure transpire la volonté de ne pas se faire remarquer. Pour le commissaire divisionnaire Étienne Duflot, 43 ans, la discrétion et la transparence représentent l'alpha et l'oméga de la profession de contre-espion. Certains de ses collègues racontent même qu'ils l'ont vu marcher dans la neige de ses Vosges natales sans laisser la moindre trace de pas. Gaston Defferre dévisage pourtant le haut fonctionnaire de la tête aux pieds. Ou, plutôt, il ne regarde que ses pieds. Pousse un hurlement qui fait gonfler les voiles de tous les bateaux du Vieux-Port :

« Mais qu'est-ce que vous foutez avec vos pompes dégueulasses sur mon voilier !? »

Le nouveau venu sursaute, retire ses chaussures avec précipitation et demande du bout des lèvres :

« Je dois aussi enlever mes chaussettes ? »

Sans même attendre la réponse, il bénit la Providence qui, ce matin, lui a fait choisir une paire d'Olympia noires en fil d'Écosse presque neuves, alors qu'il avait d'abord extirpé du tiroir deux Kindy reprisées, presque trouées. À quoi tient l'honneur d'un sous-directeur de la DST ?

Conscient que son coup de gueule était un peu disproportionné eu égard à la faute commise, Gaston Defferre se montre plus avenant, presque souriant :

« Messieurs, je vous présente le commissaire divisionnaire Étienne Duflot. C'est lui qui sera en relation permanente avec Paris, ce soir, durant toute la durée de l'opération. Salle Vallier, il faudra donc lui trouver le bon endroit pour installer sa ligne de téléphone sécurisée. Pas trop près de la scène, pour qu'il soit au calme, mais pas trop loin non plus, car il nous rendra compte quasiment en temps réel. »

Nick Venturi et Milou se contentent d'un bref hochement de tête pour souhaiter la bienvenue au gradé de la DST et signifier au patron qu'ils ont bien compris l'ordre reçu.

Dans son souci de se faire pardonner son éclat de voix, Defferre rajoute encore une couche de fausse bonhomie :

« Alors, Duflot, comment se présente notre petite promenade nocturne ? »

« Au mieux, monsieur le ministre, au mieux », répond le commissaire divisionnaire, qui reste quand même sur ses gardes. « Les conditions météo sur zone sont annoncées parfaites. Et notre source garantit une vigilance moindre chez l'ennemi. »

« À quelle heure nos amis sont-ils censés décoller ? »

« Pas avant 22 heures, monsieur le ministre, vous serez encore en plein discours. Il y a juste un détail, monsieur le ministre, si je puis me permettre… »

« Permettez-vous, mon vieux, permettez-vous ! »

« Ce matin, quand je me suis présenté à la réception du Bristol pour prendre les clés de ma chambre, j'ai eu la surprise de tomber nez à nez avec cette jeune femme du *Monde* qui a perturbé votre conférence de presse… »

« Et vous pensiez que nous n'étions pas au courant, monsieur le commissaire divisionnaire ? » le coupe Nick Venturi. « Vous pensiez qu'une emmerdeuse pareille peut débarquer à Marseille par le train de 10 h 45, s'installer au Bristol, chambre 304, déjeuner au café de l'Univers, avec son fiancé Pierre Lefèvre, commander une douzaine d'huîtres de Bouzigues et un verre de chablis premier cru, sans que nous soyons au courant ? »

« C'est qui, Lefèvre ? Le grand con de RMC ? » demande Milou.

« Oui, c'est lui. On l'a bien en main, ce baltringue. Il est complètement accro à la petite Rosy. »

« La frisée d'Aubagne, la protégée des frères Biancheri ? »

« Mais non, tu confonds avec Léonie ! Rosy, c'est la petite brune avec des gros seins, celle qui tapine au Réal. Tu me diras, c'est vrai qu'elles se ressemblent toutes les deux : pas beura, mais bien bronzées… »

« Messieurs, je ne suis pas certain que vos histoires de demoiselles intéressent beaucoup le commissaire Duflot ! » intervient Gaston Defferre, qui déteste ce genre de conversations en présence d'un non-initié.

Le commissaire divisionnaire Étienne Duflot voudrait se faire toujours plus petit. Ses collègues de la DST avaient beau l'avoir prévenu de la particularité des missions marseillaises, il ne s'attendait pas à assister, en chaussettes, à un débat sur les mérites de telle ou telle prostituée pour compromettre un journaliste. Depuis le début de sa carrière, il y a vingt-cinq ans, le sous-directeur de la DST n'a cessé d'arpenter les égouts de la République, mais il n'a pas souvenir d'avoir déjà plongé si profond.

« Messieurs, je vous remercie pour votre hospitalité, mais je préfère retourner à mon hôtel pour me reposer un peu. La soirée s'annonce très longue… », lâche le commissaire Duflot afin de mettre fin à son supplice.

Mais, en se relevant trop brusquement, sa tête heurte avec violence le plafond du rouf. Le commissaire tente de donner le change. Il s'effleure le crâne, du bout des doigts, pour constater d'éventuels dégâts. L'absence de bosse et de sang le rassure, et il regagne l'arrière du bateau d'un pas qu'il voudrait assuré. Le coup l'a cependant assez étourdi pour que, au moment de récupérer ses chaussures, il manque de confondre ses godillots bon marché avec la magnifique paire de richelieus confectionnée pour Milou par la prestigieuse maison Berluti. Le prix d'une seule chaussure de luxe équivaut à un demi-salaire mensuel du haut fonctionnaire.

Chapitre 16

Dans le taxi l'emmenant avec Pierre jusqu'à la salle Vallier pour le meeting de Gaston Defferre, Louise Ben Kader est rattrapée par le malaise qui la poursuit depuis son arrivée. Entre le cours Belsunce et la gare Saint-Charles, le petit manège des vendeurs de cigarettes de contrebande, les épiceries qui débordent de fruits dont elle avait fini par oublier l'existence à Paris (figues de Barbarie, caroubes, jujubes, coings, nèfles…), les vieux jouant aux cartes devant des tasses vides et des cendriers pleins à la terrasse des cafés, tout aurait dû la replonger dans la nostalgie de son enfance et de son adolescence, à Philippeville. Sauf que Louise a détesté son enfance et son adolescence, que toute sa vie d'adulte est organisée pour les chasser à jamais de sa mémoire. D'où le choc au plexus, pas du tout anticipé, quand ce matin, à peine arrivé dans les faubourgs de Marseille, le train de Paris, après six heures quarante de voyage, s'est subitement retrouvé nez à nez avec la Méditerranée.

Louise n'avait plus revu la vieille garce depuis le 23 juin 1962. À bord du porte-avions *La Fayette* qui l'avait arrachée ainsi que sa famille du port d'Alger, Louise s'était imaginé un accueil triomphal, de l'autre côté de la Méditerranée, comme celui d'une vedette de music-hall après une longue tournée mondiale. Alors que les côtes françaises commençaient à se détacher sur l'horizon, Louise était montée sur le pont du navire, impatiente de découvrir les quais du Vieux-Port noirs de monde, tous ces hommes, femmes, enfants, qui agiteraient des petits drapeaux tricolores en chantant *La Marseillaise* pour accueillir leurs frères et sœurs venus d'Algérie. Au lieu de cela, le porte-avions avait accosté dans l'enclave militaire du port autonome, le plus loin possible du centre de Marseille. Personne n'attendait les deux cent cinquante-neuf harkis et leurs familles, à part quelques soldats qui leur avaient distribué à boire et à manger, comme si les passagers débarqués étaient des mendiants ou des prisonniers. Jamais de sa courte vie, Louise n'avait ressenti une telle honte. Honte des valises en carton fermées par de la ficelle qui gisaient par centaines sur le quai, honte des femmes voilées se cachant des rayons du soleil et du regard des hommes qui ne les regardaient plus depuis mille ans, honte de la caméra des informations télévisées en train de les filmer comme des bêtes exotiques échappées d'un zoo, et honte surtout de son père. Le chef de la harka numéro 4 de Philippeville, le fier Abdelkrim Ben Kader, avait gardé son uniforme de l'armée française et saluait au garde-à-vous chaque militaire rencontré. Il voulait y mettre toute la dignité qui lui restait, sans comprendre que le temps de l'humiliation avait déjà commencé. Puis des camions de l'armée les avaient conduits jusqu'à une gare dont Louise avait oublié le nom. Sur le bord de la route, seuls quelques égarés s'arrêtaient de ne rien faire pour regarder passer le convoi. Ils n'agitaient pas des petits drapeaux tricolores et ne chantaient pas *La Marseillaise*. Leur regard était encore plus dur, dénué d'humanité, que celui des pires colons de Philippeville. Depuis, Louise détestait Marseille, et Marseille détestait Louise. La visite de la journaliste au *Provençal* ne les avait pas vraiment réconciliés.

Au 75 rue Francis-Davso, à peine ressortie de l'ascenseur d'habitude réservé au propriétaire, Gaston Defferre, l'envoyée spéciale du *Monde* avait d'abord reçu un accueil plus que chaleureux. Ne manquaient que la fanfare et les majorettes. C'était à qui se montrerait le plus aimable avec elle. Le directeur adjoint, André Poitevin, l'avait personnellement assurée du plaisir qu'il avait à recevoir une si brillante consœur et que, évidemment, toutes les archives du journal étaient mises à sa disposition. Tout ça pour se retrouver, dix minutes plus tard, avec un archiviste osant à peine regarder le bout de ses pieds au moment d'avouer que la précieuse pochette marron kraft où étaient rassemblés les articles sur José Carvalho avait été empruntée la semaine précédente et malheureusement pas encore rendue. Louise avait alors demandé à pouvoir consulter les collections des années 1966 et 1967, car elle savait que Carvalho avait pas mal occupé les pages « faits divers » durant cette période, mais décidément, manque de chance, les deux volumes reliés avaient mystérieusement disparu. Le directeur adjoint du *Provençal*, extrêmement confus, promit que, à peine retrouvées la pochette marron kraft et les collections manquantes (ce ne serait qu'une question de jours, voire d'heures), Louise serait aussitôt informée.

Alors que leur taxi se trouve coincé derrière un bus, au milieu de la rue Fondère, le compte rendu de cette expédition manquée au *Provençal* permet à Pierre de se lancer dans une nouvelle leçon de « Je te l'avais bien dit » qui met encore un peu plus à rude épreuve les nerfs de Louise.

« Et toi, tu as poursuivi ta plongée au cœur de la mafia locale ? » ironise la jeune femme pour abréger la démonstration.

Pierre Lefèvre sourit, encaisse la moquerie. Il a encore besoin d'un peu de temps. Le mensonge qu'il s'apprête à prononcer a du mal à sortir. Tous les mots en sont formés, mais se trouvent encore coincés entre le fond de sa gorge et le tréfonds de sa conscience. Mentir est un exercice qui ne lui est pas si familier. En tant que journaliste travaillant pour une station de radio populaire, il lui est arrivé plus d'une fois d'embellir la vérité, jamais de la travestir. Dans sa vie privée, il a pu se montrer lâche et grossier, sans céder à la tromperie, du moins jusque très récemment. Ce n'est pas un mince exploit en pleine révolution sexuelle.

Bien que fils de communistes, élevé dans le culte du collectivisme et du partage des biens, Pierre Lefèvre assume une conception capitalistique des rapports amoureux. Pour lui, chaque couple possède un capital émotionnel de départ plus ou moins important selon l'apport des deux amants/associés. Grâce à un coup de foudre de haute intensité, tel couple s'élancera avec un capital digne d'une multinationale, très long à dilapider, tandis que tel autre, constitué sur un flirt de circonstance (soirée alcoolisée, attirance sexuelle éphémère...), sera d'emblée fragilisé par une mise de gagne-petit. Si l'union que Pierre forme avec Louise avait été cotée en Bourse, ses actionnaires pourraient légitimement s'estimer lésés. Voilà un investissement en apparence solide, réfléchi, amené à prospérer, que l'un des deux gérants, en l'occurrence lui, est en train de bêtement torpiller.

Contrairement à ce qu'il va affirmer à Louise, Pierre n'est pas rentré au Bristol pour se reposer, et il n'a pas transmis un premier bobino à Paris. Pierre a foncé à grandes enjambées vers l'Opéra, avant d'obliquer à gauche et d'entrer à l'hôtel Réal, au 10 rue de la Tour. Le Réal est un hôtel de passe détenu par Gaetano (« Tany ») Zampa, encore en prison pour quelques mois, mais déjà considéré comme le futur roi de la pègre marseillaise. Le Réal a été sa première « affaire », il en est devenu propriétaire lorsqu'il avait seulement 25 ans. Il a voulu en faire une vitrine de ses ambitions de petit voyou amené à régner sur toute la ville. Le Réal n'a rien d'un bouge sordide. Ses chambres sont presque coquettes avec leur dessus-de-lit en boutis provençal, les ampoules de la table de chevet et du plafonnier se trouvent régulièrement changées, et le coin salle de bains (évier et bidet) affiche une blancheur inversement proportionnelle à la vertu de ses utilisatrices.

Essoufflé d'avoir marché un peu trop vite, Pierre a ouvert sans frapper la porte de la chambre 23. Roselyne Albertini l'attendait, assise d'une fesse sur le coin du lit. Rosy est petite, brune, les joues rondes, les yeux verts, très jolie. Elle portait une culotte de coton blanc et un corset en dentelle noire qui comprimait ses seins sans chercher à les contenir. Rosy fumait une cigarette en faisant attention à ce que les cendres tombent bien dans le cendrier et pas par terre, la moindre brûlure du lino pouvant lui valoir une amende d'un montant équivalent au prix d'une passe.

Pierre a rencontré Rosy à l'Annabel's, la boîte de nuit située juste au-dessus du Grand Hôtel Méditerranée. Il sortait d'une grosse journée, avait couvert pour RMC une saisie de drogue, deux cents kilos d'opium planqués dans les cales d'un navire turc amarré quai des Belges. La came était dissimulée sous une cargaison de peaux de chèvres. L'odeur épouvantable imprégnait encore ses vêtements quand il avait remarqué Rosy, accoudée au bar. Elle fumait déjà une Dunhill menthol avec le même souci de ne pas en éparpiller les cendres. Pierre avait dû s'enfiler trois gin-tonics avant d'avoir le courage de l'aborder. Évidemment qu'il a vu les emmerdes arriver, mais était-ce une raison suffisante pour les éviter ?

« On a tous fauté en reportage, mais se lancer dans une romance tarifée avec une fille maquée par Zampa, c'est pire que manier de la nitroglycérine dans un four à pizza », avait prévenu son copain, le sage Christian Rodat, reporter au *Provençal* et correspondant local d'Europe 1.

Pierre lui avait répondu dans un sourire qui se voulait rassurant :

« Ne t'en fais pas, je gère, je ne suis pas amoureux ! », ce qui signifiait qu'il l'était quand même un peu.

Si l'on s'en tient à sa métaphore capitalistique du couple, celui que Pierre formait avec Rosy avait d'abord entièrement reposé sur son investissement. Jusqu'à 60 francs la passe. Ce qui n'excluait pas les sentiments. Après l'acte sexuel, Pierre mettait de plus en plus de temps à se rhabiller. Rosy restait nue et parlait beaucoup. Elle pouvait descendre à la cuisine et lui apporter un café qu'il buvait à petites gorgées. C'était incroyable comment, après seulement quelques rendez-vous (le mot « passe » fut très vite banni de leur vocabulaire), ils étaient parvenus à se créer des bulles de normalité. Leur sujet de conversation favori consistait à s'alarmer des difficultés posées par le frère cadet de Rosy, le jeune Matteo. La grande sœur était intarissable sur le sujet : Matteo ne travaillait pas assez bien à l'école, Matteo avait encore séché les cours mardi dernier, Matteo sortait avec une fille sans aucune once de classe, une délurée qui s'habillait vulgairement, Matteo désespérait ses parents. Pour Pierre, c'était très touchant d'entendre Rosy parler en grande sœur responsable, inquiète pour l'avenir de son cadet, comme si elle était médecin à l'hôpital de la Timone, ou professeure à l'université d'Aix, et pas prostituée à 60 francs la demi-heure dans les bas-fonds marseillais. Mais il était évidemment hors de question que Pierre ramène Rosy à la réalité. Il se contentait de la serrer dans ses bras, avant qu'elle ne se dégage en faisant la moue :

« Je sais que tu payes pour me baiser, mais tu pourrais quand même faire semblant de m'écouter… »

Pierre protestait, l'embrassait dans le cou. Les heures passées au Réal étaient devenues ses préférées.

Bien sûr qu'il éprouvait de la culpabilité envers Louise. Il n'avait rien à lui reprocher. C'était même ça, le vrai problème. Comparée à Rosy, Louise était une fiancée zéro défaut, intelligente, brillante, fière, audacieuse, concernée, belle sans la ramener, toujours prête à lui pardonner le moindre de ses défauts, ce qui ne l'encourageait pas à les corriger. Sa perfection avait abîmé leur relation. À seulement 24 ans, Pierre considérait qu'il avait encore beaucoup d'erreurs à commettre, tant de mauvais chemins à emprunter. La sagesse, la prudence et la fidélité lui apparaissaient comme des objectifs qu'il avait très largement le temps d'atteindre, sans se presser.

Plus d'une fois au téléphone, Pierre avait été tenté de rompre. Seule la lâcheté l'avait retenu. Quand Louise lui avait annoncé sa venue à Marseille, un sentiment d'accablement l'avait saisi de la tête aux pieds. En la voyant descendre du train, il avait tout de suite remarqué ses efforts d'habillement. Son taux de culpabilité, déjà important, était encore remontré d'un cran. Dieu sait combien il avait désiré cette fille, mais, là, lui faire l'amour derrière les volets clos du Bristol avait été un supplice. Il n'arrêtait pas de penser à Rosy et ne savait plus trop si le vrai péché consistait à tromper sa fiancée avec une prostituée ou une prostituée avec sa fiancée. Il fallait encore tenir quelques heures, jusqu'à ce que Louise reparte à Paris. D'ici là, tout était bon pour gagner du temps, même ce mensonge qu'il se sent maintenant prêt à extirper de sa gorge comme un crachat de sang annonçant une grave maladie :

« Non, j'ai fait la sieste à l'hôtel et j'ai envoyé deux-trois sons à Paris. Ils avaient l'air plutôt contents. Jean-Marc te passe le bonjour. »

L'embouteillage les sauve d'une conversation que ni l'un ni l'autre n'ont envie de poursuivre.

« Je ne peux plus avancer. Vous feriez mieux de descendre ici », lâche le chauffeur de taxi, un type à la tête chevaline qui n'a cessé de les observer dans le rétroviseur.

Pierre insiste pour régler la course. Louise fait semblant de protester. Ils sortent du véhicule et sont surpris par la douceur de la nuit. Ils marchent à leur rythme. Pierre porte en bandoulière les douze kilos de son lourd magnétophone Nagra. Louise espère que la salle ne se trouve pas trop loin, car sa hanche la fait à nouveau souffrir. Elle commence à regretter ses béquilles, se trouve stupide d'avoir voulu impressionner Pierre en marchant sans leur aide, alors qu'elle a toujours mal et que son « fiancé » la regarde avec autant de désir que si elle se traînait avec une jambe de bois.

La foule rejoint et dépasse ce couple, jeune d'apparence, qui avance au rythme de deux vieillards essoufflés. Des militants s'exercent la voix en entonnant les premiers « Defferre, président ! Defferre, président ! ». Plusieurs stands proposent des sandwiches aux saucisses calcinées ou pas assez cuites. L'odeur d'oignons grillés s'entortille à la fumée des braseros.

« On se croirait à un match de foot », remarque Pierre.

Louise ne l'écoute pas. Elle repense au meeting de Charléty, à ces gens qui eux aussi se rendaient tranquillement à une réunion politique. Elle a un goût de fer dans la bouche, sa tête commence à tourner. Pierre sent son malaise et tente de la rassurer :

« Tu vois le clocher de l'église là-bas ? La salle se trouve juste à côté. »

Pour l'atteindre, Pierre et Louise doivent franchir un premier barrage de BPI. Les deux journalistes montrent leurs cartes de presse, ce qui leur vaut un grognement de l'officier en charge. D'autres BPI rôdent en patrouilles par trois. Des tireurs d'élite sont positionnés sur chaque toit. Plus Pierre et Louise avancent, plus l'atmosphère se tend. Encore quelques foulées, et les deux journalistes aperçoivent enfin la façade de la salle Vallier. Ses portes vitrées laissent entrer les spectateurs par jets réguliers.

« Les Stones ont joué ici, il y a trois ans, raconte Pierre. Les organisateurs avaient eu la riche idée d'organiser deux concerts dans la même soirée. Quand les spectateurs du premier show ont été priés de laisser la place, ils ont refusé. Le ton est monté. Les fans ont explosé les portes vitrées, et Mick Jagger s'est pris une canette en pleine arcade sourcilière ! Pas certain qu'on s'amuse autant ce soir… »

Le sourire de Pierre s'est à peine formé qu'il se fige aussitôt en un rictus de grosse inquiétude. L'attention du journaliste est attirée par un groupe d'hommes (il en compte rapidement sept) qui bloquent l'entrée réservée à la presse. Pierre reconnaît celui qui se comporte comme leur chef : Amédée Rossi, surnommé « Sourcils » à cause de ses touffes de poils broussailleux alignées de manière continue au-dessus d'une paire de petits yeux bleus taillés dans la cruauté. Été comme hiver, de jour comme de nuit, Sourcils porte des Ray-Ban aux immenses verres fumés. Il les a fait faire sur mesure pour tenter de dissimuler en partie la jungle disgracieuse de son monosourcil.

« Ce ne sont plus des verres de lunettes, mais des hublots de paquebot ! Même sur le *France*, ils n'en ont pas de si grands ! » se moquent ses ennemis dans son dos, car, en face, personne n'ose faire à Sourcils la moindre remarque pilaire. Lui et ses hommes, à peine moins velus, forment la très crainte équipe du bar Le Bonaparte, planté à mi-pente du quartier du Panier. Tour à tour ou en même temps proxénètes, tueurs à gages, convoyeurs de morphine base, gardes du corps, porte-flingues anti-OAS, briseurs de grèves, bourreurs d'urnes et tabasseurs de colleurs d'affiches, ils ne sont affidés à aucun clan ou parti en particulier, rendent des services selon leur humeur ou leurs intérêts, à Zampa ou Venturi aujourd'hui, aux frères Guérini hier, aux hommes politiques depuis toujours. Pierre a déjà croisé Sourcils au Réal, un des nombreux établissements du quartier de l'Opéra, dont le nervi assure la « sécurité ». Le retrouver devant la salle Vallier n'est évidemment pas une bonne nouvelle. D'autant que Sourcils lui sourit et daigne exceptionnellement retirer ses Ray-Ban, deux faveurs qu'il ne réserve qu'à sa mère, à son opticien et à ses meilleurs ennemis.

« Oh ! Mon Pierrot ! Qu'est-ce que tu fais ici ? Tu prends le frais ou tu viens sauver la France ? »

« Je travaille, Dédé, je travaille… »

« Qu'est-ce que tu fais comme métier ? Je te croyais journaliste, mais c'est une sacoche de plombier que tu portes, non ? » rigole le voyou en fixant l'encombrant magnétophone Nagra.

« Tu as raison, Dédé, je fais les deux. La République prend l'eau et je viens colmater les fuites… »

« C'est bien, ça, mon Pierrot, c'est bien. Mais pourquoi tu ne nous présentes pas à ton amie, ou à ta sœur peut-être ? »

« Je m'appelle Louise Ben Kader et je suis journaliste au *Monde* », intervient la jeune femme sans y avoir été invitée.

« Vous êtes plombier aussi ? Ou comment on dit pour les femmes ? Plombière ? » s'esclaffe Sourcils en se tournant vers ses hommes, qui ricanent avec zèle. Sourcils a encore envie de les divertir : « Et Rosy, mon Pierrot, tu ne l'as pas invitée ? Elle n'est pas assez bien pour la salle Vallier ? La malheureuse, c'est au Réal qu'elle bouche les fuites ? »

Alors qu'il s'était jusque-là adressé à Louise sans daigner la regarder, Sourcils plonge ses yeux dans les siens :

« Mademoiselle du *Monde*, vous la connaissez, Rosy ? C'est une fille très bien, vous savez. Ah ça, avec Pierrot, ils forment un joli couple… Ce sont nos deux amants de la Canebière. On espère même les marier, qu'ils aient des beaux enfants, des fils et des filles de pute, comme leur mère… »

Pierre Lefèvre sent un ruisseau d'eau glacée dévaler du haut de ses épaules jusqu'au bas de son dos. Il hésite entre avancer d'un pas ou s'enfuir à toutes enjambées, quand un sbire de l'équipe du Bonaparte se glisse derrière lui et tranche d'un coup de lame de rasoir la sangle de son magnétophone. Le Nagra s'écrase au sol dans un fracas métallique. On devine la mécanique de précision se transformer en un puzzle de pièces détachées. Le bruit attire l'attention de spectateurs, qui décident de ne plus entrer tout de suite dans la salle. Un attroupement se forme vite autour de Pierre Lefèvre, de Louise Ben Kader et des voyous qui les encerclent. On se croirait dans une cour de récréation quand la perspective de voir les premiers de la classe se faire tabasser par les cancres du fond horrifie et régale en même temps les autres élèves. Pierre et Louise ont peur, et cette peur excite la meute. Une femme d'une cinquantaine d'années, au rouge à lèvres vermillon et à la mise en plis impeccable, se fraie un chemin au milieu de la foule et se plante devant Louise :

« Mais c'est la petite basanée qui s'est moquée de Gaston à la télé ! »

Cette révélation fait encore grimper la température d'un cran. Assister au lynchage de deux inconnus, c'est déjà excitant, mais si en plus ce sont des célébrités ! Louise ne pensait pas qu'après Charléty elle pourrait vivre, seulement deux semaines plus tard, un cauchemar encore pire. Il y a quelque temps, tout son être se serait révolté. Elle se serait transformée en une boule de nerfs qui aurait renversé tous ces idiots, ces lâches, la lie de l'humanité. Mais, là, Louise se sent juste fatiguée, épuisée. Elle n'a plus la force de les haïr et renonce même à sa peur. Elle voudrait seulement s'allonger, qu'on la laisse tranquille, que sa hanche ne lui fasse plus mal, que sa tête cesse de tourner. S'ils veulent la frapper, qu'ils la frappent. Et qu'ils frappent aussi Pierre, dont elle n'espère plus rien, et surtout pas qu'il la défende. Jamais la passion amoureuse ne l'a aveuglée au point d'ignorer que l'audace verbale du beau parleur était proportionnelle à son manque de courage physique. Louise préférerait oublier ces incidents de soirées étudiantes, quand d'autres garçons lui avaient manqué de respect et que Pierre s'en était sorti par une pirouette ou en pactisant avec l'ennemi, autour d'une nouvelle tournée de vodka-pomme. D'où la surprise de la jeune femme de sentir dans sa main molle, abandonnée, une autre main beaucoup plus ferme. Pierre la tire vers l'avant, l'entraîne sans lui laisser le choix. Louise est encore plus stupéfaite d'entendre son ami entonner à haute voix *Le Chant des partisans* :

« Ami, entends-tu le vol noir des corbeaux sur nos plaines… »

Ces paroles semblent paralyser la foule des agresseurs. Même Sourcils en reste interdit. Le voyou aux Ray-Ban en forme de hublots de transatlantique a déjà tiré dans le dos d'un ennemi, abattu de sang-froid plusieurs types désarmés, et le code d'honneur du milieu qui interdit de s'en prendre aux femmes ou aux enfants d'un rival lui apparaît désuet, d'un autre temps, mais, lui, l'ancien résistant, commettrait à ses yeux le pire des péchés et mériterait son aller simple pour l'enfer s'il frappait un homme capable d'entonner sans trembler les paroles du chant sacré. « Ohé partisans, ouvriers et paysans, c'est l'alarme… »

Pierre et Louise profitent de l'effet de surprise pour traverser la foule. Le journaliste, qui revendique d'habitude sans honte une forme supérieure de lâcheté (« C'est la sagesse des faibles », aime-t-il à répéter), semble le premier stupéfait par l'exceptionnel courage qu'il est en train de démontrer. Il a du mal à se l'expliquer. Peut-être que Pierre se nourrit du sentiment de culpabilité qu'il éprouve envers Louise, ou du dégoût qu'il ressent pour Sourcils et ses sbires qu'il prenait jusque-là pour des bandits avec un minimum d'honneur, et pas pour ce qu'ils sont vraiment : des hyènes sans foi ni loi planquées derrière des lunettes aux verres ridiculement grands.

« Sortez de la paille les fusils, la mitraille, les grenades, / Ohé, les tueurs, à vos armes et vos couteaux, tirez vite… »

Tandis que la bande du Bonaparte s'époumone sur son couplet favori du *Chant des partisans*, repris en chœur par les apprentis lyncheurs du parvis, Pierre et Louise entrent enfin dans la salle Vallier. Pas besoin de se parler, ils savent qu'ils ne sont plus deux, mais trois. Que Rosy va désormais les accompagner partout. Qu'en prononçant son prénom Sourcils a libéré un mauvais génie de son hôtel de passe, qu'il y aura un avant et un après, et que pour leur couple l'après durera beaucoup moins longtemps que l'avant. Mais là, toujours main dans la main, ils sont dans l'instant. Rien ne compte que leur respiration à l'unisson, leur cœur qui bat pour les rassurer, leurs yeux qui se mettent à pleurer quand ils sont accueillis par un épais nuage de fumée, comme si chaque spectateur grillait plusieurs cigarettes à la fois.

« La salle est pleine, Milou a fait du bon boulot », remarque Pierre, qui retrouve sa posture favorite d'expert de la faune marseillaise. Pour occuper les bancs des gradins et les mille chaises attachées par des linteaux de bois sur un terrain de volley dont on devine les lignes tracées à la peinture jaune, Charles-Émile Loo a en effet mobilisé toutes les sections SFIO de la ville et des environs. Au fond de la salle, comme effrayés de se trouver si loin de chez eux, sont regroupés les massistes de Château-Gombert, un village devenu quartier puis banlieue du nord-est de Marseille.

« Tiens, voilà les santons ! » se sont moqués les camarades du centre-ville en voyant débarquer les Gombertois endimanchés derrière leur député, ex-président du conseil général, baron du defferrisme, adjoint à la mairie de Marseille en charge de la voirie, Jean Masse, lui-même fils de Marius Masse, représentant en spiritueux et bistrotier, inventeur du mésestimé « Coup de masse », un apéritif anisé qui faillit rivaliser avec le pastis de Paul Ricard.

Quelques rangs devant, mais à une distance encore respectable de l'estrade, voici les fortes têtes de la IIIe section, celle des quartiers populaires du vieux Marseille, le Panier, la Joliette, Saint-Mauront, beaucoup d'Italiens antifascistes, de Tunisiens anticolonialistes et de Corses antitout, qui s'invectivent, parlent fort et tardent à s'asseoir. Mais les rois de la salle, ce sont évidemment les militants de la Xe section, la plus étendue de la ville, celle où Gaston Defferre milite depuis 1933. Dans ses rangs compacts, il ne manque pas un ouvrier du Rouet, pas un grand bourgeois échappé de sa belle villa du Prado, pas un pêcheur qui n'ait laissé à regret son cabanon du sud de la ville, pas un habitué du bar des Autobus, siège historique de la section. Tous vous raconteront, avec plus ou moins d'emphase et de respect pour la véracité des faits, une histoire personnelle sur leur cher Gaston, certains osent même le surnommer Gastounet. Comment, jeune homme de 23 ans, il distribuait *Le Populaire* en chapeau et costume blanc, comment, à peine plus âgé et toujours aussi élégant, il a fait le coup de poing, place Castellane, contre les royalistes de l'Action française, et comment, bien des années plus tard, président de section, député, maire, puis ministre, il a maté jusque dans son fief toutes les dissidences, rebellions, tous les putschs, quitte à faire intervenir Nick Venturi et ses équipes pour simuler une bagarre et renverser « accidentellement » une urne trop remplie par les suffrages d'un rival qui osait contester son joug total.

« Les places réservées à la presse se trouvent dans les premiers rangs des gradins, à la droite de l'estrade. On y va ? » demande Pierre à Louise comme si elle avait le moindre choix et que leurs mains ne fussent pas toujours aussi fortement serrées. Ils se fraient un chemin au milieu de la foule qui encombre l'allée centrale. Certains spectateurs s'écartent brusquement, comme si le couple était frappé par la peste, quand d'autres au contraire, par défi, restent plantés au milieu du chemin sans céder un pouce, malgré les « Pardon, désolé, excusez-moi... » prononcés par Pierre dans un sourire crispé.

Lorsqu'ils sont enfin installés à leurs places, les deux journalistes prennent le temps de scruter la salle. Près de la porte d'entrée, toujours debout, ils aperçoivent Charles-Émile Loo. De son seul œil droit épargné par les miliciens vichystes pendant l'Occupation, l'ex-résistant, grand ordonnateur des messes defferristes, savoure sa mission accomplie. Gaston sera fier de son Milou : la salle se trouve désormais remplie aux neuf dixièmes.

Il faut en revanche toute la perspicacité de Pierre pour débusquer la présence de Nick Venturi. Avec sa tête en croissant de lune, ses fines lèvres pincées, ses cheveux blonds ondulés, son regard alternativement triste et menaçant, le porte-flingue en chef se fait discret, caché dans la pénombre d'une entrée mal éclairée. Il ne porte plus des mocassins à pampilles, trop décontractés pour l'occasion, mais une paire de Lorenzo Lecco en cuir d'alligator *light grey*. Son costume blanc en shantung, une soie sauvage exportée de Chine et coupée sur mesure par un tailleur milanais, renvoie à la condition de plouc mal fagoté toute personne qui ose l'approcher à moins d'un mètre. À ce niveau de sophistication, l'élégance isole plus qu'elle n'attire, et ce vide autour de Nick Venturi lui laisse le temps de réfléchir, d'anticiper sans être trop dérangé. L'homme de confiance à tout faire s'est vu confier la mission la plus délicate de la soirée. Il envie Milou, qui devait seulement remplir la salle avec des bétaillères de militants bêtes et disciplinés. Lui, Nick, ne donne pas dans la quantité mais la qualité. Il doit gérer le bal délicat des entrées et sorties d'invités VIP très particuliers. Qu'ils se croisent ou se toisent, et ce serait la catastrophe assurée. Dans un premier temps, Nick a même tenté de les dissuader de venir. Bien sûr que Constantin Tramini, Jacky « le Mat » Imbert et Francis « le Belge » Vanderbergh sont chacun dans leur genre de respectables entrepreneurs locaux, soutiens de famille et bienfaiteurs de quartiers entiers. Mais vous connaissez les Parisiens et leur propension à employer des termes caricaturaux comme voyous, maffieux, bandits, caïds... D'où la crainte, longtemps prévalente, que Mitterrand et Rocard se servent de leur présence pour dénoncer la prétendue « porosité » marseillaise entre la politique et le milieu. Mais, depuis que Gaston a perdu quasiment toute chance de s'installer à l'Élysée, à quoi bon finasser, pourquoi prendre toutes ces précautions ? Plus besoin de se pincer le nez et de risquer de vexer ces éminents et susceptibles représentants de la vie locale.

Nick Venturi n'a fixé que deux conditions à leur venue : ni flingues (même de poche), ni escorte. Du coup, ces hommes parmi les plus redoutés des deux côtés de la Méditerranée se présentent un peu penauds à l'entrée de la salle Vallier. Sans leur lourde artillerie, ils se sentent étrangement légers, comme des scaphandriers qui auraient oublié leurs ceintures de plomb et tenteraient de ne pas remonter trop rapidement à la surface. Nick a demandé à son fidèle Sourcils d'aller les accueillir l'un après l'autre avant de les guider vers les premiers rangs de la salle, où l'inconfort des chaises en plastique se trouve en partie compensé par des coussins siglés « Olympique de Marseille ».

Les sièges réservés pour Pierre Lefèvre et Louise Ben Kader se trouvent tout à la droite de l'estrade, quasiment dans un angle mort. Mais le journaliste de RMC s'est suffisamment contorsionné pour ne rien rater de la scène. Le simple fait de pouvoir observer tout à son aise Nick Venturi, Constantin Tramoni, Jacky le Mat ou Francis le Belge le plonge dans une douce euphorie qu'il tente, vainement, de faire partager à sa consœur du *Monde* :

« Profitons du spectacle : c'est très rare d'observer autant de grands fauves ensemble, autour du même point d'eau ! » s'enthousiasme Pierre comme un gamin au zoo.

Louise veut bien reporter la scène d'explication qu'elle ne manquera pas d'avoir avec Pierre. Non qu'elle lui en veuille vraiment de l'avoir trompée. Il aurait fallu qu'elle soit encore très amoureuse pour que sa jalousie se déchaîne. Louise éprouve en revanche une forme de dégoût pour l'ensemble du tableau. Peut-être qu'elle méritait d'être trahie, mais sûrement pas humiliée. Son plus bel amour de jeunesse l'a cocufiée avec une prostituée, et tout Marseille semble au courant. Maintenant qu'elle se sent en sécurité, Louise n'a plus besoin de tenir la main de Pierre, juste de le mépriser. Son sort sera réglé bien assez tôt. En attendant, l'envoyée spéciale du *Monde* se raccroche à ce qui sera peut-être la seule passion de sa vie, à savoir son métier. Elle ne fixe qu'un court moment son attention sur le petit groupe de caïds marseillais. Son regard décroche aussitôt pour inspecter le reste de la salle.

« Tu cherches quelqu'un en particulier ? demande Pierre, toujours en quête d'une forme, même désespérée, de complicité.

« Oui », répond Louise, sans même prendre la peine de préciser l'identité de celui qu'elle traque de ses yeux verts, du premier au dernier rang.

« Ah oui, tiens, c'est bizarre que Carvalho ne soit pas avec Nick… », percute quand même Pierre. « À moins qu'on ne le voie bientôt débarquer avec Defferre », poursuit le journaliste de RMC. « Il paraît qu'ils sont réconciliés. Carvalho doit à nouveau jouer les gardes du corps pour Gaston. Il est déjà 20 h 37, les deux ne vont plus tarder à débarquer… »

La salle Vallier ne dispose pas de vraies loges pour les artistes ou hommes politiques qui s'y produisent. Ses vestiaires sont juste sommairement aménagés. Dans l'après-midi, un grand miroir a été apporté de la mairie pour être disposé sur le bureau d'écolier qui sert d'habitude à l'entraîneur de l'équipe de volley. Des corbeilles de fruits, des bouquets de fleurs et des bouteilles d'eau ont été alignés sur les tables des kinés recouvertes de longues nappes blanches. Une employée municipale a même disposé quatre paniers de lavande (un à chaque coin) afin de tenter de chasser les odeurs de sueur âcre, de chaussettes sales et de shampoing bon marché qui embaument d'ordinaire ce valeureux temple de l'exercice physique. Il fallait cependant être bien naïf pour penser que Gaston Defferre daignerait préparer, en ce lieu, le discours le plus important de sa carrière. Le maire de Marseille s'est douché, peigné, rasé, habillé et même maquillé, chez lui, dans le luxueux confort de sa villa de type génois, perchée au-dessus de la corniche Kennedy. Il a reculé jusqu'au dernier moment l'heure de partir pour la salle Vallier. Déjà tiré à quatre épingles, le candidat à l'élection présidentielle est resté de longues minutes sur la terrasse à admirer une vue à laquelle, il le sait, il devra bientôt renoncer. Entre le château d'If et les îles du Frioul, la Méditerranée était magnifique, juste suffisamment moutonnée pour faire décoller un voilier sans risquer de le briser. Encore une belle journée en mer de gâchée, a pensé le propriétaire du *Palynodie*, avant de se décider à rejoindre le convoi de trois voitures et de six motards qui l'attendait, moteurs et sirènes allumés, devant l'entrée du 52 traverse Nicolas.

« Qu'est-ce que vous attendez pour démarrer, mon vieux ? Et évitez de lambiner en chemin comme la dernière fois », bougonne Defferre, à peine installé, comme si c'était son chauffeur et pas lui-même le retardataire.

Après sept kilomètres de trajet avalés en moins de dix minutes chrono, le convoi du ministre de l'Intérieur stoppe brusquement devant la salle Vallier. Le freinage intempestif réveille Defferre, adepte régulier des micro-siestes. Il tâte de sa main droite la crosse du revolver qu'il porte en permanence à la ceinture. Depuis que l'OAS a plastiqué son appartement parisien, en 1961, et l'a menacé de mort jusque dans son bastion marseillais, Gaston Defferre sort toujours armé. Il a même pris des leçons de tir pour affronter les tueurs. Quand son chauffeur lui a récemment demandé s'il pouvait retirer la mitraillette Sten planquée sous le siège du passager avant, le patron s'est contenté de répondre :

« Pas question, ce n'est jamais terminé... »

À peine descendu de voiture, Gaston Defferre est accueilli sur le parvis par Charles-Émile Loo. La foule est désormais tellement compacte des deux côtés des portes vitrées que Milou a éprouvé les pires difficultés à se frayer un chemin depuis l'intérieur de la salle Vallier. Le grand ordonnateur des messes defferristes reprend son souffle au milieu des militants qui hurlent sans économiser le leur : « Defferre, président ! Defferre, président ! »

Milou voudrait partager cette euphorie avec le patron, lui expliquer que les premiers spectateurs sont arrivés deux heures avant l'ouverture des portes, que trois enceintes de la taille de la salle Vallier auraient à peine suffi à contenir tous ces supporters fidèles jusqu'au bout, mais le ministre de l'Intérieur le coupe sèchement dans son élan :

« Où est-ce que vous avez installé Duflot ? »

« Dans la loge, ou plutôt dans le vestiaire. Il a testé sa ligne directe avec Paris, ça marche parfaitement bien. »

« Ils ont décollé ? »

« Non, aux dernières nouvelles, ils sont encore sur la route, ils vont bientôt arriver à Saint-Dizier. »

« À quand remonte le dernier contact ? »

« À peine cinq minutes... »

« Alors, redemandez... »

La protection rapprochée de Gaston Defferre se trouve assurée par les fonctionnaires du service de sécurité du ministère de l'Intérieur (SSMI). Des gorilles à la pilosité réglementée (courte moustache tolérée, barbe et surtout cheveux longs interdits), parfumés à l'aftershave, dont les costumes de mauvaise coupe penchent encore plus dangereusement du côté du holster. Les hommes du SSMI se considèrent comme les meilleurs flics de France, se font une très haute idée de leur mission et s'étonnent que le ministre puisse même aller se coucher, le soir, sans qu'ils soient présents sous et sur l'oreiller. Depuis que César (le nom de code de Defferre) est devenu leur patron, les policiers d'élite savent que les missions à Marseille possèdent leur dose de particularisme local, mais ils ne sont quand même pas préparés à ce qui les attend, sur le parvis de la salle Vallier : les voilà, nez à nez, front contre front, avec une bande d'énergumènes supérieure en nombre (du simple au double, voire triple), dont l'élégance vestimentaire semble équivalente à la laideur des faciès, comme si l'un devait compenser l'autre. Les hommes du SSMI reconnaissent Nick Venturi. Ils le considèrent comme un voyou, se scandalisent qu'il ne soit pas déjà mort, mais le traitent avec la déférence que l'on doit à un homme qui, sur un simple claquement de doigts, peut vous rendre la soirée éminemment plus simple ou étonnamment moins compliquée.

« Ici, messieurs, c'est encore la France, mais, à l'intérieur, c'est Marseille », explique Nick de sa voix à la fois chantante et traînante, comme si chaque phrase représentait pour lui un effort qu'il était courtoisement prêt à assumer, mais pas trop longtemps quand même, il ne faut pas exagérer.

Venturi parle entouré de ses sbires, dont le sinistre Sourcils, ce qui donne encore plus de poids à ses mots. Inutile d'effrayer les badauds, les flingues restent pour l'instant bien rangés. Qui pourrait cependant douter qu'à la moindre étincelle un tonnerre de plomb ne va pas s'abattre sur le parvis ? Seul le ministre lui-même peut éviter le massacre en tranchant la question épineuse des prérogatives sécuritaires entre fonctionnaires assermentés débarqués de Paris et fines gâchettes accourues des quartiers environnants. D'une bourrade qu'il voudrait pourtant amicale et consolatrice, Gaston Defferre inflige au commissaire divisionnaire Berthillon l'une des pires humiliations de sa carrière :

« Il faut favoriser l'emploi local. Alors, attendez-moi ici, filtrez les entrées, et contrôlez les sorties », ordonne le premier flic de France au responsable du SSMI avant d'emboîter le pas de Nick Venturi.

Entouré de sa garde prétorienne, Gaston Defferre effectue une entrée à la Mick Jagger. La clameur est immense, les « Defferre, président ! » dégringolent des rangs du haut pour créer un boucan surpuissant qui sature les oreilles et électrise les sourcils de Dédé Rossi. Les Ray-Ban XXL de Sourcils sont pleines de buée. Il lui faudrait des essuie-glaces pour les nettoyer. Le chef de l'équipe du Bonaparte ne voit plus rien et éprouve toutes les difficultés à ne pas se laisser emporter par la foule qui veut approcher et même toucher le candidat. Il est obligé de repousser un père de famille qui revient à la charge avec son jeune fils en bouclier. Le garde du corps parvient une deuxième fois à écarter l'homme, sans toucher le gamin. Dans la rue, il n'aurait pas montré autant de délicatesse : un coup de boule pour le paternel et une paire de claques pour le merdeux. Sourcils déteste ces missions de protection, où il faut faire preuve « de discernement et de retenue » (dixit Nick). C'est comme aller au bordel et devoir se contenter de faire la conversation aux dames, sans monter avec elles dans les chambres. Du temps et de l'énergie perdus. Il veut bien continuer à gentiment tracer le chemin du ministre au milieu des supporters déchaînés, mais il ne faudrait quand même pas qu'il tombe à nouveau sur ce grand con de journaliste et sa copine qu'il a tout à l'heure épargnés. Sa mission ne consistait pas à les laisser inanimés sur le parvis, mais à au moins leur infliger la peur de leur vie. Il n'est pas certain d'y être parvenu et se déteste d'avoir cédé au sentimentalisme. Putain de *Chant des partisans*, à chaque fois qu'il l'entend, il a envie de chialer comme un pédé. Mais, bon, il y a toutes les images des copains qui lui reviennent : Paulo, Fredo, Innocent, Baptise, Jean-Marie, balancés aux Allemands par un traître et retrouvés enterrés à la va-vite, recouverts de chaux, dans un vallon près d'Aubagne. Pas un seul jour, pas une seule nuit depuis, sans que la vision de leurs corps suppliciés vienne le hanter.

N'empêche, s'il retombe sur le type de la radio, ce prétentieux aura beau entonner *Le Chant des partisans*, *La Marseillaise, O sole mio*, ou *Carmina Burana*, il lui passera l'envie de jouer les héros devant sa donzelle. Comment il s'appelle déjà ? Pierre Legendre ? Leclerc ? Le-je-ne-sais-plus-quoi ? Il n'a jamais pu le blairer, celui-là. À se donner des grands airs d'affranchi parce que Zampa le laisse baiser la petite Rosy à un tarif d'ami ! Sourcils aimerait bien l'emmener en balade en haut du cap Canaille pour voir si, en plus de si bien chanter, il sait aussi voler et nager avec son espèce de grosse sacoche de plombier attachée autour du cou.

Sourcils, le chef de la bande du Bonaparte, ne voit plus rien, marche au radar, balance quelques bourrades à l'aveugle pour permettre à Defferre d'avancer de quelques mètres. Est-ce une hallucination ou un signe du dieu vengeur, mais, du coin de son œil embroussaillé et embué, il a quand même l'impression d'apercevoir sa future victime assise tout en haut, à droite de la scène. Il doit exceptionnellement soulever ses Ray-Ban pour en être certain : oui, c'est bien le grand con et sa copine la pimbêche qui s'agitent au poulailler. Sourcils est parcouru d'un frisson qu'il ressent uniquement pour les grandes occasions : braquages, fusillades, exécutions. Il commence à oublier Defferre et à incurver sa course au milieu de la foule pour s'approcher de sa cible, quand un simple regard de Nick Venturi le cloue sur place. Le patron fait de la peine à voir : la sueur, les postillons et l'humidité ont transformé son beau costume de soie blanche en une affreuse éponge tout juste bonne à laver les étals des poissonniers à la fin du marché. Mais Nick, c'est Nick, et Sourcils comprend très vite que ses désirs de vengeance devront attendre la fin de sa mission de protection à la con. De derrière ses Ray-Ban à nouveau posées sur son nez empâté, il lance un dernier regard empli d'une haine pure, cristalline, vers les deux journalistes, et se remet au boulot en envoyant un uppercut discret dans le foie d'un malheureux qui pensait pour voir impunément s'approcher à moins d'un mètre du ministre de l'Intérieur.

Après s'être enfin extirpé de la foule, Gaston Defferre monte sur scène et entame son discours sans même prendre la peine de tester le micro. D'habitude, cette précipitation précède et provoque ses problèmes de diction. Mais, ce soir, devant une salle Vallier comble et électrisée, les mots sortent de sa bouche, intacts, même pas mâchouillés. Ils forment des phrases claires et percutantes :

« Françaises, Français, Marseillaises, Marseillais, mes camarades, mes amis. Malgré les coups bas, les injures et les mensonges, je suis venu ici vous rencontrer, en toute fraternité, pour vous assurer que ma détermination est toujours intacte ! (Applaudissements nourris du public.) Dimanche prochain, vous aurez à désigner votre nouveau président de la République. Certains voudraient faire croire que vous n'aurez pas le choix. Que vous devrez à nouveau vous soumettre à la droite la plus conservatrice du monde. Celle qui porte à Paris le masque rassurant d'un centrisme patelin, bonhomme, débonnaire, tandis que, de l'autre côté du Rhin, son bras armé tente encore et toujours de nous abattre. (Huées jusque dans le fond de la salle.) À moins que vous ne préfériez voter pour l'un de nos chers camarades de gauche ? (Nouvelles huées.) Nos "amis" qui se réjouissent de chacun de nos malheurs quand ils ne les provoquent pas eux-mêmes ! (Redoublement des huées.) Non, je vous le dis, entre la droite revancharde et la gauche défaitiste, il existe une troisième voie : la nôtre. Celle d'un socialisme moderne qui vous garantit l'ordre et la sécurité, mais vous promet aussi de transformer la société, de la faire progresser afin de donner à tous des chances égales dans l'existence. »

Louise Ben Kader a abandonné les recherches : elle ne se préoccupe plus de Carvalho. Toute son attention est fixée sur Gaston Defferre. Si Louise n'était pas journaliste et donc astreinte à une certaine objectivité, elle détesterait de tout son être le ministre de l'Intérieur, son mélange de brutalité et de compromission. Mais il faut reconnaître que, ce soir, son discours est bon, prononcé d'une voix étonnamment ferme.

« Finalement, tu vas voter Defferre ? » la taquine Pierre, qui semble également séduit malgré lui.

Le candidat à la présidence de la République sent qu'il tient la salle, qu'elle ne l'écoute plus seulement par sympathie, pour le consoler de sa future défaite. Tout le monde a désormais compris que l'espoir est en train de renaître. Et encore ces braves gens ne se doutent pas une seconde de ce qui va se passer cette nuit. Lui sait, et il en jubile d'avance. Cette euphorie le porte jusqu'à la conclusion de son discours, celle qu'il a rédigée avec le plus de soin :

« Depuis trop longtemps, les Français sont maintenus sous tutelle comme des mineurs irresponsables par une classe politique de plus en plus centralisée, de plus en plus technocratique. Paris, le gouvernement, les administrations centrales veulent tout décider. Seuls ceux qui appartiennent à un certain milieu social s'estiment capables de gouverner notre pays. Ils méprisent les Français et notamment les provinciaux, oserais-je préciser notamment les Provençaux ! (Rires plus bronca dans la salle.) Il est temps de redonner aux élus des collectivités territoriales la liberté et les responsabilités auxquelles ils ont droit. Je ne serai pas un nouveau monarque de la Ve République, caché, isolé à l'Élysée, comme autrefois le roi à Versailles. Non, je serai un président ferme, déterminé, mais je le serai à vos côtés, en travaillant quotidiennement avec vos maires et vos présidents de région. La France a eu besoin d'un pouvoir fort et décentralisé pour se faire. Elle a aujourd'hui besoin d'un pouvoir décentralisé pour ne pas se défaire ! Vive la France, vive la République et vive Marseille ! »

Ses derniers mots à peine prononcés, Gaston Defferre a déjà quitté la scène. Il écarte sans ménagement tous ceux qui veulent le féliciter et fonce vers le vestiaire. La pièce sent le renfermé et la lavande plus très fraîche. Le sous-directeur de la DST, Étienne Duflot, est penché au-dessus d'une carte d'état-major, l'oreille droite collée au téléphone. L'entrée brusque du ministre le fait sursauter. Defferre lui confisque le combiné et crie plus qu'il ne parle dans l'appareil :

« Alors, ils en sont où ? Je veux un rapport précis de leur position. Combien de minutes avant qu'ils n'arrivent sur site ? »

CHAPITRE 17

Au-dessus de l'Est de la France, lundi 9 juin

Les deux hélicoptères volent en rase-mottes pour échapper aux radars. La nuit les cache et les protège, mais leur tend aussi des pièges. À peine dépassée Lunéville, l'hélico de tête a failli s'empaler sur une antenne-relais mal signalée. Le pilote a lancé un juron. Ce fut le premier mot prononcé dans le cockpit depuis le départ une heure plus tôt. Même les communications radio sont coupées. José Carvalho est assis à côté du pilote. Le stress lui provoque une migraine à se taper la tête contre la carlingue. Malgré le casque anti-bruit posé sur ses oreilles, le vacarme à peine assourdi du rotor lui vrille le crâne. Comme si une pale était sur le point de sortir par l'orbite de son œil droit. Pour tenter de penser à autre chose, il regarde à travers le hublot.

Dans l'obscurité, José devine un pays, le sien, qu'il s'apprête à sauver sans avoir eu le temps de le connaître. L'ex-chef de la garde élyséenne a accompagné Pierre Mendès France lors de ses déplacements en province, mais Dijon, Nantes, Mont-de-Marsan, Arras, Lons-le-Saunier, Roanne ne lui sont jamais apparus qu'au travers de sa mission, peuplés de foules potentiellement menaçantes et de bâtiments susceptibles d'abriter un ou plusieurs tireurs. En un demi-siècle d'existence, le fils d'émigrés portugais n'a jamais vraiment vécu qu'à Marseille et Paris. Tout ce qui se trouve entre le Prado et la place Beauvau lui apparaît aussi accueillant et familier qu'un satellite de Jupiter. Alors, il écarquille les yeux et tente de discerner dans le noir complet ce qui ressemble à un corps de ferme, avec l'étable détachée de l'habitation principale. Puis un groupe de points éclairés indique un gros hameau ou un petit village. La masse sombre des forêts et les champs aux cultures impossibles à distinguer se succèdent, entrecoupés de routes désertes et de rivières qui semblent elles aussi roupiller. José se souvient de la grande carte des régions qui décorait sa salle de classe, à l'école primaire des Accoules, dans le quartier marseillais du Panier. La carte était colorée, la Champagne en rouge, la Lorraine en vert, l'Alsace en violet, alors que vu de l'hélico, un peu avant minuit, tout est d'un noir profond, dans lequel José et ses camarades d'expédition s'apprêtent à plonger.

« On va traverser la frontière », annonce sobrement le pilote.

Deux minutes plus tard, ce qui doit être le Rhin serpente effectivement en contrebas, à moins de 200 pieds. Les voici enfin en Allemagne, et José se retourne pour adresser un clin d'œil au Catcheur, au Viet' et au Beatnik assis sur la banquette arrière. Les membres de la désormais dissoute « garde Defferre » portent des uniformes d'officiers de l'armée française. Même s'ils n'iront pas jusqu'à se l'avouer, les quatre sont contents de se retrouver. L'assassinat de Mendès aurait pu les dresser les uns contre les autres. Cet échec tragique les a au contraire rapprochés. Comme si le poids de leur culpabilité était trop lourd à porter séparément, le partager à quatre l'allège un peu, et cette nouvelle mission en commun représente une occasion unique de montrer qu'ils valent encore quelque chose. La dernière de leurs dernières chances.

À l'arrière de l'hélicoptère, seul le Beatnik fait la gueule. Pour avoir l'air un minimum militaire, il a dû sacrifier ses immondes cheveux longs. Les mèches tombées à terre ressemblaient à des lianes de poils et de crasse.

« Je prends des ciseaux ou un sécateur ? » avait plaisanté le coiffeur avant d'être foudroyé du regard par le Beatnik.

On ne peut pas franchement dire que la boule à zéro le rende moins inquiétant. Bien au contraire. Sans frange pour les planquer, ses pupilles dilatées par les amphétamines et le LSD brillent avec encore plus d'intensité malsaine. Là, dans l'obscurité du cockpit seulement éclairé par la lumière du tableau de bord, on dirait un hibou qui aurait contracté la rage et attendrait le bon moment pour sauter au visage des autres passagers, toutes serres dehors.

Le Viet' s'est, lui, laissé raccourcir la mèche sans état d'âme, mais renfiler un uniforme français pour la première fois depuis sa désertion, le 25 juillet 1948, au plus fort de la bataille de Phu Tong Hoa, lui a comme brûlé l'épiderme.

« Ils taillent leurs vestes dans des Spontex ? Ça gratte, c'est insupportable », s'est plaint plusieurs fois celui qui préfère d'ordinaire la douceur des kimonos en soie.

Pour le Catcheur, un autre type de problème s'est présenté : la taille. La première veste qu'il a essayée avait l'air, sur lui, d'un déguisement pour enfant. Un tailleur de l'armée de l'air a été réquisitionné pour confectionner, en une poignée d'heures, un uniforme à la dimension, hors norme, du géant (officiellement 2,02 m pour 123 kilos). José et ses hommes sont censés appartenir au 453e groupe d'artillerie anti-aérienne légère (GAAL). Ils en portent le béret noir de travers, la cravate couleur sable et l'épais manteau marron fermé par trois boutons dorés. José a même poussé la coquetterie jusqu'à épingler au revers de son manteau une petite croix de Lorraine.

« Dix minutes avant l'ouverture des portes », beugle cette fois-ci le pilote.

Sous la carlingue de l'hélicoptère, il n'y a plus désormais ni Rhin, ni rivière, ni la moindre lumière pour éclairer une ferme, et encore moins un village, juste de la forêt. Noire. Les minutes s'égrènent. Les ténèbres sont si épaisses que José n'est plus capable de distinguer le ciel du sol. Puis, légèrement sur sa gauche, le faux capitaine du 453e GAAL croit percevoir deux, trois, quatre minuscules taches blanches. Le pilote confirme :

« Cible à onze heures. »

L'appareil perd encore de l'altitude et frôle désormais la cime des arbres. Le pilote ouvre la porte latérale droite. Une rafale de vent s'engouffre dans la carlingue et vient gifler les passagers. Plus l'Alouette 3 se rapproche du sol, plus il vibre. À l'arrière, le Catcheur enchaîne les « Notre Père ». Le Beatnik a, pour une fois, l'air plus effrayé qu'effrayant. Le Viet' veut donner l'impression que même un accident aérien imminent ne saurait le détourner des voies de la sagesse et de la zénitude, mais ses deux poings serrés à s'en péter les phalanges trahissent le même stress que ses compagnons de voyage. Ce ne sont plus des vibrations, mais de violentes secousses qui agitent l'hélicoptère. José est même certain qu'ils viennent de se crasher quand le pilote lève son pouce et gueule : « Go ! Go ! Go ! Go ! Go ! » en désignant du regard la porte ouverte.

À peine a-t-il posé un pied au sol que José cesse de ressentir la moindre trace de migraine. Passer de patron de la garde présidentielle à chef d'un escadron de la mort ne représente pas vraiment une promotion, mais se replonger ainsi dans l'action le soulage, lui rappelle sa jeunesse dans le maquis provençal à traquer les soldats allemands isolés. Il n'est pas fait pour protéger, mais pour tuer. Il n'en tire aucune forme de gloire, bien au contraire. « Le tigre ne crie pas sa tigritude. Il saute sur sa proie », affirme l'un des préceptes asiatico-philosophiques que le Viet' leur assène régulièrement depuis un an. Alors, José-le-tigre emplit ses poumons de l'air frais de la forêt, il fait craquer sa nuque raidie par le voyage et ressent un sentiment de bien-être qui lui fait honte et le galvanise à la fois.

Comme ses yeux s'habituent peu à peu à la pénombre, le barbouze déguisé en officier du 453e GAAL prend la mesure de l'endroit et comprend maintenant pourquoi l'atterrissage a été si mouvementé. Entourée de résineux dont la cime se perd dans l'obscurité, la clairière où ils se sont posés est à peine plus grande qu'un demi-terrain de football. Elle est balisée par les lumières blanches de quatre lampes braquées vers le ciel. Vu de là-haut, le pilote devait avoir l'impression de viser l'iris d'un œil de taureau avec une sarbacane. Un deuxième hélicoptère vient pourtant de se poser juste à côté d'eux. Personne n'en sort. Ses portes restent fermées. C'est le mulet, l'appareil que José et ses hommes auraient emprunté si le leur était tombé en panne pendant le voyage, celui qui leur permettra aussi, au retour, de ramener les « invités ».

« Bonsoir, mon capitaine, j'espère que le voyage n'a pas été trop inconfortable… »

De l'homme qui vient le saluer comme s'il était un vrai galonné, José ne sait presque rien, et surtout pas son nom. Visage anguleux adouci par un duvet de moustache, le lieutenant Z est un officier proche de Massu, qui renseigne la DST depuis déjà quelques mois. Il repartira dans le mulet une fois la mission accomplie. C'est la seule condition qu'il ait posée pour trahir son patron. Lorsque les services lui ont demandé s'il souhaitait que le rapatriement de son épouse soit également organisé, à la surprise générale, Z a sobrement répondu « non », sans plus d'explication.

À l'aide d'une lampe torche, le lieutenant guide José et ses hommes à travers la forêt. Après le bruit infernal enduré durant le voyage en hélicoptère, le silence de la nuit est une bénédiction. Seul le Catcheur ronchonne à intervalles réguliers, comme si toutes les branches qui dépassaient étaient destinées à lui fouetter le visage. Il les écarte de ses grands bras tout en veillant à ne pas se prendre les pieds dans une souche. Le voilà vite distancé par José, le Viet' et le Beatnik, qui avancent sans faire de bruit, en s'accrochant au point lumineux du lieutenant Z. Après un bon quart d'heure de marche, les cinq hommes sortent de la forêt. Un camion de transport de troupes, tous feux éteints, les attend au bord d'une petite route, presque un chemin. Z salue le chauffeur d'un simple hochement de tête. L'endroit a l'air désert, mais le lieutenant continue de parler à voix basse :

« Vous montez à l'arrière et vous vous cachez sous les couvertures », ordonne-t-il à José et à ses compagnons. « On en a pour dix minutes de trajet. Évidemment, pas un bruit au moment des contrôles. Je connais toutes les sentinelles, ça devrait bien se passer… »

Le chauffeur rallume les phares du camion et démarre. Il conduit vite, s'arrête deux fois. De sous les couvertures rêches qui leur irritent les joues et les empêchent de bien respirer, José, le Catcheur, le Beatnik et le Viet' ne perçoivent que des bribes de voix. Puis le camion repart, avant un troisième stop qui semble définitif. Le lieutenant Z ouvre la porte arrière et tire les couvertures.

« Vous êtes arrivés à destination. Bienvenue à Baden-Baden ! »

En débarquant du véhicule, José éprouve un curieux sentiment. Celui de reconnaître le moindre détail d'un lieu où il n'a pourtant jamais mis les pieds. Grâce aux nombreuses photographies fournies par le lieutenant Z, les ingénieurs de la DST ont pu construire une maquette bluffante de vérité du quartier général des forces françaises en Allemagne. José n'éprouve donc aucune difficulté à repérer sur sa droite l'ancienne auberge habitée par les époux Massu, ainsi que la piste pour hélicoptères où l'Alouette 3 du général de Gaulle a atterri un an plus tôt. Le commando avait songé se poser au même endroit pour mener une opération *Blitzkrieg* (on tombe du ciel, on fait le job et on s'en va), avant que Gaston Defferre, sur les recommandations de son chef d'état-major, ne choisisse une option moins risquée, avec atterrissage en forêt et acheminement plus discret par camion jusqu'à Baden-Baden. Mais l'attention de José est surtout captée par le *Jagdhaus*, pavillon de chasse de la résidence. Malgré la pénombre, il distingue son architecture curieuse, en forme de croix de Malte. La porte d'entrée est engoncée entre deux pans de mur. Malgré l'heure plus que tardive (1 h 15 du matin), toutes les fenêtres sont ouvertes et éclairées. En plus de la lumière, de la musique s'en échappe. José n'est pas un grand amateur de musique classique, mais il reconnaît tout de même une valse de Brahms, dont l'orchestration somptueuse est hélas ! gâchée par une série de pouffements, de rires gras et d'éclats de voix.

Le lieutenant Z avait en effet insisté : il fallait impérativement profiter d'une énième soirée dédiée à l'amitié franco-soviétique pour introduire le commando au cœur de la résidence. José et ses hommes s'attendaient à une soirée simplement festive, un peu arrosée, où leur présence en uniformes locaux du 453e GAAL serait à peine remarquée, voire ignorée, mais le spectacle qu'ils découvrent est au-delà de leurs espérances. Un capitaine russe, torse nu, vide au goulot ce qui ressemble à un flacon de cognac. D'autres officiers soviétiques et français gisent, ivres morts, au milieu de la cour. Un ours brun, sûrement la mascotte d'un régiment d'Oural, se balade même, nonchalant au milieu du désastre. Il laboure un parterre de fleurs, renverse un side-car, lèche la flaque issue d'une bouteille de champagne brisée au sol et se dirige, toujours sans se presser, vers la forêt, provoquant au passage la peur panique d'un couple en train de s'embrasser goulûment derrière le monument aux morts ! C'est à se demander si, à part José et ses hommes, il reste un seul être sobre dans toute la résidence.

Le commando en profite pour se rapprocher du bâtiment principal, avec sa façade entièrement recouverte de lierre. La porte n'est pas verrouillée, le Viet' entre en premier et fait signe aux autres qu'ils peuvent le suivre. La voie est dégagée. Les quatre hommes s'apprêtent à monter l'escalier qui mène au premier étage, quand une jeune femme surgit, affolée, et leur barre le passage.

« Il faut que vous veniez ! Tout de suite ! Ils sont en train de la violer ! » implore la fille, plutôt jolie (coupe à la garçonne, taches de rousseur, nez retroussé), même si son mascara a coulé et que son rouge à lèvres s'est répandu en partie sur sa joue droite.

« Qui ça, ils ? » demande le Viet'.

« Des Russes, ils sont au moins trois. Là-bas, dans le jardin d'hiver ! » répond la fille, de plus en plus agitée.

« On ne va quand même pas laisser ces porcs rouges violer une Française ! » s'insurge le Viet'.

« OK, mademoiselle, montrez-nous le chemin, on va s'en occuper », annonce José.

Mais, à peine la fille a-t-elle tourné les talons, que le faux capitaine dégaine son revolver et lui assène un délicat coup de crosse derrière la nuque. La fille en robe de bal s'effondre sur le parquet comme une fleur à qui on aurait coupé la tige. Le Viet' mais aussi le Beatnik et le Catcheur regardent José, stupéfaits.

« La priorité absolue, c'est la mission. On jouera aux justiciers et aux gentlemen une autre fois », annonce leur chef avant d'enfin grimper l'escalier.

Parvenu en haut des marches, José s'arrête devant une porte en bois massif. Celle de la chambre du général de Gaulle. Le moment tant attendu et redouté est enfin arrivé. Du Général, José ne sait plus trop quoi penser. Le « Grand » a été son héros pendant la guerre, mais la trahison des évènements d'Algérie l'a désacralisé. N'empêche, entrer dans sa chambre, le réveiller, le menacer de son arme, lui demander de le suivre, redescendre l'escalier, monter à nouveau dans le camion bâché, foncer vers la forêt, l'embarquer dans le mulet et retourner triomphalement en France, demandera plus de cran, c'est certain, que de simplement loger une balle entre les deux yeux d'un tenancier de bordel marocain. Dans la tête de José se bousculent plein de questions, des plus sérieuses aux plus stupides : est-ce qu'il va surprendre de Gaulle en pyjama, voire complètement nu ? Le général dort-il dans le même lit que sa femme, Yvonne ? Et, surtout, est-il plus facile de laisser flinguer un président ou de le descendre soi-même ? Lui, José Carvalho, ancien résistant, ex-flic ripou devenu tueur de la République, aura-t-il le cran nécessaire pour abattre le héros du 18-Juin, si les choses venaient à mal tourner ? Car l'officier de la DST qui a briefé José juste avant de partir s'est montré formel : « En cas d'incident(s) non prévu(s), il faudra traiter le problème sur place… » De Gaulle *dead or alive*. Comme dans les westerns.

Le Catcheur enfonce la porte d'un coup d'épaule. José s'engouffre dans la chambre, dégaine à nouveau son revolver et se précipite vers le lit. De sa main libre, il soulève la couverture : rien, personne, le lit est vide ! Où est passé ce con de Général ? A-t-il entendu du bruit et se planque-t-il, effrayé, dans la salle de bains ou le petit salon attenants ? Non plus. Les deux pièces sont vides également. Le grand homme a disparu, envolé, volatilisé. Avec les têtes pensantes du Sdece et de la DST, José avait envisagé tous les scénarios, sauf celui-ci. Le chef du commando est désemparé. Ses hommes sentent son désarroi. Il pue la panique à plein nez.

« Putain, mais qu'est-ce que c'est que ce bordel ? On fait quoi maintenant ? » demande le Catcheur, tandis que le Beatnik détruit, de rage, une table de chevet.

« On fouille les autres pièces », répond José, qui tente de reprendre le contrôle de la situation.

Cette fois, c'est lui, et pas le Catcheur, qui défonce d'un coup de pied la porte d'à côté. À peine le chef du commando est-il entré dans la chambre qu'un long cri d'épouvante le cloue sur place. Yvonne de Gaule est redressée dans son lit, en chemise de nuit, et hurle à la mort :

« Au secours ! Par pitié, venez nous sauver ! »

José referme la porte aussi brusquement qu'il l'avait ouverte. Il entraîne ses hommes dans l'escalier : « Cette fois-ci, on se casse ! »

Mais un solide comité d'accueil les attend au pied des marches : trois officiers russes débraillés, menaçants et armés jusqu'aux dents, sûrement les violeurs de la pauvre Française que José et ses hommes n'ont pas voulu sauver. Celui qui semble le chef des Russkoffs a une coupe ébouriffée de cheveux blonds, une peau diaphane et des yeux injectés de sang. Il braque sa kalachnikov sur les Français et éructe des phrases que seul le Viet' est capable de comprendre (il parle cinq langues différentes, dont le russe couramment).

« Il nous demande pourquoi la vieille de Gaule a gueulé. Et qu'est-ce qu'on fait à cette heure-ci à l'étage des chambres à coucher », traduit l'admirateur d'Hô Chi Minh et de Staline.

« Dis-lui que nous avons justement été alertés par les cris de madame de Gaulle et que nous nous sommes assurés que tout allait bien », ordonne José.

Mais l'Albinos de la toundra n'attend même pas la réponse à sa question pour déglutir un nouveau flot de mots sûrement orduriers, en désignant d'un coup de menton la fille assommée par José à peine dix minutes plus tôt.

« Il nous demande pourquoi, plutôt que d'assommer la fille, on ne l'a pas baisée par tous les trous, comme eux l'ont fait avec sa copine. Et ensuite, il nous traite de pédés… »

Malgré les insultes, José a retrouvé son calme et tente d'appréhender au mieux la situation. Comme lui et ses hommes tentent de se faire passer pour des officiers en représentation invités à la résidence pour une fête de prestige (en fait une immonde beuverie), ils ont voyagé « léger ». Qu'avec des armes de poing, sans mitraillette ou fusil d'assaut. Au pied de l'escalier, les trois Russes présentent un arsenal autrement plus conséquent : deux AK-47 et un fusil-mitrailleur PPSH-41. Le face-à-face aurait pu encore durer un petit moment, si le Beatnik n'était pas devenu rouge écarlate :

« Et donc, on va se laisser insulter par ces fils de pute ! » gueule le hippie psychopathe avant de tirer son revolver du fourreau et de faire feu à deux reprises.

Le chef des Russes s'écroule, mais l'un de ses acolytes a le temps de répliquer. Sa rafale de kalachnikov fauche le Beatnik et le Viet'. Les deux roulent, désarticulés, jusqu'au pied de l'escalier. Malgré le choc de voir ses hommes déchiquetés par la mitraille, José trouve le sang-froid nécessaire pour abattre le tireur, qui n'a pas eu le temps de recharger son arme. Le troisième Russe dessaoule brutalement et s'enfuit en courant.

L'air de la cage d'escalier est saturé de poudre et de fumée. Quatre corps jonchent les marches. José et le Catcheur se penchent au-dessus du Beatnik et du Viet'. Il n'y a plus aucun espoir. Le Beatnik est mort comme il a vécu : enragé. Tandis que, les yeux refermés et les mains étrangement jointes sur sa poitrine, le Viet' semble atteindre, dans l'au-delà, une forme de sérénité qu'il n'avait fait qu'approcher durant son passage parmi les vivants.

José et le Catcheur n'ont pas le temps de s'apitoyer. Ils enjambent les cadavres de leurs camarades pour se retrouver à l'air libre et sprintent vers le camion déjà prêt à partir, phares allumés et moteur mis en route. Avant de grimper à l'arrière, les deux derniers survivants du commando ont juste le temps de croiser le regard du lieutenant Z. Il est terrorisé. Évidemment, le plan ne s'est pas exactement déroulé comme l'officier renégat l'avait prévu et vendu à son officier traitant de la DST. C'est un cauchemar absolu, le fiasco des fiascos, avec quand même un dernier objectif à remplir : sauver leur peau.

Dans la confusion, et sur un nouveau malentendu, le camion n'a aucune peine à franchir un premier barrage. À peine les sentinelles sont-elles étonnées de constater que le lieutenant Z et son chauffeur entrent et sortent à nouveau de la résidence, en pleine nuit, à bord d'un camion de transport de troupes sans troupes. Le second check-point, dix kilomètres plus loin, s'annonce beaucoup plus ardu à franchir, car forcément l'alerte a été donnée. Effectivement, juste au pied du panneau qui signale la sortie de Baden-Baden, les soldats débonnaires de l'aller se sont transformés en guerriers aux aguets, le doigt sur la détente de leurs fusils-mitrailleurs. Des herses de barbelés barrent la route.

« Fonce ! » hurle le lieutenant Z au chauffeur, qui appuie à fond sur l'accélérateur. Le camion percute les herses sans trop dévier de sa trajectoire. Une pluie de balles s'abat sur la carrosserie et déchire la bâche arrière. José et le Catcheur sont à plat ventre et entendent les projectiles siffler comme de sinistres insectes, excités de ne pouvoir les piquer.

« J'ai au moins un pneu de crevé, mais on devrait quand même pouvoir rouler jusqu'à la forêt », tente de rassurer le chauffeur.

Sauf qu'une nouvelle menace apparaît dans le rétroviseur : des phares de jeeps et de motos lancées aux trousses des fuyards. La poursuite s'engage sur les routes étroites et sinueuses qui serpentent au milieu des arbres. Le chauffeur du camion a de plus en plus de mal à maîtriser son véhicule. Il parvient quand même à maintenir une distance conséquente avec ses poursuivants, avant de freiner brutalement.

« On descend ici, et on court vers les hélicos ! » annonce le lieutenant Z. Les derniers rescapés du commando qui a tenté d'enlever Charles de Gaulle (mais ne l'a pas trouvé dans son lit) pénètrent dans la forêt. Entre l'atterrissage et le redécollage des hélicoptères, leur raid en territoire allemand ne devait durer qu'une heure. Cela fait déjà une heure et demie qu'ils ont quitté la clairière, et ils s'apprêtent à y retourner sans leur « invité » de prestige, ni deux de leurs compagnons, morts en mission. José évite de trop penser à ce bilan catastrophique. Il se concentre sur chacun de ses pas au cœur d'une nuit et d'une forêt toujours aussi noires. Le silence bienfaiteur de l'aller est cette fois-ci déchiré par les aboiements des chiens et les cris des soldats qui les poursuivent. Le lieutenant Z, le chauffeur et José avancent à bonne allure, mais le Catcheur souffle, vitupère, tombe, se relève, à nouveau agressé par les branches et les racines des conifères qui semblent avoir poussé ici dans le seul but d'entraver sa course, ou plutôt sa marche.

José se retourne de plus en plus souvent pour encourager son compagnon :

« Allez, accroche-toi, on arrive bientôt ! »

Mais le Catcheur n'en peut plus. Une dernière souche lui bloque la cheville droite, et il s'effondre, foudroyé par la douleur.

« Laissez-moi ici, j'ai de quoi les ralentir », tente de sourire le géant en montrant son revolver.

José sait qu'il n'a que quelques secondes pour prendre une décision, car les aboiements des chiens et les cris des soldats se rapprochent dangereusement. Il aimerait simplement souhaiter bonne chance au Catcheur, lui laisser même quelques munitions supplémentaires pour se défendre. Il ne peut cependant pas se permettre de laisser derrière lui un homme qui pourrait parler – de son plein gré ou sous la torture – et livrer des informations permettant de remonter aux commanditaires. Alors, il pointe son revolver et tire à bout portant sur celui qui fut son fidèle compagnon d'armes pendant un an. José devait déjà vivre avec le dernier regard plein de surprise teintée de reproche de Pierre Mendès France, il devra aussi s'habituer à être hanté par les yeux hallucinés du Catcheur quand celui-ci a compris que la mort jaillirait du flingue tenu par son patron.

Le lieutenant Z et son chauffeur n'ont pas assisté à l'exécution. Ni la chute du Catcheur ni le coup de feu tiré par José ne les ont fait ralentir. Ils courent devant, comme des dératés, et José doit encore accélérer l'allure pour ne pas les perdre de vue. Enfin, les trois hommes entendent le vacarme, pour une fois rassurant, des hélicoptères prêts à décoller. Z et le chauffeur montent à bord du mulet. José saute dans le premier appareil. Les instructions prévoyaient que les deux Alouette 3 s'envoleraient l'un après l'autre, en maintenant entre les deux décollages un décalage d'au moins cinq bonnes minutes. Mais, dans la panique, les deux hélicos tentent de s'enfuir ensemble vers le ciel. Le mulet possède une courte avance. Il est sur le point de s'arracher à la forêt quand son rotor s'emmêle dans les branches d'un sapin encore plus grand que les autres. L'hélico devient fou et percute l'autre appareil.

Bientôt, les deux Alouette ne forment plus qu'une boule de feu qui s'écrase au milieu de la clairière.

José ne saura jamais comment il a fait pour échapper à l'embrasement. Il comprend seulement que le choc de l'accident l'a éjecté du cockpit et précipité sur un arbre. Les couches successives de branches ont ralenti sa chute jusqu'au sol. Le voilà K-O mais vivant. Les vêtements déchirés ou calcinés, la peau de son dos et de sa jambe droite brûlée à vif sur plusieurs centimètres, il parvient quand même à ramper sous des buissons pour se cacher des soldats soviétiques et français qui arpentent la zone à la recherche d'improbables survivants.

Leur fouille est rapidement abrégée, car le feu s'empare d'autres arbres, et la chaleur de l'incendie devient vite insupportable. Dans sa planque qui menace de se transformer en four, José suffoque. Pour parvenir à se relever, il s'agrippe à l'un des rares troncs encore épargnés par les flammes. Le survivant a perdu une chaussure, son manteau d'officier autrefois si épais est maintenant en lambeaux. En se touchant le visage et le crâne, José se rend compte que même ses cheveux et sourcils sont calcinés. Autour de lui, la scène est hallucinante. Les carcasses des deux hélicoptères continuent de flamber, des sapins s'effondrent, leurs troncs majestueux réduits à l'état de petit bois par les assauts du feu. Malgré son dos et sa jambe droite brûlés à vif, José se met en marche. Harcelé par l'incendie qui tente de l'encercler, combien de temps va-t-il ainsi se traîner avant de mettre suffisamment de distance entre lui et l'autrefois paisible clairière devenue un enfer à ciel ouvert ?

Les premières lueurs du jour le surprennent au bord d'une route. Au lieu de l'emprunter, il la fuit. Malgré le crash et l'incendie, José a l'impression que seule la forêt peut encore le sauver, que la nature a renoncé à le détruire et lui offre maintenant sa protection. Alors, il erre sans but ni direction. Dès que les bois sont moins épais, qu'un autre signe de civilisation apparaît (route, chemin, enclos, ferme…), l'égaré change de cap pour replonger dans cette jungle de sapins et de mélèzes qui le rassure et l'apaise. Il mange ce qu'il trouve, c'est-à-dire pas grand-chose, dort par tranches de cinq-dix minutes, avant de reprendre son chemin. C'est une existence qui lui convient parfaitement bien. Même ses brûlures lui font moins mal. Il s'est longuement plongé dans une mare d'eau glacée qui a rapidement diminué la température de sa peau et empêché la chaleur de nécroser davantage son épiderme.

Il pense que la forêt ne s'arrêtera jamais, mais, après plusieurs heures de marche, une vallée s'ouvre devant lui. Elle est parsemée de fleurs. Le ciel, jusque-là dissimulé par la cime des arbres, éclate d'un bleu somptueux. Jamais José n'a vu un endroit aussi magnifique, ni respiré un parfum plus puissant. Naïvement, il avait cru survivre au crash. Mais il est impossible qu'une telle beauté se trouve sur terre. José en conclut logiquement qu'il est mort. Aussi mort que le Catcheur, le Beatnik et le Viet', même si, contre toute attente, le paradis, plutôt que l'enfer, lui a ouvert ses portes. Il redoute une erreur d'aiguillage. Autant de meurtres et de trahisons sur sa conscience ne peuvent valoir que les flammes éternelles. En attendant d'être débusqué et réorienté vers Satan qui l'attend sûrement impatiemment, José s'allonge sur un tapis de mousse verte presque fluorescente, parsemée de gentianes pourpres. Il n'a plus aucun mal à trouver le sommeil. Ses rêves sont agréables et le renvoient à l'enfance. Sa mère qui lui prépare son goûter (une Vache qui rit et deux pâtes de fruit) pour l'école, les matches de football avec les autres minots du quartier dans des rues en pente où le ballon roule tout seul, les journées passées à la mer, au soleil, le sel qu'il chasse de sa peau sous une douche glacée. José n'a aucune envie de se réveiller, l'éternité lui semble un horizon raisonnable, mais voilà que son ventre encaisse une série de petits coups de pied. L'homme qui les assène ne semble pas vouloir lui faire mal, plutôt vérifier s'il est mort ou vivant. José Màrio dos Santos Adao Carvalho (1920-1968) a compris qu'il était tragiquement décédé, mais l'homme pense visiblement le contraire. Il s'adresse à quelqu'un :

« C'est lui, forcément… Il a l'air bien amoché ! »

José redoute que les deux types ne soient envoyés par le diable pour l'amener en enfer. Il voudrait se lever et se défendre. L'aiguille d'une seringue lui transperce le biceps droit. José sait qu'il va à nouveau beaucoup dormir et redoute que son sommeil ne soit cette fois-ci hanté par le souvenir de ses victimes, celles qu'il a tuées, et celles qu'il n'a pas pu ou pas voulu épargner.

CHAPITRE 18

Quand il a entendu l'écho des premiers tirs dans la cour de la résidence, le général Jacques Massu, Compagnon de la Libération, vainqueur de la bataille d'Alger, commandant des forces françaises en Allemagne, a attendu avec sérénité, et même une certaine forme d'impatience, que l'apocalypse se déchaîne enfin. Comme il aurait aimé qu'un déluge de balles et de flammes les raye tous de la carte, les Français, les Russes, les officiers, les première et les deuxième classe, les femmes, les enfants, et surtout lui, le général Jacques Massu, à la tête d'une armée fantoche qui ne servait plus à rien. Et si seulement ce feu sacré avait aussi pu engloutir les deux Allemagnes, la France et l'Algérie. Surtout l'Algérie. Tout, mais pas revivre ne serait-ce qu'une seule journée à Baden-Baden, pour passer en revue ces braves soldats qui attendent chaque matin l'ordre de marcher sur Paris sans se douter qu'ils ne connaîtront plus jamais le combat. Tout, mais pas porter un nouveau toast à l'amitié franco-soviétique, au grand général Charles de Gaulle, au camarade Léonid Ilitch Brejnev, à tous les membres du Politburo, du Présidium du Soviet suprême et du Comité central du Parti communiste soviétique, à l'escadrille Normandie-Niemen, aux morts de Stalingrad, à Youri Gagarine et même à Lev Yachine, Jacques Anquetil et Petula Clark.

Hélas, après un bref échange de coups de feu qui provenaient de l'habitation principale, le silence se fit à nouveau, et le général Massu dut se rendre à l'évidence. L'Armageddon ne s'était pas abattu sur la résidence du chef des forces françaises en Allemagne. Une simple escarmouche avait sûrement opposé des soldats soviétiques et français aussi saouls les uns que les autres. Alors, le général Massu replongea son grand nez dans un verre de cognac *extra old* (c'était un miracle qu'il en reste encore des bouteilles pleines), il répondit « *Da, da, da*… » au maréchal Kochevoï, lequel lui parlait systématiquement dans la langue de Tolstoï passé une certaine heure et un taux d'alcool encore supérieur.

Sauf qu'un officier russe fit son entrée dans la salle de bal. Jamais, dans toute l'histoire de l'Armée rouge, un gradé ne s'était présenté dans une tenue aussi débraillée devant ses supérieurs. Le major Igor Izraïlovitch Kanevski, de la 1re armée blindée de la garde, eut beau se mettre au garde-à-vous, sa chemise blanche dépassait de son pantalon, ses grandes bottes noires étaient aussi sales que s'il participait à des manœuvres hivernales, et des traces de griffures lui labouraient la joue gauche.

« Maréchal, avec deux de mes camarades, nous venons de surprendre des officiers français qui tentaient d'enlever madame Yvonne de Gaulle ! Grâce à notre courage, nous avons déjoué leur entreprise, mais mes camarades sont morts et les kidnappeurs en fuite. »

En moins d'une minute, la salle de bal se vida. Massu, Korchevoï et leurs convives se précipitèrent dans la cour où même les soldats qui gisaient, ivres morts, semblaient ressusciter. Le major Kanevski remit sa chemise à l'intérieur de son pantalon et guida la troupe vers la cage d'escalier du bâtiment principal. Jacques Massu fut choqué par la présence des quatre cadavres (deux Français, deux Russes) jonchant les marches, mais peut-être plus encore par la découverte du corps inanimé de celle qu'il identifia formellement comme l'épouse du capitaine Grégoire.

« Mais qu'est-ce qui lui est arrivé ? » s'égosilla le commandant des forces françaises en Allemagne.

« Ce sont les soldats français qui ont dû la pousser dans l'escalier… », marmonna le major Kanevski.

Massu n'eut pas le temps de se remettre de sa surprise qu'au premier étage un spectre fit son apparition : le visage aussi blanc que sa chemise de nuit, Yvonne de Gaulle semblait saisie d'épouvante :

« Ils ont enlevé le Général ! Ils ont enlevé le Général ! » hurla-t-elle malgré l'intervention de son fils Philippe, accouru en pyjama de la chambre d'à côté.

Loin d'apaiser madame de Gaulle, l'arrivée de Jacques Massu ne fit que décupler sa rage.

« Tout cela est votre faute, Massu ! Vous êtes un incapable ! Arrêtez-le et jetez-le en prison ! » criait-elle à l'adresse des soldats qui s'étaient massés au pied de l'escalier.

C'était comme si Massu avait eu les deux tendons d'Achille sectionnés en même temps. Il dut s'accrocher à la rambarde pour ne pas s'effondrer. Même quarante années passées sous l'uniforme, de l'école spéciale militaire de Saint-Cyr (promotion Maréchal-Foch) au mouroir de Baden-Baden, en passant par le désert tchadien, les rizières indochinoises et la casbah algérienne, ne l'avaient pas préparé à une épreuve aussi effroyable : celle de devoir envisager que le général de Gaulle, son héros malgré quelques désillusions récentes, avait été enlevé, et peut-être même assassiné, alors qu'il se trouvait sous sa protection et sa responsabilité. Massu dut trouver en lui des forces insoupçonnées pour grimper deux par deux les marches de l'escalier, ouvrir à la volée la porte de la chambre du Général et constater qu'effectivement le lit de son hôte était vide, aussi vide que la salle de bains et le petit salon attenants. Massu inspecta chaque pièce du premier étage, ouvrant tous les placards, se glissant sous les lits, ouvrant les fenêtres, soulevant les lattes de parquet qu'il savait disjointes, à la recherche du moindre indice, du plus petit élément qui ramènerait un peu de rationalité dans cette soirée de cauchemar. Puis le commandant des forces françaises en Allemagne redescendit au rez-de-chaussée et fonça droit vers l'entrée principale de la résidence. Si le général de Gaulle avait bien été kidnappé, ses ravisseurs, forcément, avaient dû passer par le portail qui régulait les entrées et les sorties.

« Rien à signaler, mon général ! répondit pourtant l'officier responsable de garde à Massu, dont l'accablement commençait à être remis en question par l'incompréhension la plus totale.

« Aucun véhicule n'est entré ou sorti ? » demanda Massu dans le souci de balayer la moindre équivoque.

« Si, si, un camion de transport de troupes est sorti peu après minuit avant de revenir une grosse demi-heure plus tard et de ressortir à nouveau il y a quelques minutes, mon général... »

« Et vous l'avez fouillé ? » interrogea Massu.

« Non, mon général, le capitaine Grégoire se trouvait à bord, et je n'ai pas cru bon de... »

Le général Massu n'attendit pas la fin de la phrase. Il sauta dans une Jeep et ordonna qu'une automitrailleuse et une escorte de quatre motards l'accompagnent. L'incroyable scénario commençait à prendre forme. Élisabeth, la très jolie femme du capitaine Grégoire, s'était à plusieurs reprises défendue contre les avances plus ou moins alcoolisées d'officiers russes, avant, semble-t-il, d'après la méchante rumeur qui circulait à Baden-Baden, de céder au charme d'un major du Caucase, d'au moins quinze ans son cadet. Était-ce par jalousie ou désespoir que le capitaine Grégoire, le plus proche collaborateur du général Massu, celui-là même qu'il avait envoyé à Paris pour négocier avec les socialo-communistes le « statut spécial » de Baden-Baden, avait trahi de la plus ignoble des façons vingt ans de confiance absolue, en allant jusqu'à organiser et mener à bien ce projet délirant d'enlèvement du général de Gaulle ? Si Massu possédait encore le moindre doute, il fut balayé lorsque la radio de sa jeep cracha le message selon lequel le check-point de la sortie nord de la ville avait été forcé, « malgré des sommations répétées, par un camion de troupes a priori ami ».

Jusque-là embrumé par des considérations affectives, donc parasitaires, le cerveau de Massu retrouva l'efficacité mécanique qui avait fait sa réputation et sa gloire de Saint-Cyr à West Point : même si la mort (a fortiori donnée de manière violente) pouvait figer en un masque étranger des visages jusque-là jugés familiers, Massu était catégorique sur le fait que les deux gradés français retrouvés tués sur les marches de l'escalier menant à la chambre du général de Gaulle n'appartenaient pas à ses effectifs. Le commandant des forces françaises en Allemagne se targuait de connaître chacun des officiers et soldats placés sous son commandement. Il se souvint aussi que le très négligé major Kanevski avait mentionné lors de son entrée fracassante dans la salle de bal que des « kidnappeurs étaient en fuite ». À bord du camion devaient se trouver non seulement le capitaine Grégoire, sur le siège passager, et son chauffeur, derrière le volant, mais aussi possiblement, à l'arrière, le pauvre général de Gaulle, mis en joue par d'autres terroristes déguisés en officiers des FFA. Aussi lourdement chargé, le camion de transport de troupes, qui n'avait, à vide, déjà rien d'une Matra-Ford, serait facile à rattraper. Comme pour conforter son intuition, Massu aperçut au loin deux points lumineux rouges, les feux arrière du camion.

« Mais vous dormez, mon vieux ! Accélérez ! » ordonna-t-il à son chauffeur, qui avait déjà failli renverser plusieurs fois les deux motards placés à l'avant du convoi improvisé, tandis que l'automitrailleuse tentait de coller au train d'enfer quelques dizaines de mètres derrière.

La course-poursuite s'acheva à l'orée d'un bois où le camion de transport de troupes venait d'être abandonné si précipitamment par les fuyards que son moteur tournait toujours. Tous phares allumés, le véhicule tremblait sur place comme s'il redoutait d'être lui aussi traduit en cour martiale pour complicité avec les terroristes. Massu dégaina son pistolet et s'enfonça dans la forêt, suivi par une dizaine d'hommes qui s'étaient préparés à une poursuite mécanique et pas à une marche nocturne. La troupe mit du temps à trouver son rythme et surtout son chemin. Dans le noir épais de la nuit et de la forêt, simplement troué par la lueur des lampes torches de faible puissance trouvées dans les boîtes à gants des véhicules, se repérer tenait de l'exploit. Massu et ses hommes finirent quand même par découvrir ce qui ressemblait à un sentier très mal entretenu. Des branches d'arbustes brisées témoignaient d'un passage récent. Ils eurent la macabre confirmation de se trouver dans la bonne direction quand Massu, le premier, découvrit le corps inanimé d'un autre officier en uniforme du 453e GAAL. Un géant au front transpercé d'une balle.

« Ils ont dû l'achever froidement parce qu'il les ralentissait. Nous avons affaire à de vrais tueurs. Sûrement un commando de la DST ou du Sdece… », expliqua Massu avant de repartir de l'avant.

Il commençait à se demander pourquoi les fuyards avaient abandonné leur véhicule pour se risquer dans ce traquenard végétal plongé dans l'obscurité la plus totale, quand un formidable vrombissement lui apporta un début de réponse. Cinq cents mètres environ devant le chef des FFA, un, puis deux hélicoptères s'apprêtaient à décoller. Tout était fichu. Dans une poignée d'heures, les terroristes héliportés seraient de retour à Paris. Ils exhiberaient le général de Gaulle devant les caméras de télévision du monde entier. Pour Massu, ce serait une humiliation intolérable.

Les hélicoptères peinaient à prendre de l'altitude, et l'un des soldats qui l'accompagnait mit en joue les deux oiseaux mécaniques.

« Baisser ce fusil tout de suite, espèce d'idiot ! Le général de Gaulle se trouve à bord. Non seulement nous n'avons pas été capables de le protéger, mais vous voulez en plus descendre l'hélicoptère où il se trouve comme un vulgaire perdreau ! » s'écria Massu en assénant un violent coup, de la tranche de la main, sur le canon de l'arme.

Le soldat, honteux, était certain de ne pas avoir appuyé sur la détente, et pourtant, l'hélico de tête se mit à tournoyer sur lui-même comme s'il avait été touché par un projectile. Devenu fou, l'appareil décrocha et entraîna le second Alouette 3 dans sa chute. Les deux ne formaient plus qu'une seule flamme qui menaçait d'embraser toute la forêt. Massu n'avait jamais vu un tel spectacle. Sa beauté apocalyptique aurait pu le faire tressaillir de la tête aux pieds d'une jouissance honteuse, si une pensée, toujours la même, n'avait pas chassé toutes les autres : Charles de Gaulle se trouve à bord. Comment imaginer une seule seconde qu'il puisse échapper à un tel brasier ? Et pourtant, le général Massu se précipita vers les carlingues en fusion. Il sentit le souffle insupportable de l'incendie lui brûler le moindre pore de peau. L'un de ses hommes, celui qui se défendait d'avoir tiré sur l'hélicoptère, le saisit par l'épaule et le tira vigoureusement en arrière.

« Ça ne sert à rien, mon général. Ils sont tous morts là-dedans ! Il faut retourner le plus vite possible aux véhicules et prévenir les pompiers avant que le feu ne ravage toute la forêt ! »

C'était la voix de la raison, mais Massu n'avait pas envie de l'entendre. Il approcha encore de quelques pas. Des flammèches dansaient sur ses manches d'uniforme, la chaleur lui rôtissait les mains et le visage comme s'il était tombé, tête la première, dans le foyer d'une cheminée. Il était certain de pleurer, mais la chaleur évaporait ses larmes avant qu'elles n'aient eu le temps de couler. Une rage incontrôlable et déraisonnable l'incitait encore à avancer. Il fallut la force de trois hommes pour le forcer à reculer.

Le chemin du retour vers la résidence lui parut interminable. La jeep dans laquelle se trouvait Massu croisait une procession de camions de pompiers, toutes sirènes hurlantes, qui montaient au feu. Le commandant des forces françaises en Allemagne avait beau fixer la route, droit devant lui, il sentait dans son dos les flammes qui continuaient à s'élever dans le ciel et à le provoquer. Leur crépitement sinistre lui susurrait à l'oreille qu'il avait été bien sot et prétentieux de vouloir changer ainsi le cours du siècle, qu'il était tout juste bon à picoler avec les popovs et à moisir comme un vieux champignon à la fin de l'automne.

Massu était pressé de rentrer à la résidence et d'écourter cette mascarade qu'était devenue sa vie. Jamais il ne se pardonnerait la mort du général de Gaulle. On pouvait lui demander beaucoup de courage, mais pas celui de devoir assumer devant les siens et devant l'Histoire une si terrible catastrophe. Bien sûr qu'il pensait à Suzanne et aux filles, à tout ce chagrin qu'il allait leur causer. Mais, avec le temps, elles comprendraient qu'en lavant son honneur il avait aussi lavé le leur. Suzanne, Véronique et Malika l'attendaient justement devant la porte du bâtiment principal. Korchevoï leur tenait compagnie.

« Que s'est-il passé ? Pourquoi êtes-vous à moitié brûlé ? » lui demanda Suzanne, le visage bouleversé comme il ne l'avait jamais vu.

À ce moment seulement, Massu se rendit compte qu'effectivement son uniforme était couvert de cendres, certaines encore incandescentes. La peau de ses deux mains était rouge, cloquée. Il se sentait envahi par une chaleur malsaine, celle de l'enfer qui le consumait de l'intérieur.

« Ne vous inquiétez pas, je vais passer dans mon bureau, changer d'uniforme, et je vous expliquerai », promit Massu sans laisser place à d'autres questions. Tout ce qu'il ne se sentait pas capable d'exprimer maintenant, de vive voix, à sa chère Suzanne, Massu allait le coucher sur le papier. Il écrirait une lettre pour expliquer son geste. Il s'excuserait pour tout ce qu'il avait fait, pour tout ce qu'il n'avait pas fait aussi.

Ces dernières années, privilège de son âge désormais avancé, l'idée de la trace qu'il laisserait dans l'Histoire l'avait de plus en plus obsédé. Il avait peur que la caricature d'officier brutal, de vulgaire tortionnaire, propagé par les gauchistes, ne finisse par s'imposer au détriment de l'homme qu'il était vraiment : un soldat d'honneur, un bon père de famille, un serviteur de Dieu, du Général et de la France. Mais, depuis qu'il avait vu l'hélicoptère dans lequel se trouvait le général de Gaulle s'embraser comme Jeanne au bûcher, sa place dans les manuels scolaires lui importait autant que son dernier toast à l'amitié franco-soviétique. Pour Massu, l'éternité ne valait plus la peine d'être vécue. Le général brisé entra dans la résidence. Les quatre cadavres avaient été recouverts de draps blancs. Il entendit à l'étage les pleurs convulsifs d'Yvonne de Gaulle, et le murmure de paroles vainement consolatrices que son fils Philippe tentait de lui prodiguer.

Massu poussa la porte de son bureau et pénétra dans la pièce sans même prendre la peine d'allumer la lumière. Il eut la surprise de heurter le coin de son lit de camp déplié, alors qu'il était certain de l'avoir rangé après sa dernière sieste. Un homme y était allongé et l'engueula vertement :

« Massu, qu'est-ce que vous faites encore debout à cette heure-ci ? Vous devriez être couché depuis longtemps, mon vieux ! Je vous rappelle que demain matin, à l'aube, nous attaquerons le fort de Mourzouk ! Trois cents soldats italiens armés jusqu'aux dents nous attendent derrière des murailles hautes de dix mètres. Pour une fois que les Anglais acceptent que nous participions à l'une de leurs opérations, il ne s'agira pas de se défiler. Suis-je assez clair, mon vieux Massu ? »

Le commandant des forces françaises en Allemagne bénit la démence sénile et le naufrage de la vieillesse. Il aurait voulu se précipiter vers le général de Gaulle, le serrer dans ses bras, peut-être même l'embrasser sur les deux joues. Mais le Compagnon de la Libération se planta au garde-à-vous et se contenta de hurler : « À vos ordres, mon général ! »

De sa vie, il n'avait jamais été aussi heureux. Des larmes non plus de désespoir, mais de soulagement et de bonheur, pouvaient cette fois-ci couler sur ses joues sans qu'il cherche à les essuyer. Il avait au contraire envie de les boire et de s'enivrer de leur nectar jusqu'au Jugement dernier.

Le Monde du mercredi 11 juin 1969

Raid raté sur Baden-Baden. Par Louise Ben Kader

Un commando héliporté a échoué dans sa tentative d'assassinat ou d'enlèvement du général de Gaulle. Un premier bilan fait état d'au moins neuf morts, dont trois anciens membres de la sécurité de l'Élysée. L'identification des commanditaires pourrait provoquer un nouveau scandale d'État.

C'est une tentative d'enlèvement ou d'assassinat particulièrement audacieuse, d'aucuns la jugeront même suicidaire, qui a eu lieu dans la nuit de lundi à mardi au siège des forces françaises en Allemagne (FFA), à Baden-Baden (République fédérale allemande). Transporté dans deux hélicoptères, à partir d'un lieu de départ encore inconnu, un commando d'une demi-douzaine d'hommes est parvenu à pénétrer à l'intérieur de la résidence qui abrite le général de Gaulle, avant d'en être violemment chassé. Si l'ancien chef de l'État est annoncé « sain et sauf » par un communiqué des FFA, le bilan de cette opération coup de poing totalement ratée pourrait s'avérer très lourd : déjà neuf corps ont été retrouvés à la résidence et dans une clairière, située à une quinzaine de kilomètres au sud de la ville thermale. Baden-Baden étant coupé du monde depuis l'assassinat le 25 mai dernier du président de la République, Pierre Mendès France, il est encore très difficile de déterminer les circonstances exactes du drame.

D'après les premiers témoignages que nous avons pu recueillir anonymement auprès de témoins présents sur les lieux, un commando de faux officiers portant des uniformes d'unités restées fidèles au général de Gaulle se serait introduit dans la résidence peu après minuit. Seule la vigilance d'une patrouille de soldats soviétiques (invités dans le cadre de manœuvres militaires) aurait permis de déjouer la tentative d'enlèvement. Un premier échange de coups de feu aurait fait quatre morts, deux parmi les assaillants, et deux parmi les soldats soviétiques.

Pour protéger sa tentative de fuite, le commando aurait ensuite enlevé l'un des proches du général Jacques Massu, le capitaine Laurent Grégoire, trente-deux ans, ainsi qu'un chauffeur, le deuxième classe Jean-Louis Grégorini, vingt-cinq ans, tous deux contraints de ramener les kidnappeurs à l'endroit où stationnaient leurs deux hélicoptères. Joints par Le Monde, *plusieurs habitants de Baden-Baden et de ses environs affirment avoir vu les deux appareils décoller avant de se percuter et de provoquer un début d'incendie heureusement vite maîtrisé par les pompiers. Les otages Laurent Grégoire et Jean-Louis Grégorini auraient péri dans l'accident. Trois autres cadavres ont été identifiés formellement par les autorités allemandes, en liaison avec l'ambassade de France à Berlin. Il s'agit d'Edmond Maso, trente-huit ans, dit le Catcheur, de Michel Leroy, quarante-deux ans, dit le Viet', ainsi que de Claude Tisserand, vingt-six ans, dit le Beatnik. Ces trois hommes appartenaient jusqu'à récemment au service de sécurité du président de la République. Ils étaient présents au stade Charléty quand Pierre Mendès France a été assassiné. Les trois hommes avaient depuis été relevés de leurs fonctions. Aucune trace en revanche de leur chef, José Carvalho, cinquante ans, lui aussi limogé après la catastrophe de Charléty. Les témoins présents à la résidence des FFA sont pourtant formels : les assaillants étaient au nombre de quatre, dont un homme « aux épaules larges, de taille moyenne et cheveux gris », ce qui correspond au signalement de l'ex-gorille de l'Élysée. Carvalho est-il bien le « quatrième homme » du commando et serait-il parvenu à s'échapper ? Les opérations de recherche continuent sur plusieurs hectares autour des épaves encore fumantes des deux hélicoptères. Deux autres cadavres sont en cours d'identification. Ils ont été trouvés à l'intérieur des appareils. Il s'agit vraisemblablement des deux pilotes.*

La très grande colère du chancelier Kiesinger

Ce très lourd bilan provoque déjà une crise diplomatique majeure entre la France, l'URSS et l'Allemagne. Dans une courte allocution à la chaîne ZDF, le chancelier Kurt Georg Kiesinger s'est déclaré « outré qu'un vulgaire règlement de compte entre Français ait pu se dérouler sur le territoire allemand. Notre hospitalité et notre confiance ont été bafouées par un pays que nous considérions pourtant comme un allié crédible et respectueux », a ajouté le chancelier avant d'exiger des excuses officielles de Paris. À l'heure où nous mettions sous presse, elles n'avaient pas encore été formulées. De l'Élysée à Matignon, en passant par les ministères de l'Intérieur et des Affaires étrangères, c'est le même embarras qui régnait. « On comprend évidemment la fureur des Allemands, mais, avant de s'excuser, encore faudrait-il comprendre un minimum ce qui s'est passé, explique-t-on dans l'entourage du président de la République. Ça sent la barbouzerie à plein nez, et évidemment tous les responsables des ministères et des services sont aux abris, sur le mode, c'est pas moi, c'est lui », ajoute la même source. Reste que la présence d'au moins trois membres de l'ancienne « garde Defferre » parmi les assaillants oriente les soupçons vers le ministère de l'Intérieur. Gaston Defferre est lui aussi aux abonnés absents, mais, sous couvert d'anonymat, l'un de ses proches nie vigoureusement toute implication du candidat à la présidence de la République et qualifie le fiasco de Baden-Baden « d'opération hasardeuse et illégale, à l'unique initiative des services, sans aucun feu vert du ministre ».

Le Monde du vendredi 13 juin

Raid raté sur Baden-Baden : un nouveau corps retrouvé. Par Louise Ben Kader

Un nouveau corps a été trouvé sur le site de l'accident d'hélicoptères qui a déjà causé la mort de neuf personnes, près de Baden-Baden. Il s'agit sûrement de José Carvalho, l'ancien patron de la sécurité présidentielle.

Comment les premières opérations de recherche avaient-elles pu ainsi passer à côté ? Alors que plusieurs unités de la police allemande avaient déjà inspecté des hectares de forêt et arpenté des dizaines de sentiers, un dixième corps a été retrouvé à seulement quelques mètres de l'endroit où deux hélicoptères se sont percutés dans la nuit de lundi à mardi, près de Baden-Baden. Un porte-parole de la police du Bade-Wurtemberg a déclaré « qu'hier, jeudi, à 14 h 18, le corps carbonisé d'un homme d'environ 1,75 m a été retrouvé sous un amas de troncs de sapins abattus et partiellement calcinés lors de l'accident ».

Le cadavre n'a pas été encore officiellement identifié, mais il portait à l'annulaire gauche une chevalière gravée des initiales « JC ». Elle laisse à penser que le quatrième membre du commando qui a tenté de tuer ou d'enlever le général de Gaulle (voir Le Monde *du 11 juin) serait bien José Carvalho, cinquante ans, l'ancien chef de la garde présidentielle, limogé après l'assassinat de Pierre Mendès France, le 25 mai dernier.*

Alain Poher : « Tous les coups ne sont pas permis »

Si ces soupçons étaient avérés, l'affaire prendrait une tournure très délicate pour le ministre de l'Intérieur, Gaston Defferre, également candidat à la présidence de la République. José Carvalho est en effet un proche du maire de Marseille, qui avait placé l'ancien commissaire des Stups à la tête de la sécurité élyséenne. Gaston Defferre s'est pour l'instant refusé à tout commentaire, mais son entourage nie toute implication du ministre pour mieux charger son ex-homme de confiance : « Carvalho ne s'est pas remis d'avoir été démis de ses fonctions par Defferre. Pour regagner du crédit, il a su convaincre des responsables du Sdece et de la DST de passer à l'action, sans réelle préparation. Defferre est furieux et des têtes vont tomber. »

Il n'est cependant pas certain que les autres candidats à l'élection présidentielle mordent à l'hameçon de ces théories de l'initiative personnelle et du loup solitaire. Pour une fois à l'unisson, le Premier ministre, Michel Rocard, et le ministre des Affaires étrangères, François Mitterrand, ont réclamé l'ouverture rapide d'une enquête parlementaire « afin d'établir les responsabilités, toutes les responsabilités, de la base jusqu'au sommet » (Rocard). Lors d'une conférence de presse impromptue, organisée à son ministère, François Mitterrand s'est montré particulièrement virulent : « Nous ne pouvons pas laisser dire que cette tentative grotesque d'enlèvement a été décidée par le gouvernement de la France ! Si l'un d'entre nous, même un ami proche ou un compagnon de longue date, a participé, de quelque manière que ce soit, à cette aventure macabre sans queue ni tête, il devra en répondre devant la justice ! » Le président de la République par intérim, monsieur Alain Poher, a présenté des excuses officielles, « au nom de la France », au chancelier allemand Kurt Georg Kiesinger. M. Poher a ensuite adressé ses « vœux de rétablissement les plus prompts au général de Gaulle », avant d'ajouter qu'en politique « tous les coups ne sont pas permis. S'attaquer à un héros de l'histoire de France de façon aussi lâche et ignominieuse représente une insulte à notre démocratie. L'assassinat tragique de

Pierre Mendès France ne saurait justifier des actes de vendetta de type maffieux », a conclu Alain Poher. Une référence à peine déguisée au passé de M. José Carvalho, soupçonné d'avoir appartenu au milieu marseillais avant d'être choisi par Gaston Defferre pour prendre la tête de la sécurité élyséenne.

Alors que son dernier meeting de campagne, dans sa ville de Marseille, lundi dernier, semblait lui avoir redonné de l'énergie et un certain crédit, voici le ministre de l'Intérieur potentiellement confronté à une nouvelle séquence dont il se serait bien passé. Elle pourrait s'avérer fatale à ses ambitions élyséennes, et même à son avenir politique. L'arrestation rocambolesque, puis la mise hors de cause tout aussi spectaculaire d'Henri Turrini, un temps soupçonné par la police d'être l'assassin du président Mendès France, avaient résonné comme un premier coup de tonnerre. Que la preuve soit apportée que Gaston Defferre a organisé ou même seulement encouragé la funeste expédition de Baden-Baden, et la tempête pourrait bien tout emporter.

DEUXIÈME PARTIE

Chapitre 1

QUELQUE PART DANS LA BANLIEUE PARISIENNE,
SAMEDI 14 JUIN

José Carvalho se réveille dans une pièce sans fenêtres aux murs couverts de boîtes d'œufs retournées. Si ses mains n'étaient pas ligotées à une chaise, il pourrait toucher le clavier d'un piano Steinway and Sons. Au-dessus de l'unique accès à la pièce (une porte capitonnée) se trouve un panneau lumineux qui ordonne « SILENCE » en lettres capitales rouges. José Carvalho n'a de toute façon pas très envie de parler, encore moins de jouer du piano. Rien que d'ouvrir la bouche ou de remuer ses poignets lui demanderait un effort surhumain. Son crâne, son corps semblent anesthésiés, comme s'il avait avalé de la ouate par paquets entiers. Seules ses extrémités (mains et pieds) lui permettent d'encore ressentir une sensation dont il se serait bien passé : la douleur provoquée par ses liens affreusement serrés.

En plus du piano Steinway, un pied de micro sans micro se dresse au milieu de la pièce. Même en plein coltar, et sans être un grand mélomane, Carvalho en conclut qu'il se trouve dans un studio d'enregistrement. Derrière la grande vitre qui couvre le mur du fond, des ombres passent et repassent. L'une d'elles se précise. Carvalho peut douter de l'identité de la silhouette, mais il n'a aucun mal à reconnaître la voix. C'est celle qui tentait de le consoler à l'hôpital du Val-de-Grâce, alors que le corps martyrisé de Pierre Mendès

France venait d'être sorti de la DS présidentielle. Celle qui lui susurrait qu'il avait fait le maximum et devait laisser travailler les médecins. Est-ce parce qu'elle est filtrée par un haut-parleur ? La voix du docteur Lopez Carril sonne plus métallique, moins chaleureuse qu'au Val-de-Grâce. On sent même que, derrière l'onctuosité de façade, la menace peut surgir à n'importe quel moment :

« Ah ! Monsieur Carvalho, comme nous sommes heureux de vous accueillir à nouveau dans le royaume des vivants ! J'espère que vous nous pardonnerez vite cette position, disons… inconfortable. Mais, après un si long sommeil, certains de nos invités se lèvent du mauvais pied, et nous préférons anticiper. Je tiens cependant à vous rassurer : vous n'êtes pas notre prisonnier. Nous désirons travailler avec vous en toute confiance. Vos liens ne demandent qu'à être dénoués. »

La voix marque une pause, comme pour laisser à José Carvalho la possibilité de répondre ou au moins d'acquiescer d'un mouvement de tête. Mais l'« invité » se contente de regarder droit devant lui. Même si les somnifères cessaient de l'abrutir, Carvalho n'est pas certain qu'à ce stade de la conversation il ait déjà quelque chose d'intelligent à dire. Alors le monologue peut continuer de s'échapper de derrière la vitre fumée.

« Nous pensons que vous êtes un élément de grande valeur, mais que vous avez été très mal utilisé. Cette expédition en Allemagne était grotesque. Même au Vietnam, la plus suicidaire de nos opérations héliportées est mieux préparée ! À Charléty, en revanche, vous avez fait le maximum. Franchement, si le président Mendès France est mort, vous n'y êtes absolument pour rien ! Il faut arrêter de culpabiliser. »

« Et vous, vous y êtes pour quelque chose ? » La question a jailli d'entre les lèvres ramollies de José Carvalho sans que lui-même ait eu l'impression de la formuler. Les mots se sont comme évadés de sa bouche anesthésiée.

« Ah ! Ah ! Nous ne sommes pas encore assez en confiance pour déjà partager nos petits secrets… »

La douleur des liens trop serrés remonte tout le long du corps du ligoté, jusqu'à aiguillonner son cerveau. L'ancien chef de la garde élyséenne commence à remettre de l'ordre dans le bordel de ses pensées. Il se souvient comment le bon docteur Lopez Carril avait surgi sur la scène de Charléty, déboulant de nulle part, alors que Pierre Mendès France venait de s'effondrer. Comment il avait disparu tout aussi rapidement, à l'hôpital du Val-de-Grâce, comme s'il estimait que sa mission était achevée et qu'il pouvait retourner dans les ténèbres. Carvalho n'est pas encore assez réveillé pour pouvoir pousser plus loin son enquête. Le peu d'énergie qu'il parvient à récupérer, il le consacre donc à écouter la voix :

« J'avoue être un peu heurté par votre manque de reconnaissance. Nous vous avons ramassé, agonisant, dans un sous-bois allemand, sur le point d'être dépecé par les corbeaux, nous vous avons rapatrié à Paris en première classe, avant de vous remettre, en partie sur pied, à vous soigner, vous bichonner, même si hélas ! certains dégâts semblent irréversibles. Et tout ce que vous trouvez à formuler, ce n'est pas un grand "Merci docteur !", mais des accusations à peine voilées selon lesquelles j'aurais contribué d'une façon ou d'une autre à la mort de ce pauvre Mendès France ! Je me demande si vous êtes digne du cadeau extraordinaire que nous voulons vous offrir : une deuxième vie ! Je suis en effet au regret de vous annoncer la mort de José Màrio dos Santos Adao Carvalho, décédé tragiquement dans un accident d'hélicoptère, le 9 juin dernier, dans une forêt proche de Baden-Baden. Mort pour la France, la DST et Gaston Defferre ! Son corps était méconnaissable. Les enquêteurs ont eu les pires difficultés pour l'identifier. Heureusement qu'il y avait cette chevalière "JC" que vous nous aviez précieusement confiée, il y a quelques années. Elle nous a permis de les orienter dans la bonne direction. Ses obsèques, ou plutôt VOS obsèques, ont eu lieu dans la plus stricte intimité, au cimetière Saint-Pierre de Marseille, jeudi dernier. Il va falloir faire le deuil de vous-même. Ce sera un long processus, mais, là encore, nous allons vous aider en vous procurant une nouvelle identité. Pour le nom, on hésite encore entre respecter vos origines ibères, quitte à traverser la frontière, pourquoi pas Garcia, Fernandez, mais pas Lopez, c'est déjà pris, ha, ha ! Ou opter au contraire pour quelque chose de très français, genre Dubois, Fournier, Girard, Lambert... De toute façon, ce sera passe-partout et facile à retenir. Avec la gueule que vous avez, vous vous ferez déjà bien assez remarquer ! Vous aurez aussi évidemment un appartement tout neuf, et des nouveaux collègues avec lesquels vous effectuerez pour nous un certain nombre de missions. Fini de jouer les baby-sitters ! Vous allez à nouveau pouvoir pleinement laisser cours à vos instincts de prédateur ! Il y a tellement de gens encombrants ou trop curieux dont il faut se débarrasser. La planète en est remplie. Vous connaissez la maladie du siècle ? La vérité ! Tout le monde pense la détenir, alors qu'elle n'a jamais existé. C'est une pure invention des communistes pour nous nuire... »

« ... Et si je refuse ? » parvient péniblement à articuler José Carvalho.

« Refuser ? Mais pourquoi ? Pour mourir une deuxième fois en deux semaines, en laissant encore moins de traces que la première ? Vous savez, le cadavre affreusement défiguré, calciné, aux bouts des doigts rongés par l'acide, que nous avons placé près de la carcasse de l'hélicoptère pour faire croire à votre tragique disparition, nous ne l'avons pas fabriqué nous-mêmes. Il fallait bien qu'il appartienne à quelqu'un, non ? Eh bien, ce quelqu'un possédait deux caractéristiques principales. Un : il avait exactement la même corpulence que vous. Deux : il avait "refusé" un service que nous lui avions pourtant poliment demandé. Alors oui, vous pouvez "refuser", et nous devrons malheureusement trouver d'autres corbeaux pour vous picorer les iris. Mais si j'étais votre "nouveau vous", j'accepterais plutôt notre contrat, avec à la clé beaucoup d'argent, et une retraite sur l'île paradisiaque de votre choix quand nous estimerons que vous aurez suffisamment servi les intérêts de la démocratie. »

« Je dois d'abord en référer au ministre de l'Intérieur… »

« Ah ! Ah ! Désolé, je ne devrais pas me moquer. Je me doute que vous n'avez pas beaucoup lu les journaux depuis votre rapatriement de Baden-Baden. Comment dire… Vous voyez ces boîtes d'œufs vides collées au mur du studio ? Elles possèdent désormais plus de valeur que la carrière politique de votre protecteur. La petite expédition à Baden-Baden a eu des effets désastreux sur la popularité du ministre. Même les Marseillais pourraient ne pas lui pardonner ce coup-là. Vous pouvez donc vous considérer comme libéré de vos obligations envers monsieur Gaston. Plus besoin de jouer un double jeu, nous sommes désormais vos seuls patrons. Des questions ? »

José Carvalho aurait désormais retrouvé assez de lucidité pour demander au docteur Lopez Carril quel est l'âge légal de la retraite pour les tueurs clandestins de la CIA, et si son premier stage, de janvier à juin 1967, au quartier général de Langley (Virginie), sera pris en compte pour le calcul de son ancienneté. Mais, plutôt que de faire du mauvais esprit, l'homme qui fut José Carvalho, mais qui ne connaît pas encore son nouveau nom, préfère déjà démontrer son sens de la hiérarchie en laissant à son nouvel employeur le soin de la conclusion.

« L'un de mes hommes va venir vous détacher, annonce la voix du docteur. Au fond du studio, vous trouverez une malle de vêtements neufs ainsi qu'une pile de 33-tours. Cherchez le Miles Davis, *In a Silent Way*, vos premières instructions se trouvent à l'intérieur de la pochette. Vous pouvez garder le disque si vous voulez. »

Chapitre 2

PARIS, MERCREDI 18 JUIN

Louise Ben Kader décide de ne pas répondre au téléphone. Il est 8 heures du matin, et c'est sûrement sa mère qui va encore la supplier de venir à Saint-Étienne, avant d'enchaîner les circonlocutions sur le moral toujours plus vacillant de son mari, ce que l'ensemble de la famille Ben Kader se refuse pudiquement à qualifier de « dépression ». Mais, après deux sonneries pour rien, la troisième résonne comme un appel au secours, et Louise se résout à décrocher le combiné :

« Tcheou s'est suicidé, le gardien du stade l'a trouvé pendu à la transversale des poteaux de rugby, c'est Roger qui vient de me prévenir », lâche d'un trait Henri Turrini, comme si prononcer cette phrase lui permettait à nouveau de respirer.

Louise encaisse la nouvelle avec une froideur qui la surprend elle-même. Elle avait oublié qu'elle était une enfant de la guerre, que, toute son enfance et son adolescence, elle s'était préparée à ce que sa mère vienne la chercher à l'école ou la réveille en pleine nuit pour lui annoncer qu'il était « arrivé quelque chose » à son père. Il n'était rien arrivé, si ce n'est cette fuite de l'autre côté de la Méditerranée, dans cette douce France où la mort n'était plus censée frapper à n'importe quelle heure du jour ou de la nuit, du moins pas Louise, ni ses proches, en tout cas pas un grand gaillard de plus d'un mètre quatre-vingt-dix qu'elle avait encore entendu parler et rire, il y a moins de trois semaines.

« OK, j'y vais tout de suite », répond-elle, déjà prête à raccrocher.

« On se rejoint là-bas », propose Turrini.

« Non, hors de question. Ça va grouiller de flics et de journalistes, toi, tu restes au vert. Ta présence n'arrangera rien, bien au contraire. »

À sa sortie de prison, Henri Turrini a d'abord été trimbalé de pavillon de banlieue anonyme en fermette isolée au fin fond du Perche, sous la garde rapprochée, vingt-quatre heures sur vingt-quatre et sept jours sur sept, d'au moins trois inspecteurs de la DST. Il y avait une certaine ironie à ce que le faux coupable de l'assassinat de Pierre Mendès France soit désormais baby-sitté par ceux-là mêmes qui l'avaient arrêté et accusé à tort. Le soir, Henri Turrini avait du mal à s'endormir. Il redoutait que ses anges gardiens profitent d'une nuit sans lune pour se débarrasser définitivement du témoin embarrassant de leur incurie. Turrini se méfiait donc autant de ses « protecteurs » que des groupuscules gauchistes qui avaient mis sa tête à prix. Il mit donc fin à cette situation pour le moins inconfortable en profitant d'un défaut de vigilance de son escorte pour sauter du véhicule qui l'emmenait vers une énième planque et retrouver ainsi une certaine forme de liberté. Le fugitif fut pris en charge par ses coéquipiers du PUC. Ils l'hébergeaient chacun leur tour avec pour règle de base de ne jamais passer plus de deux nuits de suite au même endroit. Même Louise Ben Kader ne savait pas d'où Henri Turrini était en train de l'appeler, mais, au son de sa voix, elle comprit que la clandestinité n'arrangeait pas sa tendance à se croire détesté par une bonne partie de l'humanité.

« Écoute, Louise, je suis très reconnaissant de ce que tu as fait pour moi, mais je ne suis pas sorti de la Santé pour rester éternellement planqué. Tcheou était mon coéquipier, mon ami, toute l'équipe va se retrouver là-bas. J'aurais honte de rester seul caché dans mon coin. »

« Tu veux quoi ? Provoquer une émeute pour lui rendre hommage ? » s'emporte Louise.

Le silence au bout du fil laisse penser à la jeune femme qu'elle a marqué un point. Afin de ne pas compromettre cet avantage, elle raccroche le plus vite possible, avec la crainte, tout de même, de s'être montrée un peu trop brusque.

« Désolé, Henri, je devine ce que tu ressens. Je te tiens au courant. »

Si Louise Ben Kader redoutait d'être envahie par une bouffée de nostalgie en retrouvant les allées arborées et les bâtiments kitsch de la Cité universitaire, un important dispositif policier mis en place dès l'entrée du campus ramène sans ménagement la jeune femme à la réalité : un étudiant originaire d'un pays dit « sensible », car de l'Est, communiste, mais pas non plus aussi rouge que l'URSS, bref, un Roumain, vient d'être retrouvé pendu à des poteaux de rugby, et il jouait dans la même équipe que l'ancien suspect numéro 1 de l'assassinat du président Mendès France. L'affaire est donc potentiellement explosive, et la police française s'est déjà couverte de ridicule dans des proportions historiquement inédites. D'où ces uniformes partout et cet ordre appliqué avec zèle : personne, et surtout pas une journaliste, et encore moins Louise Ben Kader, ne doit approcher du terrain d'entraînement où le drame s'est déroulé.

Grâce à sa bonne connaissance des lieux, la reporter du *Monde* parvient à trouver, au 16 de l'avenue André-Rivoire, un vieux portail rouillé dont le cadenas fait juste semblant d'être attaché. Elle a déjà emprunté ce raccourci avec des pucistes en retard pour l'entraînement. Mais, une fois à l'intérieur de la Cité U, la densité de flics au mètre carré semble encore augmenter, et c'est de loin, planquée derrière une colonne dorique de la fondation hellénique, sans espoir de pouvoir plus approcher, que Louise Ben Kader observe la scène du crime, ou plutôt du suicide. Elle découvre en particulier la silhouette courte et raide du nouveau directeur d'enquête, celui qui vient de remplacer le commissaire Roger Martinot, fraîchement muté à Poitiers depuis le fiasco de la conférence de presse auquel la journaliste du *Monde* a largement contribué. Ce remplaçant, Louise l'avait imaginé autrement, comme un calque de Martinot, en peut-être moins transpirant. Or, le commissaire Walter Wagner semble avoir été choisi selon des critères précis, y compris physiques, pour rappeler le moins possible son prédécesseur. Autant Martinot passait pour un gentil géant, autant Wagner ressemble à un elfe menaçant. Son visage encore adolescent (alors qu'il a déjà 33 ans) masque un caractère affirmé qui vire facilement à la tyrannie et lui vaut le surnom, pas très fin, de Herr Wagner, certains de ses subordonnés n'hésitant pas à se fendre d'un salut hitlérien, bras tendu, talons qui claquent, lorsque leur patron a le dos tourné.

Louise scrute Herr Wagner en train de passer et de repasser sous la barre transversale des poteaux de rugby d'où pend encore la corde utilisée par le pauvre Tcheou. Ce seul nœud coulissant suffit à transformer les perches de bois élancées vers le ciel en un lugubre gibet moyenâgeux. Entre cette barre transversale et le sol, les règles du jeu de rugby imposent une hauteur de trois mètres. D'où la présence d'un escabeau, sûrement amené par le suicidé, afin qu'il fasse office de marchepied vers sa propre mort. Le responsable du service d'entretien de la Cité U tente de récupérer l'escabeau, « mon escabeau », précise-t-il, en arguant de travaux urgents à réaliser. Ce qui provoque la colère noire du commissaire Wagner, lequel menace de le coffrer pour « destruction de preuve ». En plus d'un tempérament naturel qui le rend facilement enclin à l'emportement, Herr Wagner montre un surcroît de nervosité dû au fait qu'il n'a pas l'habitude de recueillir des indices sur les terrains de rugby. Perplexe, il touche, puis secoue un poteau, comme s'il espérait en faire tomber une noix de coco, avant de se diriger, les mains dans le dos, d'un pas indécis, en marquant plusieurs pauses, vers l'ambulance où le corps du suicidé a été embarqué.

Louise Ben Kader estime qu'elle en a assez vu. Son instinct la guide hors de la Cité U, vers le bar Le Gentilly, où elle s'attendait à retrouver de nombreux joueurs du PUC, mais pas celui qui se trouve tout au bout de la banquette. Henri Turrini porte une casquette et des lunettes noires qui ne lui garantissent qu'un anonymat très relatif. Il n'est plus l'ennemi public numéro 1 depuis sa libération de prison, mais reste quand même une célébrité, un monstre de foire, l'homme qui aurait pu tuer le président de la République, ou qui l'a peut-être tué, car la moitié complotiste du pays le considère toujours comme coupable, une minorité le soupçonne même d'avoir préalablement descendu les deux frères Kennedy.

En apercevant Henri Turrini, Louise est aussi furieuse qu'heureuse. Furieuse parce qu'il n'a pas tenu compte de son conseil, qui ressemblait à un ordre. Heureuse parce qu'elle ne l'avait pas revu depuis sa sortie de prison et sa prise en charge immédiate par les gros bras de la DST. Durant ces huit derniers jours, on ne peut pas dire que Louise ait beaucoup pensé à Henri. Elle avait trop à faire, et les piques de jalousie régulièrement lancées par Pierre Lefèvre à Marseille sur son « copain Turrini » l'ont amusée sans qu'elle se sente le moins du monde coupable de la moindre tromperie, même platonique. Mais de le retrouver ainsi, dans cette atmosphère de drame qui accélère les pulsations, la laisse moins insensible que prévu. Henri lui a sauvé la vie, et elle lui a évité la prison à perpétuité. Depuis, Louise a l'impression qu'ils veillent l'un sur l'autre. Mais peut-être est-elle trop romantique et sûrement qu'Henri n'a pas du tout l'impression de veiller sur elle. Son air fermé, buté, sa tête à peine détournée, quand Louise est entrée dans le bar, incitent la jeune femme à penser que le manque de sommeil et le stress généré par les évènements de ces dernières semaines agissent de façon inquiétante sur son métabolisme, jusqu'à lui faire éprouver un début de sentiment pour un ex-CRS irascible qui la traite au mieux comme un copain de régiment.

Les autres joueurs ne manifestent pas non plus une joie débordante en la voyant. Il y a les circonstances évidemment, mais aussi un peu de rancœur pour celle qui n'a récemment pas donné beaucoup de nouvelles. Afin de maintenir sa cohésion, le groupe combat toute forme de relâchement dans l'amitié, les intermittents de la camaraderie s'en trouvent impitoyablement pourchassés. Cheval produit un effort hors du commun en lâchant du bout des lèvres un « Salut Louise… » pour respecter un minimum de politesse. La reporter s'assoit à l'extrémité gauche de la banquette, soit à l'exact opposé d'Henri Turrini. Elle remarque qu'une lettre dépliée passe de main en main. Le temps qu'elle parvienne jusqu'à Louise, la feuille de papier a vu sa blancheur compromise par les traces de doigts et même une ou deux taches de gras. Louise est sur le point d'en démarrer la lecture quand Mauriac, l'avocat première ligne, interroge les autres du regard et prend la parole :

« OK, tu peux la lire, mais interdiction d'en parler dans ton journal. Le gardien du stade a trouvé cette lettre scotchée sur une perche des poteaux de rugby. Elle nous est adressée. On la donnera aux flics, mais pas avant d'avoir tout compris. »

En lisant la lettre, Louise sent peser sur elle l'attention de tout le groupe, comme si ces cinq lignes manuscrites étaient rédigées dans une langue étrangère que seule la journaliste pouvait traduire : « *Chers amis, mes frères, je suis l'unique responsable de la mort de Pierre Mendès France. Je ne peux pas supporter d'avoir laiss*er *Henri se faire accuser à tort. Je vous demande pardon. Votre Ion.* » Louise comprend désormais mieux l'état d'hébétude générale qui règne autour de la table. Ion Raducanu, leur Tcheou, s'est suicidé, dévoré par la culpabilité.

« Si c'est vraiment lui qui a fait le coup, pourquoi ne s'est-il pas rendu à la police quand Henri était en prison ? Pourquoi avoir attendu sa libération pour se pendre ? » interroge la Blache, sans espérer que quiconque puisse clairement lui répondre.

La lumière ne viendra pas de son voisin de table. Le pilier gauche Papi Grimaldi se contente d'une autre volée de questions :

« Lequel d'entre nous peut se vanter d'avoir eu une conversation de plus de cinq minutes avec Tcheou ? Qui est déjà allé chez lui ? Qui l'a déjà croisé avec une fille ou un copain qui ne soit pas du rugby ? »

« Je sais seulement qu'il habitait à la Cité U, dans le pavillon de la Roumanie », répond la Blache, avant qu'un nouveau long silence ne s'installe.

Louise le brise en mille morceaux d'une interrogation qui fait se braquer sur elle tous les regards, même celui d'Henri Turrini :

« Est-ce que vous pensez que Tcheou aurait pu être un espion, un agent de la Securitate ? »

Papi se dévoue pour répondre.

« Ion est arrivé au club, il y a deux ans. Il est venu nous voir un soir à l'entraînement. Il a juste dit qu'il était étudiant à la Sorbonne, qu'il avait joué quelques matches avec l'équipe nationale de Roumanie. On a tout de suite pu constater qu'il avait le niveau, et on ne s'est pas plus posé de questions. Il aurait fallu vérifier son passeport ou demander à consulter son fichier à la DST ? »

La lettre est repartie à l'autre extrémité de la banquette. Henri Turrini la saisit, la lit et la relit, comme s'il voulait imprimer chaque mot au plus profond de son cerveau.

« Y a un truc qui déconne, lâche l'ex-CRS. Tcheou a écrit : "Je ne peux pas supporter d'avoir *laisser* Henri se faire accuser à tort." Je suis nul en orthographe, en grammaire et en conjugaison, mais même moi j'ai vu la faute : "laisser" avec "er" et pas "é". Tcheou était étranger, OK, mais il étudiait la littérature et les cultures médiévales, à la Sorbonne. Il préparait une thèse sur un type qui s'appelle Chrétien de Troyes ! Aucun de nous ne parlait et n'écrivait le français aussi bien que lui, surtout pas moi, et pourtant j'ai vu cette putain de faute ! »

« Peut-être qu'au moment d'écrire un testament on perd un peu en lucidité… » fait remarquer Grimaldi.

« Pas Tcheou », rétorque aussitôt Henri. « C'est censé être sa dernière lettre, la plus importante, celle où il justifie son acte. Je ne peux pas croire qu'il ne l'ait pas lue et relue. »

« C'est pourtant bien son écriture, non ? »

« Une écriture, ça s'imite… »

« Donc, ta théorie, c'est qu'un inconnu a écrit les dernières volontés de Tcheou à sa place, avant qu'il ne se pende à la transversale ? »

« Tu connais l'histoire de l'escroc Stavisky qui s'est "suicidé de trois balles dans le dos" ? Peut-être que Tcheou n'est pas monté tout seul sur l'escabeau… »

« Oui, et peut-être qu'Elvis est mort et James Dean toujours vivant », se moque Papi, bientôt appuyé par la Blache.

« Il a raison, Henri. C'est normal que la mort de Tcheou te touche particulièrement, mais il faut arrêter le délire, donner la lettre aux flics et faire notre deuil. »

Turrini encaisse le coup, baisse la tête, à bout d'arguments, quand une autre voix s'élève de l'autre extrémité de la banquette :

« Moi, je pense comme Henri, intervient Louise d'une voix ferme. Il n'y a rien qui va dans cette affaire. Les flics feront leur boulot, je ferai le mien, et à la fin, on verra bien qui a raison. »

Chapitre 3

Paris, jeudi 19 juin

Il se souvient de sa terreur de gamin quand il plongeait dans les eaux glacées des calanques. Au milieu des poissons et des coraux aux couleurs de dessin animé, surgissait d'entre les rochers la petite tête aussi effrayante qu'effrayée d'une murène. Ses yeux hallucinés, sa peau que l'on devinait visqueuse et qu'il ne fallait surtout pas toucher, mais qui s'y serait risqué ? Quand il n'a pas d'autre choix que de surprendre son visage dans un miroir, c'est sa gueule maintenant. Une sale gueule de murène. Il a du mal à déterminer s'il déteste plus ses sourcils calcinés, son nez en bec fendu, sa peau comme la cire d'une bougie trop vite consumée, ou son crâne chauve et bosselé où plus aucun cheveu ne prendra le risque de pousser.

Que d'énergie et de temps perdu par le docteur Lopez Carril et ses sbires pour lui fabriquer une nouvelle identité, lui trouver un nom facile à retenir, « Joseph Lhéritier, né le 11 août 1919 à Angoulême », alors que tout le monde ne l'appelle plus que comme ça : la murène. Est-ce que vous saviez que la murène était samedi au Sept, qu'elle est repartie du club à l'aube avec un minet sûrement mineur d'une beauté à se damner ? Il paraît aussi que la murène traîne beaucoup chez madame Madeleine, à Pigalle. Elle se fait livrer dans sa chambre des voyous gominés que Jackie le rabatteur lui déniche dans les bars et les salles de jeu du quartier. Et vous ne connaissez pas la meilleure ?

La murène se serait amourachée de Marie-France, mais si, vous la connaissez, la travelotte toute fine qui chante *Diamonds* de Marilyn, à l'Alcazar... Tous ces établissements délicieux, la murène n'aurait jamais osé les fréquenter quand elle était encore un bon petit flic au service de la République. Trop risqué pour sa réputation. Vous imaginez le scandale si des collègues de la Mondaine avaient débusqué le chef de la garde présidentielle dans un repaire à mignons de la rue Sainte-Anne ou un bordel à garçons de Pigalle-la-pédale ? Le docteur Lopez Carril a raison : quand on a la chance d'être mort, il faut profiter à fond de sa deuxième vie. Pas certain pour autant que le doc adorerait voir sa créature ressuscitée, son supposé discret et discipliné Joseph Lhéritier, risquer la réputation de virilité de l'Agence en devenant la coqueluche hideuse mais fascinante du gay Paris. Le doc ignore évidemment tout des frasques de sa murène. Il croit avoir créé un tueur à sang froid qui exécute incognito ses cibles, pas un *serial* baiseur à la peau écaillée dont les exploits commencent à fasciner certaines stars du showbiz, et pas que des homos. Gainsbourg envisagerait de lui écrire une chanson, Keith Richards veut lui casser la gueule. Il serait pour autant injuste de reprocher à la murène un total manque de précautions. Elle évite de passer deux soirées de suite dans le même établissement, et ses changements d'amants sont encore plus fréquents. Impossible également de la surprendre dans la clarté du jour. Comme si sa peau incendiée ne supportait plus le soleil, que même la lumière filtrée par les nuages gris de Paris suffisait à abîmer son épiderme. La murène ne sort jamais avant 22 heures et termine ses journées quand les éboueurs commencent à peine la leur. À l'intérieur des boîtes de nuit, elle n'est pas non plus du genre à se faire inutilement remarquer. Elle traverse la piste de danse pour rejoindre l'endroit le plus reculé de la discothèque, là où les spots de lumière ne font que dessiner une ombre sur sa sale gueule de tueur. La murène chasse comme une murène. Elle attend assise à sa table, tapie dans l'obscurité, à peine éclairée. Les plus beaux garçons de la soirée finissent toujours par venir d'eux-mêmes, surmontant leur répulsion pour venir se jeter entre ses mâchoires dévoreuses. Son corps supplicié n'est que dents et queue. Ils peuvent en profiter sans s'apitoyer, car c'est la murène qui possède, frappe et fait mal. Chez Madeleine, le bordel pour garçons où elle entraîne ses proies, Jackie le rabatteur l'a plusieurs fois engueulée. À quoi bon ramener des angelots si délicats si c'est pour les abîmer jusqu'au sang ?

« Déformation professionnelle », répond la murène sans que Jackie puisse se douter que la plaisanterie est aussi un aveu.

La murène ne passe pas seulement ses nuits à supplicier pour leur plaisir commun les minets du Drugstore Saint-Germain. Elle a surtout repris son vrai métier. Avec un peu d'appréhension au début. La peur de ne plus savoir faire. Mais l'assassinat, c'est comme la bicyclette, ça ne s'oublie pas. Et sans vouloir insulter la mémoire du Catcheur, du Viet' et du Beatnik, les nouveaux collègues de la murène sont autrement plus professionnels. Dans l'art toujours difficile du crime d'État, les Français sont encore à des années-lumière des Américains et des Roumains. Des agents de la Securitate notamment. José Carvalho devenu Joseph Lhéritier (mais n'est-il pas plus simple de l'appeler José la Murène ?) a eu le privilège de les assister pour « suicider » l'un de leurs compatriotes. Ils l'ont assommé de somnifères avant de le traîner hors de sa chambre. Malgré ses paupières claquemurées et sa bouche toute tordue, José la Murène a tout de suite reconnu le golgoth : il l'avait vu plus vaillant sur un terrain de rugby, dans la même équipe que Turrini, le jour de la fameuse arrestation.

José la Murène aurait pu s'étonner de cette coïncidence qui n'en était sûrement pas une, mais la tâche était suffisamment ardue pour que la moindre once d'énergie ne soit réservée qu'à l'accomplissement de la mission. Ils n'étaient pas assez de quatre pour jeter le comateux des Carpates et ses plus de cent kilos à l'arrière d'une camionnette de jardinage avant de le conduire jusqu'au terrain de rugby de la Cité U. José la Murène avait serré le nœud autour du cou du géant tandis que deux collègues de la Securitate tentaient de le faire tenir debout. Ils avaient ensuite lancé la corde par-dessus la transversale avant de tous tirer comme des fous. Le rugbyman était mort en agitant les pieds de façon grotesque, comme s'il dansait le jerk dans son sommeil. Même les plus grands professionnels commettent des erreurs, et les Roumains s'étaient engueulés entre eux. L'un d'eux était parti furieux récupérer ce qui ressemblait à une lettre, qu'il avait scotchée sur un poteau. Il était 4 heures du matin, et José la Murène s'était demandé s'il n'allait pas terminer la nuit chez Madeleine. Une très grande fatigue l'avait alors subitement rattrapé, et c'est pour une fois seule que la créature du docteur Lopez Carril était partie se coucher, avec le sentiment du devoir accompli, et la crainte que le jour ne se lève avant qu'elle ne soit emmitouflée dans son lit.

Le Monde du jeudi 19 juin

Un coupable idéal. Par Louise Ben Kader

Les aveux post-mortem de l'étudiant roumain Ian Raducanu ne dissipent pas encore tous les doutes qui entourent la mort de Pierre Mendès France.

Avec le suicide et les aveux manuscrits de Ion Raducanu, 23 ans, le mystère de l'assassinat du président de la République, Pierre Mendès France, le 25 mai dernier, est-il définitivement résolu ? Oui, a répondu en substance le nouveau responsable de l'enquête, le commissaire Walter Wagner, lors d'un point presse (auquel Le Monde *n'a pas été invité), hier, au siège de la police judiciaire, à Paris : « Nous disposons d'indices, que nous ne pouvons pas encore vous communiquer, qui renforcent notre conviction que M. Raducanu a bien tiré sur le président de la République, a expliqué M. Wagner. À ce stade de l'enquête, rien n'indique qu'il ait pu bénéficier d'une complicité, ou qu'un second tireur se soit trouvé au stade. Selon le scénario le plus vraisemblable, M. Raducanu a passé la nuit sur le toit de la tribune principale du stade Charléty. Il a commis son forfait le lendemain, avec l'arme trouvée sur le lieu du crime, avant de disparaître dans la foule des spectateurs pris de panique. L'intervention courageuse de M. Henri Turrini pour sauver des personnes en danger a créé la confusion, car il portait un survêtement aux couleurs du Paris Université Club, l'équipe de rugby dans laquelle jouait aussi M. Raducanu.*

M. Turrini est donc plus que jamais mis hors de cause. » Le commissaire Wagner a ensuite regretté le manque de coopération des autorités roumaines. « Lorsque nous avons voulu perquisitionner la chambre de M. Raducanu à la Maison de la Roumanie, sur le campus de la Cité universitaire, les responsables présents ont bloqué toutes les entrées. Nous leur avons rappelé que la Maison de la Roumanie ne possède pas de statut diplomatique particulier, mais il a fallu faire appel à des renforts de police pour pouvoir y pénétrer. Lorsque nous avons finalement pu avoir accès à la chambre de M. Raducanu, il était évident que l'endroit avait été soigneusement "nettoyé". Nous n'avons trouvé aucun effet personnel ni document. C'était comme si M. Raducanu n'avait jamais occupé cette chambre ! » a déploré M. Wagner.

Début de crise diplomatique entre Paris et Bucarest

Dans un entretien accordé à l'Agence France-Presse (AFP), l'ambassadeur de Roumanie en France, M. Constantin Flitan, a pourtant invité « tous les Roumains de France à se mettre à la disposition de la police et de la justice afin de faire progresser l'enquête sur l'assassinat du président Mendès France ». À propos de Ian Raducanu, M. Flitan précise qu'il était arrivé en France, en septembre 1965, dans le cadre des accords de coopération entre les universités de Bucarest et de Paris-la Sorbonne. « C'était un garçon discret qui possédait peu de liens avec la communauté roumaine en France. Son acte dément relève de la psychiatrie. Toute autre interprétation constituerait une insulte à l'amitié entre nos deux pays », a conclu M. Flitan.

Une version qui ne satisfait qu'à moitié les autorités françaises. L'ambassadeur de Roumanie devrait être convoqué, dans les heures qui viennent, au Quai d'Orsay. « Les Roumains ont hissé la duplicité à un niveau international rarement atteint », s'agace, sous couvert d'anonymat, un proche collaborateur du ministre des Affaires étrangères, François Mitterrand. « Le renvoi à Bucarest de diplomates roumains en poste à Paris n'est pas à exclure, loin de là », prévient la même source.

Si la lettre d'aveu écrite par Ion Raducanu a convaincu la police française, elle laisse en revanche sceptique certains proches de l'étudiant roumain décédé, notamment le plus célèbre d'entre eux : soupçonné, dans un premier temps, d'avoir assassiné le président de la République, M. Henri Turrini doute même de l'authenticité du document. « Même si l'écriture est très ressemblante, je ne crois pas qu'Ion soit l'auteur de cette lettre », explique celui qui fut le coéquipier de M. Raducanu au sein de l'équipe de rugby du Paris Université Club (PUC). « Lors d'une fameuse conférence de presse, le ministre de l'Intérieur, Gaston Defferre, avait affirmé qu'un renseignement anonyme avait mis les policiers sur ma piste. Qui avait ainsi intérêt à me nuire si Ion était le vrai coupable ? » s'interroge M. Turrini qui fait l'objet de nombreuses menaces, mais refuse toute protection policière.

Chapitre 4

Paris, vendredi 20 juin

Sans qu'il soit besoin de le nommer, ni même d'en parler, le rite s'est installé. Chaque soir, Louise Ben Kader sort du journal et cherche la présence rassurante d'Henri Turrini. Il l'attend assis à la terrasse d'un café, ou debout dans l'encoignure d'une porte cochère. En plus de sa casquette et de ses lunettes noires, l'ex-CRS s'est laissé pousser une barbe qui lui donne des airs de guérillero sud-américain.

« Sur la fiche de la DST, j'ai l'air d'un facho, alors je me déguise en Guevara pour mieux brouiller les pistes », ironise Turrini quand des importuns osent l'interroger sur cette pilosité révolutionnaire, à l'exact opposé de ses convictions politiques.

Louise a depuis longtemps cessé de le taquiner sur le sujet. Elle a aussi arrêté de faire semblant d'être offusquée par son manque de prudence. Bien sûr que la DST pourrait venir cueillir le fugitif à la sortie du *Monde*. Il est même étonnant que cela ne soit pas déjà arrivé tant sa présence quotidienne, rue des Italiens, se fait de moins en moins discrète, malgré les Ray-Ban et la barbe de *companero*. Mais Henri estime que Louise se trouve encore plus en danger. Leur conviction partagée que Tcheou Raducanu ne s'est pas suicidé a encore élevé d'un cran le niveau d'alerte. Leurs ennemis sont prêts à tuer, la preuve, ils l'ont déjà fait, et la possibilité qu'ils recommencent confine à la certitude. Henri préfère prendre le risque de retomber dans les griffes du contre-espionnage français que de laisser Louise rentrer seule chez elle. Alors il a pris l'habitude d'attendre la journaliste devant l'entrée du *Monde*, puis de lui emboîter le pas jusqu'à son studio de la rue de Richelieu. L'arrivée au pied de l'immeuble est accompagnée par un moment de flottement qui s'accentue chaque jour davantage. Louise brûle d'inviter Henri à monter chez elle. Toute la journée, même en rédigeant un article urgent pour le journal du lendemain, la reporter pense au moment où elle aura enfin le courage de se lancer : « Si tu n'es pas trop pressé, tu peux monter boire un café... »

La formule lui semble suffisamment prudente, certes engageante, mais sans être déplacée. Et pourtant, elle est incapable de la prononcer. Elle ne peut supporter la possibilité d'un refus, même dûment motivé, ou, pire, d'un grand éclat de rire qui la renverrait à sa condition de jeune fille en train de draguer un homme trop âgé (ils ont six ans de différence) déjà bien assez gentil de la protéger, alors de là à subir ses fantasmes de midinette.

Heureusement pour son employeur, Louise Ben Kader se montre plus douée pour lire dans les pensées des puissants que pour deviner ce qu'il se passe vraiment derrière le front granitique de son protecteur. Car Henri Turrini se pose lui aussi beaucoup de questions. Jamais il ne se vantera de « bien connaître les femmes » (en tout cas pas toutes), mais il possède assez d'expériences malheureuses pour sentir poindre le moment où la relation avec sa protégée ne pourra plus seulement consister à marcher côte à côte de la rue des Italiens à la rue de Richelieu, lui feignant d'être inquiété par la moindre présence suspecte, elle se contentant d'avancer en silence. Que répondra-t-il si Louise lui propose de « monter chez elle » ? Le plus simple serait évidemment de refuser en inventant un prétexte sur lequel il a déjà un peu commencé à travailler (reprise de l'entraînement avec le PUC, nouvelle mission secrète, visite à un parent ou ami inventé de toutes pièces...) Mais Henri mesure tout ce qu'un refus, même correctement argumenté, pourrait représenter de vexant, voire d'humiliant pour Louise. Alors, devra-t-il accepter sa future invitation à boire un café, un thé, une tisane, un whisky, l'apéritif ou un verre d'eau ? Pourquoi pas ? Mais une fois là-haut, dans son studio ou appartement comme il n'en a sûrement jamais vu d'aussi bien rangé et décoré, que fera-t-il après avoir consommé sa boisson ? Pas question d'utiliser ses habituelles techniques d'approche (main posée sur celle de la jeune femme, long coup d'œil appuyé pour demander à visiter les autres pièces...), elles lui feraient honte. Et même si Louise prend l'initiative, Henri Turrini ne se sent pas prêt à céder. En tout cas, pas maintenant. Il a l'impression que, quel que soit le scénario, leurs sentiments encore imprécis vont les empêtrer. Qu'ils couchent ou refusent de coucher ensemble, le charme sera rompu, Henri n'attendra plus Louise à la sortie du *Monde*, ou il ne l'attendra plus de la même façon. Tout deviendra lourd, prévisible, le quart d'heure de marche en apesanteur se transformera en un pénible parcours du combattant dont l'obstacle le plus encombrant sera leur propre sentiment d'avoir tout gâché. Or, Henri Turrini n'a pas les moyens de renoncer à ce moment de grâce quotidien. Il ne peut pas se permettre de sacrifier le seul instant de la journée où il ne se sente pas sale, avili, nauséeux. Sa nouvelle activité de détective privé l'oblige en effet à plonger dans une fange dont il ne soupçonnait pas l'épaisseur. Toute cette semaine, juste avant d'aller chercher Louise à la sortie du *Monde*, Henri Turrini a enquêté sur le meurtre d'un haut fonctionnaire de la Banque de France par une prostituée de luxe à peine majeure. La veuve emploie les services d'Henri, non par esprit de vengeance envers la meurtrière, mais pour ne plus rien ignorer du passé de son mari, auquel elle ne connaissait jusque-là qu'un seul vice, celui des mots croisés du *Figaro*.

« Je veux tout savoir sur ce salopard. Depuis quand il fréquentait les prostituées, combien d'argent il dépensait. Ça m'aidera à faire mon deuil », avait lancé la cliente au détective privé, juste avant qu'elle ne lui règle une avance de 5 000 francs.

Les premiers éléments de l'enquête devaient effectivement contribuer à plomber l'éloge funèbre. Sous ses airs de cruciverbiste de droite et de banquier près de ses sous, Louis-Georges B. était connu, dans le milieu de la prostitution VIP, comme un client particulièrement violent et de surcroît mauvais payeur. Limite si sa mort brutale n'avait pas été fêtée à coups de klaxon par les amazones motorisées du quartier de la Madeleine. À traquer le passé du trucidé, le détective Turinni avait même fini par se prendre de sympathie pour sa meurtrière : une gamine de 22 ans que Louis-Georges B. emmenait dîner chez Maxim's et présentait comme sa fille, avant de lui brûler la poitrine avec le bout rougeoyant de son cigare, dans une garçonnière qu'il louait à l'année sous le faux nom de Jean Sorel. Ce dossier pas encore refermé, Henri Turrini travaillait déjà sur une autre affaire. Celle d'un inceste entre une mère quarantenaire et son fils adolescent, là c'est papa qui voulait tout savoir et réglait les honoraires.

Évidemment qu'Henri Turrini n'avait pas signé pour cette vie-là, ou alors sa signature avait été grossièrement imitée. Né le 3 décembre 1939, pendant la drôle de guerre, toute son existence semblait marquée de ce sceau originel. Il était devenu un drôle de guerrier, toujours en retard d'une bataille, un soldat plombé par des doutes jusque-là inconnus au bataillon. Ses premières désillusions s'étaient perdues lors des évènements d'Algérie. Vu de Ballancourt (Essonne), où le jeune Turrini avait grandi, la Méditerranée était un fleuve français, et les trois départements algériens formaient une région à peine plus exotique que la Corse ou le Roussillon. Appelé à servir chez les chasseurs alpins, sa mission de pacification avait débuté comme dans un film en technicolor : au pied du bateau, sur le port d'Alger la blanche, une jeune fille blonde aux joues rondes avait passé un collier de fleurs autour de son cou encore endolori par la traversée, tandis qu'une dame patronnesse lui offrait un verre d'orangeade au goût de miel. Puis le soldat de deuxième classe était entré dans un hangar où un adjudant lui avait retiré son joli collier fleuri pour le remplacer par une moche cartouchière. En quittant le hangar, Turrini avait surpris la jeune fille blonde aux joues rondes en train de récupérer une brassée de colliers pour les accrocher au cou d'autres soldats encore plus fraîchement débarqués. Les chasseurs alpins étaient ensuite montés à l'arrière d'une procession de camions gris, direction la Kabylie.

Pour son baptême du feu, le soldat Turrini avait participé à une opération de ratissage au sommet d'un piton enneigé. Alors qu'il avançait en éclaireur, une énorme détonation avait retenti. Henri s'était mis à couvert et tirait dans toutes les directions, puis il comprit qu'il n'y avait pas d'ennemi. Son copain Claude, alias Cloclo, hurlait le ventre ouvert et les tripes à l'air parce qu'une grenade accrochée à son ceinturon venait d'exploser toute seule. Elle s'était auto-dégoupillée sans que personne, et surtout pas Cloclo, lui ait rien demandé. L'accident bête, quoi, la mort dans toute sa plus misérable absurdité. Des quatre hommes composant la patrouille, Henri était le seul que l'explosion avait épargné. Le lieutenant saignait des oreilles, et l'autre appelé avait la moitié du visage arraché. Comme le temps était trop mauvais pour que l'hélico vienne les chercher, Henri avait redescendu ses camarades sur son dos. Cinq heures de marche dans la neige à poser l'un pour porter l'autre sur quelques mètres, et ainsi de suite. Henri avait poussé le zèle jusqu'à ramener également les armes du tué et des blessés, mais, comme il manquait un chargeur dans une mitraillette, un sous-officier lui avait ordonné de rédiger un rapport en trois exemplaires. Ensuite, seulement, il avait pu prendre un peu de repos.

De retour en France, Henri était allé rendre visite à la famille de Cloclo, dans leur village du Vercors. La montagne était aussi blanche qu'en Kabylie. C'était pourtant la fin du printemps, presque le début de l'été. Aux parents et à la petite sœur de 15 ans, le démobilisé n'avait évidemment pas raconté la vérité. La grenade à la con qui avait explosé sans raison s'était transformée en un formidable engin meurtrier. Il avait fauché Cloclo tandis qu'il s'apprêtait à planter un drapeau tricolore au sommet d'une crête. Les parents semblaient l'avoir cru. En le raccompagnant à la grille de la maison, la petite sœur lui avait serré la main très fort et glissé ces quelques mots au creux de l'oreille : « Merci d'être venu. Et surtout, merci de leur avoir menti. »

À 23 ans, après vingt-sept mois sur les pitons de Kabylie, Henri Turrini était déjà un ancien combattant. De cette guerre sans nom, il ne ramenait pas seulement des cauchemars pour mille nuits, mais aussi une addiction dure à la camaraderie. À la mort, à la vie. La solitude lui était devenue insupportable. Il avait tout le temps peur de se retrouver coincé avec lui-même. L'existence semblait plus simple, bien calé au cœur d'une mêlée de rugby. Ou épaule contre épaule dans les premiers rangs d'une compagnie de CRS.

Au Quartier latin, Henri n'avait reçu ni collier de fleurs, ni orangeade, mais des insultes et des pavés. Les insultes lui avaient fait plus mal que les pavés. Fils d'Italiens qui avaient fui Mussolini pour se réfugier en France, il ne supportait pas de se faire traiter de SS par les maoïstes du Drugstore. Lors de la désormais légendaire « Nuit des barricades », lorsque l'adjudant avait enfin suggéré une charge – « Vous me dégagez tous ces connards ! » –, Turrini n'avait pas visé un manifestant en particulier. Il avait laissé décider le hasard et la sélection naturelle. Celui qui s'enfuyait le moins vite, un blond frisé un peu empoté, fit parfaitement l'affaire. Turrini aurait pu le plaquer comme un rugbyman. Il lui avait fait un sale croche-pied de footballeur. Le jeune était à terre, protestait de son innocence. Il ne traitait plus Turrini de SS, mais l'appelait respectueusement « monsieur ». C'était trop tard pour les formules de politesse. Toute la frustration, d'un coup, était remontée. L'Algérie pas française, les colliers de fleurs, Cloclo dans la neige, la grenade à la con, le rapport en trois exemplaires, la petite sœur de 15 ans. Henri avait dégoupillé. Il s'était acharné à coups de matraque sur le pauvre gosse de la rue Saint-Jacques. « Un usage de la force disproportionnée », avait souligné le rapport disciplinaire. La formule était encore en dessous de la vérité. Par chance, la victime était un fils de député de gauche, alors Henri avait été radié de la police, sinon il aurait récidivé. Rendu à la vie civile, il avait vu un psy qui manquait de psychologie et tentait de le victimiser, alors qu'il voulait encore expier.

Et puis, il y avait eu le 25 mai 1969. À nouveau des cris, des morts, et Louise. Lorsque, à Charléty, Henri avait soulevé son corps inanimé, il avait bien sûr d'entrée remarqué la beauté de ses traits, la douceur de ses courbes, il avait même été un peu gêné par le regard des autres sauveteurs le surprenant en train d'emporter une si jolie victime, comme s'il l'avait choisie avec soin parmi d'autres rescapés moins sexy. Mais de la jeune femme évanouie puis réveillée s'exhalait surtout une énergie inconnue. Un mélange de grâce, d'intelligence et d'assurance, de bonté aussi, à laquelle l'ancien CRS n'était pas du tout habitué. Cette énergie avait pris possession de lui. Elle le rendait meilleur. Il était hors de question d'y renoncer.

Louise et Henri se quittent donc chaque soir sur un « Au revoir, à demain, passe une bonne soirée » qui n'engage à rien, si ce n'est à se retrouver à nouveau vingt-quatre heures plus tard, devant l'entrée du *Monde*. Sauf que, ce soir, la routine est brisée d'entrée. Pas de « Bonjour, comment tu vas ? » pour la saluer, mais un beaucoup plus lapidaire « Pars devant et ne te retourne pas ».

Louise s'exécute, prend de l'avance, avant d'être stoppée par le bruit d'une bousculade dans son dos. Malgré l'ordre d'Henri, elle se retourne et découvre l'ex-CRS en train de coller contre le mur un inconnu dont le portrait-robot ne correspond que de très loin à l'idée qu'elle se faisait d'un tueur lancé à ses trousses. C'est un jeune homme d'une vingtaine d'années, il porte un blazer cintré sur une chemise oxford jaune pâle. Le bel ordonnancement de ses cheveux mi-longs avec raie sur le côté se trouve dangereusement menacé par la claque qu'Henri Turrini est sur le point de lui coller.

« Arrêtez ! Arrêtez ! Ne me frappez pas ! Je veux juste parler à mademoiselle Ben Kader ! supplie le minet, qui ne s'est pas débattu pour rien puisqu'il obtient un sursis.

« Qu'est-ce que tu veux lui dire ? » hurle Henri Turrini, dont les phalanges de la main droite restent en état de tension maximale.

« José Carvalho n'est pas mort. Je l'ai vu. Il est à Paris ! »

À ces mots, l'ex-CRS relâche complètement son emprise. Un uppercut à la mâchoire l'aurait assommé avec moins d'efficacité. Louise Ben Kader montre heureusement plus de sang-froid. Elle comprend que ce début d'altercation pourrait attirer la police. Alors elle tire Henri et le jeune homme à l'intérieur d'une brasserie. Ils s'installent à une table située à une distance respectable du comptoir et des oreilles indiscrètes. Le Marengo s'enorgueillit d'un certain nombre de spécialités, dont le veau éponyme, mais il est surtout célèbre pour présenter le service le plus lent de tout le quartier de l'Opéra. Quand, après un long quart d'heure, un serveur daigne enfin s'approcher, Louise, Henri et leur invité sont trop absorbés par leur conversation pour avoir même eu le temps de jeter un œil à la carte.

« On commandera plus tard », lâche Turrini sans desserrer les mâchoires, comme si un mot de trop risquait de lui faire perdre le fil de l'incroyable récit qu'il est en train d'écouter.

Le jeune homme dit s'appeler Alexandre Letourneur. Son cou montre encore des rougeurs aux endroits où Henri Turrini l'a serré particulièrement fort, mais il a recouvré ses esprits et s'exprime d'une voix claire.

« J'ai rencontré José quand j'étais encore étudiant à la fac des sciences de Saint-Charles, à Marseille. Il avait une technique de drague assez particulière. Il interpellait des jeunes comme moi qui fumaient du haschich ou prenaient des amphètes. José nous mettait la pression avant de nous relâcher. Il exigeait un numéro de téléphone pour soi-disant nous contacter si la procédure l'exigeait. En fait, il nous donnait rendez-vous et jouait les grands frères protecteurs. Mais la relation ne restait jamais platonique très longtemps. Attention, ce n'était pas du chantage ! José était très séduisant, avec sa brosse de cheveux poivre et sel, ses airs ténébreux, mystérieux, comme une figure paternelle, mais en plus déjanté. Tu ne savais jamais trop s'il allait te protéger ou te mettre en danger. Peut-être parce qu'il était flic, il surjouait la douceur. La plupart du temps, c'était un amant très tendre, pas du tout violent, mais il avait des accès de colère. Une fois, il a trouvé un sachet d'héroïne dans la poche d'un de mes jeans, et ça l'a rendu fou furieux. Il m'a attrapé par les cheveux avant de me coller un flingue sur la tempe. Dix minutes plus tard, il s'est calmé et même excusé. On est restés ensemble pendant presque un an. Évidemment, il fréquentait d'autres garçons que moi, et j'en fréquentais aussi de mon côté, mais on s'est vraiment aimés, enfin, je crois. Six mois après notre rupture, il y a eu Mai 68. J'ai participé à quelques manifs, et je suis retombé par hasard sur lui. Il était avec des collègues et nos retrouvailles n'étaient apparemment pas une bonne surprise pour lui, car il m'a jeté un regard que je n'oublierai jamais : celui d'une bête sauvage, comme s'il allait se précipiter sur moi et m'étrangler sur place. Même le flingue sur la tempe m'avait moins terrifié. J'ai vraiment eu peur de terminer comme Lorenzo... »

« Qui est Lorenzo ? » demande Henri.

« C'était un petit trafiquant, peut-être le premier vrai toxico marseillais, une autre conquête de José. On l'a retrouvé carbonisé dans le coffre d'une voiture à Septèmes-les-Vallons. Dans le milieu homo, beaucoup affirmaient que José s'en était débarrassé parce qu'il devenait trop encombrant. À l'époque, je pensais que ces histoires, c'était juste des conneries pour lui nuire. Mais, maintenant, je suis quasiment certain que tout était vrai. C'est pour ça que samedi dernier, quand j'ai vu pour la première fois, en boîte, ce type que tout le monde appelle la “Murène”, j’ai failli m’évanouir. Son visage était méconnaissable, comme s’il avait rentré la tête dans un four chaud avant de la ressortir, mais ses yeux sont restés les mêmes. Je ne peux pas me tromper. Mademoiselle Ben Kader, j’ai lu vos articles et, pour moi aussi, José Carvalho était mort et enterré depuis le raid raté de Baden-Baden. J’avais même un moment songé assister à son enterrement, par fidélité à la plutôt belle année que nous avions vécue ensemble. Mais là, je vous assure, il est toujours vivant. »

« Vous l’avez vu où exactement ? » demande Louise.

« Au Sept, une boîte homo de la rue Sainte-Anne. Il est devenu une sorte d’attraction malsaine. Beaucoup de garçons rêvent de coucher avec lui, pour l’excitation, les frissons. C’est comme baiser avec *Elephant man* monté comme un acteur porno… »

« Vous avez essayé de lui parler ? »

« Non, j’ai eu beaucoup trop peur. Je l’ai vu de loin, distinctement, et je suis aussitôt ressorti de la boîte de nuit. J’en ai fait des cauchemars, je ne crois pas que nos regards se soient croisés, mais j’avais quand même peur qu’il me retrouve. Alors j’ai décidé de vous contacter. »

« Pourquoi ne pas avoir prévenu la police ? »

« Parce qu’un petit pédé de 25 ans ne prévient jamais la police. Un petit pédé de 25 ans ne prévient jamais personne. Quand je sortais avec José, je savais qu’il avait ses entrées un peu partout, notamment à la mairie de Marseille. Je suis même certain qu’il travaillait pour les Américains. »

« Qu’est-ce qui vous fait dire ça ? »

« Pendant notre relation, il s’est évanoui dans la nature pendant six mois. Il ne m’a même pas annoncé son départ, et je n’ai eu aucune nouvelle. J’ai cru qu’il était mort ! Alors, à son retour, j’ai voulu comprendre : j’ai fouillé dans ses affaires et trouvé son passeport. Il y avait un visa américain avec des dates d'entrée et de sortie qui correspondaient à ses six mois d'absence. »

« Vous savez dans quelles villes il s'est rendu ? »

« Je pensais qu'il avait un amant à San Francisco ou à New York, les deux seuls endroits des États-Unis où les homosexuels sont à peu près tranquilles. Mais, comme aéroport d'entrée et de sortie, le visa indiquait Washington. Comme j'étais quand même un peu jaloux, ça m'a en partie rassuré, je me suis dit qu'en fait il était peut-être juste parti pour le boulot. »

« Vous avez évoqué ce voyage avec lui ? »

« Non, on a rompu peu de temps après. Ou, plutôt, c'est José qui a rompu. Fidèle à lui-même, c'est-à-dire sans un mot de trop… »

Le serveur revient à l'assaut pour prendre les commandes. Henri Turrini n'a même pas besoin d'être désagréable, car Alexandre Letourneur, l'ex-amant de José Carvalho, jette un coup d'œil à sa montre et se lève pour partir :

« Désolé, je dois y aller. Il est déjà tard, et mon copain va s'inquiéter. »

« Une dernière question, s'il vous plaît », le retient Louise. « Y a-t-il un soir de la semaine en particulier où Carvalho fréquente le Sept ? »

« Non, pas vraiment. Il donne au contraire l'impression de vouloir brouiller les pistes. On m'a dit qu'on ne le voit pas pendant une semaine, et il réapparaît un soir, avant d'à nouveau disparaître. »

« La prochaine fois que vous le voyez, est-ce que vous pouvez nous prévenir ? »

« Tant qu'il sera en liberté, je ne remettrai jamais les pieds au Sept. Mais j'ai pas mal d'amis là-bas qui peuvent m'alerter à sa prochaine apparition. »

« OK, on attend votre signal », lance Louise en guise d'au revoir.

« Sauf que vous pourrez seulement aller dîner au restaurant : aucune fille ou femme n'a jamais franchi la porte d'entrée de la discothèque… »

« C'est Henri qui ira débusquer la murène », réplique Louise.

« Quoi !? Vous pensez vraiment que je vais me risquer seul dans ce repère à pédés ! » s'offusque l'ex-CRS, avant de se tourner vers Alexandre Letourneur. « Désolé, je ne disais pas ça pour vous offenser… »

« Ne vous inquiétez pas, j'ai l'habitude. Et puisqu'on se dit tout, je n'ai jamais cru à votre innocence. Mais je fais confiance à mademoiselle Ben Kader. Donc, la prochaine fois que José traîne au Sept, je vous préviens. Après, vous ferez ce que vous voudrez », dit le jeune homme avant de définitivement prendre congé.

Groupement interministériel de contrôle (GIC). Écoutes administratives du 20 juin 1969. Bordereau numéro 53472. Appelant : Louise, Yvonne, Aïcha, Ben Kader, née le 08/05/1945 à Skikda (ex-Philippeville), Algérie. Numéro de téléphone : 743-22-33. Appelé : Pierre, Joseph, Lefèvre, né le 02/07/1945 à Paris. Numéro de téléphone : 93-112-725. Début de la communication : 21 h 03 et 25 secondes. Fin de la communication : 21 h 07. Durée de la communication : 3 mn et 35 secondes. Texte intégral. Confidentiel niveau 1.

- LBK : Bonsoir, je ne te dérange pas?

- PL : Non, non, je viens juste de rentrer de reportage.

- LBK : À Marseille?

- PL : Non, à Monaco. Une visite de Rainier, Grâce et les enfants au centre d'acclimatation zoologique…. « Une famille normale en visite au zoo, sauf que le zoo appartient à cette famille normale. » C'est le début de mon reportage. Pas mal, non? Et toi, ça va?

- LBK : Pas trop. Je t'appelle parce que je suis complètement perdue.

- PL : Moi aussi, j'ai beaucoup réfléchi. C'est vrai qu'on ne peut pas rester comme ça.

– LBK : Je ne te parle pas de nous. C'est beaucoup plus grave que ça. Un jeune type est venu m'attendre à la sortie du journal pour me dire que Carvalho était toujours vivant, qu'il l'avait vu à Paris.

– PL : C'est quoi, ce délire ? J'ai couvert son enterrement pour RMC. Je me souviens encore de sa mère qui s'accrochait au cercueil en pleurant.

– LBK : Le type qui m'a parlé avait l'air sérieux, sûr de lui. Il dit qu'il a vu Carvalho dans une boîte homo. Carvalho était défiguré. Il aurait donc survécu à l'accident d'hélicoptère. Le type l'a reconnu à son regard. Tu savais que Carvalho était homo ?

– PL : C'était une vague rumeur à Marseille. Mais comme on disait aussi qu'il était l'amant de la femme de Defferre ou le fils caché du général Salazar, je n'y ai jamais vraiment prêté attention. Tu es sûre de ton informateur ?

– LBK : Je ne vois pas trop l'intérêt qu'il aurait à surgir de nulle part juste pour me raconter n'importe quoi. Il dit qu'il a été en couple avec Carvalho pendant presque un an. Il n'a donc pas juste vu sa photo une fois dans le journal. Il le connaît vraiment et l'a formellement reconnu.

– PL : Je n'en reviens pas : Carvalho ressuscité et pédé.

– LBK : Le type me dit aussi que Carvalho a disparu pendant six mois aux États-Unis.

– PL : Dans le quartier homo de San Francisco ?

– LBK : Non, justement pas, à Washington. Il existe une forte possibilité qu'il se soit rendu au FBI ou à la CIA. Peut-être les deux. J'envisage d'aller là-bas. Tu aurais un contact à me donner?

– PL : Jusqu'à récemment, il y avait ce correspondant du Narcotic Bureau en poste à Marseille. Un gars qui ne ressemble à rien, genre Mister Magoo en plus vieux et plus ridé, mais même les plus gros caïds locaux le respectaient, sauf Nick Venturi qui lui vouait une haine féroce. Dès que Defferre est devenu ministre de l'Intérieur, Mister Magoo a curieusement été muté à Rome, mais je crois qu'il est retourné aux États-Unis depuis. Je ne me souviens pas de son nom, mais je vais chercher.

– LBK : Tu pourrais me trouver son numéro de téléphone ou une adresse?

– PL : Oui, bien sûr, je vais te trouver ça. Je joue au tennis avec le consul américain. Il doit avoir le contact de Magoo. Mais je ne suis vraiment pas certain qu'il voudra te parler, en tout cas officiellement.

– LBK : Si c'est du bon « off », je prends quand même.

– PL : Je veux bien t'aider à chercher le fantôme de Carvalho du côté du FBI ou de la CIA, mais tu me promets de faire attention. Ça devient très, très sérieux et dangereux, ton enquête. On n'est plus avec les joyeux drilles du PUC ou les gauchistes du VIIIe.

– LBK : Pierre, on s'est suffisamment fait des promesses qu'on n'a pas tenues, alors je ne vais pas en rajouter une. Si tu veux m'aider, tant mieux, si tu ne veux pas, tant pis, je me débrouillerai toute seule, comme d'habitude.

– PL : Non, non, je n'ai pas dit ça. Je te rappelle juste que, il y a moins d'un mois, tu as failli mourir piétinée par la foule, un de tes amis rugbymen a été soupçonné d'avoir tué le président de la République, tandis qu'un autre de ces types s'est accusé du même crime avant de se pendre.

– LBK : Justement, sur ce dossier aussi, il y a un souci.

– PL : Qu'est-ce que tu vas encore m'annoncer ? Le Roumain n'est pas mort ?

– LBK : Bien sûr qu'il est mort, mais la lettre qu'il a laissée est très bizarre. Il a fait une faute d'orthographe qu'il ne faisait pas d'habitude. Henri a retrouvé d'autres lettres où il ne commet pas cette erreur de confondre l'infinitif et le participe passé. Enfin, je te passe les détails. Mais je me demande si le suicide n'a pas été un peu arrangé, forcé.

– PL : Écoute, Louise, tu es certaine que ça va ? Depuis Charléty, tu vois des complots partout, tout le temps. Je ne comprends même pas que *Le Monde* te laisse encore travailler sur cette enquête. Le journal joue avec ta santé mentale et physique. C'est irresponsable. Tu te reposes quand ?

– LBK : Quand je serai morte.

Fin de la communication

Chapitre 5

Quelque part sur la Méditerranée, vendredi 20 juin

Ce n'est pas une journée à s'émerveiller devant le spectacle des dauphins en train de batifoler sur fond de soleil alangui dans la Méditerranée. Pas une journée à lorgner du coin de l'œil le corps bronzé des passagères, à découvrir les premiers contreforts des côtes corses, à imaginer l'Afrique à peine plus éloignée. Non, c'est une journée à se prendre des paquets d'eau salée dans la gueule, à sentir le froid s'insinuer sous le ciré pour même attaquer le néoprène. Une journée à faire croire que le dîner de la veille passe avec difficulté avant d'aller dégueuler son mal de mer dans les W-C déjà souillés de la cabine. Oui, c'est une journée, et bientôt une nuit, comme les aime Gaston Defferre. Le voici planqué derrière la drôle de visière en plastique qu'il a fait rajouter à la capuche de sa combinaison. Le skipper et propriétaire du *Palynodie* tient la barre, s'y raccroche pour ne pas tomber quand le roulis se fait encore plus vicelard. Ses cinq équipiers tentent de raisonner Gaston (à bord, personne ne l'appelle autrement). Ils lui demandent de lever le pied. Mais le patron n'écoute pas. Il continue de lancer son voilier contre les flots déchaînés. Chaque vague est un combat qu'il entend gagner par K-O, dans l'éclat de l'écume et le sifflement du vent.

Cette dix-septième édition de la Giraglia, Gaston Defferre n'aurait bien sûr pas dû la disputer. Jusqu'au bout, son équipe de campagne l'a supplié de rester à Paris.

Certes, depuis le fiasco du raid sur Baden-Baden, ses chances de passer le premier tour de l'élection présidentielle flirtent avec le néant, mais de là à ne même pas saluer le dernier carré des fidèles regroupés dans sa permanence parisienne de la rue Caumartin…

« Pensez à tous ces braves gens qui continuent de vous soutenir contre vents et marées. Et que vont dire vos adversaires politiques et les journalistes ? Un ministre de l'Intérieur, lui-même candidat, qui n'assiste pas au premier tour du scrutin suprême, juste pour aller faire du bateau au large de Saint-Tropez ! Vous allez devenir la risée de la République et des chansonniers ! » a grincé Edmonde Charles-Roux.

Depuis le début de leur liaison, trois ans plus tôt, c'est la première fois que Gaston Defferre désobéit aussi effrontément au nouvel amour de sa vie. Edmonde et lui partagent beaucoup de passions, la poésie, la peinture, la littérature, l'opéra, le football, la politique, le pouvoir, l'ambition, mais pas la voile, en tout cas pas encore.

Évidemment, si le propriétaire du *Palynodie* possédait toujours une minuscule chance d'atteindre le second tour de la présidentielle, il aurait laissé son voilier amarré à la panne de la Société nautique de Marseille et serait monté à Paris pour faire l'important sur les plateaux de télévision. Mais à moins de 5 % des intentions de vote, si loin des désormais favoris Mitterrand (23 %) et Poher (19 %), pourquoi se priver de la Giraglia, ses 208 milles marins (385,2 kilomètres) entre Saint-Tropez et San Remo, avec comme juge de paix, à mi-parcours, le minuscule îlot rocheux de la Giraglia, qu'il faut contourner, au large du cap Corse.

Depuis le départ de Saint-Tropez, les vingt-deux concurrents de la classe 1, la plus prestigieuse, tirent des bords face à un vent qui n'a jamais soufflé à moins de vingt nœuds. La plage de Pampelonne, la baie de Cavalaire, l'îlot de la Fournigue ont défilé comme dans un film de vacances diffusé en vitesse accélérée. Gaston Defferre est soulagé de constater que le bateau passe très bien dans la mer. Il n'est pas arrêté par les vagues. Et si c'était la bonne année ? Deuxième en 1963 et 1967, troisième en 1962, 1964, 1965, et encore troisième l'an passé à cause d'une erreur de navigation au niveau de la bouée Cousteau, l'orgueilleux maire de Marseille n'en peut plus de ces accessits qui menacent de le faire passer pour le Poulidor de la Méditerranée. Il veut briser l'hégémonie italienne, remporter cette course qui l'obsède depuis sa première participation dix ans plus tôt. Ses détracteurs dénoncent un entêtement puéril, un caprice d'homme de pouvoir qui ne supporte pas la défaite. Ses amis ont compris que la politique n'était qu'un passe-temps entre deux régates, que son bonheur était dans le près.

Malgré la mer déchaînée, Gaston Defferre distingue à bâbord la voile inclinée, presque couchée, du *Sumbra II*, barré par Max Boris, 56 ans, un riche commerçant florentin, ancien héros de la résistance contre les Allemands.

Juste derrière, minuscule éclat blanc virevoltant sur les flots, pointe le *Dani-Susy* de Giorgio Billi, un industriel fantasque, fou de vitesse, qui a fait fortune en révolutionnant la production des bas nylon sans couture. À l'horizon, nulle trace en revanche du *Benbow* de Giuseppe Recchi, peut-être le plus riche et le plus puissant de tous les concurrents. Les constructions générales Recchi ont bâti les viaducs de l'autoroute Rome-Florence, la centrale hydroélectrique de Koka, en Éthiopie, ou des ponts sur le Nil blanc, au Soudan.

Mais où sont passés Recchi et son *Benbow* ? Sont-ils loin devant ou juste quelques milles derrière le *Palynodie* ? Impossible à savoir puisque le règlement interdit l'utilisation de la radio de bord pour connaître la météo ou le classement des autres concurrents. La Giraglia ressemble à une partie de cache-cache pour gentlemen régatiers.

Après une journée à s'épier, la nuit les rend encore plus nerveux. À bord du *Palynodie*, Gaston Defferre finit par accepter de lâcher la barre pour aller se reposer un peu.

« Mais s'il y a le moindre souci, ou une manœuvre à décider, vous me réveillez », a-t-il ordonné à ses équipiers.

Jean-Baptistin Berruti, alias Titin, le matelot sans âge qui bichonne toute la semaine le *Palynodie*, assure le premier quart de trois heures. Il sait que barrer un tel voilier seulement éclairé par une demi-lune équivaut à conduire de nuit une voiture de rallye, dans un champ de dunes, illuminé à la bougie. Puisqu'il n'y a plus rien à voir, il faut savoir écouter et même sentir. Une odeur de pin amenée par une brise de terre indique que la Corse n'est plus très loin.

Au petit matin, Gaston Defferre se réveille renfrogné. Il engueule deux équipiers qui boivent à la même bouteille : « Vous ne savez pas ce que c'est que l'hygiène ? »

Il trouve que le bateau n'avance plus, envisage à nouveau, avec horreur, le spectre d'une place d'honneur à San Remo, car son instinct lui susurre que le *Benbow* de Rechhi se trouve bien devant, et pas derrière son *Palynodie*. La confirmation visuelle arrive à 10 h 23 : le voilier italien les précède de quelques milles marins. Il attaque le tour de l'île de la Giraglia porté par son spinnaker. Il disparaît de la vue des Français, caché derrière l'îlot rocheux, avant de réapparaître équipé d'un simple génois. Defferre en conclut que son rival anticipe un changement de vent. Le *Benbow* navigue au près serré. Après s'être concerté avec ses équipiers, le skippeur du *Palynodie* décide d'une autre option et prend la route directe vers San Remo. Grâce à une matinée et à un début d'après-midi engloutis à la vitesse confortable de dix nœuds à l'heure, la côte ligure se laisse deviner au loin. Les serres étagées sur les collines au-dessus de San Remo ressemblent à des petits miroirs qu'un géant narcissique et distrait aurait laissés tomber de sa poche.

Comme le *Benbow* a disparu, sûrement empêtré dans sa mauvaise option, la victoire redevient une possibilité. Sauf que le vent est pris d'un coup de folie. Il arrête de pousser le *Palynodie*, puis se met à souffler dans toutes les directions en même temps. Defferre et ses équipiers ne sont qu'à moitié surpris. C'est un classique de la Giraglia : les plus grands marins habitués aux océans déchaînés font souvent preuve de mépris pour cette régate entre yachtmen, jusqu'au jour où ils se trouvent eux-mêmes confrontés aux caprices de la Méditerranée, à cette mer qui s'amuse à vous rendre dingue en passant brusquement de la pétole à un vent puissant de 40 nœuds (force 8) et inversement. À bord du *Palynodie*, Gaston ne sait plus quelle voile établir, du génois léger jusqu'au foc numéro 2. Les équipiers montent et redescendent à la force des bras les voiles à mousquetons. L'incertitude rend l'effort physique encore plus ingrat.

Pour ne rien arranger, une autre voile apparaît à la poupe. C'est celle du *Sumbra II* de Max Boris qui navigue au près, contourne la pétole et dépasse le *Palynodie*. Quant au *Benbow*, l'option prise à l'île de la Giraglia ne semble plus aussi mauvaise. Elle le fait atterrir beaucoup plus à l'ouest de San Remo. Trois voiliers peuvent se disputer la victoire, et le *Palynodie* n'est plus forcément le mieux placé. Gaston demande que le génois soit remplacé par la trinquette et le foc 2. L'équipage s'exécute en moins d'une minute. L'orgueil de la Société nautique de Marseille se met à serrer le vent. Il scotche sur place le *Sumbra II*, vire tribord amures et se glisse devant le

Benbow pour se jeter sur la bouée d'arrivée, devant le phare de Capo dell'Arma.

À bord du *Palynodie*, Gaston, Titin et les autres équipiers mettent du temps à comprendre qu'ils ont gagné. Un long silence précède les explosions de joie. Même le patron a d'abord l'air plus stupéfait qu'heureux. Après tant d'échecs, la certitude qu'il ne gagnerait jamais la Gira avait fini par lui envahir une bonne moitié du cerveau. Heureusement, l'autre moitié n'a jamais cessé d'y croire. C'est elle qui triomphe ce soir. En attendant que la tempête dans sa boîte crânienne (au moins force 10) baisse de quelques degrés, Defferre continue de s'accrocher à la barre. Il a peur que ses jambes ne le portent plus. Il faut s'approcher tout près pour l'entendre murmurer :

« On a battu les Italiens… On a battu les Italiens… »

L'arrivée au port de San Remo s'effectue sous des flots de champagne. L'instant est tellement historique que même Defferre accepte de boire à la bouteille ! Sur le ponton se mêlent les représentants des yacht-clubs italiens et français, quelques touristes attirés par la promesse d'une fête, et les familles, amis, proches des marins, certains si impatients de féliciter leurs héros qu'ils se penchent dangereusement au-dessus du ponton, à la limite de tomber à l'eau. Dans la foule, Gaston Defferre repère tout de suite sa femme, Marie-Antoinette Swaters Landry de Barbarin, dite « Paly ». Elle a beau vouloir rester discrète, loin des excités du premier rang, sa classe d'un autre siècle, sa blondeur d'actrice américaine, la distinguent comme une paillette d'or sur le fond rocailleux d'une rivière en crue. Depuis l'intrusion (de plus en plus envahissante) dans leur vie d'Edmonde Charles-Roux, les relations entre les époux Defferre alternent entre froideur et ressentiment, avec quelques bouffées de haine. Gaston Defferre et Paly de Barbarin savent que leur histoire est proche de la fin. Mais, pour rien au monde, Paly n'aurait raté l'arrivée à San Remo du voilier qui porte à moitié son nom, en souvenir d'un temps où elle était encore l'unique amour de Gaston.

Gaston Defferre embrasse sa femme sur la joue, avec juste ce qu'il faut d'affection, et repère un autre de ses proches, adossé à un lampadaire, à l'entrée du ponton. Même le patron s'étonne de le voir ici. Nick Venturi est un marin, un vrai, fils et petit-fils de navigateur. Mais, aux fins voiliers qui viennent de disputer la Giraglia, l'homme d'affaires a toujours préféré les cargos chargés jusqu'à la gueule de cigarettes de contrebande et autres produits d'exportation illicites. D'où la surprise de Defferre de le retrouver ainsi au pied du yacht-club de San Remo :

« Tu es venu de Marseille juste pour me féliciter ? »

« Bravo, Gaston, je suis content pour toi, tu la méritais, ta Gira. Mais j'ai des choses importantes à te dire. Ça ne pouvait pas attendre ton retour. Ce serait bien qu'on puisse se trouver un coin tranquille. »

« Tranquille, tranquille, au milieu de tout ce monde ? L'endroit le plus tranquille, c'est encore le bateau… »

Officiels et badauds sont surpris de voir le tout frais vainqueur de la Giraglia 1969 remonter la foule à contre-courant et sauter à bord du *Palynodie*, suivi par un type drôlement habillé. On dirait moins un régatier rincé par trente heures de mer qu'un lord anglais pressé d'aller flamber sa fortune au casino de San Remo. Nick Venturi a retiré ses mocassins John Lobb en cuir texturé à picots et suit Gaston Defferre jusque dans la cabine du *Palynodie*. Le voilier semble encore tout vibrant de son exploit. Il grince, craque, souffle, comme une monture fière d'avoir permis à son maître de franchir en premier la ligne d'arrivée. À l'intérieur de la cabine, des voiles trempées d'eau de mer sont encore entassées. Ça sent l'iode, la sueur et le cassoulet en boîte. Gaston Defferre s'assied devant la table encombrée de cartes marines mal repliées. Le propriétaire du *Palynodie* pousse un gros soupir : même s'il aime bien Nick Venturi, son homme à tout faire s'apprête quand même à l'emmerder avec ses problèmes, alors qu'il vient d'enfin gagner la Giraglia !

« Qu'est-ce que tu voulais me dire ? »

« Nos amis de Paris ont appelé : José Carvalho est toujours vivant. »

« Tu as fait tout ce chemin pour me raconter n'importe quoi ? J'ai accepté qu'il soit enterré à Marseille, je fais verser 500 francs par mois à sa pauvre mère, et tu m'expliques qu'en fait il se balade tranquille à Paris ? »

« Je sais, ça paraît incroyable, mais nos amis sont formels. Ils l'ont repéré à Pigalle, où il fréquente un hôtel de passe. Il est défiguré, mais c'est lui. Ils ont pu le photographier de loin et nous ont envoyé la photo. Regarde… »

« Qu'est-ce que c'est que cette horreur ? »

« Tu t'attendais à ce qu'il ressemble à Delon ? Il a survécu à un accident d'hélicoptère. C'est un miraculé. »

« Qu'est-ce qu'il fait à Paris ? Il se cache ? » demande Defferre.

« Il aurait une fausse identité, mais tout le monde l'appelle par un surnom bizarre, la langouste, le homard, je ne me souviens plus…On dit qu'il a viré pédé, qu'il fréquente beaucoup les boîtes à minets. »

« Ça, ça me surprend moins. Un beau mec comme ça, enfin, avant l'accident, et on ne le voyait jamais avec des femmes… »

Venturi se permet d'interrompre le patron : « Ce que je ne comprends pas, c'est pourquoi il n'est pas rentré à Marseille, ne serait-ce que pour rassurer sa mère. »

« Parce qu'il n'a pas le choix, les Américains ont dû le prendre en main. »

« Les Américains ? »

« Oui, je sais qu'il travaille pour la CIA depuis un petit moment… »

« Oh Gaston, pourquoi tu ne m'en as pas parlé avant ? »

« C'est ton copain, non ? Vous ne vous faisiez pas des confidences ? Tu pensais qu'il était parti aux États-Unis juste pour faire le touriste ? »

« Non, mais de là à jouer les rats pour la CIA… Sûrement même qu'il leur a balancé des tuyaux sur moi. »

« Non, non, non, toi et tes trafics, ils s'en moquent à la CIA. Ce qui les intéresse, c'est Mendès, de Gaulle, Mitterrand, moi… », explique Defferre sans parvenir à dissimuler un brin de fierté.

« Alors c'est quoi leur intérêt de ressusciter José ? »

« Ils doivent préparer un gros coup, mais je ne sais pas encore lequel. »

« Et nous, qu'est-ce qu'on fait avec José ? » relance Venturi.

« S'il n'est pas mort, tant mieux pour lui, non ? »

« Tant qu'il reste tranquille, oui. Mais imagine qu'il lui prenne des envies de grande confession, qu'après avoir survécu aux flammes de l'enfer il éprouve la nécessité absolue de sauver son âme. On fait quoi s'il se met à tout raconter sur nos affaires à Marseille, et sur son court séjour à Baden-Baden ? Tu crois qu'on n'est pas assez dans la merde comme ça, sans en plus avoir à subir ses bavardages ? Sans parler du préjudice d'image : un ex-héros de la Résistance, ancien commissaire des Stups de Marseille, chef de la sécurité du président de la République, devenu une folle calcinée de la gueule et trépanée des couilles qui s'exhibe à Pigalle, il est où, notre honneur ? Comment se faire respecter alors qu'on a élevé, nourri, promu un tel dégénéré ? »

« OK, OK, alors qu'est-ce que tu comptes faire ? » lâche Defferre avec une pointe d'agacement, comme si cette conversation avait déjà trop duré.

« Le strict nécessaire. »

« Tu n'as pas besoin de ma bénédiction pour ça. »

« Je ne te l'ai pas demandée. »

« Alors, ne me tiens pas au courant, et maintenant laisse-moi en profiter. »

Nick Venturi devrait se lever et quitter la cabine, mais une ultime pensée le garde encore à la table des cartes marines mal repliées :

« Et tu ne me demandes pas le résultat de l'élection ? »

« Ne t'inquiète pas, je l'apprendrai toujours assez tôt », répond un Gaston Defferre déjà debout, car impatient de rejoindre ses équipiers pour enfin savourer la plus belle victoire de sa carrière.

Chapitre 6

Château-Chinon (Nièvre), dimanche 22 juin

« 5,4,3,2,1… Résultats ! Alain Poher, 44 % ; François Mitterrand, 32 % ; Michel Rocard, 11 % ; Jacques Duclos, 5 % ; Gaston Defferre, 3 %. À vous le studio 3 ! »

Dans la salle de restaurant de l'hôtel du Vieux-Morvan, à Château-Chinon, la télé vient de cracher les chiffres officiels du premier tour de l'élection présidentielle. À la droite du téléviseur, le baromètre surplombé d'une tête de cerf a tort d'indiquer une pression atmosphérique de 1050 hectopascals, synonyme de beau temps. Une tempête vient de s'abattre sur la sous-préfecture de la Nièvre. Contre toute attente, son maire et député, François Mitterrand, se trouve largement devancé par le président de la République par intérim, Alain Poher !

Corinne, la vieille serveuse du Vieux-Morvan, se cache le visage dans son tablier pour pleurer sans être vue des Parisiens. Louise Ben Kader l'a quand même repérée et tente de la consoler :

« Ce n'est que le premier tour. Il a encore toutes ses chances pour le deuxième. »

« Oui, je sais », sanglote Corinne. « Mais j'ai peur que ça fasse comme il y a quatre ans. J'ai l'impression que les Français n'aimeront jamais monsieur Mitterrand… »

Elle n'a pas forcément tort, pense Louise.

Quatre ans après sa large défaite face à de Gaulle, le candidat de la gauche ne fait guère mieux contre un adversaire autrement moins prestigieux, le placide et sans grand charisme Alain Poher. Cet échec cuisant de Mitterrand, l'envoyée spéciale du *Monde* doit reconnaître qu'elle ne l'a pas vu arriver. Elle a même un peu honte de repenser au début d'article qu'elle avait commencé à rédiger « pour s'avancer » : « *François Mitterrand a attendu 20 heures et l'annonce officielle des résultats qui le placent largement en tête du premier tour pour faire son apparition dans la salle à manger de l'hôtel du Vieux-Morvan*... » À la poubelle, le brouillon. L'ex-favori est toujours enfermé dans sa chambre, la numéro 15. Même sa femme, Danielle, s'en est vu refuser l'entrée. La journaliste continue de tapoter l'épaule de Corinne, même si elle est beaucoup moins catastrophée que la serveuse. Son reportage possède désormais un intérêt qu'elle n'avait pas entrevu lorsque le train Paris-Clermont l'avait déposée en gare de Nevers à 12 h 34.

De cette journée, Louise avait pour l'instant tout détesté. Notamment la façon dont le candidat la couvait de ses attentions mielleuses. Dès qu'elle s'éloignait un peu de la meute des confrères, il la cherchait du regard, lui décochait un sourire que ses canines rendaient plus inquiétant que charmant. Elle lui répondait en minaudant, jouant les biches effarouchées. La jeune femme se forçait même périodiquement à rougir. Elle possédait pour cela un truc épatant : il lui suffisait de repenser au jour lointain, algérien, où un sein avait malencontreusement jailli de son maillot de bain, alors qu'elle était sortie trop vite de la mer, devant un parterre de garçons subjugués, puis embarrassés par l'apparition du téton. De son entretien d'embauche raté avec Françoise Giroud, Louise avait au moins compris que, entre hommes politiques souvent rabougris et jeunes femmes journalistes à la fraîcheur vite périssable, le jeu de la séduction faisait partie du job. Encore fallait-il savoir le maîtriser pour obtenir plus d'informations que les confrères mâles, sans pour autant tomber dans la catégorie infamante des courtisanes.

Alors, Louise en avait fait des tonnes lorsqu'il avait fallu s'extasier devant la vue imprenable sur les monts du Morvan, depuis la prophétiquement bien nommée « promenade du calvaire » où Mitterrand les avait traînés après avoir voté. Dans la salle de restaurant de l'hôtel du Vieux-Morvan, la consciencieuse envoyée spéciale avait eu plus de mal à ingurgiter en souriant la salade de gésiers (avant d'y goûter, elle ne savait même pas ce que c'était) et le gigot aux flageolets servis pour le déjeuner. Mitterrand avait exigé que Louise s'assoie à sa gauche :

« Un jour d'élection, il faut toujours avoir la jeunesse à ses côtés, surtout lorsqu'elle possède une plume aussi acérée que celle de mademoiselle Ben Kader ! » avait-il roucoulé avant de se lancer dans une interminable démonstration sur le caractère particulier de la pluviométrie nivernaise. Née dans un pays sec où la moindre goutte d'eau est une bénédiction, Louise peinait à comprendre l'expression « chiant comme la pluie ». Grâce à François Mitterrand, elle n'avait plus besoin d'explications.

Après le repas, le candidat s'était retiré dans sa chambre pour regarder la première étape du Tour de France. L'équipe Faema remportait le contre-la-montre par équipes. Eddy Merckx s'emparait déjà du maillot jaune. Louise Ben Kader en avait profité pour téléphoner à Henri Turrini.

« Au moins, dans la Nièvre, avec Mitterrand et tous les gardes du corps qui l'entourent, tu n'as pas à craindre pour ta sécurité… », s'était réjoui Henri.

Sauf qu'à chaque minute je risque de mourir d'ennui », répliqua Louise.

« Fais quand même attention à Mitterrand. J'ai des copains flics qui ont assuré sa protection sur des déplacements en province, et il a tendance à toujours cibler la plus jolie journaliste pour tenter de l'emmener sur un chemin de traverse… »

À l'autre bout du fil, Louise perçut le compliment avant l'avertissement. Henri la trouvait donc « jolie ». Il venait de le dire, même indirectement. Elle n'eut cette fois-ci pas besoin de convoquer en pensée l'incident de son sein dénudé sur la plage de Philippeville pour piquer un fard à éclairer jusqu'au sommet des monts du Morvan. Elle s'en voulait d'être aussi naïve, une vraie oie blanche gavée aux sentiments. Qu'allait-elle imaginer sur la simple foi d'un « jolie » glissé dans un conseil ? Il n'y avait qu'elle pour s'en faire ainsi tout un film, alors qu'Henri se contentait d'être bienveillant. Mais était-ce seulement de la bienveillance ? Un homme, même aussi impénétrable et ténébreux qu'Henri, pouvait-il raccompagner chaque jour chez elle une jeune femme et la qualifier de « jolie » au téléphone, sans au moins le début d'un sentiment ? Louise savait que personne ne pourrait l'aider à répondre à ses questions, surtout pas ses parents, qui la croyaient encore vierge, et encore moins ses amies puisqu'elle n'en possédait aucune qui soit digne de ce privilège. Après trois secondes de silence, Louise finit donc par reprendre la conversation là où elle n'aurait jamais dû la quitter :

« Ne t'inquiète pas, je le maintiens à la bonne distance. Ça me fascine qu'un type de 52 ans puisse espérer susciter le moindre intérêt auprès d'une jeune femme de 24 ans en lui parlant de la pluie qui tombe dans la Nièvre et en lui faisant manger des gésiers de canard et des flageolets !

« Qu'est-ce que tu as contre les flageolets ? C'est l'accompagnement favori de ma mère pour toutes les viandes.

Gigot d'agneau aux flageolets, ragoût de mouton aux flageolets, saucisse de Toulouse aux flageolets… », s'amusait Henri.

Louise aurait préféré poursuivre la discussion sur un autre thème que les mérites d'un féculent qu'elle avait visiblement tort de sous-estimer. Le flageolet possédait sûrement beaucoup de qualités, mais même madame Turrini, la mère d'Henri, aurait sûrement admis que cette variété particulière de haricot blanc (comme tous les haricots, d'ailleurs) manquait cruellement de romantisme, et a fortiori de sex-appeal.

« Il faut vraiment que je te laisse. Il n'y a qu'un téléphone dans tout l'hôtel (c'était vrai), et je sens dans mon dos la présence de mes chers confrères prêts à me lyncher parce qu'ils veulent appeler leur rédaction, et que je monopolise l'appareil (c'était vrai aussi)… », souffla Louise avant de raccrocher, sans même laisser le temps à Henri de lâcher plus qu'un « OK, salut » qui ne risquait pas de la faire cogiter. Débarrassée provisoirement de ses fantasmes d'idylle avec l'ancien suspect numéro 1 du meurtre de Pierre Mendès France, la journaliste pouvait à nouveau se concentrer sur la suite de son reportage.

À 18 h 32, c'est aussi par le fil entortillé de l'appareil noir en bakélite posé sur le comptoir de la réception que parviennent les premières estimations de l'IFOP. Auprès de la population locale, largement acquise à la cause de son député-maire, elles se révélent aussi bienvenues qu'un corbillard à un mariage. Pour expliquer l'inexplicable et consoler les inconsolables, l'équipe de campagne de François Mitterrand plaide le manque de fiabilité des sondages, ce « gadget à la mode » dont les méthodes moins scientifiques que le doigt mouillé ne méritent qu'indifférence et mépris. Sauf que les « vrais résultats » égrainés à 20 heures par la télévision confirment l'étendue du désastre. Alors que les supporters du candidat socialiste commencent à quitter, dépités, l'hôtel du Vieux-Morvan, et que le tablier de Corinne pourrait servir d'éponge pour nettoyer la table vide de la salle à manger (le buffet est annulé), Danielle Mitterrand elle-même s'approche de Louise Ben Kader pour lui souffler à l'oreille :

« François veut vous voir dans sa chambre… »

En grimpant les quelques marches de l'escalier qui mène au premier étage de l'hôtel, Louise a tout le temps de repenser à l'avertissement d'Henri. N'a-t-elle pas poussé trop loin l'art risqué du marivaudage ? Est-il concevable que, en pleine débâcle du premier tour, François Mitterrand songe encore à la séduire, voire pire ? À peine entrée dans la chambre 15, la journaliste du *Monde* est aussitôt rassurée : le candidat battu n'a plus du tout envie de badiner. Cerné par la tapisserie à fleurs jaunes de cette pièce d'à peine 10 m^2, François Mitterrand est penché sur un bureau d'écolier. Il rédige le discours censé transformer sa défaite complète en possibilité de victoire, même abstraite. C'est du moins ce que devine Louise Ben Kader, car le député-maire de Château-Chinon écrit avec son bras gauche en paravent, comme un bon élève qui ne voudrait pas laisser copier son cancre de voisin. Mitterrand ne lève même pas la tête et accueille la journaliste d'un goguenard :

« Je ne sais pas si je dois vous remercier d'avoir plombé la candidature de mon ami Defferre ou vous maudire pour m'avoir aussi entraîné dans sa chute… »

« Je n'ai fait que révéler les trous béants dans l'enquête sur l'assassinat de Mendès… Pour l'échec du raid sur Baden-Baden, je plaide non coupable », réplique Louise, sans se démonter.

« Oui, mais si Defferre ne s'était pas senti acculé par vos révélations, il n'aurait pas pris le risque stupide de cette opération suicide pour kidnapper de Gaulle… »

« Parce que vous n'étiez au courant de rien ? »

« J'ai tout appris de l'affaire en vous lisant, c'est dire si j'étais mal informé… »

« Alors, pourquoi pensez-vous que le fiasco de Baden-Baden a eu une influence sur votre score, disons décevant, du premier tour ? »

« Parce que les électeurs se sont dit : soit Mitterrand est complice, soit il n'a pas voulu ou pas pu éviter ce désastre. Dans tous les cas, je suis responsable. »

« C'est assez commode comme explication à votre échec : en clair, tout est de la faute de Defferre ? Et s'il y avait une autre raison ? »

« Laquelle ? »

« Votre manque de sincérité par exemple. Les Français en ont peut-être assez que vous chassiez tous les lièvres à la fois… »

Mitterrand ne s'attendait pas à une attaque aussi frontale. Il pose son porte-plume, relève la tête. Ses paupières clignent à une vitesse anormalement élevée, comme pour ventiler l'affront.

« Vous me traitez de calculateur, c'est cela ? Vous préféreriez un homme politique qui ne calcule rien ? »

« Non, qui calcule moins. Ou mieux. Comme ministre de l'Intérieur, puis garde des Sceaux, vous avez réprimé sans pitié les nationalistes algériens. Aujourd'hui, vous êtes ministre des Affaires étrangères et vous voulez inviter le président Boumédiène en voyage officiel à Paris ! »

« Je comprends que ce soit une question sensible pour vous, mais on ne peut pas juger 1954 sur les données connues aujourd'hui, et dire : "Comment se fait-il que des hommes de gauche au pouvoir n'aient pas décrété tout de suite l'indépendance de l'Algérie ?" »

« Mais comment se fait-il qu'un homme de gauche qui a écrit *Le Coup d'État permanent* pour dénoncer toutes les horreurs supposées du régime présidentiel puisse vouloir si désespérément s'installer à l'Élysée ? Et comment se fait-il aussi que le même homme de gauche qui a voulu jouer cavalier seul en mai 68, ait ensuite sapé l'autorité de Mendès et de Rocard, se soit désolidarisé de Defferre, méprise les communistes, mais s'apprête à appeler à l'union pour le deuxième tour ? Car c'est le fond du discours que vous êtes en train d'écrire, non ? »

« Oui, et j'entends le terminer sans ne plus être dérangé, et encore moins insulté. Je vous prierai de bien vouloir me laisser seul, mademoiselle Ben Kader... Évidemment, notre petite conversation doit rester strictement confidentielle, "off", comme vous dites maintenant... »

Plus aucune étincelle de séduction ne parvient à filtrer des paupières papillonnantes de François Mitterrand. Seule la colère fait frémir ses narines. Le candidat battu de douze points se saisit de son porte-plume, mais il doit redescendre en température pour que sa main parvienne à nouveau à tracer quelques mots sans avoir à les raturer aussitôt.

Louise se dit qu'elle y est peut-être allée un peu fort. Il n'est jamais bon de se fâcher avec un personnage aussi important que François Mitterrand. Il y aura d'autres élections, et le candidat socialiste finira peut-être, quand même, par en gagner une. Les sentiments personnels de Louise ont pris le pas sur ses intérêts professionnels. Soit tout le contraire de ce qu'elle a appris au CFJ puis au *Monde*. Elle a le droit de détester Mitterrand pour son emploi frénétique de la guillotine pendant la guerre d'Algérie, sa trahison de l'esprit de Mai 68, et même ses roucoulades de vieux beau, mais, en tant que représentante du premier quotidien français, elle doit s'astreindre à une mise à distance, une « neutralité » (même si elle n'aime pas beaucoup ce mot), qui cadre mal avec le petit sketch plein d'aigreur qu'elle vient de donner. Alors qu'elle bénéficiait d'un accès privilégié à celui qui restera quand même le principal sujet de discussion des jours à venir (c'est la défaite de Mitterrand plus que la victoire de Poher), Louise ne voit même pas ce qu'elle pourra conserver de ses échanges avec le candidat, pour son papier, puisque tout était « off ».

Sur le point de quitter la chambre 15 et de laisser le député-maire de Château-Chinon aux fleurs jaunes de la tapisserie et à son discours de perdant, une force incontrôlable fait cependant tourner les talons à Louise Ben Kader. Jusqu'à la fin de sa carrière, elle se demandera pourquoi elle n'a pas pu s'empêcher de lâcher à la face cramoisie du candidat estourbi une dernière salve, encore plus implacable que les précédentes :

« Ah, et puis évitez aussi de draguer systématiquement les journalistes femmes qui vous accompagnent en déplacement. Ça devient moins gênant pour elles que pour vous. À titre personnel, je me contrefous de la pluviométrie dans la Nièvre, et je déteste par-dessus tout les flageolets. »

Mémorandum CIA, du 23/06/1969.

De : Luis Manuel Lopez Carril, conseiller spécial du bureau de Paris

À : Richard Helms, directeur

Sujet : analyse des résultats du premier tour de l'élection présidentielle française

Statut : top confidentiel/Destinataire unique : le directeur

La large et inattendue défaite (- 12 points) du ministre des Affaires étrangères et candidat socialiste, François Mitterrand, face au président de la République par intérim et candidat de la droite, Alain Poher, lors du premier tour de l'élection présidentielle française, organisé le dimanche 22 juin, représente une réelle menace pour les intérêts américains, en France, mais aussi dans le reste de l'Europe. La victoire probable de M. Poher, lors du deuxième tour, le 6 juillet prochain, pourrait en effet l'inciter à tendre la main aux généraux de Gaulle et Massu, en leur permettant notamment de revenir en France. Durant la campagne électorale, M. Poher a pris soin de garder ses distances avec M. de Gaulle, et ce dernier n'a pas officiellement appelé à voter pour lui, de peur d'effrayer la partie de l'électorat de droite et du centre la plus modérée et la plus libérale. En cas de victoire, l'hypothèse d'un « grand pardon » et d'une réconciliation de la droite, allant des centristes de M. Jean Lecanuet jusqu'aux partisans les plus extrémistes du général Massu, est à envisager avec beaucoup de sérieux. Elle permettrait au courant conservateur, laminé par le mouvement de Mai 68, de se reconstituer et de peser face à une gauche à son tour désunie.

Par effet de balancier, la victoire de M. Poher permettrait au Parti communiste, et autres organisations d'extrême gauche, de se poser en « véritable opposition » à la droite conservatrice, et donc de retrouver une influence largement perdue depuis l'accession des socialistes au pouvoir (cf. le score de 5 % du PC dimanche dernier).

Si François Mitterrand se présente officiellement en artisan principal de l'entrée au gouvernement de ministres communistes, ses objectifs sont en réalité les mêmes que les nôtres : transformer petit à petit l'ancien premier parti de France en un groupuscule renvoyé à la marge de la vie politique nationale. Plus M. Mitterrand serre les communistes tout contre lui, plus il les étouffe. La participation du PCF à un gouvernement socialiste, très critiquée par l'extrême gauche, compromet de plus en plus la réputation des dirigeants communistes aux yeux de leurs adhérents et sympathisants.

L'élection de M. Mitterrand repousserait également d'au moins sept ans le spectre d'un retour en France des généraux de Gaulle et Massu. Dans des conversations secrètes avec nos représentants en France (notamment l'ambassadeur Shriver), le ministre des Affaires étrangères a déclaré que, une fois son élection assurée, un retour de la France dans l'OTAN n'était pas un sujet « tabou ». De même, sur les questions du Vietnam et de Cuba, M. Mitterrand a laissé entendre que la solidarité gouvernementale l'avait obligé à soutenir officiellement les positions « tiers-mondistes » du président de la République, Pierre Mendès France, et de son Premier ministre, Michel Rocard, mais que, une fois élu président, il serait prêt à rétablir un « climat de confiance » et à favoriser des relations plus « apaisées » avec les États-Unis.

Il serait donc fort regrettable que nos actions récemment entreprises aboutissent à un remède pire que le mal, avec l'élection de M. Poher, le retour de De Gaulle à Paris, une politique française encore plus anti-américaine et des communistes soudainement revigorés. Nos espoirs cruellement déçus en Gaston Defferre ne doivent pas nous empêcher de soutenir François Mitterrand, qui appartient certes au même camp politique, mais est devenu son rival, voire son ennemi, depuis le fiasco de Baden-Baden.

L'écart de voix au premier tour entre MM. Mitterrand et Poher étant très important, pour ne pas dire rédhibitoire, et les reports des autres candidats de gauche plus que jamais aléatoires, nous suggérons d'entreprendre, dans les deux semaines à venir, une action vigoureuse contre M. Poher. Nous préférerions éviter un nouveau recours à la violence, dont nous ne serions pas sûrs de pouvoir maîtriser toutes les conséquences. Nous aimerions donc privilégier une action psychologique de désinformation et/ou de décrédibilisation dont les modalités précises restent à définir.

Bien à vous.

Luis Manuel Lopez Carril

Chapitre 7

WASHINGTON DC (ÉTATS-UNIS), MERCREDI 25 JUIN

Welcome to the United States of America. À l'aéroport international de Washington-Dulles, Louise Ben Kader est accueillie par le trente-septième président des États-Unis, Richard Milhous Nixon, 56 ans. Son portrait officiel toise les voyageurs du monde entier, dès l'entrée du terminal B. Avec sa tête en forme de poire replète, son regard de fouine, ses lèvres fines, crispées en une tentative de sourire ratée, Nixon a l'air beaucoup moins *welcoming* que le message de bienvenue qui s'étale au-dessus de sa photo. À Louise Ben Kader, le président de la plus puissante démocratie du monde a plutôt l'air de demander : « Mais qu'est-ce que tu viens faire ici ? Pourquoi ne pas reprendre tout de suite l'avion pour retourner dans ton pays ? »

À ce stade de son périple, l'hostilité affichée par Richard Nixon ne saurait gâcher le plaisir, l'euphorie même, qui accompagne l'envoyée spéciale du *Monde* depuis son départ de Paris. C'est la première fois que Louise prend l'avion, quitte la France ou l'Algérie, traverse l'Atlantique, met les pieds aux États-Unis, part en reportage à l'étranger. Passé la terreur du décollage (elle a failli se précipiter dans la cabine de pilotage pour expliquer au commandant de bord que tenter d'arracher au sol un tel mastodonte n'était pas très raisonnable), Louise a passé pratiquement tout le vol, le nez collé au hublot, même quand une nuit noire, sans étoiles, a enveloppé le Boeing Jet Intercontinental du vol Air France 182.

L'atterrissage s'est fait en douceur. Il était 1 h 34 du matin, heure locale. Louise attend son tour dans la file qui serpente jusqu'aux guichets des services de l'immigration. Cette promiscuité parfaitement organisée la rassure, et l'intimide aussi un peu. S'il était possible de comparer toutes les queues qui se forment dans le monde entier, à un même instant T, celles des aéroports américains apparaîtraient sûrement comme les plus ordonnées. Les personnes qui les composent sont encore abruties par la fatigue de leur voyage. La dépressurisation de la cabine et la découverte de l'air américain climatisé, aseptisé, ramollissent leur cerveau. Une odeur mêlée de bubble-gum et d'encaustique les persuade qu'ils se trouvent aux portes d'un paradis immaculé et acidulé. Tous marchent d'un pas docile et faussement détendu vers les guichets, où des officiers à qui l'on a défendu de sourire possèdent le pouvoir exorbitant de les refouler vers leurs misérables pays d'origine. Seuls les passagers américains, fiers de se diriger vers les comptoirs « *Domestic* » (ce qui ne signifie pas qu'ils sont des majordomes ou des laquais, mais qu'ils rentrent chez eux), bénéficient d'un minimum règlementaire de chaleur humaine (esquisse de sourire, absence d'aboiements) de la part des fonctionnaires chargés de jeter un rapide coup d'œil à leur passeport, avant de le tamponner d'un geste vigoureux, de haut en bas, le même que pour écraser une mouche avec son poing : BAM !

Pour les autres passagers, ceux qui n'ont pas le privilège d'être nés aux États-Unis ou d'en avoir déjà acquis la nationalité, le passage aux guichets des services de l'immigration US se complique de mille petites tracasseries et vexations. Louise Ben Kader pensait par exemple maîtriser relativement bien la langue anglaise. En attestent la note de 17/20 qu'elle a obtenue au baccalauréat, et le chef-d'œuvre de Raymond Chandler, *The Long Goodbye*, qu'elle a récemment lu en usant avec parcimonie de son dictionnaire anglais/français. Mais l'idiome employé par l'officier d'immigration qui lui demande son passeport ne ressemble ni de près ni de loin à l'anglais première langue que des professeurs épris de Shakespeare et de Faulkner lui ont enseigné. De la bouillie verbale qui sort de la bouche du fonctionnaire, Louise ne parvient à identifier que quelques mots, souvent les plus courts : *from*, *long*, *where* (à moins que ce ne soit *what*). Ils ne suffisent pas à établir une vraie conversation, à peine l'équivalent d'un échange succinct entre deux habitants de systèmes solaires différents. Louise y voit une contradiction. Pourquoi les États-Unis d'Amérique cherchent-ils à impressionner d'entrée les misérables venus des autres continents avec leurs files d'attente parfaitement ordonnées, marque d'une civilisation supérieurement avancée, si c'est pour les confronter juste après à leurs individus les plus primitifs ?

Âgé d'une quarantaine d'années, l'officier MacGowan (son nom est marqué sur son badge) dévisage Louise de façon très désagréable, à la façon d'un marchand d'esclaves sur le point de se lancer dans un nouvel achat. Il passe encore plus de temps à parcourir son passeport, en lit et relit les informations comme s'il s'agissait d'un mode d'emploi pour une machine trop sophistiquée, qu'il n'arrivera jamais à faire marcher. Puis, comme à regret, l'officier MacGowan éteint la lumière verte allumée au-dessus de son guichet. Il produit un effort considérable pour se lever de son siège et adresse pour la première fois une phrase compréhensible, du premier au dernier mot, à la passagère qui le force à quitter momentanément son poste :

« *Could you follow me, please* ? » « Veuillez me suivre, s'il vous plaît. »

Louise a l'impression de traverser un décor. Une seule porte de franchie, et le hall des arrivées de l'aéroport international de Washington-Dulles n'est déjà plus qu'une illusion. La Française découvre un univers labyrinthique dont les naufragés des vols de nuit ne peuvent même pas soupçonner l'existence. Des néons poussiéreux éclairent des enfilades de bureaux recouverts de dossiers, certains dégueulent leurs papiers tamponnés jusque sur le sol en linoléum. Louise croise des armées de fonctionnaires à la peau aussi translucide que celle de l'officier MacGowan. Tous affichent l'air d'ennui et de rancœur de ceux qui, chaque jour, regardent décoller les avions pour le monde entier sans avoir le droit de monter à bord.

L'officier MacGowan la conduit dans un réduit où l'attendent deux hommes, un grand et un petit. Ils ne portent pas d'uniformes, mais des costumes gris bon marché (clair pour le petit, sombre pour le grand), des cravates noires à pince et des chemises blanches honnêtement repassées. Comparée à celle de l'officier MacGowan, leur peau semble mate, presque bronzée. Louise en déduit que ce sont des créatures de jour qui ont accepté de réduire leur temps de sommeil pour l'accueillir dès sa sortie d'avion. Un privilège dont la voyageuse se serait bien passée, car elle sait qu'elle va devoir leur mentir et qu'ils ne seront dupes de rien. Le plus petit a l'air moins méchant que le grand. Il s'adresse à Louise comme à une enfant sur le point de faire une grosse bêtise. Son anglais est parfaitement compréhensible :

« Vos nom et prénom, mademoiselle ? »

« Louise Ben Kader. »

« Date et lieu de naissance ? »

« Le 8 mai 1945 à Skikda. »

« Vous voulez dire Philippeville ? »

« Skikda, ex-Philippeville. »

« Êtes-vous pour l'indépendance de l'Algérie ? »

« J'avais 17 ans en 1962, mon père a servi comme auxiliaire dans l'armée française, alors ma famille a dû fuir l'Algérie. Personne ne m'a vraiment demandé mon avis. »

« Je vous le demande aujourd'hui. »

« Je suis pour l'indépendance de l'Algérie. »

« Pour le communisme aussi ? »

« Je suis pour l'indépendance de l'Algérie. »

« Quel est le but de votre voyage aux États-Unis ? Tourisme ou business. »

« Tourisme. »

« Avez-vous de la famille, des amis ou des connaissances aux États-Unis ? »

« Non, mais comme je suis de nature plutôt sociable, je compte bien me faire quelques amis. »

« Mademoiselle Ben Kader, nous savons que vous êtes journaliste au *Monde*, et que vous enquêtez sur l'assassinat de votre président, Pierre Mendès France. Lors de votre séjour aux États-Unis, comptez-vous réaliser des interviews ou rechercher des informations, dans le cadre de vos investigations ? »

« Pourquoi ? Vous pensez qu'il peut exister des connexions entre l'assassin de Pierre Mendès France et les États-Unis ? »

« Je vous demande de répondre à ma question. »

« Non, rassurez-vous, cette enquête a été particulièrement éprouvante, et j'ai juste besoin de repos. »

« Alors pourquoi un séjour si court, de seulement trois jours ? »

« Parce que malheureusement mon rédacteur en chef ne m'a pas accordé plus de vacances. »

« Où comptez-vous résider ? »

« À l'hôtel Sheraton-Carlton. »

« Que comptez-vous faire pendant ces trois jours ? »

« À part dormir ? Visiter le Capitole, le Memorial Lincoln, le musée d'Histoire naturelle, le zoo national…

Et la Maison-Blanche, si c'est autorisé. Vous pensez que c'est possible de la visiter ? »

« Avez-vous conscience qu'en pénétrant aux États-Unis avec un visa de tourisme, toute interview, recherche d'informations ou prise de contacts, dans un cadre professionnel, représenterait un grave délit qui entraînerait votre expulsion immédiate ? Êtes-vous consciente que vous seriez passible d'une forte amende, voire d'une peine d'emprisonnement ? »

« Oui, oui, j'en suis consciente, mais je vous l'ai déjà dit, je suis uniquement ici pour visiter et me reposer. »

L'homme referme le passeport de Louise avant de le lui rendre. Son sourire est encore plus inquiétant que celui de Richard Milhous Nixon.

« Alors, bienvenue et bon séjour aux États-Unis, mademoiselle Ben Kader. »

Même le taxi a fini par se perdre dans l'enchevêtrement des rues perpendiculaires dont les pavillons semblent avoir tous été construits par le même architecte neurasthénique : une maison, un garage, un bout de pelouse où flotte deux fois sur trois un drapeau américain.

« C'est bon, vous pouvez me laisser ici... », lâche Louise au chauffeur, qui s'apprêtait à faire demi-tour, après avoir consulté une nouvelle fois son plan.

« Vous êtes certaine ? Parce que nous sommes à encore au moins 500 m de l'adresse que vous m'avez indiquée... »

« Ne vous inquiétez pas, j'ai besoin de marcher. »

Depuis le départ de l'hôtel Sheraton-Carlton, à deux blocs de la Maison-Blanche, au centre de Washington, Louise n'a quasiment pas quitté des yeux les rétroviseurs du taxi. La journaliste a vite remarqué une Plymouth Fury gris métallisé qui les suivait à distance. Elle a ralenti quand ils ont ralenti. Accéléré quand ils ont accéléré. Elle ne cherchait même pas à se faire discrète. Louise règle la course, sort du taxi, avise un jeune type aux cheveux très courts. Il tond une pelouse aussi rase que son crâne. Ses bras sont entièrement tatoués et ses mains aux ongles méticuleusement rongés menacent de broyer les manettes de sa tondeuse à gazon mécanique. Louise l'interpelle d'une voix affolée :

« Bonjour, monsieur, vous voyez cette voiture là-bas ? C'est mon petit ami. Il est jaloux et violent. Je suis morte de terreur. Est-ce que vous pourriez appeler la police s'il vous plaît ? »

« Inutile de les déranger pour si peu. Attendez-moi ici. »

Le jeune type entre dans son garage, en ressort avec une batte de baseball et se dirige droit vers la Plymouth Fury. Au fur et à mesure qu'il se rapproche du véhicule, d'autres habitants du lotissement sortent sur leur perron :

« Hey, Jim, tu as un problème ? »

« Rien de sérieux. Juste un connard qui veut jouer au dur avec une demoiselle. »

« OK, on arrive. »

Bientôt, une dizaine de résidents menaçants entourent la Plymouth. Juste le temps d'entendre le fracas de la batte qui s'abat sur le capot, et Louise a déjà fait le tour du bloc. Même au chauffeur de taxi, elle avait donné une adresse approximative, au cas où ses nouveaux amis de l'aéroport (CIA ? FBI ?) ne veuillent l'interroger. La vraie adresse, celle que Pierre Lefèvre lui a confiée avant de partir et qu'elle a apprise par cœur, conduit la journaliste devant un autre pavillon avec garage et bout de pelouse. Sauf qu'à côté de la traditionnelle bannière étoilée flotte également un drapeau de l'Olympique de Marseille !

« Des dizaines de badauds passent chaque jour devant ce drapeau, mais vous devez être la première personne qui sait à quelle équipe elle correspond », sourit James Walter Cooper.

L'officier à la retraite devait guetter derrière sa fenêtre, car Louise n'a même pas eu le temps de sonner à sa porte qu'il est déjà sorti l'accueillir.

« Mes voisins me demandent si Marseille est une équipe de basket ou de baseball… »

« Alors que c'est une excellente équipe de hockey », s'amuse Louise.

« Vous n'aimez pas l'OM ? »

« Mes parents habitent Saint-Étienne, je travaille à Paris et je préfère le rugby. »

« Circonstances atténuantes acceptées. Vous pouvez quand même entrer… »

Dans le salon de l'ex-correspondant du Narcotic Bureau à Marseille, Louise s'attendait à trouver d'autres souvenirs rapportés des bords de la Méditerranée : reproduction de la Bonne Mère au-dessus de la cheminée, ou bouteille de pastis sur la table de la cuisine. Mais la nostalgie provençale de James W. Cooper semble se limiter au drapeau de l'OM. L'intérieur de la maison présente tous les gages d'un parfait *home sweet home* américain : murs en fausse boiserie, tapis à poils longs, canapé fleuri et téléviseur posé sur une table basse. Chaque objet semble parfaitement à sa place. L'endroit donne moins l'impression d'être habité que visité, comme une maison-témoin que les candidats à la propriété viendraient admirer avant de signer leur crédit immobilier. Alignées sur le buffet, des photos encadrées de James W. Cooper et de celle qui doit (devait ?) être sa femme apportent à l'endroit son unique touche personnelle. Elles respectent strictement la chronologie de la vie du couple : bal de la promo, mariage, voyages à Acapulco, Rome, Istanbul, Marseille…

« D'habitude, je ne parle jamais aux journalistes, mais j'ai cédé à la curiosité de rencontrer la reporter qui a fait tomber Gaston Defferre. J'avoue que je ne m'attendais pas à ce que vous soyez aussi jeune. Et peut-être que vous ne vous attendiez pas à ce que je sois aussi vieux ? » lance celui que les Marseillais surnomment Mister Magoo.

Malgré sa ressemblance avec le héros myope et gaffeur du dessin animé, James W. Cooper impose d'entrée une certaine forme d'autorité. La retraite anticipée ne lui a pas ôté l'envie de commander :

« Asseyez-vous ici, je vous apporte un café », annonce le maître des lieux, sans envisager une seconde que son invitée puisse préférer rester debout ou boire un thé. « Que les choses soient bien claires : tout ce que je vais vous raconter, vous pourrez l'écrire et me citer, mais votre article sera à peine publié que j'en démentirai officiellement chaque phrase. S'il le faut, je nierai même vous avoir rencontrée. OK ? »

« OK », répond Louise en posant sa tasse (mais n'est-ce pas plutôt un bol ?) de café noirâtre et fumant sans avoir l'intention d'en boire une seule gorgée.

« Alors, qu'est-ce que vous voulez savoir ? »

« Vous connaissez José Carvalho ? »

« Le beau José ? Oui, évidemment ! Quand je suis arrivé à Marseille, en 1962, il n'était qu'un inspecteur des Stups, pas encore le commissaire, mais c'était déjà une légende : le type qui avait libéré *Le Provençal*, mitraillette en mains, avec Venturi et Defferre, le seul Portugais que les bandits corses supportaient. Lui et Venturi étaient comme deux frères. On les surnommait Romulus et Raimu ! »

« Vous ne trouviez pas bizarre qu'un homme si proche du milieu travaille aux Stups ? »

« Quand on débarque à Marseille, il faut réévaluer certaines notions, le "bizarre", comme vous dites, y est souvent très ordinaire, et c'est l'ordinaire qui finit par devenir bizarre. J'étais à Marseille depuis quelques semaines quand un ami m'a invité au cabaret La Commanderie.

Une sorte de Sinatra local y chante tous les soirs. Je n'ai rien compris aux paroles de ses chansons, mais j'ai reconnu presque la moitié de la salle : il y avait des policiers, des voyous, des magistrats et des journalistes, parfois à la même table. À la Commanderie, un caïd sorti de prison le matin même peut boire un verre avec le flic qui l'a arrêté et le juge qui l'a envoyé aux Baumettes. Vous avez cette croyance, en France, pas forcément fausse d'ailleurs, selon laquelle, pour être un bon flic, il faut fréquenter les voyous. »

« Mais est-ce que cette promiscuité n'empêche pas les policiers locaux de faire aboutir certaines enquêtes ? »

« Oui, évidemment, mais il n'y a pas que ça : jusque très récemment, la brigade des stups de Marseille était l'unité la plus négligée de France. Ils étaient seulement huit flics pour couvrir tout le trafic, de Perpignan à la frontière italienne, en passant par la Corse. Les malheureux n'avaient que deux véhicules, dont une Renault 8 qui tombait toujours en panne. Un jour, j'ai dû prêter ma voiture de location à un collègue marseillais qui devait filer en urgence à Aubagne rendre visite à sa mère malade ! »

« L'arrivée de Mendès France au pouvoir n'a rien changé ? »

« Le changement, c'est évidemment ce que nous avions espéré. On savait que de Gaulle était indifférent à notre combat, on le soupçonnait même de prendre un certain plaisir à voir la jeunesse américaine ravagée par un produit *made in France*. Avec Mendès, on s'est dit que nous allions enfin être écoutés, respectés. Et puis Defferre a été nommé ministre de l'Intérieur ! Defferre à l'Intérieur ! Et pourquoi pas Nick Venturi au ministère de la Santé ! »

« Un rapport du Sénat américain accuse Venturi d'être l'un des principaux caïds de la *French connection*. Quelles sont vos preuves ? »

« Des preuves que vous ne pourriez pas mentionner, même dans *Le Monde*, sans mettre votre vie en danger. Il y a à Marseille, forts de leurs comptes en banque, de leurs relations, du respect qui les entoure, trois ou quatre caïds, dont Venturi, qui se sentent en totale sécurité. Ils sont en relation directe avec les diverses mafias américaines. Cette organisation est en place depuis une vingtaine d'années. Elle bénéficie de nombreuses complicités, y compris au sommet des plus hautes autorités policières et politiques. »

« Donc vous pensez que Defferre est au courant des trafics de Venturi et de Carvalho ? »

« Je ne dis pas qu'il est complice, mais au courant, oui. Ce n'est pas comme si Nick était subitement sorti du droit chemin. Il a toujours trafiqué. D'abord des cigarettes de contrebande et aujourd'hui de la drogue. Lui et Defferre se connaissent depuis vingt-cinq ans. Ils ont scellé une sorte de pacte : ce qui n'est pas nommé n'existe pas. Venturi ne parle jamais de son business transatlantique à Defferre. »

« Saviez-vous que Carvalho est venu six mois à Washington, de juin à janvier 1967 ? »

« Oui, c'est même moi qui ai organisé son "stage" ici. J'ai longtemps trouvé Carvalho chaleureux, intelligent et dynamique. Il m'invitait à manger des supions à l'ail et au persil Chez Étienne, un restaurant incroyable dans le quartier du Panier. Vous connaissez ? »

« Non… »

« Sous le commandement de Carvalho, les Stups marseillais ont enfin commencé à obtenir des résultats : en quelques semaines, ils ont intercepté une DS 21 farcie de soixante kilos d'héroïne, découvert un laboratoire clandestin près d'Aix, arrêté un certain nombre de passeurs qui allaient chercher la morphine base en Turquie. Le problème, c'est que, malgré ces prises spectaculaires, les statistiques ne baissaient pas, elles continuaient même à augmenter, toujours plus d'héroïne empruntait l'aller simple entre Marseille et la Côte est des États-Unis. Au bout de quelques mois, on a fini par comprendre le petit jeu de Carvalho. Il avait soi-disant un indic en or : comment dit-on déjà *eyebrows* en français ? »

« Sourcils ? », répond Louise, du tac au tac.

« Oui, c'est ça, l'indic était surnommé Sourcils. Un vrai sale type, une ordure multicarte : prostitution, racket, quelques braquages et de plus en plus de came. Sourcils a donné beaucoup de renseignements "spontanés" sur ses concurrents. Son business ne semblait, en revanche, pas trop affecté par les nouvelles méthodes du bon commissaire Carvalho. Pire, on a constaté que de l'héroïne saisie par les Stups se retrouvaient quand même sur le marché américain, revendue par Sourcils et son équipe. D'où nos soupçons et bientôt nos certitudes que Sourcils et Carvalho étaient de mèche, sous le haut patronage de Nick Venturi. »

« Et vous avez quand même offert une formation de six mois à Carvalho, tous frais payés, aux États-Unis ! »

« C'était notre ultime tentative pour le faire rebasculer du bon côté. On s'est dit qu'au moins, chez nous, il ferait moins de bêtises, que ce serait plus facile d'étudier ce qu'il avait vraiment sous le capot. Nous avions envisagé différents scénarios : le remettre sur le droit chemin, le transformer en repenti, ou carrément le faire disparaître, si nous avions eu le sentiment qu'il était définitivement perdu pour la cause. Ça, évidemment, vous ne l'écrivez pas... Hélas, à peine arrivé ici, Carvalho s'est fait kidnapper par nos chers collègues de la CIA. Notre bel oiseau s'est envolé, et on ne l'a plus revu avant son retour à Marseille, où il était devenu intouchable. L'ambassade américaine à Paris était très claire là-dessus. Même la mort de milliers de jeunes Américains pesait moins lourd que la lutte contre le communisme. Carvalho est devenu un informateur de la CIA. En contrepartie, il a pu continuer ses trafics, et moi, j'ai été privé de supions à l'ail. Gaston Defferre, tout juste promu ministre de l'Intérieur, a obtenu mon départ de Marseille. J'ai été transféré à notre bureau de Bruxelles. Une promotion, évidemment… »

« Qu'a fait Carvalho pour la CIA ? »

« Je n'en sais rien du tout. Je suppose qu'il devait espionner les hommes politiques français : Defferre, puis Mendès France. »

« La CIA a-t-elle organisé le raid sur Baden-Baden pour enlever ou tuer de Gaulle ? »

« J'espère que non. On parle quand même de la pire opération commando de l'Histoire ! Même notre pauvre Carvalho y a laissé sa peau ! »

À ce stade de la conversation, Louise ne se trouve pas encore assez en confiance pour livrer son scoop sur la résurrection de Carvalho et sa réincarnation en murène hypersexuée. Afin de mieux faire glisser son mensonge par omission, elle envisage même de boire une première gorgée de café gris et désormais froid, mais son interlocuteur la coupe dans son élan. Comme s'il estimait que le petit jeu des questions-réponses devait maintenant changer de sens.

« À vous de me parler de Gaston Defferre ! Comment l'avez-vous dégommé ? Quel est votre secret pour avoir réussi là où nous avons lamentablement échoué ? »

« Defferre s'est "dégommé" tout seul. Il a enchaîné les erreurs. Il suffisait de les répertorier. »

« Vous êtes trop modeste. Vous avez été incroyable pendant cette conférence de presse ! Tous les journaux américains en ont parlé. Le *Post* a même titré : *Une journaliste française ridiculise l'homme le plus puissant de France* ! Préparez-vous à recevoir des propositions des producteurs hollywoodiens pour en faire un film. On vous a déjà dit que vous ressembliez à Nathalie Wood ? »

« Heu… non… enfin… oui, c'est arrivé », répond, embarrassée, l'Indienne de Philippeville.

« Où vous avez raison, c'est que Defferre a vraiment tout fait à l'envers. Comment pendant vingt-cinq ans a-t-il pu montrer autant de maîtrise, jouer presque tous les coups à la perfection, avant de commettre erreur sur erreur dans la dernière ligne droite ? Sûrement que cette histoire de présidence de la République lui est montée à la tête. C'était trop grand pour lui. »

« Qu'est-ce que vous pensez de Poher ? »

« L'homme invisible ? Pour l'instant, il a surtout profité des faux pas des socialistes, non ? Je sais que l'administration Nixon se méfie beaucoup de lui. Ils ont peur que Poher ramène les gaullistes au pouvoir. Sur le front de la drogue, ce ne serait pas non plus forcément une bonne nouvelle. Le frère de Nick Venturi, Jean, est l'importateur et le distributeur du pastis Ricard pour toute l'Amérique du Nord. Il est basé à Montréal. Nous le soupçonnons de se servir de son job pour couvrir l'importation d'héroïne depuis Marseille, avant de rapatrier les capitaux vers la Suisse ou la France. Chez Ricard, Jean Venturi a eu un chef, jusqu'en 1967, le numéro 2 du groupe : un certain Charles Pasqua, petit-fils de berger corse, ancien résistant, étoile montante du gaullisme et vice-président du SAC… »

« Donc, les frères Venturi travaillent aussi bien avec les gaullistes qu'avec les socialistes ? »

« Un frère au SAC, un autre chez les socialistes, comme ça, la famille est toujours bien servie. Un jour, Carvalho m'a dit : "En France, la drogue est de droite, de gauche, et du milieu." Il avait tout compris. »

« Et ça, je peux l'écrire ? »

« Ah oui ! Vous pouvez même le souligner dans votre article ou le graver au fronton de votre journal. Mais un conseil : trouvez-vous des amis costauds et fiables qui pourront vous protéger, car il ne faudra plus compter sur la police française, et vous n'êtes déjà pas très populaire auprès de la CIA. Surtout, n'oubliez pas de m'oublier, car c'est la première et la dernière fois que nous nous voyons. »

Louise Ben Kader débarque sans prévenir au *Washington Post*. Elle aurait pu s'annoncer, demander poliment un rendez-vous au journaliste ami que James W. Cooper lui a recommandé. La reporter du *Monde* veut cependant laisser le moins de traces possible, passer sous les radars, devenir invisible ou presque. En sortant du Sheraton-Carlton, elle a repéré un type à chapeau mou qui l'a suivie à une distance respectable mais repérable. Comme le coup de la Plymouth Fury gris métallisé avait plutôt bien marché, Louise a récidivé en alpaguant cette fois-ci deux policiers en patrouille : « Vous voyez là-bas cet homme avec un chapeau ? »

Les flics ont foncé vers le faux fiancé, et Louise a pu se rendre, sans être importunée, jusqu'au pied de l'immeuble du *Washington Post*.

Devant le numéro 1150 de la 15e rue nord-ouest, un gardien la dévisage de la tête aux pieds. La journaliste tente de prendre un air dégagé, comme s'il était normal de se pointer comme au supermarché dans l'un des plus grands journaux américains, temple de la démocratie et épicentre du septième pouvoir :

« Bonjour, je voudrais parler à Carl Bernstein s'il vous plaît. »

« Vous avez rendez-vous ? »

« Non, mais je pense qu'il sera content de me rencontrer. »

Le gardien flaire l'embrouille. Carl Bernstein possède une réputation établie de briseur de cœurs. Ce ne serait pas la première fois qu'une jeune femme délaissée viendrait lui réclamer des comptes en usant d'une fausse identité.

Le gardien s'acquitte néanmoins de sa tâche. Il décroche le téléphone posé devant lui et prend subitement une voix plus avenante, presque aimable :

« Bonsoir monsieur Bernstein, il y a une journaliste française qui voudrait vous parler... Louise Binkramer... du journal *Lemond*... OK, OK, je transmets le message... Bonne soirée monsieur. »

Le gardien efface la moindre trace de sourire de son visage. Avant de travailler à l'accueil du *Post*, il a sûrement été officier des services de l'immigration à l'aéroport de Washington-Dulles : « Monsieur Bernstein va vous recevoir. C'est au cinquième étage. »

La salle de rédaction du *Washington Post* est envahie par le cliquetis des machines à écrire sur lesquelles s'acharnent de leurs doigts lourds des dizaines de journalistes. Pour compenser l'absence de lumière venue de l'extérieur, même en pleine journée, des dalles lumineuses collées au plafond projettent un éclat vif sur un mobilier rudimentaire (bureaux, chaises, armoires basses) aux couleurs criardes (bleu, jaune, rouge, orange). Chaque section du journal (politique, économie, étranger, sports, loisirs, Grand Washington) semble correspondre à une couleur précise. Louise Ben Kader ignore pour laquelle travaille Carl Bernstein.

Elle espérait que son confrère aurait la courtoisie de venir la chercher à la sortie de l'ascenseur. Mais, comme il n'y a personne pour l'accueillir, elle doit demander son chemin à deux reprises avant d'identifier enfin Carl Bernstein. Dans un recoin de la section bleue (Grand Washington), il téléphone et avalise d'un simple coup d'œil la présence de sa consœur française. Ses pieds sont posés sur son bureau, ce qui représente une forme d'exploit tant ledit bureau est envahi par plusieurs couches compactes de documents au milieu desquelles émergent des restes de repas plus ou moins récents, notamment un carton à pizza siglé *Famous Luigi's*. Comme Bernstein n'a, semble-t-il, pas l'intention d'abréger son coup de fil, Louise Ben Kader a largement le temps de l'observer. James W. Cooper l'avait décrit comme « jeune, ambitieux et très talentueux », avant d'ajouter « Vous devriez bien vous entendre tous les deux. » Louise est un peu déçue. Elle n'est pas là pour flirter, mais elle s'attendait à ce que Carl Bernstein soit quand même un peu plus beau. Ses longs cheveux noirs filasses, ses lèvres épaisses et la peau grêlée de son visage lui donnent des airs de guerrier apache vieilli prématurément. Dans ses traits de jeune homme de 25 ans se devine déjà avec un peu trop d'acuité le grand-père qu'il sera bien plus tard. Pourtant, sa personne exhale un très fort pouvoir de séduction, comme une assurance qui se contenterait de flirter avec l'arrogance sans dépasser la ligne blanche. Louise suspecte Berstein d'avoir délibérément décroché son téléphone et passé un appel de dernière minute pour qu'elle le trouve ainsi occupé, et pas à sa disposition. Quand le reporter du *Post* raccroche enfin, sa première phrase donne le ton :

« Bonjour, je suis Carl Bernstein, enchanté. Qu'est-ce que je peux faire pour vous et qu'est-ce que vous pouvez faire pour moi ? »

Décidément, pense Louise, à Washington, chaque conversation débute comme un combat de boxe.

« J'enquête sur l'assassinat de Pierre Mendès France et sur la tentative d'enlèvement ratée du général de Gaulle. Un seul homme relie directement ces deux évènements : José Carvalho, l'ancien patron de la sécurité présidentielle et le chef du commando de Baden-Baden. Or, je dispose d'informations selon lesquelles Carvalho a travaillé pour le Bureau des narcotiques et surtout pour la CIA. J'ai du mal à avancer seule dans mon enquête, alors je vous propose un marché : je partage avec vous mes informations sur la partie française du dossier et vous m'aidez sur le versant américain. Chacun rédige de son côté, mais nous publions en même temps. »

« Donc, c'est vous qui avez provoqué tout ce bordel à la conférence de presse du ministre de l'Intérieur ? » demande Bernstein en retirant les pieds de son bureau.

« Oui, c'est moi… » répond Louise, qui parvient à dissimuler sa fierté.

« Vous devez être une star en France ! Vous êtes aussi connue que Charles Aznavour ? »

« Oui, mais moins que Mireille Mathieu » réplique la Française avant de retrouver son sérieux : « Alors, qu'est-ce que vous pensez de mon deal ? »

« Disons qu'il me semble honnête, à la condition bien sûr que vos infos soient aussi intéressantes que vous le prétendez… »

« Je possède des éléments qui me laissent penser que, contrairement à ce qu'affirme la version officielle, José Carvalho n'est pas mort dans l'accident d'hélicoptère de Baden-Baden. Il est possible qu'il ait été récupéré par la CIA. Je sais qu'il a suivi une formation de l'Agence aux États-Unis, et si vous êtes aussi malin que vous en avez l'air, je ne doute pas que vous m'aiderez à étayer mes soupçons. »

« Là, ça commence à devenir intéressant, fascinant même ! » s'excite Carl Bernstein. « Je crois qu'on peut bien s'entendre, tous les deux, car, ici, nous avons plutôt enquêté sur Ion Raducanu, l'assassin de Mendès France. Vous le connaissiez bien ? »

« Bien ? Non, mais, comme vous devez le savoir, Raducanu jouait au rugby avec Henri Turrini, qui est devenu un "proche" (Louise voudrait ravaler sa langue et se mordre l'intérieur des lèvres jusqu'au sang pour avoir prononcé ce mot si insignifiant pour qualifier sa relation avec Henri.) Je ne crois pas au suicide de Raducanu. Henri et moi pensons que son meurtre a été arrangé. Et nous le soupçonnons aussi d'avoir travaillé pour la Securitate. »

« Tous les étudiants roumains qui obtiennent l'autorisation de partir à l'étranger collaborent avec la Securitate. Quand ce ne sont pas des agents de la Securitate qui se font passer pour des étudiants. Raducanu devait être un agent dormant. Pendant deux ans, il s'est inséré dans la vie étudiante parisienne sans se faire autrement remarquer que par ses qualités de footballeur. »

« De rugbyman, vous voulez dire ? »

« Oui, de *rugbyman* (il prononce le mot en faisant une drôle de tête, comme s'il ne méritait pas de figurer dans son vocabulaire.) Quand les Roumains ont su que Pierre Mendès France allait donner un discours public à Charléty, Raducanu a été activé. C'était une aubaine pour eux : Raducanu jouait dans ce club dont je ne me souviens plus le nom… »

« Le PUC… »

« Oui, le PUC (nouvelle tête bizarre), il allait opérer à domicile ! »

« Vous avez des preuves pour démontrer tout cela ? »

« À ce stade, ce ne sont que des informations confidentielles transmises par l'une de nos sources. Mais elle a l'air très sûre d'elle et ne nous a jamais raconté de conneries. »

« Mais je ne comprends pas : quel était l'intérêt de la Roumanie à liquider Pierre Mendès France ? »

« Les Roumains n'ont peut-être pas agi pour eux, mais pour un autre pays dont ils veulent s'attirer les bonnes grâces… »

« Les États-Unis ? »

« Par exemple… Entre Nixon et Ceaucescu, c'est une longue histoire d'amour. *Tricky Dicky* n'était encore que candidat à la Maison-Blanche quand il a entrepris une tournée dans les pays de l'Est pour tenter de démontrer sa "stature internationale". Les Soviétiques l'ont snobé, alors que Ceaucescu l'a accueilli à bras ouverts. À peine élu président des États-Unis, Nixon a reçu très chaleureusement l'ambassadeur roumain à Washington. Il y a des rumeurs insistantes comme quoi Nixon pourrait se rendre à Bucarest, dès cet été. Ce serait le premier voyage officiel d'un président américain à l'est du mur de Berlin ! Dans la démocratie populaire la plus rebelle aux ordres de Moscou. Les Soviétiques sont furieux, jamais le pacte de Varsovie n'a été aussi en danger. Ça vaut peut-être le coup de prêter un agent de la Securitate pour rendre un petit service au nouvel ami américain… »

« Petit service ? Exécuter le président élu d'un pays allié ? »

« Oui, vous avez raison, c'est complètement dingue. Mais il ne faut jamais sous-estimer la folie de Nixon et le sentiment d'impunité de la CIA. Ils ont décidé que Mendès et la France étaient devenus le maillon faible de leur stratégie de maintien à distance des communistes. Que si Mendès virait encore plus tiers-mondiste, la France, puis toute l'Europe occidentale allaient basculer dans le camp des rouges. Pour l'instant, l'opération est plutôt réussie : à part quelques *happy few* comme nous, tout le monde pense que Raducanu était un étudiant roumain illuminé, un Oswald des Carpates juste un peu plus diplômé. »

« Raducanu a même failli passer totalement à travers les mailles du filet. Quand la police française a arrêté Henri Turrini, les Roumains et les Américains ont dû jubiler ! »

« Oui, Turrini a servi de leurre. À ce stade de l'enquête, il est difficile de déterminer si les Français sont complices de la Securitate et de la CIA ou s'ils sont juste incompétents…Seule certitude : sans votre intervention à cette conférence de presse, Turrini serait encore en prison, victime de l'erreur judiciaire du siècle. Quel show vous avez fait ! Il faut absolument que vous me racontiez tous les détails ! Qu'est-ce que vous faites ce soir ? »

Des tréfonds du *Washington Post* monte un grondement qui laisse la question en suspens et fait trembler chaque meuble de la salle de rédaction, quelle que soit sa couleur criarde. Sur le bureau de Carl Bernstein, le fragile équilibre des piles de documents s'en trouve dangereusement menacé. Une secousse plus forte qu'une autre, et plusieurs chemises cartonnées ainsi que l'emballage à pizza pourraient se désolidariser de l'ensemble, renverser la boîte à stylos et se fracasser au sol. Carl Bernstein semble peu concerné par les potentielles conséquences de ce séisme domestique. Une lueur d'excitation illumine au contraire son regard :

« Ça y est, c'est parti ! J'adore ce bruit ! Au *Monde* aussi, vous avez les rotatives sur place ? »

« Oui, c'est même l'un de mes plus grands plaisirs : me tacher les doigts d'encre avec la première édition de mes articles tout juste sortis des presses ! »

« Alors, venez, on descend… »

Carl Bernstein entraîne Louise dans les entrailles du *Post*. Un étage plus bas, le grondement sourd est remplacé par un vacarme de hall de gare, comme si plusieurs trains arrivaient en même temps. Carl doit hurler pour présenter à chaque ouvrier croisé sa nouvelle amie française.

« Elle s'appelle Louise, elle est journaliste au *Monde*, à Paris, c'est une star dans son pays ! »

Les cols bleus hochent poliment la tête, tirent sur leurs mégots de clopes, et fixent de nouveaux cylindres de plomb sur lesquels sont gravés les articles du lendemain. Ils viennent percuter les bobines d'un papier tout blanc, encore imprégné de la pureté du Grand Nord canadien, de ces milliers d'épicéas sciés, découpés, broyés dans les forêts du Québec et de l'Ontario.

À la vitesse de croisière de 60 000 exemplaires par heure, les neuf rotatives commencent à cracher les premiers numéros du *Washington Post* daté du 26 juin 1969. Carl Berstein ne prend même pas le temps de découvrir la une (« Nixon confirme le retrait des troupes »), il feuillette le journal, tourne les pages de plus en plus vite, trouve enfin l'article qu'il cherchait.

« Putain, merde, j'en étais sûr, ces enfoirés ont coupé mon papier ! Ils ont carrément retiré le dernier paragraphe ! » s'emporte le journaliste avant de tendre son exemplaire à Louise, comme pour la prendre à témoin d'un si grand scandale.

L'envoyée spéciale du *Monde* s'attendait à lire un brûlot contre la guerre du Vietnam ou une dénonciation vigoureuse des magouilles de l'administration Nixon ; elle doit se contenter de la critique du dernier tube d'Iron Butterfly, un groupe de rock, qu'à titre personnel elle juge aussi lourdingue et inspiré qu'un rayon d'appareils ménagers branchés sur le mauvais voltage.

« La chanson *In-a-Gadda-Da-Vida* est structurée par un long solo érotique de batterie qui résonne de façon contrapuntique avec les applaudissements rythmés du public », lit Louise Ben Kader avant d'adresser un regard embarrassé à l'auteur : « Ce n'est quand même avec ce genre d'article que tu comptes remporter le prix Pulitzer, non ? »

Chapitre 8

Washington DC (États-Unis), jeudi 26 juin

Durant son court séjour à Washington, Louise s'est réservé une matinée pour découvrir, même au pas de course, les principaux monuments de la capitale fédérale. Depuis toute gamine, elle rêve de les visiter. Et ses tickets d'entrée et éventuelles cartes postales ou boules à neige rapportées des boutiques de souvenirs du Capitole ou du Mémorial Lincoln pourraient constituer les preuves irréfutables du caractère touristique de son séjour en cas d'interrogatoire aussi poussé à son départ qu'à son arrivée. Mais à peine est-elle sortie de son hôtel que la touriste au temps compté se trouve emportée par un flot de manifestants. Louise se souvient maintenant d'avoir lu dans le *Washington Post* du jour que les principales organisations contre la guerre du Vietnam appelaient à « défiler pacifiquement » devant la Maison-Blanche et le Pentagone. Elle était cependant loin de se douter qu'ils seraient des dizaines de milliers à envahir Pennsylvania Avenue. Louise pense bien sûr aux manifs de Mai 68. Elle aimerait retrouver l'atmosphère insouciante et joyeuse des premières barricades du Quartier latin. Les jeunes gens qui descendent l'avenue ont le même âge que Louise, mais paraissent aussi tristes et résignés que son père. Il est sûrement plus facile de rater une révolution que d'arrêter une guerre.

Louise repère dans la foule un garçon à la beauté hors de propos. Il a renoncé à toute forme de contrôle capillaire (cheveux longs, barbe broussailleuse, sourcils touffus), porte une veste d'uniforme kaki dont la manche droite est ornée d'un écusson de la 1ère division de cavalerie (reconnaissable à sa tête de cheval noir sur fond jaune vif). Mais le vert de ses yeux, d'une clarté minérale, semble encore appartenir au temps d'avant, celui de l'innocence et des jeux d'enfant. Il a l'air d'un petit garçon qui a été trahi par ses soldats de plomb. Le vétéran aux yeux verts apparaît et disparaît au gré des ondulations de la foule. Alors que Louise se demande où il a bien pu passer, c'est lui qui surgit dans son dos et l'interpelle :

« Si vous pensez visiter le zoo de Washington, on vous a mal indiqué. D'ici, le plus simple est d'y aller en bus : il faut se rendre jusqu'à Franklin Square et prendre le 43 pour descendre au croisement de Columbia et Ontario. Marchez dix minutes, et vous verrez les trois lettres Z-O-O sculptées dans un béton très moche. Vous ne pouvez pas vous tromper. »

« Pourquoi vous me dites ça ? » répond Louise, sur la défensive.

« Parce que ça fait déjà une bonne demi-heure que je vous observe. Vous dévisagez les gens de la tête aux pieds, comme des animaux en cage, moi y compris. J'ai d'abord pensé que vous étiez une fliquette en civil, mais vous êtes trop jolie pour ça. Votre accent me confirme que vous êtes une touriste. Mexicaine ? Brésilienne ? Argentine ? »

« Non, Algérienne. »

« Ouah ! Ça change tout. J'ai beaucoup de respect pour ce qu'a fait le FLN. Ils ont montré la voie aux Vietnamiens et aux autres peuples opprimés. Vous êtes la première Algérienne que je vois en vrai. »

« Vous voulez me pincer et faire un vœu ? »

« Vous pincez, non, pas encore. Mais faire un vœu, oui. »

« Lequel ? »

« Vous payez un verre. »

« Vous n'avez pas une guerre à écourter ? »

« Elle dure depuis quatorze ans. On n'en est plus à deux heures près, non ? »

« Parce que vous pensez vraiment que je suis le genre de fille à se laisser payer un verre par n'importe quel inconnu ? »

« Oui, je pense que vous êtes ce genre de fille, et non, je ne suis pas n'importe quel inconnu. »

Louise hésite sur le fait d'accepter ou non l'invitation quand une grenade lacrymogène explose à ses pieds. La fumée grise s'échappe en un sifflement sinistre. Le jeune homme à la veste kaki et aux yeux verts s'empare de l'engin et le renvoie sur les forces de l'ordre comme une balle de baseball. D'autres lacrymos explosent au milieu des manifestants. On dirait que le fleuve Potomac abrite un volcan sous-marin qui balance ses projections incandescentes sur la foule en panique.

L'ancien soldat du 1er régiment de cavalerie tire Louise par la manche : « Suis-moi ! »

Des policiers casqués chargent en rangs serrés. Certains portent des Ray-Ban à verres fumés qui cachent leurs yeux de chiens enragés. Les matraques en bois s'abattent sur les crânes. Une jeune fille tombée à terre se fait rouer de coups de pied. Vous voulez la paix au Vietnam ? Profitez bien de la guerre à Washington.

Même le vétéran aux yeux verts ne sait plus où aller. Les flics sont partout. Alors c'est Louise qui prend les choses en main. Elle n'a jamais oublié cet épisode des aventures du commandant Cousteau qu'elle a vu, gamine, à la télévision : le marin au bonnet rouge expliquait comment les plus malins des poissons échappaient aux requins, ni en fonçant dans leur gueule ouverte (ce serait un suicide collectif), ni en nageant dans la direction opposée (ils finiraient par être rattrapés), mais en s'enfuyant sur les côtés. Cette leçon de survie, Louise l'a appliquée pendant toutes les émeutes du Quartier latin, et elle s'en sert à nouveau (merci Cousteau) dans la nasse de Pennsylvania Avenue. La Française court à gauche sur la 17e, à droite sur K Street, puis elle sprinte jusqu'à son hôtel. L'ancien combattant de 20 ans se colle à sa foulée.

L'entrée du Sheraton-Carlton est gardée par deux portiers à casquette et veste à boutons dorés qui ne semblent pas du tout décidés à laisser passer entre les portes à tambour de leur établissement (l'un des plus chics de la capitale fédérale) deux jeunes gens, des hippies, aux yeux éclatés par les lacrymos, et aux vêtements puant la peur et la sueur. Le garçon a l'air particulièrement repoussant. Il a peut-être été un héros de guerre, mais, maintenant, il ressemble à un putain de clochard ! Contre toute attente, c'est la fille qui proteste :

« Laissez-nous entrer, je suis cliente dans cet hôtel ! »

Après vérifications auprès du concierge, les portiers doivent se rendre à l'évidence : la fille est sale, insolente, mais elle occupe bien la chambre 221. Louise et son ami entrent dans le lobby du palace. Ils passent sous les lourds lustres de style Beaux-Arts, dont les lumières se reflètent sur les lattes du parquet vitrifié. En quarante-trois ans d'existence, aucun client ni employé du Sheraton-Carlton ne se souvient d'avoir vu un couple aussi répugnant effleurer le velours rouge des canapés et profaner les épais tapis persans avant d'emprunter les ascenseurs mécaniques aux cabines lambrissées. Même le groom ne peut réprimer un haut-le-cœur, alors qu'il appuie sur le bouton du deuxième étage.

La chambre *premier deluxe* de Louise est la plus belle dans laquelle la jeune femme se soit jamais endormie ou réveillée. Sa superficie est de quarante-cinq mètres carrés, vingt de plus que son studio à Paris. Un élégant secrétaire de bois sombre fait face à une paire de fauteuils club. La tapisserie présente des scènes de chasse à courre, comme dans un manoir anglais, tandis que la salle de bains adjacente comporte un évier en marbre surmonté d'un miroir octogonal au cadre doré.

Pour l'instant, toute l'attention de l'occupante de la chambre 221 s'est fixée sur le principal meuble de la pièce, celui qui lui donne son utilité première : le lit king size (deux mètres de longueur, deux mètres de largeur), où elle a plusieurs fois failli se perdre entre les plis des draps de satin à mille fils changés deux fois par jour. Le matelas aussi épais qu'un cumulonimbus du ciel de la Côte est, les ressorts sûrement conçus par la NASA, reçoivent sans grincer les soixante-dix kilos tout habillé du jeune vétéran à la veste kaki et aux yeux verts. Louise ne lui a pas laissé le choix. Elle l'a poussé sur le lit et entreprend d'ouvrir la braguette de son jean. Puis elle saisit son sexe et le prend dans sa bouche. *Fuck* Pierre Lefèvre ! *Fuck* Henri Turrini ! *Fuck* Carl Bernstein ! Allez tous vous faire foutre, bande de mâles soi-disant dominants encore complexés par papa et tout juste sortis des jupes de maman, phallocrates à la gomme, misogynes même pas assumés, gicletteurs à petites couilles, handicapés du Je t'aime, entravés du sentiment, dragueurs de minettes, playboys à maximum deux douches par semaine plus une haleine de clebs, tas de faux sympathisants de la cause des femmes pour encore mieux nous baiser, enfin, façon de parler, parce que, lorsqu'il s'agit de baiser vraiment, ils sont où, les Alain Delon, les James Dean, les Robert Redford ? Aux putes ou à l'entraînement ? Alors, Louise ne pense plus qu'à son plaisir et aussi un peu à celui de l'homme qu'elle a rencontré il y a moins d'une heure et dont elle ne connaît toujours pas le prénom. Il a bien une tête et une queue à s'appeler Mike. Alors, va pour Mike. Louise se déshabille à son tour. La rescapée de Pennsylvania Avenue ne se doutait pas que la lacrymo possédait un tel pouvoir aphrodisiaque. Elle grimpe sur le sexe en érection de son partenaire. « Mike » semble lui-même surpris par autant d'audace.

« J'ai des amphés avec moi, si tu veux », propose-t-il, comme pour reprendre le contrôle de la situation.

« Pourquoi ? Tu n'es pas assez excité ? » lui répond Louise, avant de lui enfoncer sa langue dans l'oreille.

La jeune femme continue d'enfourcher l'ex-soldat du 1er régiment de l'US cavalerie. C'est elle qui contrôle le rythme, la profondeur, l'excitation, elle aussi qui gémit, elle qui se trouve déjà au bord de l'orgasme. Pour ralentir son plaisir, elle fixe les motifs de la tapisserie où une meute de chiens aux longues oreilles poursuit un renard apeuré.

Parce qu'elle a peur que tout cela ne se termine un peu trop tôt, Louise finit par décoller son sexe de celui de son amant. Elle est debout, entièrement nue, et le toise fièrement : « À toi de jouer maintenant ! »

Il la saisit par la croupe. La prend par-derrière. Ses mouvements sont saccadés, son excitation est en train de le dépasser. Il se retire et éjacule sur la moquette.

« Et moi, je jouis quand ? » demande Louise.

« Désolé, mais, avec les Américaines, c'est, disons… différent. »

« Et avec les Vietnamiennes ? »

« Différent aussi… »

« Alors un conseil : en attendant ta prochaine Algérienne, entraîne-toi pour un être un peu plus endurant. »

Chapitre 9

WASHINGTON DC (ÉTATS-UNIS), VENDREDI 27 JUIN

Louise a descendu son bagage à la réception. Elle a demandé au concierge de lui commander un taxi. Elle passe par la boutique de l'hôtel, achète quelques souvenirs en plastique pour tenter de faire croire qu'elle a vraiment visité les principaux monuments de la capitale fédérale. Louise redoute l'interrogatoire qu'elle va à nouveau subir à l'aéroport. Les sbires qu'elle a semés pendant son séjour voudront sûrement se venger, et elle n'est pas certaine de pouvoir aussi bien mentir au retour qu'à l'aller.

Alors que son vol pour Paris décolle dans moins de trois heures, la journaliste du *Monde* est incapable d'estimer si son court voyage américain est une réussite ou un échec. Elle a recueilli pléthore d'informations « off », ramène dans sa valise des tas d'hypothèses et de spéculations, mais rien de bien tangible, peu d'indices et zéro preuve. Le verre n'est ni plein, ni vide, juste à moitié rempli par une boisson marronâtre, inodore, et sans saveur, comme le contenu d'une bouteille de Coca laissée ouverte depuis trop longtemps.

Le taxi attendu par Louise se gare devant l'entrée du Sheraton-Carlton, quand le concierge surgit de derrière son comptoir :

« Mademoiselle Ben Kader, vous avez un appel. »

Louise décroche le téléphone. Carl Bernstein ne prend même pas la peine de dire bonjour :

« J'ai récupéré un document intéressant. Tu devrais venir voir ça. »

« C'est-à-dire que mon vol pour Paris décolle dans moins de trois heures… »

« Fais comme tu veux. »

Louise Ben Kader monte dans le taxi et informe son chauffeur qu'elle ne se rend plus à l'aéroport international, mais au siège du *Washington Post*.

Le gardien de l'immeuble reconnaît la Française et la laisse monter au cinquième étage. Carl Bernstein tend à Louise une fiche signalétique ornée d'une photo d'identité : celle de José Carvalho atrocement défiguré. Louise tressaille. Elle se doutait que le miraculé de Baden-Baden ne ressemblait plus vraiment au cinquantenaire arrogant et toujours séduisant qu'elle avait vu pour la dernière fois au stade Jean-Bouin, mais rien n'aurait pu la préparer à cette bouillie de peaux brûlées qui constitue désormais le visage de l'ex-chef de la garde élyséenne. Louise en éprouve un mélange d'horreur et de pitié.

« C'est Quasimodo, ton copain ! » se marre Bernstein avec moins d'empathie. « J'ai récupéré ça auprès de notre source. Il y a quelques détails intéressants. Évidemment, tu ne pourras pas repartir avec… »

Alors, sur son carnet de reporter, Louise note le moindre mot avec l'application qui impressionnait déjà ses instituteurs français à l'école primaire de Philippeville :

« Central Intelligence Agency
Ne pas copier/Confidentiel
Enregistré le 15 juin 1969
Code opératoire F0429
Accès niveau 4

Nom de l'agent : José Màrio dos Santos Adao Carvalho
Nom de code : Joseph François Lhéritier
Date de naissance : 1er mars 1919
Lieu de naissance : Marseille (France)
Genre : masculin
Nationalité : Française
Taille : 5'68''
Poids : 143 lbs
Vision : 20/25
Couleur des yeux : marron
Couleur des cheveux : indéterminé
Signes particuliers : nombreuses brûlures sur tout le corps, notamment le visage et les mains
Né de : Màrio Jorge dos Santos Adao Carvalho (+) et de Maria Jùlia Carrajola Mendès
Statut : célibataire sans enfant
Orientation sexuelle : homosexuel
Langues parlées : français, portugais, anglais
Dernière adresse répertoriée : non transmis
Téléphone : non transmis

L'agent Carvalho a d'abord été recruté comme informateur, à l'occasion d'un séjour aux États-Unis du 1er juin au 1er décembre 1967. Commissaire de la brigade des stupéfiants de la police judiciaire de Marseille, il collaborait avec le Bureau des narcotiques, mais nous avons estimé que son potentiel serait mieux exploité par nos services. Sa proximité avec des figures du grand banditisme marseillais (notamment Dominique

Venturi) et des hommes politiques français de premier plan (notamment Gaston Defferre) a permis de recueillir de nombreux renseignements de haute importance. Sa promotion, à partir de juin 1968, comme chef de la sécurité du président de la République, Pierre Mendès France, nous a donné un accès privilégié au sommet de l'État français. Le taux d'adhésion de l'agent Carvalho doit néanmoins être considéré comme faible. Son recrutement n'a été possible qu'en menaçant de révéler des informations privées (homosexualité) qui auraient pu détruire sa carrière et sa réputation. Sa loyauté pose question. Sans nous en référer, il a accepté d'être le chef de la mission commando qui a tenté d'enlever ou de tuer le général de Gaulle à Baden-Baden (RFA). Nous avons néanmoins décidé de l'exfiltrer d'Allemagne et de lui bâtir un nouvel alias (Joseph Lhéritier). Depuis son entrée dans la clandestinité, José Carvalho est passé du statut d'informateur à celui d'agent. À notre connaissance, il ne possède plus de relation directe avec Gaston Defferre ou aucun autre politicien français. Cependant, sa grande expérience sur le terrain et ses qualités opérationnelles lui permettent d'exécuter des missions particulièrement sensibles. Sa tendance à la débauche et son taux d'engagement faible peuvent constituer, à terme, des problèmes majeurs qui devront être adressés dans les délais nécessaires. »

Louise Ben Kader rend la fiche à Carl Bernstein.

« Je ne suis pas certaine que nous ayons intérêt à révéler tout de suite que Carvalho n'est pas mort à Baden-Baden. Inutile de provoquer une chasse à l'homme. Autant essayer de débusquer nous-mêmes l'animal. À moins que ses neurones n'aient totalement grillé dans le grand incendie, Carvalho est trop intelligent pour ne pas comprendre que sa durée de vie reste très relative. On peut même se demander pourquoi la CIA s'est donné tant de mal pour le sauver des feux de l'enfer. »

« Ils ont sûrement deux, trois services à lui demander, avant de s'en débarrasser », répond Bernstein, qui ferme à double tour le tiroir où il vient de ranger le document top secret.

« Ce statut précaire pourrait donner envie à Carvalho de nous parler. S'il refait surface et 'ressuscite' officiellement, il deviendra beaucoup plus difficile à liquider, non ? »

« Oui, les tueurs de la CIA n'aiment pas trop la publicité. Pour tuer heureux, tuons cachés. »

« On publie quand ? »

« Le temps que tu rentres en France et que tu écrives, on peut se dire lundi. »

« La première édition du *Monde* sort en début d'après-midi. »

« Il sera six heures de moins à Washington. Ça colle. »

Au compteur du taxi qui a attendu Louise devant l'immeuble du *Washington Post*, la course affiche déjà 25 dollars.

« On va où maintenant ? » demande le chauffeur avec gourmandise et amusement, comme si ces ordres et contre-ordres représentaient non seulement une perspective financière intéressante, mais aussi une distraction bienvenue au milieu de journées d'habitude trop bien calibrées.

« À l'aéroport international », répond Louise qui sait qu'elle a raté son vol retour pour Paris et ne possède aucune idée de l'horaire de départ du suivant.

Dès son entrée dans le véhicule, la Française a adopté une attitude courtoise, mais sans chaleur excessive. Elle compte utiliser les quarante minutes du trajet pour apprendre par cœur la fiche de José Carvalho, en mémoriser chaque détail, chaque mot, avant de déchirer ses notes en mille morceaux. Il est donc hors de question pour elle d'entamer une conversation, même passionnante, avec son conducteur. Mais le type derrière le volant (une sorte de Viking débonnaire dont les genoux tapent le bas du tableau de bord) semble considérer que l'échange d'amabilités fait partie intégrante de sa prestation. Alors, il rompt le silence dans lequel sa cliente comptait se réfugier.

« Vous allez où ? »

« À Bruxelles, je suis Belge », ment Louise autant pour punir l'indiscret que pour brouiller les pistes. Ces trois jours à Washington ont transformé sa méfiance légitime en une paranoïa dont elle peine désormais à cerner les limites.

« Vous avez de la chance de ne pas être Française... »

« Pourquoi ? »

« Parce que tous les vols vers Paris sont annulés ou retardés de plusieurs heures. Vous ne savez pas qu'il y a eu une catastrophe aérienne ? »

« Non, que s'est-il passé ? » demande Louise en refermant brusquement son carnet de notes.

« Un vol Air France a disparu des radars. D'après les premiers témoignages, l'avion aurait explosé peu après le décollage. M'étonnerait qu'ils retrouvent le moindre survivant là-dedans... »

Louise a l'impression que le toit du taxi vient de s'envoler. Le ciel qui n'a pas voulu d'elle est quand même en train de l'aspirer pour lui faire payer son orgueil démesuré. Car la journaliste en est certaine, c'est son vol, celui qu'elle a miraculeusement raté grâce à Carl Bernstein, qui a été descendu comme une vulgaire perdrix au-dessus des plaines américaines. Louise a peur. Son corps est glacé. Même le chauffeur de taxi un peu trop bavard la terrorise. Elle aurait envie d'ouvrir la portière, de sauter en marche du véhicule, de s'enfuir en courant sur l'autoroute. Elle ferme les yeux, respire un grand coup.

À force de fixer la route sans penser à rien d'autre, la jeune femme parvient tout de même à se calmer. Au chauffeur qui n'a rien remarqué de sa panique, elle parvient à articuler d'une voix blanche qu'elle-même ne reconnaît pas :

« Désolée, mais j'ai oublié mon passeport. Vous pourriez faire demi-tour et me ramener à l'hôtel s'il vous plaît ? »

Le Monde du samedi 28 juin 1969

« Une boule de feu dans le ciel »

Erreur de pilotage ou explosion à bord ? L'enquête devra déterminer les causes de l'accident du vol Air France 221 entre Washington et Paris. Il a causé la mort de 188 personnes.

Il était 17 h 03, heure locale (11 h 03 à Paris), vendredi, sur la Côte est des États-Unis, quand le Boeing 707 d'Air France assurant la liaison Washington-Boston-Paris a perdu le contact avec la tour de contrôle de l'aéroport international de Washington-Dulles. Le jet intercontinental avait pourtant décollé normalement, mais, alors qu'il venait de dépasser l'altitude de 2000 pieds (609 mètres), il n'est pas parvenu à rejoindre son couloir aérien et s'est écrasé au nord de la localité de Greenbelt, dans le Maryland. Les équipes de secours immédiatement dépêchées sur place ont découvert des scènes d'horreur : « Il y avait des débris de l'appareil, des bagages éventrés et des corps calcinés sur une superficie de plus de 300 m² », a déclaré Scott Butterfield, le chef des pompiers de Greenbelt. L'espoir de retrouver des survivants parmi les cent quatre-vingt-huit passagers et membres d'équipage du vol AF 221 a rapidement laissé place à la consternation et au deuil. « Nous pleurons nos fils, nos filles, nos pères, nos mères, nos frères, nos sœurs, qu'ils soient américains, français ou de toute autre nationalité », a aussitôt déclaré le président américain Richard Nixon depuis la Maison-Blanche avant d'évoquer « l'une des pires tragédies à avoir jamais frappé notre pays ». Le président de la République française par intérim, M. Alain Poher, a, lui, confié son « intense émotion » et promis « que toute la lumière sera faite sur les circonstances de l'accident ».

Déterminer les causes exactes de la catastrophe prendra sûrement beaucoup de temps. La carcasse de l'avion est disloquée, en partie calcinée, et les témoignages ne concordent pas toujours. Une première hypothèse évoque un brusque virage à gauche du Boeing 707 pour peut-être éviter un autre appareil. Mais plusieurs habitants de Greenbelt (18 000 habitants) ont, eux, décrit « une boule de feu dans le ciel » qui laisserait plutôt penser à une explosion de l'appareil. Du côté d'Air France, on indique que le Boeing 707 « était quasiment neuf », puisque, d'après la compagnie aérienne, il avait été mis en circulation au début de l'année et n'avait jamais connu le moindre incident jusque-là.

Agé de 41 ans, le commandant de bord, Roger Weber, était un pilote expérimenté qui comptait plus de cinq mille heures de vol.

À l'aéroport de Paris-Orly, l'émotion était particulièrement vive parmi les nombreuses familles qui attendaient leurs proches. D'après Air France, cent trois passagers de nationalité française voyageaient à bord de l'appareil, dont trente-deux lycéens d'Alfortville et leurs deux professeurs, qui rentraient d'un voyage linguistique sur la Côte est des États-Unis. Parmi les victimes, on compte aussi soixante-cinq Américains, dix Italiens, cinq Allemands, trois Grecs et deux Vénézuéliens. En reportage à Washington, notre consœur du Monde, *Louise Ben Kader, aurait dû embarquer à bord du vol AF 221, mais un contretemps l'a obligée à décaler son départ et lui a ainsi miraculeusement sauvé la vie.*

Chapitre 10

PARIS, SAMEDI 28 JUIN

De ses deux existences, José la Murène ne s'est jamais senti si heureux, si épanoui. S'il avait su, il se serait cramé la gueule plus tôt. Dès la sortie du ventre de sa mère, un bon coup de chalumeau lui aurait épargné son enfance inutile, sa jeunesse de petit voyou sans envergure, sa carrière de flic ripou et son crépuscule de gorille asexué. Du berceau au tombeau, il aurait pu être ce qu'il est vraiment, viscéralement : José la Murène à longue queue, assassin anguilliforme en eaux profondes, né pour tuer et pour baiser. Le voilà au Sept à attendre sa nouvelle proie. Il n'y a aucun suspense, José la Murène sait qu'elle viendra. Ce n'est qu'une question d'heures, de minutes peut-être. Le piège est tendu. La Murène attend dans sa crevasse, à bonne distance de la piste de danse. Il y a ce DJ métèque et grassouillet qui a l'air de considérer son activité avec beaucoup de sérieux. Comme si les vinyles qui tournent sur sa platine allaient sauver des vies. Peut-être qu'ils en sauvent, après tout. Pas du ridicule, mais de l'ennui. Certains danseurs tressautent, font des petits bonds, ouvrent la bouche, la referment. On dirait des lapins qui reçoivent des coups de fusil. Pauvres chéris. Certains sont néanmoins très sexy. Un, notamment. Le grand blond à cheveux longs avec des yeux de biche et des mains de garagiste. José la Murène l'a déjà remarqué. Aux toilettes, il a vu le cambouis tout noir sous ses ongles manucurés. Mister

Texaco (José l'a surnommé ainsi) frottait, frottait avec le savon pour essayer de le faire disparaître dans l'évier. Le beau garagiste blond a honte de ses mains de prolo. Mais le cambouis ne se laisse pas faire. Il refuse d'être nettoyé, il veut rester sous les ongles. Lui aussi a le droit de s'amuser après une dure journée à démonter et remonter des joints de culasse dégueulasses et des soupapes encrassées. José la Murène voudrait expliquer au beau garagiste blond et à son vilain cambouis tout noir qu'ils ont tort de se disputer, qu'ils sont faits l'un pour l'autre. Sans le cambouis tout noir, le beau garagiste blond ne serait qu'un minet de plus. C'est son cambouis tout noir qui le rend si sexy. Mais, sans le beau garagiste blond, le vilain cambouis tout noir n'aurait jamais pu entrer au Sept. Le videur l'aurait bloqué dès l'entrée. La politique de la maison est très stricte : ni femme, ni cambouis, sauf accompagnés.

Sur la liste des futurs amants de José la Murène, le beau garagiste blond et son vilain cambouis tout noir figurent très, très haut. *Top of the list*. Mais pas ce soir. Ce soir, c'est boulot, boulot. José la Murène attend sa proie, pas n'importe qui, un VIP, quelqu'un de presque célèbre. Enfin, le voici.

José la Murène se délecte de son air emprunté. N'importe quel radar à hétéros, même détraqué, mettrait moins de trois secondes à le repérer. Depuis la dernière fois qu'ils se sont vus, le VIP n'a pas beaucoup changé. Un beau garçon, certes, mais pas assez mystérieux. Du muscle, des poils, de la sueur, mais pas assez de cambouis. Le VIP essaie d'avoir l'air naturel. Raté. N'est pas pédé qui veut. Les pédés sont beaucoup plus doués pour avoir l'air hétéros que le contraire. Pourtant, le VIP se donne du mal. Il pousse même la conscience professionnelle jusqu'à se lancer sur la piste de danse. Le DJ métèque et grassouillet ferme les yeux, inspire profondément, sauve une nouvelle vie, en lançant son tube favori du moment. José la Murène l'a déjà entendu mille fois : *Looky, Looky*, par Giorgio Moroder. Le VIP essaie de danser comme un lapin qui vient de recevoir des coups de fusil, mais son extrême virilité l'empêtre. On dirait plutôt le chasseur que le lapin. « *Looky, looky, looky, ain't she pretty, pretty, pretty, she's my brand new girl.* » Tout en se trémoussant maladroitement, le VIP jette des coups d'œil qu'il voudrait discrets, à la recherche de José la Murène. Il est encore dans l'illusion d'être le traqueur, pas le traqué. « *Looky, looky, looky, looky, burning up my mind, Looky, looky, looky, looky, will it make me blind.* » Leurs regards finissent par se trouver. José la Murène lit la surprise et le dégoût dans les yeux du VIP. Il avait pourtant dû se préparer mentalement, mais José la Murène peut comprendre que pour quelqu'un qui ne l'a pas revu depuis son accident, sa gueule calcinée puisse impressionner. Fidèle aux techniques de chasse ancestrales de son espèce, José la Murène reste immobile. Il attend que sa proie VIP vienne à lui. Elle vient :

« Bonsoir, Carvalho, je suppose que vous me reconnaissez ? »

« Comment vous oubliez, monsieur Turrini ? La question est plutôt de savoir comment vous, vous m'avez reconnu ? Je ne serai pas vexé si vous me dites que j'ai un peu changé. »

« Pas tant que ça. J'ai toujours trouvé que vous aviez une très sale gueule. »

« Vous n'avez pas perdu votre sens de l'humour. C'est bien. Vous jouez toujours au rugby ? »

« Disons qu'à cause de vous, ma saison s'est brutalement arrêtée le 1er juin dernier. »

« C'était un regrettable malentendu. Vous n'êtes quand même pas venu jusqu'ici pour me réclamer des excuses ? »

« Non, j'aimerais plutôt comprendre comment vous avez survécu à votre accident "mortel" d'hélicoptère et pourquoi vous vous cachez sous une fausse identité. »

« Je ne voulais pas mettre dans l'embarras les autorités françaises qui m'ont officiellement déclaré décédé. Elles ont eu la gentillesse de m'organiser un très bel enterrement et s'occupent avec beaucoup d'humanité de ma maman. Pas question de leur créer plus de soucis, elles en ont assez comme ça. Et puis, si mes véritables amis me cherchent, ils finiront bien par me trouver. La preuve, vous êtes là. Mais pourquoi n'êtes-vous pas venu avec la délicieuse mademoiselle Ben Kader ? Vous êtes toujours amoureux d'elle ? »

Henri Turrini aurait envie d'exploser la tête de José la Murène sur le rebord de la table basse en verre qui les sépare d'un mètre. Mais l'idée même de toucher ou simplement d'effleurer tout ou partie du corps supplicié de son interlocuteur le dégoûte, et le but premier de sa mission n'a jamais consisté à ouvrir de nouvelles plaies sur un organisme déjà largement dévasté.

« Vous savez très bien que votre espérance de vie ne se compte plus en mois, mais en semaines, peut-être même en jours... »

« Je préfère compter en nuits, c'est plus excitant. Mes jours sont devenus une perte de temps. »

« Ceux qui vous protègent aujourd'hui n'auront aucun scrupule à vous éliminer quand vous ne leur serez plus utile. »

« Oui, mais tant que je leur serai utile, je continuerai à les servir avec zèle. Je ne possède pas les mêmes aptitudes que vous à la trahison. Je sais que je vous dégoûte mais, regardez-vous, monsieur Turrini, vous êtes bien plus répugnant. Vous êtes comme moi, vous aimez l'ordre, la France, la liberté lorsqu'elle n'est pas la chienlit, vous vous êtes battu toute votre vie pour ça. Vous haïssez ces gauchistes fils à papa, guévaristes du XVIe arrondissement, qui demain seront nos patrons et nous traiterons pire que des employés de maison. Vous vomissez tous ces vieux politiciens socialistes enivrés de discours et de convictions humanistes qui leur ont tenu chaud dans l'opposition et qu'ils ont sacrifiés sans le moindre état d'âme dès qu'ils ont pu poser leurs gros culs de bourgeois honteux sur le velours rouge d'un fauteuil ministériel. Et pourtant, ce sont ces renégats, ces bradeurs d'empire que vous servez docilement. »

« Vous aussi, non ? Vous n'avez pas été chef de la sécurité à l'Élysée et molosse à tout faire de Gaston Defferre ? »

« Mendès et Defferre étaient différents. Mendès restera dans l'Histoire comme le dernier homme politique de la Ve République à posséder une conscience. Je détestais ses idées, mais l'homme était admirable. Defferre, lui, ne cherche pas à paraître mieux qu'il n'est. C'est un chef que ses hommes respectent parce qu'il ne se contente pas d'aboyer ses ordres de loin. Defferre sait se battre, c'est une brute comme nous. Je suis fier de l'avoir servi, fier d'être mort pour lui. Je n'ai pas vos états d'âme d'adolescent attardé. Vous et moi, Turrini, nous sommes des soldats. Nous ne sommes pas là pour réfléchir, mais pour obéir. Il y a de la grandeur à accepter son destin. Vous vous prenez pour un rebelle, mais vous vous laissez mener comme un toutou par cette journaliste du *Monde*. Sans même que vous vous en rendiez compte, elle vous domine et vous fait marcher au pas comme aucun de vos officiers n'y était jamais arrivé. »

« Elle m'a quand même sorti de la prison où vous m'aviez jeté… »

« C'est vrai. Mais vous lui aviez sauvé la vie aussi. Vous ne lui devez plus rien. »

« Je ne dois rien à personne. »

« Et moi je vous dois quelque chose. J'ai conscience que cette arrestation vous a porté préjudice. J'ai peut-être même privé le XV de France d'un nouveau Spanghero ! » Il rit. « Malgré nos différences, nous avons encore quelques ennemis communs, alors je suis prêt à vous donner un scoop mondial, enfin, pas à vous, vous ne sauriez pas quoi en faire, mais à votre amie journaliste de gauche. »

« Pourquoi ne pas me donner ce scoop maintenant ? »

« Parce que nous sommes dans un lieu de plaisir, et que j'ai décidé de ne plus jamais mélanger le plaisir et le travail. »

José la Murène se lève et se faufile au milieu de la foule des danseurs. Henri Turrini commence à penser que le murénoïde lui a de nouveau faussé compagnie. Il s'en veut d'avoir été aussi naïf. Mais la star du Sept revient avec un 45-tours à la main : *Looky, Looky* par Giorgio Moroder.

« Vous avez semblé beaucoup l'apprécier tout à l'heure. Le lieu et les conditions de notre prochain rendez-vous sont annotés à l'intérieur de la pochette. En attendant, vous pouvez le garder et danser chez vous si vous voulez. »

CHAPITRE 11

NEW YORK, PORT DE MANHATTAN, SAMEDI 28 JUIN

Louise Ben Kader rentre en France à bord du paquebot *France* qui largue les amarres de New York en début d'après-midi. La miraculée du vol AF 221 s'est juré qu'elle ne prendrait plus jamais l'avion. Louise méprise le hasard et laisse Dieu aux superstitieux. Elle s'est juste crue invincible, immortelle, alors que la vie lui a gentiment accordé un sursis qui risque de tomber à tout moment. Si un État, une organisation, des services, une mafia, une pègre, un complot mondial, sont prêts à sacrifier cent quatre-vingt-huit innocents pour noyer sa mort au milieu des leurs, alors, c'est qu'il n'y a plus aucun endroit au monde où la jeune femme puisse se cacher et se dire, soulagée : « Ici, je suis en sécurité. » L'espace hermétiquement clos d'une cabine de transatlantique lui apparaît comme un lieu un peu moins dangereux que les autres. Plus sûr que n'importe quel siège d'avion soumis à la loi de la gravité, surtout quand ladite loi est gravement compromise par le tir d'un missile sol-air ou l'oubli d'une charge explosive dans la soute à bagages de l'appareil.

Louise a confié ses soupçons, ou plutôt ses certitudes à Carl Bernstein. Le journaliste du *Washington Post* a d'abord tenté de la raisonner, de plaider la thèse de la coïncidence funeste, plus pour calmer la terreur de sa consœur que par réelle conviction. Bernstein a même fini par avouer que en apprenant la nouvelle de la catastrophe, il avait immédiatement pensé à Louise et à cette phrase que sa source lui avait récemment confiée : « Tous les ennemis du président doivent être neutralisés. Peu importent les moyens. »

Carl Bernstein a demandé à un ami de confiance de conduire Louise de Washington à New York. Le signalement de la Française n'avait pas dû parvenir jusqu'aux autorités du port de Manhattan, car elle a pu embarquer, sans interrogatoire poussé, à bord du paquebot. L'officier des services d'immigration s'est même montré aimable. Il a demandé à Louise si elle avait passé « un bon séjour aux États-Unis ».

« Oui, excellent », a grimacé la journaliste en luttant contre la tentation de s'enfuir en courant.

Louise a toujours aimé les paquebots et leur gigantisme rassurant. À Philippeville, elle les voyait partir et revenir comme des monstres fidèles dont les promenades dépassaient l'horizon avant le retour sans faute à la maison. La fille de Fatima et Abdelkrim Ben Kader se souvient de sa détresse quand ses parents lui avaient annoncé qu'ils quitteraient pour toujours l'Algérie sur le porte-avions *La Fayette* et pas à bord du *Ville de Marseille* ou du *Kairouan*. La jeune femme pense encore aujourd'hui que les malheurs de sa famille s'expliquent par ce malentendu initial, que les militaires ne savent traverser les mers que pour semer la désolation, alors que les paquebots possèdent le don de transformer n'importe quel voyage, même un exil, en aventure romanesque.

Rien cependant n'avait préparé l'Indienne de Philippeville à la beauté titanesque du *France* et ses 315,7 m de long. Le pays où il a été construit en est si fier qu'il lui a donné son nom et un océan. Comme les autres mille cinq cent trois passagers, Louise aurait pu profiter de ce qu'il est convenu d'appeler « la vie à bord » : elle consiste à découvrir ou redécouvrir un chef-d'œuvre de la littérature française dans la bibliothèque aux trois mille volumes et aux magnifiques tapisseries d'Aubusson, à dîner d'un velouté de petits pois Longchamp suivi d'un gigot d'agneau rôti à la broche avec pommes Champvallon, avant de terminer – pour les plus gourmands – par une bombe glacée sicilienne et ses petits gâteaux secs. Louise aurait aussi pu flâner sur le pont-promenade où le vent du grand large s'amuse à décoiffer les élégantes qui sortent à peine du salon de coiffure aux cinq fauteuils de cuir et autant de casques chauffants. Au lieu de cela, la jeune femme entrée en semi-clandestinité a préféré limiter sa croisière de luxe aux quatre murs, un lit, une table et un hublot, de sa cabine climatisée. Au départ de New York, elle n'a même pas pris la peine de saluer la statue de la Liberté. La journaliste était déjà absorbée par la mise en ordre, puis la lecture et la relecture de ses notes. Les feuillets annotés, les interviews retranscrites, les pense-bêtes, les nota bene, les « Ne pas oublier », les « ? » et les « !!! », certains soulignés dans la marge, d'autres écrits au stylo rouge, ont fini par constituer une masse d'informations et de questions aussi insondable et tourmentée que l'océan choisi par Louise comme unique compagnon de traversée. À en croire la mystérieuse source de Carl Bernstein, Pierre Mendès France aurait été assassiné par un agent de la Securitate roumaine (Ion Raducanu, alias Tcheou) pour le compte de la CIA et donc des États-Unis. Le nouveau président américain, Richard Nixon, redoutait que la France ne devienne la première démocratie occidentale à basculer dans le camp communiste. Si Raducanu ne s'est pas suicidé, alors qui l'a tué, se demande Louise. La Securitate ? La CIA ? Les deux ? Grâce à Bernstein, elle possède la preuve que José Carvalho, ex-responsable de la sécurité du président de la République, a été recruté par la CIA dès le 1er juin 1967. S'est-il contenté d'espionner ses patrons Gaston Defferre et Pierre Mendès France, ou a-t-il participé d'une façon ou d'une autre à l'assassinat du président de la République ? Sa fiche de la CIA précise : « Sans nous en référer, il (Carvalho) a accepté d'être le chef de la mission commando qui a tenté d'enlever ou de tuer le général de Gaulle à Baden-Baden (RFA). » L'Agence ne serait donc pas responsable du fiasco de Baden-Baden, alors pourquoi s'est-elle autant démenée pour récupérer Carvalho et lui donner une nouvelle identité ? Pour quelle mission, alors que Mendès est mort et que Defferre n'est même plus bon à espionner ?

Quatre jours de traversée ne suffisent pas à résoudre ces équations, et Louise Ben Kader voit approcher les côtes françaises avec un mélange d'impatience et d'appréhension. Le voyage a été long, mais la passagère de la cabine numéro 27 redoute de se trouver à nouveau à découvert. Juste avant de partir, elle a appelé Henri Turrini. À peine a-t-elle eu le temps d'indiquer ses jour et heure d'arrivée au Havre que l'ex-CRS a tout de suite affirmé qu'il viendrait l'accueillir au pied de la passerelle. Louise passe les dernières heures du voyage à se préparer aux retrouvailles. Elle a peur de s'effondrer en larmes, alors elle durcit son visage devant le miroir de la cabine. La voilà avec une gueule sinistre qu'elle parvient à éclairer d'un demi-sourire. Il lui faut trouver le bon équilibre entre joie inconvenante et gravité théâtrale.

Quand le *France* retrouve enfin son port d'attache, Louise se sent prête à revoir Henri. Elle cherche sa tête surmontée d'une brosse et encadrée de rouflaquettes, qui ne manquera pas de dépasser au milieu de la foule venue accueillir les passagers dans le grand hall des arrivées de la gare maritime transatlantique. Mais la passagère a la surprise de découvrir non pas un, mais une bonne dizaine de rugbymen du PUC. En plus d'Henri, il y a aussi la Blache, Tonton, Cheval, Nénesse, Papi et même l'avocat-talonneur Paulo Mauriac, dont les jambes tremblent et les yeux s'embuent comme s'il sortait d'une mêlée furieuse contre les Blacks de Bergerac. L'espace d'un instant, Louise ressent de la déception de se voir ainsi privée de ses retrouvailles en tête à tête avec Henri Turrini. Et puis, la chaleur du groupe finit par la rattraper et l'envelopper. Elle voudrait poser sa tête sur trente épaules et se souvient du conseil que lui avait donné James W. Cooper, l'ex-officier du Narcotic Bureau, juste avant qu'ils ne se quittent sur le perron de son pavillon : « Trouvez-vous des amis costauds et fiables qui pourront vous protéger. »

Les voici venus de Paris. Avec leurs grands bras musclés, ils tentent des accolades maladroites et lâchent des paroles préparées longtemps à l'avance qu'ils voudraient réconfortantes, mais dont la banalité finit par les embarrasser. Ils se contentent alors d'être là, de sourire à Louise. Cheval s'empare de sa valise, Gamin lui propose un chewing-gum avant de se rendre compte qu'il n'en a plus dans son paquet. Tous ont peur de ne pas en faire assez, alors que la jeune femme aurait envie de les embrasser l'un après l'autre et de leur dire que jamais de sa vie elle n'avait reçu un plus bel accueil.

Henri Turrini se tient en retrait, comme s'il avait peur d'être accusé d'accaparer Louise. Sa proximité avec la journaliste commence à faire jaser. Les autres joueurs ont enfin trouvé un angle d'attaque pour titiller leur coéquipier, le faire gentiment tomber de son piédestal. Lui joue les indifférents avec de moins en moins de talent. L'annonce de la catastrophe aérienne à laquelle a échappé la journaliste a fait momentanément cesser les plaisanteries. Le soupçon que leur amie ait pu être visée les a tous glacés d'effroi. Au

Havre, ils sont venus en équipe. Et c'est aussi en équipe qu'ils retournent à leurs voitures, ne laissant plus qu'Henri et Louise dans le grand hall des arrivées. L'ancien CRS finit quand même par s'approcher suffisamment pour que Louise reconnaisse son parfum ou plutôt son odeur, où se mêlent la gomina dans ses cheveux, l'after-shave sur ses joues, la testostérone partout ailleurs. Il y a pourtant quelque chose de changé chez lui. Sa virilité s'est fissurée. Le manque d'entraînement et d'exercice physique empâte sa silhouette. Quelques cheveux gris ont tenté et réussi une percée sur ses tempes. Même l'acier de son regard se trouve brouillé par un phénomène que l'ancien CRS avait jusque-là repoussé avec succès : le doute, et même la peur que toute cette histoire ne finisse par le dépasser et les engloutir tous.

Louise a encore plus envie de prendre Henri dans ses bras, alors elle recule d'un pas. Elle a conscience que, si la moindre partie de son corps touche la moindre partie de son corps à lui, des étincelles vont en jaillir avec une incandescence qui pourrait vite se révéler incontrôlable. Il ne faut pas jouer avec ce feu-là. Il embraserait le port du Havre, en calcinerait les bâtiments, puis remonterait le long des cordes d'amarrage et incendierait le *France* de la poupe jusqu'au pont arrière, réduisant en cendre les trois mille volumes de la bibliothèque aux magnifiques tapisseries d'Aubusson. Conscients de leurs responsabilités, Louise et Henri se regardent à distance et tentent de faire baisser la température entre eux avec des phrases le plus informatives possible.

« Pas question que tu rentres chez toi », lance Henri. « L'endroit doit grouiller d'ex-collègues flics et d'hommes invisibles des services. On t'a trouvé une belle maison pas trop loin de Paris, mais, avant de t'y emmener, essaie de dormir dans la voiture, car tu as quelqu'un d'important à rencontrer. »

Chapitre 12

Paris, mercredi 2 juillet

L'aire de jeux pour enfants du parc Montsouris, au sud de Paris, possède la particularité de se trouver au pied d'un monument rappelant l'un des pires massacres de l'histoire coloniale française. Pour une fois, ce ne furent pas les populations indigènes qui en furent les victimes, mais les colonisateurs eux-mêmes. Le 16 février 1881, le colonel Paul Flatters et son expédition transsaharienne de quatre-vingt-treize membres, dont dix scientifiques et militaires français, tombèrent dans une embuscade tendue par des guerriers touaregs. Les hommes bleus du désert n'épargnèrent qu'une vingtaine de tirailleurs arabes ou de guides locaux. Tous les Français furent tués. Les noms du capitaine d'état-major Masson, du médecin Guiard, des ingénieurs Béringer, Roche et Santin, des officiers et sous-officiers de Dianous, Dennery, Poguébin et Brame figurent sur une plaque de bronze apposée sur la colonne de pierre du parc Montsouris. En tant que chef de la fatale mission, le colonel Flatters et son imposante paire de moustaches ont droit à un médaillon à part qui orne la partie supérieure du monument. Du sable rouge sang du Sahara à celui plus gris que blond trituré par les enfants dans l'aire de jeux, presque un siècle d'histoire de France contemple José Carvalho devenu José la Murène.

Si l'ancien patron de la sécurité élyséenne ressuscité sous les traits fondus d'un prédateur aquatique a donné rendez-vous à Louise Ben Kader et Henri Turrini, sur un banc de bois vert, au pied du monument Flatters, ce n'est cependant pas pour rendre hommage à l'explorateur massacré. D'un naturel rendu encore plus méfiant par des épisodes récents, José la Murène se réserve la possibilité d'utiliser comme boucliers humains les enfants qui font des pâtés de sable gris. Ils sont en quelque sorte ses « jokers » si le rendez-vous venait à mal tourner. La journaliste et l'ex-CRS pourraient avoir l'idée saugrenue de prévenir la police ou de débarquer avec leur propre milice armée. Aux yeux de José la Murène, l'aire de jeux du parc Montsouris possède un autre avantage : elle se trouve à seulement quelques centaines de mètres du stade Charléty. L'ancien patron de la garde Defferre trouve un plaisir pervers à revenir si près du lieu où son existence a basculé pour finalement se scinder en deux. Il a encore besoin de s'affliger de la mort de Pierre Mendès France. Il n'a pas encore assez payé le prix de sa négligence. À voir les mines renfrognées, presque hostiles, de Louise Ben Kader et d'Henri Turrini, José la Murène se rend compte que son enthousiasme pour le choix du lieu n'est pas partagé. C'est vrai, les enfants qui continuent à jouer malgré l'heure tardive (bien après 20 h) font beaucoup de bruit. Ils rient, crient, pleurent. Au-dessus de leurs têtes ébouriffées, un immense cèdre bleu de l'Atlas étend son ombre, jusqu'à noircir les moustaches de bronze du colonel Flatters. Bref, il commence à faire un peu frisquet. Mais est-ce une raison suffisante pour que Louise Ben Kader et Henri Turrini tirent ainsi la gueule, alors que José la Murène s'apprête à leur livrer le scoop du siècle ?

« En vous apercevant de loin, je me suis demandé : mais quel est ce charmant couple qui se promène au crépuscule ? Vous êtes tellement bien assortis... », lâche l'homme qui en sait tant.

« Vous voir assis sur un banc au milieu des enfants est particulièrement terrifiant. On croirait la scène d'ouverture d'un film d'horreur… » lui répond Henri Turrini, en desserrant à peine les mâchoires.

« Décidément, monsieur Turrini, je ne vous comprends pas : vous me cherchez partout, vous finissez par me trouver, non seulement je ne m'enfuis pas, mais je vous donne rendez-vous dans un lieu charmant pour que mademoiselle Ben Kader puisse aussi en profiter, et vous n'êtes encore pas content ! Quels traumatismes avez-vous dû subir dans votre enfance pour être ainsi perpétuellement en colère ? Prenez plutôt exemple sur moi. J'ai la gueule calcinée, même ma pauvre mère me croit mort, et pourtant, je n'ai jamais été aussi heureux, je croque la vie à pleines dents ! »

« Comme la murène arrache le doigt du plongeur… » réplique Henri Turrini.

« Ah ! Ah ! Vous voyez le mal partout. Jamais une murène n'attaquera un plongeur en premier, mais, effectivement, elle sait se défendre si on vient l'importuner dans son trou. »

« Alors pourquoi acceptez-vous de sortir de votre "trou" pour nous parler, monsieur Carvalho », l'interroge à son tour Louise Ben Kader. « Vous savez très bien que, dès demain, je vais révéler votre nouvelle identité. »

« Peut-être que j'ai envie de récompenser votre perspicacité. Peut-être aussi qu'en redevenant vivant, grâce à la formidable publicité que me procurera votre article, je deviendrai plus difficile à (re)tuer. »

« Vous auriez donc des ennemis ? »

« Même Jésus s'est attiré des ennuis en ressuscitant. Qui suis-je pour me comparer à lui ? Mais la résurrection est un phénomène traditionnellement mal accepté par ceux qui ont le malheur de ne vivre qu'une seule vie. Sûrement une question de jalousie. »

Louise Ben Kader en a déjà assez de cette conversation à base de métaphores idiotes et de références religieuses approximatives. La fatigue du long voyage depuis New York commence à la rattraper. Elle veut rester alerte, lucide, et n'a donc pas intérêt à se laisser embarquer dans des bavardages sans fin.

« Êtes-vous devenu un agent de la CIA, monsieur Carvalho ? » demande abruptement la journaliste.

« Je sais que vous rentrez des États-Unis, mademoiselle Ben Kader. Mais je suis surpris qu'une journaliste de votre trempe se soit si facilement laissé intoxiquer. »

« J'ai pourtant eu en ma possession un document qui établit que vous avez effectué un séjour dans un camp de l'agence, le camp Peary, près de Washington, du 1er juin au 1er décembre 1967. »

« Vous confondez avec mon stage, très intéressant d'ailleurs, au Bureau des narcotiques, dans le cadre de la lutte contre la *French connection*. »

« Vous avez été enregistré comme agent de la CIA, le 15 juin 1969, code opératoire F0429… »

« Écoutez, je veux bien répondre à certaines de vos questions, mais pas vous conforter dans vos délires », s'échauffe José la Murène. « Je suis d'accord pour une interview, mais si ça tourne à l'interrogatoire, je préfère m'en aller… » ajoute l'ancien patron de la sécurité élyséenne en faisant mine de se lever.

Louise Ben Kader comprend qu'elle y est encore allée un peu trop fort, un peu trop vite.

« Je comprends que vous ne puissiez pas tout dire », lâche-t-elle en guise d'apaisement. « Pourriez-vous au moins nous raconter comment vous avez échappé à la mort à Baden-Baden ? »

« Je risque à nouveau de vous décevoir. Je me souviens seulement d'être monté à bord de cet hélicoptère. Il faisait nuit, l'autre appareil a décollé quasiment en même temps. Et puis, il y a eu une explosion. J'ai oublié tout le reste, jusqu'à mon réveil dans une chambre d'hôpital. »

« Votre intention était-elle de tuer de Gaulle ou de le kidnapper ? »

« D'abord de le kidnapper. »

« Et donc de le tuer si la tentative d'enlèvement échouait… »

« Oui… »

« Qui vous a envoyé à Baden-Baden ? »

« Les plus hautes autorités de l'État français… »

« Gaston Defferre ? »

« Oui, mais pas seulement lui… »

« François Mitterrand ? »

« Non, à aucun moment, il n'a été informé. »

« Michel Rocard ? »

« Vous plaisantez ? »

« Alors qui d'autre que Defferre ? »

« Je vous ai déjà répondu : les plus hautes autorités de l'État français. »

Louise Ben Kader redoute que son cerveau ne soit embrumé par le décalage horaire, quand Henri Turrini sort de son silence et lâche un peu hésitant :

« Poher ? »

« Bravo monsieur Turrini ! Franchement, je ne pensais pas qu'un rugbyman, ex-CRS, était capable d'une telle déduction ! » s'exclame José la Murène. « Toutes mes excuses, j'ai eu tort de vous sous-estimer. »

Un peu vexée de n'avoir pas trouvé elle-même la réponse, Louise Ben Kader reprend la main.

« Quel était l'intérêt pour Poher d'enlever ou de liquider de Gaulle ? »

« Je ne suis qu'un exécutant », répond l'ancien faux capitaine du 453e groupe d'artillerie antiaérienne légère

(GAAL). « Mais, à écouter des bribes de conversation tenues par mes chefs, j'ai cru comprendre que Poher et Defferre avaient tout intérêt à se lier contre Mitterrand. Ils ont passé une sorte de pacte pour l'éliminer du premier tour de la présidentielle. Si l'opération avait réussi, Poher serait resté dans l'ombre. Il aurait laissé tous les lauriers de la gloire à Defferre. Mitterrand aurait été éjecté du jeu. »

« Donc Poher craignait plus Mitterrand que Defferre ? »

« Oui, sûrement. Mais il voulait surtout se débarrasser de De Gaulle. Le Général ramené en France, jugé pour haute trahison, puis jeté en prison pour de longues années, ou même mieux, le Général mort et enterré, Poher était débarrassé de la figure tutélaire et écrasante de la droite française. Il devenait le seul maître de son camp. »

« Mais c'était un énorme risque. Si les électeurs de droite apprenaient que Poher a trempé dans une tentative d'enlèvement de De Gaulle, ils se détourneraient aussitôt de lui. »

« Oui, mais Poher était tellement en retard dans les sondages qu'il n'avait plus grand-chose à perdre. Et si je n'étais pas en train de vous raconter la vérité, personne n'aurait jamais su que Poher aussi était mouillé dans le fiasco de Baden-Baden. »

« Justement, pourquoi est-ce que vous le balancez ? »

« Parce que je possède encore beaucoup d'estime pour Gaston Defferre. Il aurait fait un grand président de la République, et je trouverais injuste qu'il soit le seul à payer les pots cassés. »

« Vous savez qu'en disant cela vous allez peut-être faire basculer le résultat de l'élection présidentielle ? »

« Ça, ce n'est pas mon problème. Je n'ai jamais voté. Je suis un chien de guerre qui ne choisit pas ses maîtres. Ce sont eux qui me choisissent. »

« Est-ce que vous possédez des preuves de l'implication du président Poher dans la tentative d'enlèvement du général de Gaulle ? »

« Vous voulez le bordereau de commande de l'opération tamponné par un cachet de l'Élysée ? Désolé, je ne l'ai pas », sourit José la Murène. « En langage des services, on appelle ça “la section non écrite”. Aucune trace noir sur blanc, même pas un appel téléphonique qui pourrait faire l'objet d'une écoute et donc d'une retranscription. Defferre s'est personnellement déplacé à l'Élysée pour convaincre Poher d'approuver l'opération. Vous devrez vous contenter de ma parole d'honneur. »

La conversation est interrompue par plusieurs coups de sifflet stridents. Le gardien du parc signale l'imminente fermeture des grilles. Plus aucun enfant ne triture le sable poussiéreux de l'aire de jeux. José la Murène se lève du banc. Ses traits les plus disgracieux dissimulés en grande partie par l'obscurité, le visage de l'ancien garde du corps semble un peu moins effrayant. Louise Ben Kader et Henri Turrini auraient même presque envie de l'embrasser.

Le Monde du jeudi 3 juillet

José Carvalho ou les incroyables confessions d'un mort-vivant. Par Louise Ben Kader

Le chef du commando qui a tenté d'enlever le général de Gaulle a survécu à l'accident d'hélicoptère censé lui avoir coûté la vie. Il accuse Gaston Defferre et Alain Poher d'avoir organisé ou soutenu l'opération.

Le 5 juin dernier, un commando composé de quatre hommes tentait d'enlever le général de Gaulle, dans son camp retranché de Baden-Baden. L'opération fut un échec cinglant. Elle tourna au drame pour les kidnappeurs puisque tous périrent au cours de l'opération. C'est du moins ce que l'on croyait jusqu'à hier, et notre rencontre avec le chef du commando, José Carvalho, 50 ans. Déclaré officiellement mort par le ministère de l'Intérieur, l'ancien patron de la sécurité élyséenne a en effet survécu à l'accident d'hélicoptère qui était censé lui avoir coûté la vie. Le visage rendu méconnaissable par de graves brûlures, il bénéficie d'une nouvelle identité et vit dans la clandestinité. Très discret sur les circonstances précises de cette incroyable « résurrection », José Carvalho se montre en revanche beaucoup plus bavard sur d'autres épisodes de son existence hors du commun. Certaines de ses déclarations pourraient avoir une influence considérable sur le deuxième tour de l'élection présidentielle de ce dimanche. De Paris à Washington, en passant par Marseille, notre enquête permet de reconstituer son itinéraire digne d'un roman d'espionnage.

José Carvalho est né le 1er mars 1919, à Marseille, dans le quartier populaire du Panier. Fils d'un pêcheur et d'une femme de ménage, tous deux d'origine portugaise, il quitte très tôt l'école et mène une vie de délinquant. Encore mineur, il est plusieurs fois soupçonné de cambriolages, vols avec violence et même proxénétisme sans être jamais condamné. La période de l'Occupation marque un tournant dans son existence. En 1943, alors qu'il est âgé de 24 ans, José Carvalho refuse de rejoindre le Service du travail obligatoire (STO) instauré par le régime de Vichy et les autorités nazies. Carvalho « monte » au maquis. Il est accompagné par celui qui est à la fois son meilleur ami et son mentor, Dominique (« Nick ») Venturi, de quatre ans son aîné. Les deux jeunes Marseillais appartiennent à une bande qui poursuit ses activités illégales d'avant-guerre, tout en prêtant main-forte à la Résistance provençale. C'est ainsi que, en août 1944, les désormais inséparables Carvalho et Venturi s'allient aux milices socialistes de Gaston Defferre pour prendre le contrôle du journal collaborationniste Le Petit Provençal, *vite rebaptisé* Le Provençal.

Auréolé par ses exploits de résistant, détenteur de la croix de guerre et ayant officiellement renoncé à ses activités illégales, José Carvalho ne travaille que quelques mois comme chef de la rubrique « faits divers » au Provençal. *Dès le début de l'année 1945, il rejoint les rangs de la police marseillaise. Longtemps inspecteur à la Mondaine, il est ensuite transféré à la brigade des stupéfiants. Il en est promu commissaire, en 1963. Ses exploits dans la lutte contre le trafic de drogue font régulièrement la une de son ancien journal,* Le Provençal. *Ils attirent aussi l'attention des autorités américaines, engagées dans une véritable guerre afin de démanteler la* French connection.

En 1967, le commissaire Carvalho se rend sur la Côte est des États-Unis, à l'invitation du Bureau des narcotiques. Mais selon un document confidentiel que nous avons pu consulter, au cours du même séjour, le policier marseillais est recruté par la CIA, dont il devient un informateur régulier. La centrale de renseignement a eu raison de parier sur le potentiel de l'ambitieux Carvalho. À peine plus d'un an après son retour des États-Unis, le patron de la brigade des stups quitte Marseille pour Paris. Le nouveau ministre de l'Intérieur et maire de la cité phocéenne, Gaston Defferre, intrigue pour que son protégé devienne le chef de la sécurité élyséenne. Carvalho est promu patron de la fameuse « garde Defferre » chargée de la protection rapprochée du président de la République, Pierre Mendès France.

Defferre et les services secrets français étaient-ils au courant du recrutement de Carvalho par la CIA ? Ni le ministère de l'Intérieur, ni le Sdece, ni la DST, n'ont accepté de répondre à nos questions. Quant à José Carvalho, il refuse d'admettre officiellement son recrutement par l'agence américaine de renseignement.

Une très grande porosité entre la pègre et la bonne société marseillaise

Derrière l'ascension exemplaire du fils de pêcheur portugais jusqu'au sommet de l'État français se cachent d'autres zones d'ombre. Rencontré à Washington, l'ancien correspondant du Bureau des narcotiques à Marseille, James W. Cooper, 62 ans, affirme que José Carvalho n'a jamais cessé de fréquenter son ami et mentor, Dominique (« Nick ») Venturi, pourtant accusé d'être l'un des patrons de la French connection *par un rapport du Congrès américain : « Carvalho était le seul Portugais que les bandits corses supportaient. Lui et Venturi ont toujours été comme deux frères. On les surnommait Romulus et Raimu ! » James W. Cooper accuse même le commissaire Carvalho d'avoir joué les héros de la lutte anti-drogue pour mieux alimenter lui-même le trafic : « Sous le commandement de Carvalho, les arrestations de trafiquants et les prises spectaculaires se sont multipliées. Pourtant, les statistiques ne baissaient pas, elles continuaient même à augmenter, toujours plus d'héroïne empruntait l'aller simple entre Marseille et la Côte est des États-Unis (…). Pire, on a constaté que de l'héroïne saisie par les Stups marseillais se retrouvait quand même sur le marché américain, revendue par un indic de Carvalho, un certain Amédée Rossi, dit Sourcils. D'où nos soupçons et bientôt nos certitudes que Sourcils et Carvalho étaient de mèche, sous le haut patronage de Nick Venturi. »*

James W. Cooper ne s'arrête pas là. Il dénonce pour la première fois publiquement ce que certains murmurent depuis longtemps tout bas, à savoir qu'il existerait une très grande porosité entre la pègre et la bonne société phocéenne : « Il y a à Marseille, forts de leurs comptes en banque, de leurs relations, du respect qui les entoure, trois ou quatre caïds, dont Venturi, qui se sentent en totale sécurité. Ils sont en relation directe avec la mafia américaine. Cette organisation est en place depuis une vingtaine d'années. Elle bénéficie de nombreuses complicités, y compris au sommet des plus hautes autorités policières et politiques. »

James W. Cooper cite nommément Gaston Defferre : « Lui (Defferre) et Venturi se connaissent depuis vingt-cinq ans. Ils ont scellé une sorte de pacte : ce qui n'est pas nommé n'existe pas. Venturi ne parle jamais de ses trafics à Defferre, mais je ne peux pas croire une seconde que Defferre ne soit pas au courant. » Le ministre de l'Intérieur, éliminé dès le premier tour de l'élection présidentielle, n'a, là non plus, pas voulu répondre à nos questions.

Carvalho : « Defferre a tout planifié en s'appuyant sur la DST, mais il a demandé le feu vert à l'Élysée »

Entre Gaston Defferre et Dominique Venturi, José Carvalho aurait donc servi d'intermédiaire et d'homme à tout faire, tantôt dans la lumière, tantôt dans la plus totale obscurité. Cet homme à la double, voire à la triple personnalité s'est retrouvé au centre des évènements les plus marquants de ces dernières semaines. C'est lui qui le premier s'est précipité sur la scène du stade Charléty alors que le président Pierre Mendès France venait d'être abattu par un tireur d'élite posté sur le toit d'une tribune latérale. C'est encore lui, José Carvalho, qui a procédé à l'arrestation spectaculaire d'Henri Turrini, un temps soupçonné d'être l'assassin du président Mendès

France, avant qu'une enquête du Monde *n'oblige la police à le relâcher. Et c'est évidemment toujours lui qui dirigeait le commando héliporté envoyé à Baden-Baden pour enlever le général de Gaulle. Lors de notre interview, José Carvalho a enfin accepté de révéler les noms des commanditaires de l'opération qui a viré au fiasco. Il a confirmé le rôle primordial tenu par Gaston Defferre, mais, ultime rebondissement, il implique aussi le président de la République par intérim, Alain Poher! « Defferre a tout planifié en s'appuyant sur la DST, mais il a demandé le feu vert à l'Élysée, affirme le chef du commando de Baden-Baden. Poher et Defferre avaient tout intérêt à se lier secrètement contre (François) Mitterrand. Ils ont passé une sorte de pacte pour l'éliminer du premier tour de la présidentielle. Poher voulait aussi se débarrasser de De Gaulle. Le Général ramené en France, jugé pour haute trahison, puis jeté en prison pour de longues années, ou même mieux (sic), le général mort et enterré, Poher devenait le seul maître à droite. » À ce jour, aucune preuve formelle ne vient étayer ces accusations. Contactée par* Le Monde, *l'équipe de campagne d'Alain Poher nous a adressé le communiqué suivant, que nous avons choisi d'intégralement publier : « Le président de la République, M. Alain Poher, réfute avec la plus grande fermeté les accusations scandaleuses proférées dans votre journal par un individu qui semble avoir bâti toute sa carrière et sa vie sur un tissu de mensonges. À l'époque des faits, M. Poher a fermement condamné la tentative d'enlèvement du général de Gaulle. Depuis qu'il exerce ses fonctions à la tête de notre pays, dans des circonstances particulièrement dramatiques, le président Poher n'a cessé d'agir en respectant avec le plus grand scrupule la constitution de la Ve République et les lois républicaines. Il s'étonne qu'un journal aussi sérieux que* Le Monde *prête crédit à des accusations aussi grotesques, deux jours seulement avant le deuxième tour de l'élection présidentielle. M. Alain Poher se réserve le droit d'attaquer en diffamation quiconque reprendrait à son compte ces affabulations. »*

Le Monde du vendredi 4 juillet 1969

Droit de réponse de M. James Walter Cooper, ancien responsable du Bureau des narcotiques et des drogues dangereuses à Marseille.

J'ai lu avec beaucoup d'étonnement et même de colère votre article du 3 juillet intitulé « José Carvalho ou les incroyables confessions d'un mort-vivant ». Votre journaliste, mademoiselle Louise Ben Kader, m'y prête des propos que je n'ai jamais tenus pour la simple et bonne raison que je ne l'ai jamais rencontrée ! Durant mes six années (1962-1968) à Marseille, je n'ai pu que me féliciter de l'appui trouvé auprès de mes collègues de la police marseillaise et des autorités politiques locales, notamment M. Gaston Defferre, comme maire de Marseille puis ministre de l'Intérieur. Nous avons tous ensemble contribué à lutter avec efficacité contre le fléau de la drogue, en France et aux États-Unis. C'est un combat de très longue haleine qui nécessite une parfaite coopération entre nos deux pays. Votre article ne peut hélas ! que contribuer à semer la zizanie, en vous basant en grande partie sur une interview que j'aurai prétendrement accordée, alors qu'elle a été inventée de A à Z.

James Walter Cooper

Chapitre 13

PARIS, VENDREDI 4 JUILLET

Sourcils est furieux. Il ne possède aucune raison particulière de l'être. Ce n'est pas non plus une posture. Juste son état naturel. Quand, à même pas 10 ans, il a planté la pointe de son compas dans la main d'un instituteur qui voulait l'envoyer au coin, un large aréopage de spécialistes en psy (psychologues, psychiatres, psychothérapeutes, psychosociologues, psychopédagogues, psycho-traumatologues…) a tenté de débusquer dans l'histoire familiale du minot l'incident fondateur censé tout éclairer. Ils n'ont trouvé que des parents, certes pas très fortunés, mais aimants et totalement déboussolés par la boule de haine pure qu'ils avaient engendrée. Alors, il avait fallu chercher des explications ailleurs, et elles n'avaient pas été trouvées. Chacun s'était plus ou moins consolé en implorant la fatalité : après tout, quand une sainte ou un martyr rachète les péchés des autres mortels, personne ne se préoccupe vraiment de savoir d'où lui vient cette grâce. L'enquête est vite bouclée, Dieu ou la nature humaine s'en trouvent remerciés. Alors pourquoi ne pas considérer la soif de violence d'un élève de CE2 comme quelque chose, non pas d'acquis, mais d'inné, sans qu'il y ait ni parent ni antécédent à blâmer ? Sourcils est né furieux, il mourra furieux, et, entre les deux, tout ce qui peut nourrir sa fureur est bon à prendre. Il y a un feu à entretenir, des braises à ne jamais laisser refroidir.

En ce premier week-end de juillet, la seule raison objective qui justifie le surcroît de fureur ressenti par Sourcils s'explique par sa présence à Paris. Sourcils hait Paris. Il n'aime pas non plus Marseille, mais, au moins, c'est sa ville, alors cette détestation a fini par devenir familière, apprivoisée. Alors que Paris génère chez lui une haine sans limite, déchaînée, sans laisse ni collier. Il aurait envie de tuer chaque habitant qu'il croise, de détruire tous les bâtiments devant lequels il passe, de plastiquer la tour Eiffel, l'Arc de Triomphe et le musée du Louvre, de même arracher le bitume sur lesquels ses bottes en peau d'autruche sont obligées de se poser. Mais anéantir à lui seul la capitale plus que millénaire de la France n'est pas chose aisée, alors Sourcils doit se contenter d'un objectif plus modeste : sur les 2,5 millions de Parisiens, il n'en a que deux à exécuter, un homme et une femme. S'ils formaient un couple, ce serait évidemment plus simple. Mais, comme pour l'emmerder, José Carvalho et Louise Ben Kader mènent deux vies séparées, ce qui l'obligera donc à faire deux fois le boulot. Reste à savoir comment. Les gens pensent que le métier de tueur à gages ne mérite pas de qualifications ou de dons particuliers (sauf un peu de sang-froid peut-être), qu'il suffit de se pointer devant sa cible, de lui tirer dessus, Bang ! Bang ! et de repartir sans trop se faire remarquer pour que la mission soit accomplie et le client satisfait, donc non remboursé. Les gens sont vraiment des cons, car c'est éminemment plus compliqué. Il y a en particulier tout un travail indispensable de recueil d'informations qui s'avère d'autant plus ardu quand le tueur opère en terrain hostile. Difficile pour Sourcils d'imaginer un terrain plus hostile que Paris. Même chez les nègres d'Afrique ou les Chinois de Chine, le nervi se sentirait plus chez lui que dans cette ville de donneurs de leçons à l'accent pointu, où il se perd dès qu'il change de trottoir. Heureusement qu'il existe quand même ici un endroit où Sourcils se sent un peu moins mal. Pour les affranchis marseillais de passage dans la capitale, le bar des Trois Canards représente une sorte de refuge, presque d'ambassade. Mais pas une ambassade avec lustres au plafond, baisemain à madame l'ambassadrice et petits fours dans des assiettes à liseré doré, non une ambassade où les diplomates en costards rayés se saoulent au Casanis, fument des cigarillos qui font puer de la gueule, trichent à la scopa et se servent de la cave pour rendre à la raison les clients récalcitrants. Il est seulement 23 heures, soit l'équivalent d'un début de matinée pour Pigalle. Un panneau « Fermeture exceptionnelle » accueille pourtant Sourcils. Le rideau rouge est tiré tout le long de la devanture des Trois Canards. L'exécuteur en déplacement professionnel n'est pas surpris. Il tape trois coups rapprochés sur la vitre, puis encore deux autres, pour que Jacky vienne lui ouvrir. La présence même de Jacky Imbertt dit, « Mat », aux Trois Canards prouve l'importance de l'opération en cours. Le Mat connaît bien l'établissement. Il y a fait ses humanités. Il n'y a pas tout appris, non, mais sans les conseils avisés des patrons, Henri Codde, dit « Riquet », Eugène Matrone, alias Gégène le Manchot, ou feu le commissaire ripou Robert Blémant, dit « feu le commissaire ripou Robert Blémant », le Mat ne serait pas devenu un braqueur et un racketteur aussi respecté, l'un des hommes qui comptent dans le nouveau milieu marseillais. D'habitude divisés, équipes contre équipes, bar contre bar, ceux du Skating, du Bonaparte, du Pourquoi, du Vieux Canal ont tous, exceptionnellement, accepté de s'unir. L'élimination physique de Carvalho le traître pédéraste, et de Ben Kader la bronzée trop bavarde, s'est imposée comme une nécessité impérieuse. Question d'honneur, de respect, de salubrité. Pour mener à bien cette opération, le tueur le plus aguerri et l'homme le plus digne de confiance ont été choisis. Voilà pourquoi Sourcils et Jacky le Mat marchent à pas de loup dans le bar des Trois Canards faiblement éclairé par la lampe d'un abat-jour recouvert d'un torchon sale.

« Johnny est en bas, il a commencé à te le préparer », lâche le Mat avant de guider Sourcils derrière le comptoir.

C'est l'avantage quand on travaille entre grands professionnels, il n'y a pas besoin de beaucoup se parler. La trappe est déjà ouverte, et Sourcils n'a qu'à descendre les quelques marches qui mènent à la cave. Au plafond pendent des salamis de Campanie, des belles mortadelles aux pistaches, une forêt de figatelli importés directement de Corte, des saucissons de sanglier, deux jambons de porc noir de race casartena (la meilleure) et un homme nu attaché par les pieds.

« Regarde ce cochon, il bande à l'envers ! » braille un grand blond efflanqué surnommé le « Beau Johnny » pour sa ressemblance, pourtant pas si évidente, avec l'idole yé-yé.

L'homme nu a la tête et le sexe en bas, la bouche bâillonnée, et ses mains ligotées effleurent le sol en terre battue. Dans la pénombre de la cave mal éclairée, ses yeux luisent de terreur, ses pupilles sont blanc et jaune comme du beurre. Sourcils s'approche du malheureux et le contemple avec autant d'humanité que s'il s'agissait d'une pièce de charcuterie corso-napolitaine juste un peu plus imposante que les autres :

« C'est donc lui, le nouveau mignon de Carvalho... »

« Oui, on les a vus plusieurs fois sortir ensemble d'une boîte à pédés, ils avaient l'air très amoureux », grimace le Beau Johnny.

« D'où il vient ? »

« Il est garagiste dans le XVIIe. Il a des ongles noirs, dégueulasses. J'ai essayé de les manucurer avec une lime, mais le cambouis est comme incrusté. En revanche, pour sa mise en plis, j'ai amené tout ce qu'il faut. »

Le Beau Johnny dégaine un sèche-cheveux dont il a démonté l'embout et dénudé les fils électriques. Il a aussi trafiqué le moteur pour en augmenter le voltage. Lorsqu'il s'agit de faire souffrir les autres, le Beau Johnny peut se montrer particulièrement inventif. Comme beaucoup de mauvais garçons de sa génération, il a découvert les avantages et les inconvénients de la torture électrique durant les évènements d'Algérie. En tant qu'officier du renseignement au Ier REP, le lieutenant Gentili (on ne l'appelait pas encore le Beau Johnny) était devenu un spécialiste reconnu de la gégène. Il avait cependant vite trouvé ce mode d'interrogatoire par trop rudimentaire, primitif, et surtout inutilement fatigant. Pourquoi transpirer en tournant frénétiquement une manivelle pour envoyer du courant sur les parties sensibles du prisonnier, alors que la fée électricité pouvait jaillir sans le moindre effort ? D'où son idée ingénieuse de sèche-cheveux transformé en matraque électrique. Sans le savoir, le Beau Johnny avait inventé le pistolet Taser. Sauf que son engin de torture nécessitait encore un cordon qu'il fallait relier à une rallonge, elle-même branchée à une prise murale. Un bouton proposait deux options : fort ou très fort. Le Beau Johnny avait déjà tenté l'option Fort sur un maquereau minable pas assez pressé de rembourser ses dettes. L'essai fut concluant, l'argent versé sans plus de délai. Le Beau Johnny avait décidé de garder l'option très fort pour une grande occasion : elle était enfin arrivée. Le supplicié l'a compris, il s'agite au bout de la corde. Ses yeux ne sont plus seulement luisants, ils tentent de s'extraire de leurs orbites, comme pour ne pas voir la suite. S'ils avaient le choix, ils se détacheraient du reste du corps, grimperaient les marches qui mènent à l'étage, claqueraient la porte du bar et s'enfuiraient dans la rue. Le Beau Johnny se nourrit de cette terreur. Il en fait son miel. L'ancien lieutenant du Ier REP se saisit du sèche-cheveux trafiqué. S'approche du supplicié, appuie sur le bouton très fort. Une gerbe d'étincelles s'échappe de l'appareil. Un râle, un grand clac ! Et puis… plus rien. Rien que la cave plongée dans une obscurité de fond d'encrier, tandis que du sol au plafond flotte une odeur étrange de cochon grillé, comme si l'un des deux jambons de race casartana venait d'être passé au barbecue. Complètement paumé, Sourcils songe un bref instant que les verres fumés en forme de hublots de ses Ray-Ban lui ont joué un tour. Qu'ils se sont obscurcis d'un coup. Mais, même en soulevant ses lunettes, Sourcils y voit comme dans le cul d'une panthère noire. Alors, il dégaine son flingue sans trop savoir quoi en faire. À cet instant, le tueur professionnel échangerait volontiers son Browning GP35 contre une bête lampe torche pour campeur.

La trappe s'ouvre, une flamme de briquet éclaire un quart du visage de Jacky le Mat. Le souffle de la colère du Mat fait trembler le feu qui s'échappe du Zippo :

« Qu'est-ce que vous branlez ? Vous avez fait sauter les plombs ! »

Sourcils rengaine son flingue et cherche ses mots perdus dans le noir :

« C'est Johnny… Il a branché son truc, là, et tout a pété. Tu sais où se trouve le compteur d'électricité ? »

« C'est pas mon bar, et je ne suis pas électricien », se vexe Jacky le Mat, qui tente de descendre les marches sans se casser la gueule.

La flamme du briquet lui brûle le bout des doigts. Il l'éteint et le rallume, redoute d'entrer en contact avec le corps nu du supplicié. Manquerait plus qu'il se prenne sa bite en pleine figure ! Sourcils tente de le guider :

« Tu devrais essayer d'aller du côté des casiers à bouteilles... »

« Et comment je suis censé me diriger ? » demande le Mat de plus en plus ulcéré.

« Au bas de la dernière marche, tu prends sur ta gauche, tu contournes le pédé et tu continues tout droit... »

Un bruit de bouteilles entrechoquées et un juron en occitan indiquent que le Mat a pris la bonne direction. Puis, après un claquement sec, la lumière rejaillit du plafonnier. L'attention du Mat et de Sourcils est attirée par une forme recroquevillée sur le sol. Le Beau Johnny convulse, agité de tremblements. C'est lui qui pue le cochon grillé. Ça sent aussi le plastique fondu, car à côté de l'apprenti-électricien, son sèche-cheveux à moitié calciné continue de fumer. Mais le Mat et Sourcils se précipitent d'abord vers le supplicié. Le Beau Johnny peut crever, pas leur invité. Il n'a jamais été question de s'en débarrasser, juste de le rendre coopératif. Si Carvalho constate la disparition de son mignon, il comprendra que l'étau se resserre sur lui et prendra le maquis plus vite qu'une murène ne sort de son trou pour croquer un bigorneau. En bas, à Marseille, les patrons seront furieux. D'autres promeneurs risquent de se pencher imprudemment au-dessus de la rambarde du cap Canaille.

Le problème, c'est que le garagiste aux ongles encrassés semble presque aussi mal en point que le plus très beau Johnny. La décharge d'électricité l'a épargné, mais sa position prolongée les pieds attachés au plafond et la tête à l'envers ont rougi son visage et gonflé plus que de raison ses veines temporales et jugulaires.

« Il est tombé dans les pommes, il faut vite le décrocher, sinon il va s'étouffer », s'alarme Sourcils.

« Ça, c'est ton boulot », lui répond Jacky le Mat, qui est monté de Marseille pour superviser l'opération, mais n'entend pas se salir les mains.

« Tu peux au moins lui décrocher les pieds ? » demande Sourcils sans chercher à dissimuler son agacement, lui qui a toujours respecté la hiérarchie, mais considère que, dans certaines circonstances, même le plus craint des généraux s'honorerait à retirer ses gants blancs.

Jacky le Mat coupe la corde qui entoure les chevilles du supplicié. Sourcils tente de le réceptionner comme s'il s'agissait d'un bébé tombé de sa table à langer. Le bellâtre est maintenant allongé sur le sol en terre battue. Sourcils enlève son bâillon pour l'aider à mieux respirer.

« Comment on va bien pouvoir le réveiller ? » s'inquiète le tueur à gages, inhabituellement attentionné.

Jacky le Mat remonte à l'étage, puis redescend avec une bouteille d'eau-de-vie de myrte à 50 degrés. Il approche le goulot sous le nez du supplicié. Les effluves alcoolisés du maquis corse réveillent l'évanoui. Ses yeux brillent à nouveau de terreur, mais une forme totale d'incompréhension s'invite aussi dans ses pupilles. Sourcils tente de lui expliquer la situation.

« On n'est pas là pour te faire du mal. On ne va même pas te poser de questions. Tout ce qu'on te demande, c'est de bien nous écouter : ton petit copain la murène est un peu trop fuyant en ce moment. Il ne traîne même plus au Sept, on a du mal à le localiser. Alors, la prochaine fois qu'il te contacte, te donne rendez-vous ou te donne la moindre indication sur l'endroit où il se trouve, tu reviens ici pour nous en parler. OK ? » demande Sourcils d'une façon qui n'invite pas à la contradiction. Le garagiste finalement épargné se contente de hocher la tête. À moins que ce ne soit le froid de la cave et l'absence de vêtements qui lui provoquent ces tremblements, des pieds jusqu'au menton.

« Donne-lui ses fringues et laisse-le partir », ordonne le Mat en remontant à l'étage.

« Et lui, qu'est-ce qu'on en fait ? » demande Sourcils en désignant l'autrefois Beau Johnny, dont la forme entassée rappelle celle d'un tapis trop vite replié.

« Il paraît que, si on touche un électrocuté, on peut aussi prendre le jus. Alors, laisse-le ici se décharger. S'il s'en sort, tant mieux pour lui. S'il y reste, tu le ramèneras chez lui, tu le mettras dans une baignoire avec son sèche-cheveux, et tout le monde pensera à un suicide ou à un accident domestique. »

Sourcils prie intérieurement pour que Johnny s'en sorte. Ça lui éviterait un transport de barbaque survoltée jusqu'au fin fond du XVIIIe arrondissement. Comment ferait-il pour déplacer à lui tout seul un cadavre d'au moins quatre-vingt-dix kilos ? Car, c'est certain, Jacky ne bougera pas un petit doigt pour l'aider. Les chefs comme le Mat se vantent souvent d'avoir un coup d'avance, mais c'est facile quand on a des soldats comme Sourcils pour nettoyer la merde du coup d'avant. Le tueur marseillais retrouve facilement les vêtements de l'ex-supplicié en voie de libération. Sa salopette bleue pleine de cambouis est presque aussi noire que le tas de charbon à côté duquel elle était posée. Par contraste, son slip et son marcel blancs semblent immaculés, comme jamais portés. Le garagiste, à nouveau à l'endroit, s'habille le plus vite possible. Il a sûrement peur que ses bourreaux ne changent d'avis. Sourcils le voit s'engouffrer dans la trappe qui mène à la salle du bar.

Le bandit aux Ray-Ban en forme de hublots jette un dernier coup d'œil au Beau Johnny. Un nouveau spasme indique que le roi du sèche-cheveux appartient toujours au royaume des vivants. Un filet de pisse coule le long de sa jambe de pantalon. Sourcils n'en peut plus de moisir dans cette cave. Il monte à son tour à l'étage. Le Mat l'attendait, debout derrière le comptoir, avec sa gueule des mauvais jours :

« Et pour la journaliste, comment tu comptes faire ? Il paraît qu'elle se planque dans une grande maison dans les Yvelines ou en Normandie, protégée par une bande de Katangais… »

« J'ai des copains dans les services qui la cherchent aussi, répond Sourcils. Ils finiront bien par la trouver et m'alerter. Ils m'ont promis que je serai le premier servi. En attendant, j'irai quand même traîner autour de son journal. Sa conscience professionnelle pourrait lui faire commettre une imprudence… »

« Tu sais que tu n'as pas le droit à l'erreur sur ce coup-là ? Autant quand on se flingue entre nous, les flics s'en foutent, mais, là, descendre une journaliste en pleine élection présidentielle, c'est chaud, très, très chaud… »

« Oh, Jacky, pourquoi tu me dis ça ? »

« Parce que votre petit numéro, dans la cave, ne m'a pas franchement rassuré… »

« Johnny et ses gadgets à la con, c'est vous qui me l'avez imposé. Pour la journaliste, je vais y aller tout seul, comme un grand, sans bricoleur qui met les doigts dans la prise. Si tu n'as plus confiance, tu me le dis maintenant. »

« J'ai confiance, j'ai confiance… Mais, si tu te loupes, il n'y aura plus personne pour nous protéger. Ni à Paris, ni à Marseille. Alors, il n'y aura plus personne pour te protéger non plus. C'est moi-même qui te ramènerai ici et te pendrai par les pieds, la queue à l'envers et les sourcils épilés. T'as compris ? »

La seule mention de ses sourcils rend Sourcils fou furieux. Personne n'a le droit, pas même le Mat, de faire la moindre allusion à la paire de bosquets qui lui obscurcit la vue. Jacky a rompu le pacte de non-prononciation. Sourcils devrait le tuer pour ça. Mais ceux qui le prennent pour une simple bête assoiffée de sang ont tort. Amédée Rossi est doué de raison. Une certaine forme d'intelligence lui permet de comprendre que, s'il descend Jacky le Mat maintenant, toutes les années qu'il lui restera à vivre seront consacrées à fuir la colère et la vengeance des autres caïds marseillais. Tous voudront l'anéantir pour avoir compromis la seule mission pour laquelle ils étaient prêts à s'unir. Par ricochet, Sourcils se verrait privé du plaisir d'émasculer Carvalho, le traître pédéraste, ou de serrer entre ses mains le cou gracile et bronzé de Ben Kader, la journaliste trop bavarde. Il faut savoir faire des choix dans la vie. Alors Sourcils décide de sacrifier sa tentation primaire de loger une balle dans la gueule du Mat. Il se contente de soulever ses Ray-Ban, de fixer l'inspecteur des travaux finis de ses petits yeux bleus embroussaillés et de lui répondre sur un ton à la fois plein de miel et de fiel :

« J'ai compris, Jacky. Tu as toujours eu le sens de la pédagogie. »

Puis Sourcils tourne les talons de ses bottes en autruche, traverse sans se presser la salle des Trois Canards, ouvre et referme derrière lui la porte du bar. Le fait d'être ainsi parvenu à maîtriser ses nerfs parviendrait presque à l'apaiser s'il ne devait de nouveau affronter Paris.

Chapitre 14

PARIS, VENDREDI 4 JUILLET

Pour la quarantième nuit consécutive, la capitale vomissait sa bile. D'abord confinées au carrefour de l'Odéon, aux boulevards Saint-Germain et Saint-Michel, les émeutes s'étaient propagées à d'autres quartiers, franchissant la Seine, s'infiltrant entre les derniers pavés qui n'avaient pas encore été descellés, allant même jusqu'à terroriser les grands bourgeois de droite et de gauche des VIIIe et XVIe arrondissements.

En un an, le mouvement spontané, festif, joyeusement bordélique de Mai 68 avait muté en une guérilla urbaine particulièrement bien organisée. Plus question de perdre du temps et de l'énergie à ériger des bêtes barricades qui finiraient balayées par les assauts des forces de l'ordre et les bulldozers de la préfecture de police. Place aux petits groupes mobiles, ultra-déterminés, capables de fondre sur une patrouille isolée de BPI, puis de mettre le feu à des voitures garées devant l'ambassade des États-Unis, avant de retourner se planquer dans l'obscurité. Au début du mouvement, des figures « historiques » de Mai 68 avaient tenté de retrouver leur place au premier rang. Elles avaient reçu un accueil au mieux indifférent. Débarqué l'œil malicieux, le verbe agile et le pas conquérant, bref comme avant, Daniel Cohn-Bendit, lui-même, avait dû être exfiltré d'urgence par des membres du SO restés fidèles, tandis qu'une foule haineuse le traitait de collabo.

Les enragés de Mai 69 n'avaient ni leaders identifiés, ni revendication claire, à part celle de ne pas se faire voler une seconde fois LEUR révolution. Même la presse avait du mal à les nommer. Écrire « les étudiants » manquait de précision, car, parmi les rares personnes arrêtées, le niveau de diplôme n'était pas forcément très élevé. Les journaux de gauche répugnaient à employer des expressions comme « émeutiers », « casseurs », « insurgés », « fauteurs de troubles », qui sonnaient trop réacs, mais comment les qualifier de « manifestants » ou de « militants », alors qu'ils ne manifestaient que leur haine et rejetaient toute forme d'embrigadement ?

Comme souvent, la solution était venue non pas d'un journaliste, mais d'un écrivain. Dans une chronique pour *L'Express*, Françoise Sagan évoqua « les armées de la nuit », et l'acronyme « ADN » fut aussitôt repris, à l'exception du *Figaro*, qui continuait de dénoncer les « terroristes » téléguidés par le gouvernement.

Dans le camp d'en face, les BPI avaient cru purger de leurs rangs les matraqueurs les plus « fachos », mais la radicalité des ADN radicalisa les BPI, et le fantasme de « forces de l'ordre de gauche », censées se montrer moins violentes, plus « compréhensives », ne résista pas au premier lynchage d'un jeune sous-officier, dès la troisième nuit d'émeute.

Chaque matin, les premiers flashs des journaux radio égrainaient les bilans des arrestations (rares), des dégâts (considérables), des morts (déjà cinq, dont trois BPI). Autant de chiffres incontestables, quand le décompte des blessés posait, lui, un sérieux problème. Les ADN fuyaient les hôpitaux et remplissaient de trous les statistiques officielles. Ils embarquaient leurs amochés vers des centres de soins clandestins, dont le principal était ouvert, 24 heures sur 24, dans un amphi de la Sorbonne occupée. Là, un docteur jouissait plus que n'importe quel autre de ses confrères d'une aura qui confinait à la légende : personne ne connaissait son nom, tout le monde aimait prononcer son surnom, comme on se met un bon vin en bouche : « Padre, viens par ici, on manque de compresses ! », « Padre, notre camarade souffre trop, il faut augmenter la dose de morphine », « Padre, on ne peut plus accueillir de nouveaux blessés, il faut les dérouter vers le Panthéon ».

L'homme répondait tranquillement à toutes les demandes. Même dans l'affolement général, il n'avait jamais l'air vraiment inquiet. Son air onctueux, sa façon de rouler les « r » comme le lit d'une rivière ponce ses pierres, ses cols de chemises boutonnés jusqu'en haut, et surtout les miracles qu'il était capable de réaliser sur le bureau d'un professeur transformé en table d'opération, lui valaient ce surnom de « Padre », auquel il acquiesçait avec un sourire amusé, car il n'avait jamais cru en aucun dieu.

Quand le flot de blessés le permettait, Padre racontait sa vie, et tous l'écoutaient bouche bée. Il fallait un peu le prier. Il commençait toujours par refuser : « Non, non, je ne vais pas encore radoter… », avant de céder à l'amicale pression. Alors, c'était reparti pour une nouvelle évocation des combats qu'il avait menés avec Fidel à Cuba, le Che en Bolivie, ou contre Trujillo à Saint-Domingue. Qui n'avait pas encore entendu l'histoire du guérillero bolivien blessé par balle à la jambe droite, le matin, avant d'être mordu à la cheville gauche, seulement quelques heures plus tard, par une vipère jararacuçu de plus de deux mètres de long ? Et celle du cigare que Padre s'était forcé à fumer pour faire plaisir à Castro, alors que le malheureux médecin n'avait même jamais grillé une cigarette ! Le Cohiba Coronas Especiales de 15,2 cm de long avait rendu Padre tellement malade qu'il avait dû être hospitalisé d'urgence ! Encore aujourd'hui, une simple volute de fumée à l'arôme de sous-bois lui retournait l'estomac. Plus sérieusement, Padre aimait rapporter ses conversations avec Che Guevara, de médecin à médecin, sur les vertus nutritionnelles et culinaires de la moringa, une plante amazonienne que le Che avait importée du Brésil dans sa ferme de Cuba.

Le Padre n'était pas seulement un conteur hors pair, mais aussi un formidable confesseur. Allongés sur leurs brancards, affaiblis par la fatigue et la douleur, les blessés aimaient se livrer au faux curé. Ils racontaient leur vie ou les opérations de la nuit. Padre finissait par être au courant de tous les mouvements de troupes dans les rues de Paris. Il savait qui allait attaquer qui, avec des horaires relativement précis, pour lui permettre d'anticiper les flux de blessés. Heureusement pour Padre, aucun de ses confessés n'avait encore fait le rapprochement entre les petits secrets qu'ils lui avaient confiés et leur arrestation dans les jours suivants. Padre était au-dessus de tout soupçon. On lui aurait donné Karl Marx sans confession.

Lorsqu'il avait terminé sa nuit, Padre sortait discrètement de la Sorbonne par les égouts. Sous le carrefour de la rue Saint-Jacques et de la rue des Écoles, un tunnel de ciment débouchait sur une échelle de cinq mètres. Padre l'escaladait avant de soulever une plaque de fonte. Un médecin révolutionnaire était entré dans les entrailles de Paris. Le conseiller spécial de la CIA en ressortait. Padre redevenait le docteur Lopez Carril. La transformation était moins vestimentaire (il gardait les mêmes habits, déboutonnait seulement le haut de ses cols de chemises) que psychologique, comme s'il avait lui-même lavé son cerveau dans les eaux putrides des canalisations. Débarrassé de sa légende, l'ex-Padre devait instantanément réapprendre à raisonner comme un chef de réseau, froid, ordonné, sans pitié.

En guise de sas de décompression, l'homme à la double identité franchissait chaque matin, à la même heure, le seuil de la brasserie Le Gévaudan. Le serveur ne prenait même plus la peine de prendre sa commande. Il savait que le client discret de 7 h 45 précises voulait un double expresso, des tartines à la confiture (abricot de préférence), et des œufs au plat bien baveux. D'ordinaire, le docteur Lopez Carril entamait sa lecture des journaux par *L'Équipe* en espérant découvrir un article sur son cher Real Madrid, car le faux Padre n'était pas né en Amérique du Sud, mais à Paracuellos del Jarama, un faubourg populaire de la capitale espagnole. Il était un pur produit de la méritocratie franquiste, un brillant officier du Servicio de Documentacion de la Presidencia del Gobierno (SDPG), les services secrets espagnols. Aux blessés qu'il soignait dans l'amphi de la Sorbonne, le faux Padre n'avait livré qu'une seule vérité : sa détestation des cigares. Pour le reste, il mentait sur tout, notamment sur ses liens avec Che Guevara. Il n'avait jamais discuté plantes médicinales avec le *comandante*, mais l'avait au contraire traqué de la Sierra Maestra cubaine jusqu'à la jungle bolivienne. Cette expertise sur les mouvements de guérilla d'Amérique du Sud et les groupuscules d'extrême gauche européens en faisait une perle rare dans la chasse aux rouges. Voilà pourquoi la CIA avait demandé et obtenu du SDPG qu'il soit envoyé à Paris dès les premiers évènements du printemps 1968. Un an plus tard, le Padre franquiste y était toujours, avec quelques kilos en trop, mais une couverture en béton armée. Délaissant, pour une fois, *L'Équipe*, il se précipite sur *Le Monde* du jour. Sa lecture l'enchante. Même une victoire du Real sur l'ennemi catalan du Barça ne lui procurerait pas une telle joie.

« Je trouve admirable toutes les circonvolutions, conditionnel, pincettes, précautions d'usage, employés par la journaliste afin de ne pas prendre pour argent comptant notre petit mensonge, tout en ne résistant pas non plus à la tentation de l'écrire noir sur blanc », explique-t-il à l'homme assis en face de lui, avant de continuer sa lecture à voix haute. Écoutez ce passage : « À ce jour, aucune preuve formelle ne vient étayer ces accusations. » Il décolle à nouveau les yeux de son journal : « Mais qui a besoin de preuves ? Poher est déjà mort politiquement. Il lui faudra des mois pour laver son nom de tout soupçon. Même ses proches sont persuadés qu'il a donné le feu vert, voire encouragé l'opération de Baden-Baden ! Tout ça grâce à vous. Non, vraiment, encore bravo, Carvalho ! »

« Je ne suis plus censé m'appeler Joseph L'Héritier ? » sourit le complimenté. L'enthousiasme de celui qui fut José Carvalho est cependant beaucoup moins débordant que celui de son agent traitant. Pour José la Murène, piéger la journaliste du *Monde* et bousiller la carrière d'Alain Poher ne représente qu'une mission accomplie de plus. S'il peut rendre service, justifier qu'on le laisse en vie encore quelques nuits, pourquoi s'en priver ? Mais, en attendant d'être à son tour sacrifié pour de bon (l'hypothèse qu'on lui accorde une troisième existence semble très aléatoire), José la Murène n'a pas totalement renoncé à comprendre tout ou partie de la vérité. Alors, il pose des questions qu'il n'était peut-être pas censé poser.

« Il y a un truc que j'ai du mal à saisir : pourquoi vous acharner à soigner tous ces gens que vous rêvez sûrement de voir morts et enterrés ? »

« Comme vous pouvez vous en douter, je ne soigne pas les gauchistes par devoir chrétien. Je les requinque pour qu'ils puissent à nouveau courageusement semer la terreur dans les rues de Paris, car la terreur appelle l'ordre. Et l'ordre, c'est nous ! Il faut rendre justice à nos amis étudiants, ils nous ont débarrassés de De Gaulle et sont en train de livrer le pays à Mitterrand. Bien sûr que nous aurions préféré Defferre, mais il ne faut pas être trop gourmands. Ma mère disait : “Mieux vaut la pire soupe au meilleur des cailloux.” »

« Et Mendès France, pourquoi avez-vous, jusqu'au bout, tenté de le soigner ? » demande José la Murène, soulagé de s'être débarrassé de cette question qui lui encombrait le crâne depuis trop longtemps.

« Vous auriez préféré qu'on refasse le coup du deuxième tireur planqué derrière le monticule herbeux ? » répond Lopez Carril.

« Donc, si Mendès avait par miracle survécu à ses blessures, vous étiez prêt à lui injecter un produit pour l'achever, c'est ça ? »

« La fréquentation des journalistes vous rend trop curieux. Cette demoiselle Ben Kader commence à avoir une mauvaise influence sur vous. D'ici à ce qu'elle vous retourne le cerveau comme elle l'a fait avec cet idiot de Turrini… Elle nous a été très utile, mais il est plus que temps de mettre fin à son cinéma. »

Le docteur Lopez Carril sort de dessous la table un sac en papier Gibert Joseph. Il en tire le dernier 33-tours du Bill Evans Trio, *Quiet Now*.

« Vos nouvelles instructions sont à l'intérieur de la pochette. Cette fois-ci, je veux bien récupérer le disque. »

Chapitre 15

Frontière franco-allemande, dimanche 6 juillet

Enfin, il y est ! Dans la jeep de commandement au toit ouvert qui file à vive allure sur les routes du Bade-Wurtemberg, son grand nez sert de proue à une expédition de vingt-trois chars d'assaut et de quinze camions de transport de troupe. Le général Jacques Massu laisse le vent lui filer des grandes claques sur les joues, et il adore ça. Le chef de guerre s'apprête à sauver la France, mais se sent aussi insouciant qu'un adolescent auquel ses parents auraient accordé le droit de sortie réclamé depuis si longtemps. Il lui a fallu des semaines pour comprendre que le général de Gaulle n'était plus en état de lui donner sa bénédiction. Alors, Massu s'est béni lui-même.

Il a fait croire à de Gaulle qu'une répétition des cérémonies du 14-Juillet nécessitait sa présence en uniforme d'apparat, dès 5 h 30 du matin. À l'heure dite, de Gaulle a passé les troupes en revue avec suffisamment de solennité pour que ses braves soldats soient convaincus que le héros de la France éternelle les envoyait personnellement délivrer le pays. Ils étaient juste un peu surpris que leur éternel sauveur ne prononce pas une sorte d'appel, au moins un discours, à tout le moins une phrase historique. Massu fit passer le message que, pour une fois, le grand communicant préférait œuvrer dans la coulisse, qu'il parlerait plus tard, quand ses chars frappés de la croix de Lorraine auraient franchi les portes de Paris outragé, brisé, martyrisé, mais

Paris libéré des forces socialo-gauchistes. En vérité, la veille encore, de Gaulle avait profité du dîner pour réaffirmer qu'il était contre la moindre ingérence dans les affaires de la France, qu'elle vienne de Washington, Moscou, Conakry ou Baden-Baden. Massu avait mis cet entêtement à ne rien faire sur le compte de la sénilité. Lui savait qu'il fallait au contraire agir vite et fort, profiter de ce dimanche de deuxième tour de l'élection présidentielle pour surprendre l'adversaire. Ce ne serait pas un coup d'État militaire, non, mais un retour à une démocratie disciplinée, enfin débarrassée de la chienlit.

De son ami Kochevoï, Massu a obtenu que les troupes françaises parties de Baden-Baden soient protégées, à distance, jusqu'à la frontière, par le grand frère soviétique. Ni les Allemands, ni les Américains n'oseraient bouger une oreille. Une fois passé en France, Massu devrait se débrouiller seul. Le plan était de foncer sur Strasbourg, de s'emparer de l'antenne locale de l'ORTF, de lancer un appel au ralliement de tous les patriotes, et ensuite, à la charge ! Direction Paris, appuyé par des troupes « amies » stationnées à Metz. Les chars du 501e régiment de Rambouillet qui patrouillaient déjà au cœur de la capitale devaient « sécuriser » l'Élysée et l'ORTF, avant de fraterniser avec les unités putschistes venues de l'est. Mais Massu comptait aussi sur le petit peuple gaulliste, celui des commerçants endettés, des paysans ruinés, des notables épouvantés, tous ces millions de braves gens de droite humiliés depuis un an, qui se soulèveraient, c'est certain, contre la fausse démocratie prolétarienne. Le scrutin présidentiel serait bien sûr annulé, et des élections libres organisées « dans les meilleurs délais ». Massu se présenterait et serait plébiscité. Il se voyait déjà installé à l'Élysée. Suzanne ferait une merveilleuse première dame, et le troisième président de la Ve République, Jacques Émile Massu, s'imaginait en train d'accueillir le général de Gaulle sur les marches du palais présidentiel. Il leur faudrait des nerfs d'acier pour ne pas pleurer.

Bref, le plan était parfait, et Jacques Massu ne voyait pas trop quel impondérable pourrait le faire capoter. À condition bien sûr de surprendre l'adversaire, de frapper avant d'être frappé.

Dans sa jeep de commandement au toit ouvert, le commandant des forces françaises en Allemagne cède donc la tête du convoi à un trio de chars AMX-30, lesquels auront l'honneur de rentrer en premier sur le territoire national. Car, après seulement cinquante minutes de route, la France se trouve juste là, de l'autre côté du pont de l'Europe. Dans les camions de transport de troupes, les soldats ont entrouvert la bâche arrière et se dévissent le cou pour tenter d'apercevoir la flèche de la cathédrale de Strasbourg. Même en prenant le risque de tomber sur le bitume, les plus hardis ne distinguent encore que la masse sombre du port autonome planté au bord du Rhin. Jamais la vision fugitive de bateaux à quai et de silos à grains n'avait déclenché un tel enthousiasme. Les soldats rient, crient, se tombent dans les bras des uns des autres. Une *Marseillaise* est même entonnée dans le camion de tête.

« Mais qu'ils ferment leur gueule, ce n'est pas une excursion scolaire, mais une expédition militaire ! » enrage le général Massu, avec d'autant plus de colère qu'il cherche à masquer sa propre émotion.

Heureusement, la ville de Kehl semble vidée de ses dix-neuf mille habitants, son poste-frontière seulement occupé par un couple de chats errants. Kochevoï a dû se montrer particulièrement menaçant envers ses homologues allemands de la Bundeswehr. Des éclaireurs envoyés aux premières heures du jour certifient que, côté français, le dispositif est à peine plus conséquent. Il n'y a rien d'infranchissable : seulement deux chars, une poignée de herses et une dizaine de soldats à moitié endormis.

À 6 h 32, alors que le soleil peine, lui aussi, à émerger d'un ciel duveteux, les premiers AMX-30 de la colonne Massu se lancent à l'assaut du pont de l'Europe. Dans la jeep de commandement, le général harcèle son chauffeur, lui demandant sans cesse d'accélérer, sans non plus dépasser les chars de tête. Le brave adjudant-chef Robert Collin conduit le nez dans les chenilles arrière des blindés, ce qui limite considérablement sa vision. Le cul des tanks constitue son seul horizon. Ses narines se remplissent de la fumée noire, grasse et chaude expulsée par les pots d'échappement. Quant à ses facultés auditives, elles sont saturées par les ordres de son passager. Plus encore que son aide de camp, son chien ou sa femme, l'adjudant-chef Robert Collin est la personne au monde que le général Massu préfère engueuler. La moindre de ses manœuvres, en avant ou en arrière, son plus infime coup de volant, à gauche ou à droite, se trouvent vertement critiqués et remis en cause. Depuis qu'il est au service du commandant des forces françaises en Allemagne, le chauffeur souffre-douleur a plusieurs fois demandé son changement d'affectation. Massu a toujours refusé. Il considère l'adjudant-chef Robert Collin comme un excellent conducteur et un parfait réceptacle à sa mauvaise humeur. Alors, pourquoi changer ?

La trahison de son ex-aide de camp, le capitaine Grégoire, pour une simple « histoire de bonne femme », a plus affecté Massu qu'il ne veut bien le laisser paraître. Le général a besoin de repères et son chauffeur en est un, certes irritant, toujours à contretemps, mais un repère quand même. Massu est heureux de partager ces moments historiques avec celui qui le transporte depuis la Libération. Le général Massu et l'adjudant-chef Robert

Collin étaient entrés ensemble dans Paris, le 19 août 1944, et ils rentreraient à nouveau ensemble dans la capitale, ce n'était plus qu'une question d'heures.

Sauf que, parvenus au milieu du pont de l'Europe, les trois chars AMX-30 de début de convoi se mettent à freiner. Ce qui alerte tout de suite Massu, c'est la nature de ce freinage : il n'a rien de brusque, comme si un obstacle inattendu s'était présenté ou que le pilote avait piqué du nez. Ce freinage est au contraire maîtrisé, progressif. Les 34,8 tonnes de chaque tank s'arrêtent en respectant au centimètre près la distance de sécurité. L'étrange manœuvre ne fait qu'accroître la colère du général Massu. Il bondit hors de la jeep, il est hors de lui :

« Mais qu'est-ce que vous foutez ! Vous pensez que c'est le moment de vous arrêter pisser ! »

Sa fureur se fracasse sur les parois d'acier des chars d'assaut. Elle est réduite en mille morceaux. Massu se tourne vers son chauffeur pour partager avec lui son impuissance. Il y a même sûrement matière à engueuler l'adjudant-chef Robert Collin. Toute cette mascarade est forcément de sa faute. Mais le brave chauffeur a lâché le volant et pointe un revolver sur son patron.

« La guerre est terminée, mon général. Personne ne nous attend à Paris », lâche l'ancien fidèle parmi les fidèles, devenu à son tour un félon.

De la tourelle des chars et de derrière les bâches des camions de transport de troupes surgissent d'autres officiers ou simples soldats qui mettent en joue le général Jacques Massu. Bientôt, le chef des FFA se trouve cerné par un large éventail de canons allant du pistolet semi-automatique MAC 50 au fusil d'assaut MAS 49-56, en passant par le lance-roquettes LRAC de 73 mm, soit un parfait échantillon du génie militaro-industriel français. Au-dessus des armes braquées sur lui, dans le regard de ses hommes, Massu voudrait lire le doute et la mauvaise conscience qui pourraient lui permettre d'encore retourner la situation. Il ne voit que de la détermination, et bien pire, de la pitié. L'adjudant-chef Robert Collin s'adresse à lui, avec mille précautions, comme à un vieillard échappé de sa maison de retraite.

« Mon général, nous avons ordre de vous faire prisonnier et de vous livrer aux autorités françaises qui nous attendent de l'autre côté du pont. Nous entendons mener cette mission avec le maximum de respect pour votre personne, et demandons votre pleine collaboration. »

« Collaboration... Voici un mot que vous employez avec gourmandise. J'y ajouterais celui de trahison », réplique Massu.

Mais le souffre-douleur n'a plus l'intention de se laisser engueuler. Il réplique avec une fermeté qui le surprend lui-même.

« Nous avons prêté le serment de servir la France, et vous n'êtes plus la France. Nous savons très bien que le général de Gaulle désapprouve cette expédition. »

« Mais de Gaulle est devenu complètement gâteux ! » explose Massu, comme si ce secret trop longtemps tu se devait d'être enfin révélé au monde entier.

« Le Général a gardé suffisamment de lucidité pour comprendre qu'un coup d'État militaire ne ferait qu'ajouter du chaos au chaos. Il ne veut plus peser sur les affaires de la France. Si Mitterrand est élu, ce qui paraît de plus en plus probable, nous avons obtenu de son très proche entourage que le général de Gaulle puisse rester en toute sécurité à Baden-Baden. »

« Et c'est aussi à Mitterrand que vous comptez me livrer pieds et poings liés ? Vous pensez vraiment que je vais terminer ma vie dans un cul-de-basse-fosse, à exterminer les cafards et à apprendre aux rats à défiler au pas ? »

« Si vous acceptez de vous rendre, vous serez jugé en France, probablement condamné, mais François Mitterrand s'engage à vous gracier. Vous serez alors placé en résidence surveillée, pas à Baden-Baden, mais ailleurs en Allemagne. Votre famille pourra évidemment vous rejoindre. »

« Bravo, Collin, voilà un plan retraite parfaitement anticipé. Sauf que vous oubliez un petit détail : je ne me rendrai jamais, et il est hors de question que je passe un jour de plus en Allemagne. Ne vous inquiétez pas, je vais prendre mes responsabilités. Je ne vous demande qu'une seule faveur. Me laisser franchir les quelques pas qui me séparent encore de la France. »

Tous les soldats sortis des chars et des camions constituent une haie d'honneur et se mettent au garde-à-vous. Le général Jacques Massu, Compagnon de la Libération, vainqueur de la bataille d'Alger et commandant des forces françaises en Allemagne, rajuste son béret rouge, redresse le menton, creuse ses épaules et marche d'un pas assuré vers sa destinée, ou du moins ce qu'il en reste, c'est-à-dire une trentaine de mètres maximum. De l'autre côté de la rive, il n'aperçoit plus seulement les hauts silos du port autonome de Strasbourg, mais aussi les premiers faubourgs de la ville. Derrière une rangée de saules point une suite de toits rouges, et même tout là-bas, sur sa droite, se laisse deviner, dans une lumière spectrale, la silhouette encore floue de la cathédrale. Ce sera sa dernière vision de la France. Il lui faudra s'en contenter. L'idée de se donner la mort ne l'effraie plus. Il n'aurait pas l'impression de commander son propre peloton d'exécution, plutôt de céder, dans l'honneur, à un ennemi intérieur, supérieur en nombre. Jacques Massu avance jusqu'à l'endroit exact où la Bundestrasse 28 se transforme en route nationale 4. En une parfaite flexion, il grimpe sur le parapet du pont de l'Europe et sort son revolver de l'étui. Il a prévu de crier « Vive la France ! », mais se surprend lui-même à trop vite appuyer sur la détente. Il n'y a donc qu'un seul « Paan ! » sans le moindre mot prononcé. La chute est courte, car, à cet endroit, le pont mesure moins de cinq mètres de haut.

Des soldats se précipitent pour tenter de récupérer la dépouille de leur ancien chef, mais elle file déjà au fil de l'eau. À la fin du printemps et au début de l'été, le cours du Rhin se trouve particulièrement agité. Gonflées par la fonte des neiges, les rivières des Alpes, du Jura et des Vosges viennent s'y déverser à gros bouillons glacés. Le corps du général Jacques Massu ne sera retrouvé qu'une poignée d'heures plus tard. Il était empêtré dans des roseaux, du côté allemand du fleuve.

Chapitre 16

Paris, dimanche 6 juillet

La nouvelle de la mort du général Massu parvint à Paris en milieu d'après-midi. Comme souvent, l'exactitude des faits se trouva altérée par la volonté de dissimulation de ceux qui savaient, et la tendance à l'exagération de ceux qui ne savaient pas. Une version prétendument vérifiée et recoupée (en fait, largement imaginaire) se fraya un difficile chemin jusqu'au journal *Le Monde*. Elle attestait que le général Massu était tombé, armes à la main, tandis que ses hommes tentaient de prendre d'assaut le poste-frontière de Strasbourg. Il n'y avait pas eu d'autres victimes, seulement quelques blessés légers, et les troupes dites « rebelles » étaient retournées sans trop se faire prier dans leurs casernes de Baden-Baden. L'amiral Philippe de Gaulle publia un communiqué pour témoigner que ni lui ni son père n'avaient cautionné et encore moins encouragé ou organisé « cette expédition vouée à l'échec ». Il était rappelé que le fondateur de la Ve république avait glissé son bulletin de vote dans l'urne du lycée français de Baden-Baden, pour le deuxième tour de l'élection présidentielle, dès les premières heures de la matinée, ce qui démontrait « son attachement indéfectible au processus démocratique ». Le communiqué oubliait évidemment de mentionner que les nombreux journalistes présents avaient trouvé le général de Gaulle particulièrement diminué. Ils s'étaient même inquiétés pour sa santé mentale. Le grand homme avait passé plus de dix minutes dans l'isoloir avant d'en ressortir sans la moindre enveloppe à la main. Il avait fallu que son fils Philippe le raccompagne derrière le rideau et le guide discrètement dans ses démarches pour que le héros français du XXe siècle parvienne enfin à s'acquitter de son devoir de citoyen.

Au *Monde*, la question de la sénilité avancée du général de Gaulle restait un sujet tabou. Fallait-il en parler ou pas ? Le patron de la rédaction, André Fontaine, était plutôt contre. Il argumentait que les défaillances du corps et de l'esprit appartenaient au domaine privé, que le général de Gaulle n'exerçait plus de fonctions officielles et qu'il importait donc de le laisser finir ses jours en paix. Louise Ben Kader n'était pas du tout de cet avis. Elle soutenait au contraire que, même exilé, de Gaulle restait une personnalité politique de premier plan. La preuve, un commando de barbouzes avait tenté de le kidnapper, tandis qu'un putsch militaire se réclamant de sa haute autorité venait tout juste d'être déjoué.

Il y a encore quelques semaines, l'opinion de la benjamine du service politique aurait été considérée avec le même intérêt que celui porté aux élucubrations du serveur de la brasserie d'à côté. Mais Louise Ben Kader avait précipité la chute de Gaston Defferre et retrouvé le chef du commando qui avait tenté de kidnapper le général de Gaulle. Ses dernières révélations étaient sur le point de faire basculer le deuxième tour de l'élection présidentielle. Le désormais ex-favori, Alain Poher, clamait partout qu'il la tiendrait personnellement responsable de sa probable future défaite.

Ce tableau de chasse, tout à fait inédit pour une jeune journaliste de 25 ans, valait à Louise Ben Kader l'admiration d'une poignée de ses collègues et la haine de tous les autres. Quant à ses chefs, ils ne pouvaient se permettre le luxe de la jalousie, en tout cas pas ouvertement. Tout au plus manifestaient-ils une forme de respect craintif. Perdre leur nouvelle journaliste vedette au bénéfice d'un concurrent s'avérerait catastrophique. Plus question que la « reporter la plus puissante de France » (*Paris Match*) garnisse les bas de colonnes de ses articles sur l'extrême gauche. Les meilleurs sujets lui revenaient de droit. Louise Ben Kader aurait donc dû écrire l'un des papiers de première page consacrés au deuxième tour de l'élection présidentielle si elle n'avait pas reçu, la veille, une enveloppe contenant un 45-tours, *Comment te dire adieu* de Françoise Hardy. Désormais rompue à l'exercice, Louise avait décollé la pochette du disque avec un coupe-papier et lu à l'intérieur un court message manuscrit : « Dimanche, 19 heures, même endroit. » La journaliste du *Monde* était à la fois excitée par l'idée de revoir José la Murène, mais déçue que ce rendez-vous coïncide avec le jour où la France se choisirait un nouveau président de la République. Malgré son jeune âge, Louise Ben Kader possédait assez d'expérience pour savoir qu'il ne fallait jamais contrarier une source aussi importante. La moindre suggestion de changement (lieu, heure, interlocuteur…) pourrait tout faire capoter.

Alors, après avoir débattu en conférence de rédaction de l'intérêt ou pas de rendre publique la sénilité du général de Gaulle (les non l'avaient emporté), Louise Ben Kader avait donc pris la direction du parc Montsouris. Henri Turrini l'accompagnait. Il ne lui avait pas laissé le choix. L'ancien CRS était furieux que la jeune femme ait quitté la clandestinité douillette de leur villa des Yvelines pour venir s'exposer à Paris. Le crochet par le journal l'avait particulièrement exaspéré.

« Tu n'as toujours pas compris que tout ce que ce pays compte de tueurs a juré d'avoir ta peau ? » s'échauffait l'ancien CRS.

« Et toi, tu n'as toujours pas compris que je ne passerai pas ma vie à me planquer ? Que je suis journaliste et qu'un jour d'élection présidentielle je dois travailler ? »

« Je pense que tu peux travailler sans faire n'importe quoi. Et repasser par le journal, qui doit être surveillé par la DST, la CIA, et peut-être même le KGB et le Mossad, c'est vraiment n'importe quoi. »

« Donc, tu penses que nous sommes suivis ? Alors dis-moi sur qui se portent tes soupçons ? Sur ce couple en train de s'embrasser ? Ces vieux qui jouent aux cartes ou ce type-là, avec des lunettes noires, qui lit son journal ? »

Henri Turrini eut le tort de ne pas dévisager avec assez d'acuité chacun des suspects désignés à la volée, notamment le lecteur de *Paris-Turf*. Si la colère n'avait pas obstrué sa vigilance, le détective privé aurait sûrement trouvé bizarre qu'un quidam s'absorbe dans la lecture de la bible des paris hippiques alors que, à cette heure avancée de l'après-midi, les galopeurs de l'hippodrome de Saint-Cloud étaient depuis longtemps rentrés à l'écurie.

Dévisagé mais pas reconnu, Sourcils était en train de se réconcilier avec Paris. Et si c'était vraiment la ville de toutes les opportunités ? Non seulement le tueur en mission avait touché le tiercé dominical dans l'ordre (11-5-3 pour 249,20 francs), mais le dieu des tueurs à gages était en train de lui offrir ses deux proies sur un seul plateau d'argent. Comme le garagiste de Carvalho n'était pas encore revenu frapper à la porte des Trois Canards, Sourcils avait concentré ses efforts sur la journaliste. Nouvelle déception, ses copains des services peinaient à la localiser. Elle avait prétendument été aperçue dans les Yvelines (près de Septeuil), avant d'à nouveau se volatiliser dans la nature. Sourcils s'était donc fié à son instinct. Par le passé, deux, trois missions d'intimidation auprès de fouille-merde un peu trop curieux lui avaient appris que les journalistes étaient comme les grives : ils pouvaient partir très loin, mais finissaient toujours par rentrer au nid. Voilà pourquoi il avait passé son week-end devant le siège du journal *Le Monde* à guetter les entrées et les sorties d'une bande d'intellectuels prétentieux qui ne lui prêtaient aucune forme d'attention.

Se fondre dans le décor faisait partie de la mission. Sourcils avait entièrement revu sa garde-robe. Tout ce qui passait pour le comble de l'élégance à Marseille était inexplicablement considéré comme un peu trop voyant à Paris. Alors pas question de planquer en costume cintré, chemise en soie et boots pointues. Au-dessus de ses santiags en peau d'autruche, il se contentait d'un jean américain, d'un tee-shirt blanc passe-partout et d'une mince veste en cuir taillée sur mesure chez Daniel Hechter pour moins de mille cinq cents francs. Sans oublier évidemment ses larges Ray-Ban cache-broussaille. Le gangster marseillais avait l'impression d'être déguisé en loubard chic des Champs-Élysées, avec juste ce qu'il faut de respectabilité apte à rassurer les flics, tout en restant suffisamment inquiétant pour décourager l'éventuelle sympathie spontanée d'un passant. Cette dernière éventualité représentait un risque somme toute minime à Paris-la-prétentieuse.

Après onze heures de planque infructueuse le samedi, et encore toute une matinée pour rien le dimanche, Sourcils fut enfin récompensé.

C'était bien la journaliste dont tous les gangsters marseillais ne voulaient plus jamais entendre parler qui entrait au 5 rue des Italiens. Elle n'était plus accompagnée, comme à Marseille, par le grand con de RMC. Le type qui la serrait de près était beaucoup plus viril, costaud, sûrement un garde du corps. C'était un peu contrariant, pas prévu dans les plans. Mais bon, l'adaptabilité faisait aussi partie du métier, et son Browning GP-35 permettait de tirer treize coups sans recharger, il y en aurait donc largement assez pour un ou plusieurs invités.

Le tueur marseillais avait dû encore attendre une bonne heure et demie avant que le couple ne ressorte du journal. Abattre sur place la fille et son gorille présentait un gros risque, l'endroit était passant et manquait de discrétion, toute la rédaction du *Monde* risquait de débarquer dans la rue pour hurler à la mort et au complot contre la démocratie. Mieux valait attendre. Après une légère alerte (à la sortie du métro Glacière, la journaliste et son gorille avaient semblé regarder dans sa direction), la mission prit un tour inespéré, miraculeux. Le couple venait d'entrer dans un parc et se dirigeait droit vers un jardin d'enfants où trônait sur un banc de bois vert le roi des courants d'air, le traître invisible, l'insaisissable et visqueux José la Murène-Carvalho, sa sale gueule mise à prix à six cent cinquante mille francs par le milieu marseillais ! Plus les quatre cent mille promis pour le scalp de la fille, Sourcils contemplait un potentiel magot de plus d'un million, là, sous ses yeux dissimulés par ses Ray-Ban XXL. La crosse du Browning commençait à lui chauffer la cuisse, mais, comme pour une photo de famille, il fallait attendre que tous les personnages soient bien disposés dans le cadre avant de dégainer et d'appuyer.

Or, il y avait toujours un détail qui clochait. « Sourcils » se trouvait trop loin ou trop près. Il était surtout gêné par les gosses qui jouaient aux billes ou construisaient des châteaux de sable. Ils bougeaient tout le temps, couraient entre Carvalho, la journaliste et son garde du corps. Les commanditaires avaient insisté sur le fait que le double assassinat devait se dérouler sans « victime civile », et il serait compliqué de faire passer les merdeux et leurs parents pour des unités combattantes qu'il avait fallu préalablement éliminer. Sourcils était donc condamné à viser entre les gamins. À tergiverser, il savait qu'il perdait du temps et augmentait ses chances d'être repéré. Alors, il saisit la crosse de son Browning, extirpa l'arme de dessous sa veste en cuir et la brandit en marchant vers son objectif. Il ne se trouvait plus qu'à une dizaine de mètres de Carvalho, et encore plus près de la fille, quand une forme furibonde lui percuta la jambe droite. Son genou se plia. Il en lâcha son revolver. Le gosse déguisé en shérif qui venait de lui rentrer dedans ne s'excusa même pas. Le petit con ramassait l'arme en prenant la crosse à deux mains, car elle était bien plus lourde que le colt en plastique qui pendait à son ceinturon. Du Pat Garrett miniature, il émanait une joie pure, comme s'il avait enfin retrouvé le plus beau de ses jouets, égaré depuis Noël.

Sourcils voulut se jeter sur lui, mais sa vision obscurcie par les Ray-Ban ne retrouva qu'un très bref instant la pleine lumière. Une balle avait traversé le verre gauche de ses lunettes. Elle ressortit de l'arrière de son crâne et pénétra dans le tronc d'un cèdre bleu de l'Atlas en provoquant une pluie d'échardes.

Sourcils était mort à Paris, descendu dans un bac à sable, à cause d'un shérif de 11 ans. Il faudrait beaucoup d'imagination à ses rares amis pour laver l'affront posthume de cette triple infamie.

Le coup de feu tiré par José la Murène vide le parc Montsouris avec plus de rapidité que l'habituel sifflet à bille des gardiens pressés de rentrer chez eux. Dans le jardin d'enfants, le corps d'Amédée Rossi, dit « Sourcils » (1929-1969), repose entouré de pelles, de seaux en plastique et de voitures miniatures Dinky Toys, abandonnés en toute hâte par leurs jeunes propriétaires. Le gangster est tombé face contre terre. Ses sourcils enfin à découvert, constellés de petits morceaux de verre noirs, brillent d'un éclat encore plus inquiétant mort que vivant. Certains, plus tranchants que d'autres, ont pénétré la chair. Ce n'est pas un spectacle pour les enfants. Pour leurs parents non plus. La promenade intergénérationnelle de fin de week-end s'est transformée en sprint désespéré vers la sortie la plus proche. Louise Ben Kader tentera plus tard de comprendre ce qui venait de se passer. La journaliste devait pour l'instant se contenter de bouts de vérité qui, même assemblés, ne formaient pas forcément un tout cohérent. Louise avait remarqué que le José Carvalho avec qui elle avait à nouveau rendez-vous était très différent de celui rencontré quatre jours plus tôt. L'ancien chef de la garde Defferre ne cherchait plus à faire le malin, à manier l'ironie. Pour un homme censé se lancer dans de nouvelles confessions, il se montrait bizarrement froid et distant. Le ressuscité de la forêt de Baden-Baden semblait furieux de revoir Henri Turrini, il enrageait que Louise Ben Kader ne soit pas venue seule et menaçait de repartir aussitôt. Il était en train de se lever du banc de bois vert quand un cri fit se retourner toutes les têtes. Louise Ben Kader n'eut aucun mal à reconnaître le bandit marseillais qui les avait intimidés, elle et Pierre Lefèvre, devant la salle Vallier. Elle ne vit pas l'arme tombée dans le sable, juste le type aux lunettes noires qui s'effondrait. Elle ne comprenait pas pourquoi c'était Carvalho qui l'avait tué.

Désormais, Louise court comme les autres, hélas un peu moins vite. Elle tire sur sa hanche, qui ne lui fait plus du tout mal lorsqu'elle marche normalement, sauf qu'elle ne marche pas normalement, elle court comme si sa vie en dépendait, car sa vie en dépend. Même des femmes beaucoup plus âgées qu'elle, des vieilles de 40 ans, la dépassent sans effort apparent. Dans la panique, Louise a perdu Henri de vue. Lorsqu'elle tourne la tête, ce n'est pas son regard protecteur que ses yeux croisent, mais celui, glaçant, de Carvalho qui tente de la rattraper. Il met Louise en joue et attend le bon moment pour tirer. La jeune femme a fini par s'habituer à la laideur de son visage défiguré. Mais une expression, non pas de haine, mais de détermination absolue à la tuer, le rend plus terrifiant qu'il n'a jamais été. En la choisissant entre tous et toutes pour l'exécuter, Carvalho lui fait beaucoup trop d'honneur. Elle n'a pas envie de mourir, ni aujourd'hui, ni demain, ni jamais.

Louise a compris qu'elle ne retrouverait pas Henri, des sirènes de police résonnent, mais trop loin pour en espérer un secours immédiat. Le temps que la cavalerie arrive, Carvalho aura trois fois le temps de la tuer. La question : « Pourquoi veut-il me tuer, alors que nous étions juste censés parler ? » ne lui traverse même pas l'esprit. Louise est tendue vers un seul objectif : se sauver. Elle franchit les grilles du parc à la hauteur de l'avenue Reuille et reconnaît tout de suite le bâtiment qui se dresse de l'autre côté de la rue. C'est le réservoir d'eau potable de Montsouris, avec son pavillon de verre et de métal typique du Paris de la Belle Époque. Étudiante au CFJ, Louise y avait réalisé un reportage sur l'alimentation en eau de la capitale qui ne l'avait pas passionné, mais elle se souvenait que sous le lanternon principal s'étendait un réseau de galeries aux parois humides recouvertes de faux rochers. Elle s'était dit que c'était un endroit idéal pour se cacher.

Louise grimpe sur le capot puis le toit d'une voiture. Elle se propulse au-dessus du muret qui ceinture le réservoir. Depuis qu'elle a croisé le regard de prédateur de Carvalho, la rescapée de Charléty a oublié toute forme de douleur. Son corps encaisse la chute. Anesthésiée par la terreur, même sa hanche est désormais comme neuve. Elle court quelques mètres et trouve heureusement ouverte la porte d'accès à la « grotte ». Louise s'y engouffre, accueillie par un air glacé et une odeur de chlore. Sur sa droite, la jeune femme reconnaît les truitières qui l'avaient tant intriguée lors de sa première visite. L'eau arrive dans cinq aquariums remplis de truites de rivière. Si les poissons manquent de vivacité, cela signifie que l'eau est polluée et mérite de bifurquer vers les égouts. Si, au contraire, les truites battent joyeusement des nageoires, les cours domestiqués du Loing, du Lunain et de la Voulzie continuent à se déverser dans le réservoir. Sauf qu'une balle explose l'un des bacs. Les poissons convulsent, bouche ouverte, sur le sol détrempé. Carvalho n'a pas renoncé à la tuer.

Il est là, juste derrière, à quelques dizaines de mètres. Louise n'ose plus se retourner, elle doit courber la tête pour avancer dans les coursives, traverse la chambre des vannes avant de tomber en arrêt devant la beauté minérale de la « cathédrale », ses mille huit cents piliers maçonnés baignés par deux cent trois mille mètres cubes d'une eau plus pure, plus transparente, plus cristalline, beaucoup plus froide aussi, qu'à Bora-Bora. Comme un lagon glacé enfoui dans les entrailles de la capitale. Il y règne un silence absolu, de cathédrale ou de tombeau. « Son » tombeau, car Louise sait qu'il n'y a plus d'autre issue que cette surface turquoise sans remous ni clapot.

La jeune femme attend la mort. Elle surgit sous la forme d'un revolver Smith&Wesson M27 avec un canon six pouces, celui que brandit Carvalho à peine essoufflé. L'homme qui vient d'abattre le bandit marseillais que l'on surnommait Sourcils donne l'impression d'avoir retrouvé une certaine forme de décontraction. Il a failli glisser sur une truite en train d'agoniser, mais le fait de tenir à portée de canon sa prochaine victime le soulage d'un poids. Le tueur de devoir est sur le point d'accomplir sa mission. Son incontestable supériorité létale lui permet même d'à nouveau exercer son sens de l'ironie, saupoudré d'une pointe de cruauté. Après tout, cette folle de journaliste n'avait qu'à se laisser abattre sur place, ce qui leur aurait épargné à tous deux cette course ridicule depuis un bac à sable jusqu'à cette sorte de piscine moyenâgeuse.

« Mademoiselle Ben Kader, vous vouliez un nouveau scoop ? J'en ai un tout frais pour vous. Le problème, c'est qu'il contredit légèrement le précédent. Poher n'a été mêlé ni de loin, ni de près à l'expédition de Baden-Baden. Vous êtes tombée dans le piège, la prochaine fois, vérifiez mieux vos informations. »

Louise s'attendait à mourir, pas à être humiliée. Carvalho peut évidemment mentir, mais il n'est pas totalement exclu qu'il dise la vérité, que le « scoop du siècle » dont elle se montrait si fière soit frelaté, bidon, même pas assez bon pour envelopper le poisson. Cette perspective l'effraie plus que le canon six pouces pointé sur elle.

« Pourquoi m'auriez-vous menti ? » demande la jeune femme, avec un mélange de stupéfaction et de colère.

« Parce qu'on m'en a donné l'ordre », répond Carvalho.

« Qui ça ? La CIA ? »

« Richard Nixon en personne », sourit Carvalho. « Mais assez parlé. Maintenant que vous avez compromis le destin présidentiel de ce pauvre Poher, vous ne servez plus à rien. Alors, je dois remplir ma mission, c'est-à-dire vous tuer. Je promets de le faire en grand professionnel, sans vous faire souffrir inutilement. »

Louise n'a pas encore totalement renoncé à survivre. Elle sait qu'il lui reste très peu de mots pour convaincre Carvalho de l'épargner, et entend donc n'en gaspiller aucun.

« Vous savez très bien que vos patrons ne vous pardonneront jamais d'avoir réussi cette mission. Un meurtre de journaliste, en France, même en 1969, c'est le genre de lignes moins faciles à ajouter sur un CV que sur une pierre tombale. Vous aussi, vous allez devenir encombrant, monsieur Carvalho, il y aura plein de petits Jack Ruby qui vous attendront dehors. »

« Qui sait, j'aurai peut-être droit à une troisième vie ? »

« Pour quoi faire, si vous les gâchez comme les deux premières ? »

À voir les mâchoires serrées et le sourire narquois soudain figé de l'agent de la CIA, Louise Ben Kader sait qu'elle a fait mouche. Carvalho a du mal à encaisser. Même son bras droit, celui qui tient l'arme, s'incline de quelques degrés. Louise en profite pour tenter son va-tout. Elle se retourne, enjambe la rambarde qui surplombe la cathédrale d'eau et plonge dans le réservoir.

Dans l'urgence, elle aurait pu se contenter d'un gros plouf, mais son corps se souvient du rocher de la mort surplombant la plage du Château-Vert, à Philippeville. Ses deux pieds se joignent pour donner l'impulsion, sa poitrine s'offre au vide, ses bras s'écartent en forme de V avant de se rejoindre et de se tendre comme un bec pour pénétrer la surface liquide. Mais si la Méditerranée l'enveloppait de sa tiédeur, la masse glacée du réservoir semble déjà vouloir la rejeter. Ses os sont congelés. Ses membres luttent pour se déplier. Elle parvient quand même à crawler – une respiration, trois mouvements de bras, une respiration, trois mouvements de bras – et à se cacher derrière un pilier cimenté, juste à temps pour éviter une balle transformée en torpille dès que le métal pénètre sous l'eau.

Du haut de la rambarde, José la Murène comprend qu'il n'a pas le choix. Il vient déjà de tirer trois fois. Trois coups dans l'eau. La fille se cache derrière un pilier. Quitte à se transformer en stalagmite, elle ne bougera plus. Alors José la Murène doit aller la chercher. Il descend quelques marches en pierre presque verglacées. Il fait très attention de ne pas glisser. Le professionnel du crime a plutôt intérêt à se dépêcher, car tous ces coups de feu tirés sans silencieux finiront bien par attirer les curieux. Avant de pénétrer à son tour dans le lagon polaire, José la Murène prend quand même la peine de retirer ses mocassins à franges. Ses pieds nus s'enfoncent dans une eau encore plus glacée que celle des calanques marseillaises de sa jeunesse, quand il observait les murènes sans leur ressembler. Ce froid ne le dérange pas, bien au contraire. Il le trouve familier. La température de son sang doit être à peine plus élevée. José la Murène se sentirait comme un poisson dans l'eau s'il n'était pas obligé de nager avec le bras droit en l'air. Les experts en balistique ont beau certifier que, même immergé, la majorité des armes à feu modernes peuvent continuer à tirer, le tueur professionnel préfère ne pas prendre le risque de mouiller la poudre de ses cartouches. Alors il crawle comme ça, le bras gauche en avant qui rabat l'eau et le droit pointé en l'air, à viser la voûte du réservoir. Il a l'air ridicule, mais la seule personne susceptible de le voir ainsi barboter va bientôt mourir, donc le déficit d'image sera limité. José la Murène entend distinctement la respiration saccadée de la fille, à moins que ce ne soient ses tremblements de froid, comme dans les bandes dessinées, quand un personnage à moitié congelé émet des « Aglagla »... Qu'on l'appelle la Murène ou juste Carvalho, José a toujours trouvé que l'espèce humaine dramatisait inutilement la mort. Lui préfère en sourire. Que les victimes prennent l'affaire très au sérieux, il peut le comprendre, mais pourquoi les exécuteurs se donnent-ils ainsi des airs ? Seul un certain manque de savoir-tuer explique cette inclination trop répandue pour la mise en scène du dernier instant, avec pose caricaturale ou soi-disant bon mot. José estime au contraire que le silence suffit comme linceul.

José la Murène n'est plus qu'à quelques mètres de sa proie quand la quiétude minérale de la cathédrale est perturbée par un grondement d'abord lointain, comme une pluie déchaînée que le vent tient encore à distance. L'homme de main de la CIA y prête autant d'attention qu'à un bruit de fond juste un peu déplaisant. Mais il n'a bientôt plus besoin de tendre l'oreille, car le grondement se fait vacarme. Il prend possession de la cathédrale, en secoue les fondements. La surface toute plate de l'eau glacée se met à clapoter. José la Murène est désormais inquiet. Il tourne la tête dans tous les sens et finit par remarquer, tout en haut sur sa gauche, la gueule grande ouverte d'une conduite d'eau qui sort du mur. C'est certain, le bruit vient de là. Quelques gouttes perlent du rebord de la conduite, avant qu'un formidable déluge ne s'en échappe. Des tonnes de flotte venues des sources du Loing, du Lunain et de la Voulzie s'abattent sur le crâne de José la Murène. En même temps que le réservoir se remplit, l'ancien barbouze de l'Élysée est emporté par un tourbillon de pureté. Il a beau lutter, se débattre, tenter de remonter à la surface, la force du flux le maintient au plus profond du bassin. Quand le courant souterrain finit par relâcher son étreinte, le corps du noyé remonte à la surface. Sa tête a dû heurter violemment les carreaux de faïence qui tapissent le fond, car un filet de sang s'échappe de son crâne et souille l'eau cristalline que doivent boire, en toute confiance, 2,5 millions de Parisiens.

Le silence reprend possession de la cathédrale. Pour ne pas être emportée par le Niagara d'eau limpide qui s'est abattu sur le crâne de Carvalho, Louise Ben Kader s'est accrochée comme une damnée à son pilier. Ses ongles déjà bleuis par le froid s'y sont incrustés. Louise ne pensait pas tenir autant à la vie. La miraculée voit passer sous son nez le corps flottant de celui qui voulait l'exécuter. Sa sale gueule de murène est tournée vers le fond. L'extrême clarté de l'eau, à peine brouillée par le soudain remplissage du réservoir, permet de parfaitement distinguer, sept mètres plus bas, le Smith&Wesson M27 du tueur contrarié, délicatement posé sur les carreaux de faïence. On dirait la pétoire d'un pirate tombée d'un galion que la pureté du lagon aura bientôt nettoyé.

Louise Ben Kader n'en peut plus de trembler. Elle parvient à sortir de l'eau à l'endroit même où José la Murène s'y était immergé. La jeune femme remonte les quelques marches en pierre recouvertes d'un fin verglas. Puis elle s'effondre, soulagée d'avoir survécu, mais encore trop fragile pour s'estimer définitivement sauvée.

Tout à l'heure, quand Henri Turrini a vu Carvalho dégainer son arme dans le bac à sable et tirer, il a d'abord cru que la balle sortie du canon lui était destinée. Et puis un type avec des lunettes de soleil s'est effondré aux pieds d'un gamin déguisé en shérif qui brandissait des deux mains un Browning GP-35. La scène n'avait aucun sens. Le temps d'essayer de lui en redonner, ne serait-ce qu'en déterminant qui avait vraiment tiré sur qui et pourquoi, Louise Ben Kader avait déjà disparu, comme aspirée par la vague des promeneurs en panique. Tout le monde courait, alors Henri aussi avait couru. C'était la première fois de sa vie qu'il tournait le dos au danger, qu'il évitait de l'affronter les yeux dans les yeux. Sa fuite n'était pas pour autant synonyme de lâcheté. Il se disait juste que, pour retrouver Louise, il devait emprunter le même mouvement. Mais peut-être qu'il se mentait à lui-même, que les épreuves des derniers mois l'avaient amolli, rendu couard, bon à rien, et qu'il lui fallait bien un prétexte pour ne pas encore se l'avouer. C'était difficile à trancher, là, tout de suite, avec les jambes raidies par la course, et le souffle coupé, mais bon, quitte à fuir, Henri Turrini aurait au moins pu choisir la bonne direction. Or, ce n'était pas le cas. Louise était perdue d'un côté, lui d'un autre. Par réflexe, l'ancien CRS avait emprunté la sortie du parc la plus proche de son domicile, celle qui débouche sur la rue Gazan. Il espérait que Louise avait trouvé son salut par la porte d'avant, celle de l'avenue Reille. Alors, il longea les grilles. Avec leurs barreaux surmontés d'une pointe de lance, elles ne lui avaient jamais paru aussi menaçantes. Il avait l'impression que chacune d'entre elles allait se desceller et le transpercer.

Henri a d'abord marché vite, puis il s'est remis à courir, avec cette fois-ci l'intention de retrouver le danger et de le défier. Une pensée surtout l'obnubilait : s'il arrivait quoi que ce soit à cette fille, jamais il ne se le pardonnerait. Il lui avait sauvé la vie, elle l'avait tiré de prison, c'était quand même normal qu'ils éprouvent l'un pour l'autre un sentiment de protection. Les lourds sous-entendus de Carvalho sur le fait que Louise le menait par le bout du nez l'avaient d'abord excédé. Et puis Henri Turrini avait fini par comprendre que ce con avait mille fois raison. L'ex-CRS était tombé amoureux, il n'y avait pas d'autres mots.

Parvenu au croisement de l'avenue Reille et de la rue Nansouty, Henri Turrini remarque un attroupement devant l'entrée d'un bâtiment à l'architecture rococo. Des types en blouse grise affirment avoir entendu des coups de feu. L'un d'eux est même certain d'avoir vu entrer une jeune fille en panique dans ce qu'il appelle « la grotte ». Turrini s'enfonce à son tour dans le dédale humide du réservoir d'eau potable. Il a sorti son arme sans savoir quelle sorte de danger il va devoir affronter. Mais personne ne lui tire dessus. Seul le froid glacial l'agresse. Le silence possède une telle épaisseur qu'Henri Turrini finit par croire que les ingénieurs en blouse grise ont tout inventé, qu'aucune âme ne s'est égarée jusqu'ici. Et puis il aperçoit Louise allongée sur une sorte de plate-forme, au-dessus d'une piscine d'eau très claire. La jeune femme est recroquevillée sur elle-même, dans la même position qu'à Charléty. Henri Turrini s'approche et voudrait à nouveau la prendre dans ses bras, la soulever, l'emmener le plus loin possible, mais Louise reprend conscience et se débat :

« Je peux très bien marcher, ne t'inquiète pas. »

Turrini est soulagé de retrouver son amie vivante. Il se sent juste un peu vexé de n'y être pour rien.

« Je vais t'emmener à l'hôpital. »

« Non, je veux aller chez toi. »

Louise est pressée de sortir de la cathédrale pour que le soleil, même déclinant, du début de soirée lui apporte un peu de chaleur et de lumière. La miraculée du lagon polaire s'attendait à retrouver l'agitation molle des fins de week-end. Elle est accueillie par un déchaînement de klaxons et les beuglements de la foule qui scande alternativement : « On a gagné ! On a gagné ! » et « Mitterrand ! Mitterrand ! Mitterrand ! ».

L'appartement d'Henri Turrini se trouve de l'autre côté du parc Montsouris, au numéro 13 du boulevard Jourdan. En se penchant bien par les trois fenêtres pour autant de pièces, il est possible d'apercevoir la masse repliée sur elle-même du stade Charléty. Quand ils passent devant, les supporters braillards de François Mitterrand interrompent quelques instants leur joyeux défilé pour accorder une pensée aux treize victimes de la catastrophe du 25 mai dernier. Cette brève communion avec les martyrs de la France socialiste donne un peu de solennité à cette soirée avant qu'elle ne rebascule dans l'ivresse débridée d'une victoire historique.

« Tu veux regarder les élections à la télé ? » demande Henri.

« Non », répond Louise.

La jeune femme entre dans la salle de bains et retire ses vêtements trempés. Par la porte entrouverte, Henri lui tend l'un de ses pyjamas d'hiver, évidemment trop grand. Mais, après s'être douchée sous une eau brûlante, c'est entièrement nue que Louise Ben Kader pénètre dans le salon. Elle ne tremble plus.

Henri Turrini a quand même fini par allumer la télé. Il a baissé le son presque au minimum. Louise entend à peine François Mitterrand déclarer que, dès demain matin, il se rendra au Panthéon pour rendre hommage à Pierre Mendès France. Louise reconnaît la salle de restaurant de l'hôtel du Vieux-Morvan, à Château-Chinon. Derrière Mitterrand, parmi le petit groupe de ses partisans hilares, Louise aperçoit même Corinne la vieille serveuse qui pleurait, il y a tout juste deux semaines.

« Tout ça, c'est à cause de moi, de mon scoop bidon », pense Louise avant de s'avancer vers le poste de télévision. Elle l'éteint. François Mitterrand disparaît de l'écran dans un ultime grésillement. La jeune femme se tourne vers Henri et lui dit :

« Je n'ai plus peur de rien. Tu peux m'embrasser, maintenant. »

Épilogue

PARIS, LUNDI 28 JUILLET

La DS présidentielle s'arrache au gravier du palais de l'Élysée avec une minute d'avance sur l'horaire prévu (10 h 14 au lieu de 10 h 15). François Maurice Adrien Marie Mitterrand, troisième président de la Ve République, s'est confortablement calé dans le fauteuil arrière couleur fauve, à l'opposé de celui du chauffeur. Une vitre sépare les deux hommes. Le successeur de Pierre Mendès France aime s'amuser avec tous les gadgets que lui propose son nouveau carrosse : il déplie et replie le bureau, ouvre et referme le mini-réfrigérateur, contemple le bout rougi de l'allume-cigare qu'il vient d'allumer avant de l'éteindre aussitôt. Pas besoin de relire son discours, il le connaît par cœur. C'est une ode à l'amitié franco-américaine, une exhortation à ouvrir un nouveau chapitre dans l'histoire tumultueuse des deux pays. François Mitterrand a beaucoup insisté pour que Richard Nixon soit son premier invité de marque à l'Élysée. L'avion du président américain doit atterrir dans moins d'une heure à l'aéroport d'Orly.

Douze motards entourent la DS présidentielle. Ils roulent toute sirène hurlante et grillent méthodiquement chaque feu rouge. Alors que le convoi élyséen traverse le Quartier latin, l'attention de François Mitterrand est attirée par un graffiti tracé sur un mur à moitié effondré : « Mitterrand traître, rends-nous la révolution. » L'ancien leader socialiste appuie sur le bouton de l'interphone pour s'adresser à son chauffeur :

« Vous avez vu cette horreur sur le mur ? Demandez immédiatement à ce qu'elle soit effacée. »

« Oui, monsieur le président », répond le chauffeur avant de donner un nouveau coup d'accélérateur.

Non seulement le président Mitterrand ne sera pas en retard pour accueillir son homologue américain, mais il est même probable qu'il aura quelques minutes d'avance. Est-ce la suspension hydropneumatique de la DS 21 ou sa propre euphorie ? Le nouveau héros de la gauche française a l'impression qu'il plane au-dessus des rues dépavées. Il ouvre la vitre arrière et jette à la face d'un Paris déserté par les juillettistes : « Le roi est mort ! Vive le roi ! »

Remerciements

Je tiens à remercier tous ceux qui ont permis à ce livre de posséder un (très gros) fond de vérité, avec mention spéciale à mes conseillers marseillais, Félix Aubry de la Noë et François Missen. Merci aussi à :

Michel Benech
Louise Ben Kader
Chuck Culpepper
Émile « Milou » Diaz
Mathieu Faureau
Jean-Pierre Foucault
Marc Fratani
Francesco Gandolfi
Mathieu Grégoire
Brendan Kemmet
Bernard Laydis
Henri Leclaire
Jacky Libaud
Luigi Magliari
Jean-Paul Menain et les anciens du PUC 1969
Jean-Max Meyer
Jean-Xavier Pastinelli
Didier Ravon
Christian Rodat
Patrick Rué
François Thonazeau

Ma gratitude éternelle à Régis Turrini, Jean-Christophe Collin, Philippe Brunel et surtout à ma femme, Virginie Sainte-Rose, qui furent mes premiers lecteurs. Fabrice Lhomme et Gérard Davet ont pris le relais. Je les remercie mille fois de m'avoir ouvert les portes de la famille Fayard, où Éléonore Delair s'est montrée une directrice de collection aussi chaleureuse qu'implacable, tandis que la boss Sophie de Closets a su vaincre pour moi sa phobie des uchronies. Merci enfin à Alice, Antoine, Jean-Christophe, Danièle, Michel, Jean-Paul et Giannina.

Cet ouvrage a été imprimé en France par
CPI Brodard & Taupin
Avenue Rhin et Danube
72200 La Flèche (France)

pour le compte des Éditions Fayard
en avril 2022

Photocomposition Belle Page

PAPIER À BASE DE
FIBRES CERTIFIÉES

Fayard s'engage pour l'environnement en réduisant l'empreinte carbone de ses livres. Celle de cet exemplaire est de :
1,7 kg éq. CO_2
Rendez-vous sur
www.fayard-durable.fr

N° d'édition : 26-2655-5/01 - N° d'impression : 3047288